阅读之前 没有真相　　　　　　　　　　　　午 夜 文 库

破镜

呼延云 著

新星出版社　NEW STAR PRESS

目录

1	第一章 恐怖座谭
20	第二章 打给空屋子的电话
38	第三章 十二点整，电话响起
54	第四章 诡异的现场
75	第五章 劫后重逢
94	第六章 疯子
112	第七章 刀柄上的指纹
131	第八章 名茗馆
149	第九章 黑狗
168	第十章 女囚
190	第十一章 奄奄一息
210	第十二章 呼延云
227	第十三章 挑战
243	第十四章 透光镜
263	第十五章 洗冤
282	第十六章 两个版本
303	第十七章 现场还原
324	第十八章 朱志宝
344	第十九章 渐冻
359	第二十章 呼延云的"失败"
388	再版后记
392	新版后记

第一章 恐怖座谭

整起恐怖事件，是从几个年轻人的一场无聊的游戏开始的。

"我觉得我就像……就像一颗泡在醋里的牙。"

黑黢黢的房间里没有开灯，发出软绵绵的声音的，是坐在沙发上的一个穿着黑背心黑短裤的胖子，他把两条多毛的粗腿劈开，分别搭在深蓝色真皮沙发的两边扶手上，手在裤裆里不停地搔抓着什么，还时不时地把手指头伸到鼻子底下闻一闻，然后接着搔抓。

"你真恶心，真的！"一个坐在窗边的面色苍白的女人说。她那浓密的长发犹如瀑布，从右半边脸垂下，遮盖住了右眼，右手食指和中指间夹着一根已经吸得很短的香烟。当烟雾袅袅地飘过她的眼际时，她本来就茫然的眼神，显得更加迷茫了。

胖子得意地笑了，手在裤裆里搔抓得更快了，还有意加重了手背和裤衩的摩擦力度，房间里响起了很猥亵的咝啦咝啦的声音。

女人把烟头狠狠地在窗台上一掐："老甫，你他妈到底管不管！"

一个坐在书桌前的男人抬起头来，他的脸很扁很平，塌塌的鼻梁骨像被谁踩过一脚似的，不过，整张面孔中最有特点的还是他的眉毛。也许是眉毛太浓的缘故，显得格外沉重，压得眼皮总是耷拉着,所以每当他看东西时,目光总是由下向上挑起,活像两根屠宰场挂猪肉的铁钩子。

"夏流,差不多就行了。"现在,他就用这铁钩子似的目光看了胖子一眼。

尽管胖子的身材比他高大粗壮得多,但手还是不由得停住了。

"这不是实在闲得没事吗?"名叫夏流的胖子嘟囔了一句,"只好搓点泥巴玩儿。"说着把一个搓好的泥球捏在指头间看了又看,然后习惯性地放到鼻子下面闻了闻。

"樊一帆和周宇宙到底什么时候来?"那个女人烦躁地说,"约好了晚上九点半,现在已经九点五十了。我把话说在前面,十点钟一到,我立刻就走人,谁也拦不住!"

"小青。"老甫说,"耐心点儿,再等一等,好不容易有个机会,大家一起找乐儿。"

"我没觉得有什么乐儿!"小青顶了他一句。

房间里沉默了,只有空调的呜呜声。胖子夏流很有耐心地把从裤裆里搓出的泥团捏碎后再捏合,分成好几个小黑粒,捧在掌心里,当宝贝似的。

八月中旬的这个夏夜异常闷热。小青从窗口向外望去,天黑得像在墨汁里泡过。街道上没有人,几棵小树的枝叶都垂头丧气地耷拉着,远远看去仿佛是医务室里的人体骨骼模型。一条野狗在昏黄的路灯下绕着圈追逐自己的影子,最后失望地停住了,吐出长长的舌头。

它的舌头可真红,像刚刚舔过血似的。

不知道为什么,这个古怪的念头突然从小青的脑海里冒了出来。

该死，难道还没开始，我就先进入状态了？不管怎么样，这是最后一次了，我发誓这是最后一次。我今天来到这里的目的，只有一个，就是要给那个该死的家伙一点颜色看看……

这时，楼道里传来一阵狂笑："没错，就是这家，这回我肯定不会认错了！"

门开了，两个人几乎是并肩走了进来。隐约可以看出，右边的女人嘴唇很厚，微微外凸的金鱼眼上架着一副框架眼镜，本来就高高的颧骨，由于笑得过分的缘故，脸蛋鼓起，活像在两边脸颊的下面分别塞了一个乒乓球。她很起劲地挽着左边的男人。男人皱着眉头，把被她挽住的胳膊挣了几下，挣不脱，脸上顿时浮现出一副很无奈的表情。

小青尽管不想，目光仍不自觉地转移到了那个男人的身上。

浓眉大眼，鼻梁坚挺，性感的嘴唇，衬衫下随着呼吸起伏的发达胸肌，像NSK的轴承一样坚实的腰部，被牛仔裤绷得有些隆起的臀部——这是个完美的运动型男孩。

"我操！"刚进来的女人对着迎上来的老甫说，"瞧你丫住这地方，我每次来都走错。刚才进了旁边单元，敲开一家门，一糟老头子开的，提着裤子，估计正拉屎呢……"

老甫笑了笑："一帆，我说你和宇宙怎么这么晚才来，原来是走错门了。"他把大门关上。

"真他妈黑！"樊一帆说，"还有，你丫又好几天不打扫卫生了吧，臭烘烘的。"

"这不是提前酝酿酝酿气氛嘛！"老甫对着里屋嚷了一声，"夏流，把蜡烛点上吧！"

胖子很不情愿地把两条腿从沙发扶手上挪了下来，整个脚掌压在地上，手扶住膝盖，腰使劲向上拔，"哎哟"一声，肉大身沉的缘故，居然没站起来。

"咔嚓！"

小青的大拇指在绘着半扇蝴蝶翅膀的蓝冰打火机上一拨，火苗腾起，点燃了圆桌上一根粗粗的白色蜡烛。

屋子里顿时亮起了微弱的光芒，每个人的脸上都像患了肝病似的，笼罩着晦气的土黄色，他们的举手投足，都在天花板和墙上晃动起纷乱的影子，影子的边缘是透明的，像被剥好后挂起的一张张皮。唯有地板显得更加黑暗了，十条小腿犹如淹没在污泥之中。

"开始吗？"老甫问。

"再等等……"樊一帆掏出手机看了看，"我约了杨薇，她还没到。"

小青立刻向门口走去："那就恕不奉陪了，我事儿多着呢，没时间等了又等。我可不像某些人，要是没了傀儡师，连胳膊腿儿都不知道怎么动弹。"

樊一帆大怒："你丫说谁呢？"

老甫连忙打圆场："一帆你别生气，小青你也别那么多牢骚，咱们现在就开始，现在就开始——"

"不行！"樊一帆拦腰斩断了他的话，"我说等，就得等！老甫你最好别惹我不高兴！"

老甫挑了挑眼皮，不再说话。

这时，胖子夏流总算把身体从沙发中拔了出来，一边呼哧呼哧地喘着气一边笑着道："都是哥们儿，红什么脸啊，看在我的面子上，就算了吧！"说着给樊一帆倒了杯可乐，端到她面前，"帆妹，消消气。"

樊一帆接过纸杯，杯沿贴到嘴唇的一刹那，突然停住了。她冷笑一声，把纸杯递还给夏流："这杯，你先喝。"

夏流一愣："你喝你的，我……我再倒一杯就是了。"

"不行！"樊一帆横眉怒目地把手中的纸杯端到夏流的唇边，"你就喝这杯，马上喝下去！"见夏流还在支吾，她手腕一甩，一杯可乐全泼到了他的脸上，顺着下巴流淌。"以为我不知道？你丫又把你身上搓下来的泥团儿扔在里面给我喝！瞧你丫那副恶心样子，猪头猪脑的，就他妈的名字取得好！"

夏流的面皮顿时涨成了紫色。这胖子人如其名，天生只对下流的事情感兴趣，乐此不疲。早在上小学时，他就热衷于把身上的污泥搓下来揉成团儿，下在女同学的饮料里，到底有什么用，不知道。反正每每看到异性喝下自己的秽物，总能令他异常兴奋。

老甫见夏流的两个拳头越攥越紧，赶紧让他去洗手间擦把脸，夏流这才悻悻地走开。

这时，挂在墙上的可视电话响了，老甫一接听，屏幕上就出现了一个又瘦又矮的身影，看上去有些模糊，像泡在面汤里似的。

樊一帆抢过电话道："薇薇，你怎么才来？"说着按下门禁的解除键。

片刻，门开了，烛光不禁一曳，一个穿高跟鞋的女人走了进来。

这女人蓬松而凌乱的长发，加上阴影般浓重的斜刘海，仿佛在脸上覆了一层不祥的黑纱，露在外面的部分似乎只有鼻翼那么宽，还涂了厚厚的脂粉，口红太重的缘故，嘴巴活像被割开的一道已经凝血的伤口，一条黑色筒裙套在身上，左胸上戴着一款Dior的水钻胸花，看上去有一种无比妖异的感觉。

在场的人当中，大部分从来没有见过杨薇。小青虽然认识她，却一屁股坐在圆桌边的一把椅子上，又点了一根烟，仰着头慢慢地抽，仿佛根本就没看见她似的。

杨薇冷冷地看着她。

"大家坐，大家坐。"作为主人的老甫招呼每个人围着圆桌坐下，"今天晚上是咱们'恐怖座谭'的第六次聚会，杨薇以前没有参加过，我就给你讲一讲我们的游戏规则吧。其实也很简单：等会儿我把蜡烛吹灭，每个人轮流讲一个恐怖的故事，或者做一件恐怖的事情，谁如果能把其他人吓得离席——上洗手间不算——或者要求不要再讲下去了，谁就是胜利者。胜利者的奖励是，他可以提议在场的任何一个人做一件事情……"

"比如？"周宇宙问。

"比如这个。"一直沉默的小青突然开口，撩起遮住右脸的长发。

太阳穴以上的皮肤竟是一片恐怖的紫红色疤痕！

杨薇的身子不由得向后一缩。

"那次，据说是你教给一帆的故事，她讲得连老甫都吓得跳起来了。"小青瞪着杨薇，咬牙切齿地说，"然后一帆的提议是用她的打火机燎一下我的右太阳穴，起先我不同意，后来她把打火机给我，让我自己燎，我把火力钮调到最小，谁知打火机是做过手脚的，火力钮强弱是反的，结果我就被烧伤成了这副鬼模样……"

樊一帆笑出了声。

老甫忙不迭地说："那只是一次偶然的事故……一帆经常赢，不是还让我从三楼阳台上跳下去过吗？多亏下面是草坪……总之，赢家的提议，被提议者必须完成。"

"另外我还要强调一点。"老甫说,"假如你讲了一个故事,把一帆吓得跳起来了。我也讲了一个,也把一帆吓得跳起来了——算谁赢呢?算平手,两个人接着讲,看谁吓到的人多,谁就是最后的赢家。"

杨薇吐了个很圆很圆的烟圈,然后把烟头扔在地上,脚狠狠一踩。

一刹那,她的目光和小青的目光像两把同时掷出的尖刀,刀尖硬生生地撞在了一起,一样的冰冷,一样的尖锐,一样的残忍,甚至包含着一样的意思——如果我赢了,你就死定了!

老甫关上门,把厚重的窗帘也哗啦啦地拉上,小小的房间顿时成了一个不透风的密室。然后,他回到自己的位子上坐下。所有的人都闭上眼睛,胳膊肘支在冰凉的桌子上,把两只手抱成一个拳头,顶住下巴,沉默不语。这是每次"恐怖座谭"开始前的固定仪式,用意是集中精力,召唤出内心的"魔性"。

墙上的影子也凝固住了,但仔细看,随着烛光的摇曳,影子的边缘还是有些微微的颤抖。

不知沉默了多久,老甫睁开眼,鼓起腮帮子,噗地一吹,烛火痛苦地颤抖了一下,熄灭了,影子随着火光一起化成一缕味道酸酸的青烟,在半空中渐渐飘散。

睁开眼,黑暗。似乎还能看到残存的最后一缕烟,那是烛光的骨灰——几乎每个人的心中都浮起一丝不可名状的坠落感。

第一个讲的是夏流。只见这胖子先是嘿嘿干笑两声,然后抠着臭烘烘的脚丫子说:"我讲的这个简单,但是是真事儿。听说老早以前有那么一批人,给流放到西北一沟里边去了,找不到吃的,大冬天的,怎么办啊?最后一个个饿死了,只有几个活下来的，你们猜，他们是怎么活下来的？"

"这还用说？"樊一帆撇了撇嘴，"吃人肉呗，在锅里煮，或者烧烤，味道应该不错吧。你们谁吃过？"

夏流说："你只说对了一半，刚开始吃人肉，人肉吃光了怎么办？"

樊一帆说："那就互相杀！谁死吃谁——你丫能不能别抠脚了？"

夏流把脚放下："都饿成劈柴了，谁杀得了谁啊？你再猜。"

"猜不出！"樊一帆不耐烦地说，"你丫就别卖关子了，直接说吧。"

"他们吃完了人，然后把骨头风干了，用刀一点点刮骨头面儿冲水喝。"说到这里，夏流哈哈大笑起来，"你们说好玩不好玩？"

大部分人的喉咙都咕噜一声，唯独樊一帆笑了："不错啊，还能补钙呢！"

老甫说："咱们下面讲的故事，还是要把重点放在恐怖上。要是比恶心，就不用了，准保老夏拿第一。"

大家一致表示赞同。

第二个讲的是周宇宙。这个健美的小伙子，声音却有些尖细，这时刻意压低了音量说话，显得很古怪："有一年，美国南极科学考察站留下了两个人过冬，一个叫汤姆，一个叫杰森。他俩平时就是很好的朋友。科考站有得是粮食和水，他俩除了保养科学仪器，平时就聊天下棋，晚上睡在一个小屋里，日子过得倒也不错。

"但是有一天，杰森突然病倒了，而且病得越来越重，眼看就不行了。临死前，他抓住汤姆的手说，自己不想长眠在这南极大陆的冰天雪地里，请汤姆发誓一定不要就地掩埋自己，要把自己的尸体带回美国去。汤姆答应了。

"杰森死了，汤姆非常难过，但尸体总这么放着不是办法。汤姆想来想去，还是觉得先埋到冰雪里，等春天考察队回来了再挖出带回国去比较妥当。于是汤姆拿了铲子，把杰森的尸体背到考察站不远处的一个小丘陵上，埋在雪里了。

"这天晚上，汤姆独自一人待在小屋里，听着窗外暴风雪的呼啸声，想想刚刚去世的朋友生前的音容，感到格外孤寂，便早早地熄了灯，躺下睡了。

"第二天一早，汤姆醒来，窗户上结着厚厚的冰花。他懒洋洋地坐起，突然，整个人都僵住了！"周宇宙陡然提高音量，"因为他发现，昨天被埋在冰雪中的杰森的尸体，此时此刻，就躺在对面的床铺上！"

围着桌子坐的人们，身子都是一颤！

"汤姆想不明白，杰森的尸体是怎么进了屋子的。方圆几百里冰天雪地，根本不可能有其他人，而且房门是反锁的。他感到非常非常恐惧，但是又没别的办法，就把杰森的尸体又埋了回去。谁知第二天早晨一觉醒来，杰森的尸体居然又躺在了对面的床铺上。

"汤姆吓坏了，他仔细检查杰森的尸体，没错，死得透透的。他又拿着枪围着科考站巡查，想看看还有没有别的人，结果连只企鹅都没发现。他困惑不解，瞪着杰森的尸体看了一天，只好把僵硬的尸体又埋了回去——这次他特意把原来的坑挖得更深了些。回到房间，汤姆反锁好门，把桌子推到门前堵住，抱着上了膛的枪，靠在墙角打盹。

"外面是风雪声，呼呼呼呼——点着油灯的小屋，不知道什么时候，灯熄灭了，一片黑暗……"

房间里寂静无声。每个人都僵硬地坐在椅子上，仿佛畏缩在茫茫雪原中的小屋里，惊恐地等待着那扇锁得严严实实的门，再次被杰森的尸体推开……

"第二天早晨，汤姆睁开眼睛，看见门依旧反锁着，桌子依然顶着门，而杰森的床上空荡荡的，他长长地吁了一口气，站了起来。然后，他看见自己的床上，躺着杰森的尸体……"

"我的天哪！"小青忍不住轻轻地叫了一声。

周宇宙接着说："汤姆浑身发抖，惨叫一声，朝杰森的尸体连开数枪，'乓乓乓'，尸体被打得稀烂，然后汤姆把枪口塞进自己嘴里，扣动扳机，只听乓的一声……"

"乓！"

一声巨响！

响声近在咫尺。黑暗中的人们，本来就像坐在太平间里，等待着未知的恐怖，这突然爆发出的"枪声"吓得他们心惊肉跳，小青和杨薇几乎是同一秒钟从椅子上跳了起来："怎么啦？怎么啦？"

还是老甫比较沉着："快把蜡烛点上！快！"

小青想掏出打火机，颤抖的手在裤子上摩挲了半天，竟然一直伸不进裤兜。

终于，抓住打火机了，点燃烛芯，火光在黑暗中重新闪亮的一刻，所有人都闭上眼，不忍看到真实发生的一幕，但是当视线像蜗牛伸出触角一般慢慢从眼皮间探出，扫视了一遍昏黄的光晕中的每个人时，又不由得全都愣住了。

一切都很正常，没有人的胸口或眉心有枪口和汩汩流出的鲜血。

"扑哧"一声,周宇宙笑了起来。烛光一颤,他弯下腰,从实木地板上捡起了手机。

"操你妈的,吓死我了!"樊一帆推了一下他的胸口,手掌感觉到丰满而有弹性的胸肌,"原来你把手机扔到地上吓唬我们啊!"

"有钱人啊,手机摔坏了也不在乎。"老甫淡淡地道,探了探身子把蜡烛重新吹灭,"小周你把两个人给吓离了座位,算你厉害。"

杨薇和小青慢慢地坐回原位。小青有点不好意思:"故事讲完了?好像还没有结束啊……不过,已经够吓人的了。"

周宇宙说:"我下面要说的,才真的吓人,那就是——这个故事是真实的。"

"啊?"一片惊呼。

周宇宙接着把故事讲下去:"第二年春天到了,美国南极科学考察队回到科考站,发现房间里的两具死尸,十分震惊,不知道出了什么事。他们在抽屉里找到汤姆的日记,日记一直记到他自杀的前一天,其中写到了杰森的死,也写到尸体一次次从墓穴里爬出……看着汤姆在日记上写下的一行行歪歪斜斜的字,科考队队员们不由得毛骨悚然。他们对整个事件百思不得其解,将两具尸体带回国安葬之后,科考队队长亲自带着这个谜团来到纽约,向推理大师埃勒里·奎因求教。埃勒里·奎因看完汤姆的日记之后,做出了一个大胆的推测……"

"等一下。"小青打断了他的话,她似乎还在为刚才被吓得跳离座位的事赌气,"你能不能先别说出事情的真相?让我先好好想一想。"

周宇宙笑了笑:"好吧,你先想着,下一个轮到谁讲了?"

樊一帆嘟囔了一句:"讨厌,吊人胃口嘛……"

下一个轮到老甫讲了。他慢条斯理地说:"有个大学生来到一个小城镇,租到了一套很便宜的住宅。两层小楼,只住着母女两个人。据母亲说,他们家的男主人失踪了,只有上中学的女儿与自己相依为命,她让大学生住在二楼女儿的房间里,女儿搬到一楼和自己一起住。

"大学生住下的第一天夜里,睡不着,突然听见隔壁有很凄凉的哭声,还有低低的咒骂声。他感到很奇怪。第二天夜里,依然如此,他使劲敲了敲墙,隔壁才安静下来。天亮后他跟女房东说了这个情况。女房东说不可能啊,你那房间的墙那边是一条封闭的小巷,根本没有人住。

"大学生决定搞清楚是怎么回事,就绕到房子后面,发现果然是高墙封闭的一条小巷,而且墙头装着铁丝网,根本攀不上去。他很沮丧,正要放弃,突然出现了一个脸上有刀疤的人,迎面拦住他,跟他说多年以前,这个小镇上失踪了三个小孩子,谁也不知道他们去了哪里。有一天,他在大学生现在租住的房间里留宿时,夜里听见了隔墙传来哭声和咒骂声,他从墙上的窗口往下看去,发现封闭的小巷里有三个血淋淋的鬼影子。等到早晨,鬼影子消失了,小巷的地上出现了一块生锈的铁盖子。刀疤脸怀疑三个小孩子的尸体就埋在铁盖子下面……

"这不是伊藤润二的《鬼巷》里面的情节吗?"樊一帆叫嚷了起来,"后来那个大学生来到巷子里,在铁盖子下果然发现了尸体。原来都是女房东的女儿干的,她不仅杀了她的同学,还杀了她的爸爸——我说得对不对?"

老甫很扫兴地干笑了两声,不再讲了。

"真没劲,还以为你准备了这么长时间能讲出什么吓破胆的东西来呢,原来是个老掉牙的故事。"樊一帆不屑地说。

其他人倒都松了口气,中场休息一般,扭扭脖子,晃晃肩膀,让绷得过紧以至于有些酸痛的肩颈和神经放松一下。周宇宙走到外屋打了个电话,声音太小,听不清他说什么。老甫去洗手间时正好看见他把翻盖手机盖上,"啪"的一声,背景灯像绿头苍蝇被拍死一样熄灭了。

"没摔坏吧?"老甫问。

周宇宙没有说话,是不是点头或者摇头了,老甫也没看清楚。总之,两人擦肩而过。

老甫从洗手间出来,回到里屋,见樊一帆还在跟众人埋怨他拿老故事糊弄大家,笑道:"一帆,有本事,你来个刺激的给我们见识见识。"

"我早就准备好了!"樊一帆摸黑走到外屋,从自己的提包里拿出一摞纸杯,放在圆桌上,然后用起子打开一瓶啤酒,估摸着杯子大致的位置,咕咚咕咚地把每个杯子都斟满,泡沫泛起又破灭的沙沙声,不绝于耳。

"我请大家做个游戏,第一试试胆量,第二比比运气。你们当我来真的可以,当我开玩笑也可以。"樊一帆指着纸杯,冷冷地说,"我在其中的一个纸杯里下了微量的氰化钾,这种毒药据说口服十毫克就可能要人命,我下的量虽然比较少,不过估计也够人在鬼门关上走一回的了。当然,不排除另外一种可能,那就是我根本没有在纸杯里放任何东西。不过,只有喝完才能知道真相了。请大家每人挑一杯,等会儿一起喝下去,然后咱们拉起手,剧烈抖动身体,加速毒药发作,看谁才是那个中毒的倒霉蛋。"

小青拒绝道:"咱们开'恐怖座谈',不是玩儿命,这种游戏，你自己玩吧，我不参加。"

黑暗中绽开两排白森森的牙齿，是樊一帆在狞笑。"我就知道你不敢玩。你什么都争不过我，没完没了地输，到现在，居然连赌一把的勇气都没有。"

小青一言不发，从六个纸杯中随便拿过一个，放在自己的面前。

其他人一见，也先后拿了自己的一杯，不仅动作缓慢，还都不约而同地看了看别人的杯子。

只剩下一个纸杯了，圆桌上。

樊一帆伸出胳膊，把这最后一个纸杯拿在手里，高高举起，用一种很夸张的悲壮腔调说："让我们为死神——干杯！"一仰脖，把杯中的酒一饮而尽，然后用略带挑衅的目光盯着其他人。

十二只手牵起来了。

先是衣服摩擦的窸窣声，然后是椅子嘎吱嘎吱作响……骤然，漆黑房间里的六具身体像触电一般剧烈抖动起来，虽然谁也看不清谁的面孔，但是都能从手指的紧紧勾连中，感受到彼此的肌肉、骨头、关节和血管犹如被抻断般痛苦。还有在摇摆中愈益纷乱的你的我的他的发丝，纠结成一团，搅动，搅动。谁喝下了那杯毒酒？谁正在痛苦中挣扎？谁在呼哧呼哧地喘息？谁的嗓子眼儿里发出凄厉的呻吟……

突然，有人从手臂组成的圆圈中猛地挣脱出来，"哐当"一声，连人带椅子，呈弹射状，后仰着摔倒在地上。身子蜷曲，绷直，蜷曲，绷直……抽搐得像一根接连发射弓箭的弓弦。

大声惨叫！

"开灯！开灯！"是小青在叫。

"不能开灯。"老甫说。

"浑蛋，你疯了？出人命了！"小青大喊着，跳起来把蜡烛点燃。

烛光下，老甫神情平静，夏流庞大的身躯缩成一个球，周宇宙脸色略苍白，但三人都安坐在椅子上。地板上有两个人，蹲着的是杨薇，坐在地上的是樊一帆——她已经不再抽搐了，嘴角挂着一丝嘲讽的笑。

"我也吓得两个人离开座位了。"樊一帆说，金鱼眼瞪着小青，下嘴唇微微向上勾着。

"卑鄙。"小青咬了咬牙说。

老甫笑道："我就知道一帆是吓唬人玩儿。"

杨薇扶起椅子。樊一帆从地上爬了起来，揉着屁股，慢慢坐下，瞪着周宇宙说："你为什么不关心我的死活？"

"不是不关心。"周宇宙说，"我和老甫一样，猜到你可能是演戏。"

樊一帆冷笑了一声。

蜡烛被重新吹灭了。一时间，屋子里像刚刚结束了厮杀的战场，格外安静。小青走到窗边，拉开窗帘，不由得轻轻地"呀"了一声。原来，外面不知从什么时候开始下起了雨，雨丝虽细，却将夜染得有些纷乱，仿佛在漆黑中还隐藏着什么更加叵测的东西。

"小青，小青……"老甫叫了她两声，她才回过头，眼神有些茫然，像忘记了自己的名字似的。

"轮到你啦。"老甫说，"快回来坐下吧。"

"不用了。"小青把厚重的窗帘放下，靠在墙上，歪着脑袋，望着几乎看不见的天花板，就这么开始了梦呓似的讲述。

从前，有一个女人……女人有许多种，好的坏的美的丑的贵的贱的纤细的丰满的清纯的成熟的贞洁的放荡的，但是这个女人，她不属于上面任何一种，她就是喜欢玩儿。她什么都玩儿，过山车沙狐球老虎机PSP扑克麻将感情，甚至性命，因为她没别的事儿可干——什么？老甫你说这种女人现在满街都是，嗯，那就满街都是好了。

有一次她碰上了一个男人，这男人很善良很忠厚，她想逗他玩玩，一来二去男人对她还真的动了心。她见他家境很好，就嫁给了他。可结婚没多久她就烦了，她的所有玩具都是过期就扔。但是怎么才能甩掉丈夫呢？她一点办法都想不出，因为她的所有心思都在怎么能玩得开心上，除此以外她几乎什么本事都没有。

不过，她有个非常有心计的闺蜜，这个闺蜜几乎是她的谋士，在所有事情上都为她出谋划策，仿佛是提着吊线的傀儡师一般。闺蜜得知了她的烦恼，给她出了一个绝妙的主意。

在一个寒冷的日子，深夜时分，这个女人把丈夫叫到了湖畔的一片树林里，告诉他，她觉得嫁给他之后一点都不幸福，痛苦得不想再活下去了。丈夫太老实了，听了妻子的话，手足无措。女人说自己想单独走走，让他在树林里等自己，不要走开。

丈夫傻呵呵地站在树林里，听风声在树梢凄惨地号叫。突然，远处接连传来"咔嚓"和"扑通"两声，然后是妻子大喊："救命！救命啊！"

丈夫拼命向湖畔跑去。在岸边，他看见原本冰封的湖面在不远处漏开了个大窟窿，白色的冰屑还在随着湖水不停地向上翻涌。他连外套都没有脱就跳下了冰窟窿,刺骨的湖水蜇得他肌肤像被一万根针扎一样疼。他三划两划没看见妻子,感到身体快要被冻僵了,就想先浮上去再说,谁知头刚刚露出水面,一块巨大的石头就砸在了他的头顶上。

他沉下去了,沉下去了……

湖面的窟窿当夜就重新冻上了。

后来,破冰钓鱼的人发现了丈夫的尸体。警方调查后,认定是他自己不小心踩破了冰掉下去的,头顶的伤可能是奋力往上浮的时候,撞到冰层导致的,就以意外事故结了案。

那个女人非常高兴,总算摆脱掉了丈夫,而且最关键的是,她觉得这一次杀人游戏玩得开心极了。在整理丈夫遗物的时候,她看到了一面美丽的镜子,那是丈夫生前最喜欢的一面镜子。她随手就把镜子送给了给自己出主意的闺蜜。

谁知第二天就传来了闺蜜的死讯:她死在门窗紧锁的房间里,一把刀插进了她的心窝,但刀上只有她自己的指纹。警方认定她是自杀。

傀儡师的线断了,那个女人感到失魂落魄。在去闺蜜的房间清理遗物时,她惊讶地发现,闺蜜已经将那面美丽的镜子挂在了卫生间的墙上。不知是什么原因,镜子仿佛突然有了磁性,令女人无可抗拒地将它拿回了家,而且也挂在了卫生间的墙上。

当天夜里,女人躺在床上,脑海里浮现出闺蜜惨死的现场:瞪得圆圆的眼睛和张得大大的嘴巴,雪亮的尖刀,一地已经凝固的污血……翻来覆去,她怎么也睡不着……

四个字。

有人说了四个字,虽然声音很低,但女人听到了,只是听不清。

似乎就是一个人伏在她的耳际说的。

不可能!这所房子里只有她自己!

她从床上一下子坐了起来,瞪着伸手不见五指的黑暗,她什么也看不见,但可以肯定身边没有人。

也许是幻听吧——她又躺下了。

但是,几乎在后脑勺贴上枕头的一瞬间,声音再次响起,还是四个字,这一回,格外清晰。

"我冻僵了——"

最后那个"了"字拖着长长的颤音,凄惨至极。

女人吓坏了,坐起来,浑身直哆嗦。她使劲地看,身边还是没有任何人。但是那声音越来越大,而且始终重复着四个字:

"我冻僵了——

"我冻僵了——

"我冻僵了——"

女人大叫了一声,狂奔到厨房抓了一把刀,跌跌撞撞地把每个房间的灯都打开。

她要找到那个人,那个虽然已经冻死在湖底却依然对她纠缠不休的丈夫!

可是,几乎每个房间的每个角落她都查看了个遍,根本没有人。而且,门和窗都锁得严严实实的。

只剩下卫生间了。

她两手紧紧握着刀,用刀尖顶开了卫生间的门。"吱呀"一声,门开了,浴缸里是空的,马桶上是空的,洗手池前是空的,卫生间里根本就空无一人。

　　那凄惨的声音也消失了。

　　她把腰靠在白瓷洗手池的边缘,长长地吁了一口气,感到全身都要虚脱一般,没有一点力气。

　　现在她只想回到床上躺下。

　　铝合金透气板吊顶上的节能灯,照得整个卫生间白花花的。她转过身,无意中往挂在墙上的那面镜子看了一眼。

　　只有一眼。

　　镜子中的恐怖景象,令她全身的血液都凝固了……

　　"镜子里是不是……出现了一个骷髅头?"圆桌边的周宇宙问道。

　　"不是。"

　　"那就是死去的丈夫湿漉漉的身体,头顶还在往外淌血。"这回是老甫的猜测。

　　"也不是。"

　　"那么……"房间里响起了夏流带着哭腔的声音,"镜子里的恐怖景象究竟是什么——你快说啊,别再吓唬我们了……"

　　小青叹了口气,慢慢地说下去。

　　"最恐怖的景象就是:那个女人就站在镜子前,但镜子里面——什么都没有。"

第二章 打给空屋子的电话

"什么……都……没有?"

夏流的声音颤抖得好像被人迎头浇了一盆冰水。

"是啊,什么都没有……"小青停了一下,接着说,"当然,镜子清晰地照出了那个女人身后贴着白色瓷砖的墙,甚至墙上的一只正在爬行的黑色蜘蛛,但就是没有她的脸。她呆呆地瞪着镜子,突然惨叫一声,扑到镜子前,手指死死抠住镜子的边沿,疯了似的照着自己。但镜子里还是没有她的影像,那只黑色蜘蛛,缓缓地爬过她的影像本该存在的位置……"

"别……别讲了!"夏流哀求道。

小青却没有停,声音冰冷:"女人用刀柄狠狠地凿在镜面上,哗啦啦!镜面上顿时布满了蜘蛛网一样的裂痕,再一刀,噼里啪啦,无数碎掉的镜片撒落在地上。就在这一刹那,整栋房子里所有的灯管都在同一时间炸裂!所有的光芒都消失了,黑暗吞没了她。她尖叫着冲出卫生间,视网膜上突然浮现出一个人的形状,正是被她害死的丈夫!只见他浑身湿漉漉地站在客厅中央,散发着暗绿色的光,头顶往外汩汩地冒血,血从额头流下,把他的眉毛、眼睛、鼻子、嘴巴都染成了恐怖的鲜红色,鲜血顺着他的指尖、裤管一滴滴地滑落在地,仿佛他整个人即将融化成一片浓浓的血浆,漫延整个房间。"

"'我冻僵了,我冻僵了,我冻僵了……'丈夫一面呜咽,一面向她逼近,逼近。

"女人惨叫一声,双手握紧刀向着丈夫的心脏刺去!

"只听'扑哧'一声……"

讲到这里,小青闭紧了嘴,半天没有出声。

房间里静得像死了一样。

"后来怎么样了?"老甫忍不住问。

小青说:"妻子的尸体,好几天后才因为尸臭味太浓被邻居发现。她仰面躺在地板上,双手握紧刀柄,把刀刺进了自己的心脏,用力之大,刀尖几乎穿透了脊背。令人不解的是,她那双睁得大大的眼睛里,依然残存着极度恐惧的光芒……"

"啪!"

狠狠的一声响,是手掌用力拍打桌面发出的声音。紧接着,樊一帆从椅子上霍地站了起来,张口就骂:"小青,你他妈的浑蛋!"

小青冷冷地一笑。

"臭婊子,你指桑骂槐,以为我听不出来?!"樊一帆咬牙切齿地说。本来就外凸的金鱼眼,此刻像要爆裂一般鼓出眼眶,显得格外狰狞。"你信不信我现在就宰了你?"

杨薇望着小青,毒毒地点了点头。

"宰了我?你们试试看。"小青轻蔑地说,"京剧里有一出《徐策跑城》,没听过吧?其中有这么一段唱词:'湛湛青天不可欺,是非善恶神先知。血海的冤仇终须报,且看来早与来迟。'连同刚才那个故事,我一起送给二位。"她用右手食指把长长的秀发轻轻一挑。"好了,我先走了,今天是我最后一次参加'恐怖座谭',再见!"说完,她大步走到外屋,扯开门就向楼下走去，任凭老甫怎么叫她，也不回头。

　　突然，樊一帆对周宇宙咆哮起来："你他妈还坐在这里干什么？是不是想看着我被活活气死？你马上下楼，追上那个臭婊子，给我大嘴巴往死里抽，你巴掌上要是没沾血，就别回来见我！"

　　周宇宙愣了一下，站起身，追小青去了。

　　小青站在黑黢黢、空荡荡的街上，嗅着雨后泥土散发出的苦苦的香气，心头一片迷惘。我这算什么？发泄？出气？报复？反击？好吧，就当是给她们一个教训，那么一切真的可以挽回吗？根本不可能！既然这样，走吧，走得远远的，永远不再回来，可是我又能去哪里呢？夜这么黑，黑得又这么浓⋯⋯

　　胳膊突然被人抓住了。

　　她转过头，看见了那张虽然漂亮但缺乏表情，因而像陈列在橱窗里的人偶一样死板的面孔。

　　"怎么？你是他们派来宰我的？"小青从鼻子里发出"哧"的一声，充满了不屑。

　　"小青，闹得大家撕破脸，这又何必呢？"周宇宙说，"你知道的，我心里其实只有你一个人⋯⋯"

　　"放手！你这个骗子！"小青想甩开他抓着自己胳膊的那只手，但他抓得太紧了，挣扎了两下没有用，激愤中她用另一只手狠狠一挠⋯⋯

　　"哎哟！"周宇宙叫了一声松开手，手背上出现两道红色的血印。

　　小青指着他的鼻子，愤怒地骂道："你是不是觉得用谎话蒙骗一个人是件很好玩的事情？如果是，麻烦你去哄那些还没有看清你真面目的人。至于我，这辈子都不会再相信你说的半个字!"

说完,她向远方跑去。

周宇宙看着她那渐渐模糊的背影,掏出手机,大拇指一挑,把盖掀开,一段蓝绿色的光芒立刻照亮了他的脸孔:那俊秀的眉眼、高挺的鼻子和丰满的嘴唇,一时间显得有些肿胀。他看了看屏幕,"啪"地合上,顺着小青跑掉的方向慢慢走去,双手一直插在裤兜里。

此时此刻,在老甫家中,樊一帆活像一只屁股着了火的母猴子,跳着脚地骂街,她的影子在墙上蹿啊蹿的,弄得屋子明暗不定。

这么闹腾了约莫有十分钟,樊一帆依然不休不止。杨薇把眉毛压得低低的,一声不吭地抽着烟。夏流又开始在裤裆里搓他的泥丸了。

到底老甫精明,一句话就让她消停下来:"一帆,小周怎么还没回来?"

樊一帆愣住了。

"呵呵。"夏流笑了。

"你笑什么笑?"樊一帆恶狠狠地瞪着他问。

也许是小青刚才的那一番表现,或多或少给这个胖子打了点气,他把肥嘟嘟的脸蛋一扬:"你派周宇宙去打小青,他舍得吗?他俩原来可好过,保不齐被你这么一逼,旧情复燃,就这么双宿双飞喽。"

夏流以为自己这番话,最低限度也能把樊一帆当场气昏过去。谁知樊一帆站在原地想了想,竟"扑哧"一声笑了出来:"那正好。旧的不去,新的不来,反正这个我也玩腻了,正想换个新的。我可是梦露牌的方便面——不愁没有男人泡……"

她的笑声,她的语气,没有丝毫的虚伪和做作,仿佛是燃气灶上的旋钮,仅仅咔吧一拧,刚才还火焰灼灼的炉头,瞬间就熄灭得一干二净,以至于夏流低声说:"我靠——"

"小青退出了,小周又不回来,我看咱们今天的'恐怖座谭'就到此为止吧。"老甫说。

夏流忙不迭地说:"好啊好啊!今天晚上大家玩儿得一个比一个邪乎,吓得我冷汗出了一层又一层,脖颈子到现在还是湿的呢。再讲下去我今晚就别想睡觉了。散了散了!"

"不行不行!"樊一帆急忙拦住,"杨薇还没讲呢。"

夏流在裤裆里揉搓的手不动了。

事后回忆起这个时刻,夏流说自己当时一阵心慌,那种感觉……初中时,有一次下河游泳,同学们都从岸边下水,他逞强非要从拱桥上往河心跳,翻出桥栏,望着波光粼粼的水面,隐约觉得水下藏着一个黑乎乎的东西,仿佛是在等待猎物的鳄鱼。他顿时害怕起来,畏畏缩缩地不敢跳了,在水中起伏着的同学们开始起哄:"夏流,你害怕啦?""牛就牛到底哦!"他鼓足了勇气,闭上眼睛,一个猛子扎下去,脑袋"砰"地撞在了水面下的石头桥墩上,当场就不省人事了,后来被救起时,据说鲜血把河面染红了一片。从此他再也不敢游泳了。可是就在这个夏夜,在连续听了或看了四段恐怖的故事和表演之后,胆小的他以为已经接近尾声了,但是当黑暗重新席卷这个房间的一瞬,他强烈而清晰地感到,自己再一次站在了桥栏外——不可名状的恐怖和血腥,也许才刚刚开始……

伸手不见五指的房间里,沉寂了很久很久。每个人都在等待,就像趴在冰凉的井沿,探头探脑地看井底究竟能冒出些什

么,就在他们断定这是一口枯井的时候,杨薇的声音突然响了起来,低沉而阴冷:

"没准备,我讲不出。"

樊一帆说:"没事的,你随便讲一个,能让我们小小地害怕一下就行。"

杨薇还是摇了摇头。

夏流长长地舒了一口气。他正鼓足了力气准备从椅子上站起,逃离这个房间(或者逃离这种感觉),突然——

"要不,这样吧。"杨薇说。

夏流心里咯噔一下,他知道,自己逃不掉了。

杨薇从黑色筒裙的口袋里掏出了手机,一边摁着键盘上的按键一边说:"一帆知道,我家在望月园附近有一套房子,一直空着,半年没人住了。"她摁下拨出键,然后把手机贴到耳朵上,接着说,"快十一点半了,我往那空房子里打个电话,大家可以想象一下:假如有人接听,该是一件多么恐怖的——"

声音戛然而止!

黑暗中,杨薇的一对眼珠瞪得如同被绞死的人,虹膜、瞳孔和眼白在一瞬间混合成铅色的凸起,两道无比震惊的光芒被死死封冻在这凸起上,仿佛是巨大而恐怖的投影。

"怎么了?怎么了?"樊一帆惊慌失措地问。

杨薇石化了一般,一言不发。

"哎呀!你倒是说话啊!"樊一帆抓住她的胳膊,拼命地摇晃。

"一帆你别慌。"尽管老甫怀疑杨薇此刻的表现和樊一帆刚才"中毒"一样,不过是一场提前准备好的表演,但这房间里悄然流溢的诡异气氛,还是让他心惊肉跳。"杨薇,到底发生了什么事情?你慢慢说。"

"有……有人接听……"

杨薇用尽全身力气,才从嗓子眼里艰难地挤出这几个字。

樊一帆"啊"地惊叫了一声。

夏流浑身上下立刻起了一层鸡皮疙瘩。一幕景象慢慢地在他眼前浮现,无比清晰:落满灰尘的空房子里,一片漆黑,电话铃骤然响起,"丁零零,丁零零",突然,半空像被用刀切开似的,慢慢浮现出一只手,拿起了话筒……

他想哭,真的。

老甫还算镇静,他看着杨薇,尽管屋子里漆黑一片,依然能看到她那斜刘海遮掩下的面颊,惨白得犹如停尸房中的死尸。

"你赢了。"

杨薇茫然地把脸缓缓转向他。

"我说,你赢了。"老甫说,"虽然你今晚最后一个讲恐怖故事,而且讲得最短,但是你营造出的恐怖气氛无人能比,你赢了,真的。现在我才明白,为什么一帆每次说起你,都崇拜得不行……"

"我靠!"樊一帆一边捶拍胸口,一边故作轻松地说,"薇薇,你可把我们吓得不轻……"

她说不下去了。

杨薇畏缩着身子瑟瑟发抖——完全不像是装出来的。她的鼻翼一鼓一鼓的,眼角因为极度的恐惧,闪出了泪光,嗓子里不断地发出一种像哭又不是哭的声音。

沉默。在这种情境下,每个人都不知道应该说些什么。

半天,杨薇用一种近乎恳求的腔调说:"是真的……"

"这不可能。"老甫说,"空房子里怎么会有人接电话?会不会是你家里人今晚到那房子里去了,没有告诉你?"

"爸妈都出国了,家里就我一个,房子的钥匙也只有我一个人有。"

"那……会不会是你拨错号码了?"老甫问。

杨薇双手颤抖着打开手机,调到"已拨电话"这一项,仔细看了看,摇摇头:"没有错。"

老甫说:"那你重新拨一次试试。"

"我不敢……"杨薇惊恐得浑身发抖,拉住樊一帆的手说,"你陪我去一趟那房子看看吧。"

樊一帆一把甩开她的手,大喊道:"别找我!我胆子小!"

杨薇咬咬牙说:"那我自己去!"

"大半夜的,你自己一个人去那房子里,不管有没有事,都不好。"老甫说,"这样吧,你和一帆今晚在这里住下,明天一早,我和夏流陪着你们过去看个究竟……"

"不!我现在就去!"杨薇把头一甩,匆匆地走出了屋子,脚步声在楼道里一路下沉。

老甫站在窗前,掀开窗帘,看着杨薇骑着红色女式山地车消失在茫茫的夜色中,转身对樊一帆说:"她好像很生你的气……"

"我他妈的才不管呢!"樊一帆瞪着金鱼眼,"我喜欢玩儿,但不喜欢玩儿命。"

夏流的手又在裤裆里忙活起来,半天后,把指头放到鼻子下面闻了闻,突然想起了什么似的:"对了,一帆,杨薇说她家那栋房子在望月园附近?我怎么记得,阿累的家也在那儿,是不是叫叠翠小区?"

"你丫闭嘴!"樊一帆尖叫一声。

叠翠小区位于望月园公园的北边,由几栋墙体为翠绿色的居民楼组成。白天远远看上去像一片密匝匝的防护林,颇为赏心悦目,但是到了晚上,幽幽路灯的灯光之下,顿时变成了阴森森的暗绿色,好像浑身布满苔藓的古老城墙。

这天晚上大约九点钟,也就是老甫家的"恐怖座谭"开始之前一个小时,一个人走进了叠翠小区。他绕着几栋楼转了好几圈,才钻进了一个黑黢黢的单元门,使劲一跺脚,楼道的灯亮了。他走上二楼,按响了一扇防盗门上的门铃,"丁零丁零",里面立刻传来一个清脆的声音:"来啦来啦!"紧接着门开了。开门的是个年轻的短发姑娘,上身穿着黑白横条纹的衬衫,下身一条黑色牛仔裤,圆圆的脸蛋上有一双炯炯有神的大眼睛,骨碌碌一转,灵光乍现。

姑娘看着门口站着的这个人:浅黄色的头发和胡子,嘴巴很大,嘴唇很厚,小小的眯缝眼儿,她不禁有点发愣:"你找谁?"

"请问蔻子在吗?"眯缝眼儿有点迟疑,"我是《法制时报》的……"

"啊?"姑娘一惊,"我就是蔻子,是我找的你们记者部主任。可是,据我所知,你应该是个女的才对啊……算了,你先进来吧。"

眯缝眼儿在玄关换了拖鞋,走进了屋子,闻到一股有点儿发酸的霉味。由于天花板上的吸顶灯发黑而显得昏暗的客厅里面,除蔻子外还有几个人。蔻子逐一给他介绍:一位年龄在四十岁上下、身穿黑色长裙、手里捧着一本书的女士姓孙,长长的脸上,眉眼很漂亮,看得出年轻时一定是个美女;她身边那个胸脯很瘦、长得一点也不像她的是她的女儿,叫王云舒;还有一个名叫小萌的姑娘,皮肤有点黑,脸上一抹乡村红,服装很朴素,一望即知是这家的保姆。两个男子看上去都二十出头:左边的叫刘新宇，眉清目秀，举手投足犹如挥毫作画，格外地舒展和洒脱；右边戴眼镜的、阔鼻方口的叫武旭，感觉很木讷。还有一个瘦小的，穿着米黄色短裤，衬衫上绘着Hello Kitty的女孩叫雪儿，此刻畏缩在沙发的一角，无精打采地耷拉着脑袋。

还有一个人，是个看上去六七十岁的老太太，铅色的脸上刻满了刀痕一样的皱纹，白色、灰色和黑色纠结在一起的头发，像野猫窝里的一团杂毛，最恐怖的是中间还秃了一块，露出白垩样的头皮。她坐在一张轮椅上，面对着一面挂在墙上的长镜，不断地伸出手抓着，抓着，仿佛要把镜子中的自己揪出来似的。

"好啦，该介绍你自己啦！"蔻子在眯缝眼儿的后背上"啪"的一拍，打得他一个趔趄，逗得小萌抿嘴一笑。

眯缝眼儿咳嗽了两声说："我叫张伟，是《法制时报》的记者。你要找的那个姓郭的记者，案子破了以后，总编让她去休假了，今天才刚刚回来，有点事情来不了。所以我们主任派我过来，那起案子我也参与报道了，大致经过我也了解。"

蔻子的脸上顿时浮现出失望的神情，不过她很想得开："既然是这样，你就讲给我们听听吧。"

蔻子是个侦探小说迷。一个月前发生在这座城市的系列命案，残酷血腥，迷雾重重，虽然已经宣告侦破，但对其中的内情，社会上有不少稀奇古怪、真伪难辨的传言。比如说抓到的不是真凶，是公安局迫于上面的压力，临时找了个"顶包儿"的……因此，蔻子找到和她念同一所大学的师兄、《法制时报》的记者部主任，请他今晚派个参与报道这件奇案的记者来，"最好是那位姓郭的女记者"，给她和朋友们讲一讲破案的经过，谁知派来的竟是张伟，不过"麻雀再小也是块儿肉，只能先将就着吃了"——她心里嘀咕着。

至于张伟，今天来到这里，真的是哭笑不得。在那一系列命案中，他起到的作用只能用"火上浇油"四个字来形容。事后，他好长一段时间抬不起头来，在报社里瘟头瘟脑的，再也没有了从前的张狂。

"小张，你去一趟吧，给他们讲讲前后经过。反正除了小郭，咱们报社最了解这起案子'内情'的就数你了。"记者部主任跟他说这话时，眼中闪过一丝嘲讽。

去就去！有什么了不起的！张伟咬咬牙，从前的张狂气焰又回来了，因此按照记者部主任给的地址找上门来。

蔻子搬来一个圆柱形的小红皮墩儿，他一屁股坐在上面，大嘴一张就把案子的前后经过添油加醋地讲了一遍。亏得这小子口才好，口若悬河间，把众人听得惊心动魄，目瞪口呆。当然，他一个字也没有提自己那点儿糗事，反而把自己在案件侦破中的作用吹得天花乱坠，以致他一语终了，擦着嘴角泛起的白沫时，蔻子神往地说："敢情这个案子是你破的啊？可是我看你们报纸的报道，好像说凶手是被一位姓林的警官抓住的啊？"

"我们分工不同。"张伟一脸严肃地说，"我负责动脑，他负责动手。郭记者写报道的时候，我对她千叮咛万嘱咐，千万不要吹嘘我，毕竟咱是记者，不能抢警队的风头，你们说对不对？"

张伟的形象在一屋人的眼中顿时高大起来。

蔻子猛地想起了什么："小萌，去，给张记者倒杯果汁，瞧他讲得口干舌燥的，给我们也每人都来一杯。"

"好的。"小萌向厨房走去。

"这孩子笨手笨脚的，我去帮帮她的忙。"孙女士微笑着站起身，跟在小萌的身后，一起进了厨房。片刻，她俩每人托着一个粉红色的塑料茶盘回来了，把茶盘上装有果汁的纸杯分给每个人。

突然，响起了一阵哭声。哭声像是婴儿在午夜醒来找不到妈妈的奶头而发出的，很悲戚，很原始，很不着边际，也很让人心乱。张伟循着哭声望去，看到坐在轮椅上的那个老太太，咧着一张嘴，满脸湿漉漉的——她灰色的上衣领子和第一个扣子附近都亮晶晶的，显然是经常被鼻涕和眼泪打湿的缘故。

她的手还在伸向镜子，一抓一抓的，好像婴儿努力去抓一个奶瓶。

张伟发现，听到老太太的哭声之后，客厅中的人们表情各异：王云舒皱起眉头显得十分厌烦，雪儿有些害怕，把身子尽力向沙发里面缩，武旭依旧一脸木然，刘新宇垂下头仿佛在静静等待哭声终结的那一刻，蔻子似乎很难过，孙女士连声催促小萌快给老太太把脸擦干净，小萌用搭在轮椅背上的一块毛巾在老太太的脸上胡噜了两把，然后把她推到与客厅相连的阳台的角落里，让她面对窗外的望月园公园。老太太抽泣了几声，渐渐地沉默了。

客厅里鸦雀无声，每个人都在想着自己的心事。

张伟忍不住问道："这位老人家是……"

"什么老人家？"孙女士嗔怪道，"她是我的姐姐，云舒的大姨。"

"啊？"张伟很惊讶，"可是看上去，您很年轻啊。"

孙女士笑了，两只雪白的手不由自主地搭在了腿上，眼角泛起的鱼尾纹在一瞬间暴露了她的真实年龄。"我姐姐比我显老，但其实也就五十出头。"

"哦。"张伟想问，又不知道该不该问，犹豫了片刻，还是问了，"她……精神好像不大好？"

"是啊。她的身体本来就一直不好,儿子不久前又病死了,从那以后,她的精神就一天不如一天了。"孙女士叹了口气,"她才是这套房子的主人,小萌一直在她身边照顾她。云舒和这几个年轻人是她儿子生前的好朋友,以前常常在一起玩的。最小的那个雪儿才上初中,是我那个去世的外甥生前的网友,家在外地,因为要去美国治病,所以到本市坐飞机,中午才过来,今晚就住在这里……"

雪儿低着头,纤细的手指不停地揪着短裤的裤脚。

张伟不知道该怎么表示好,一边龇牙咧嘴,一边不停地点头,仿佛很痛苦地赞同着什么似的。

"表哥已经死了,我原本不想再讲他的不是,可还是忍不住要说。"王云舒扶了扶眼镜,愤愤地说,本来就长的脸——这大概是她唯一继承了母亲相貌的地方——吊成了猪腰子形,"他实在是太糊涂了,到最后全都便宜了外人……"

"云舒,少说两句。"孙女士教训了女儿一句,转过头叮嘱小萌:"你今后别老把她放在镜子前面,每次照着照着镜子,她都会又哭又闹的……"

"怪怪的。"小萌嘟囔着,"也不知道那镜子怎么惹到她了。"

"也许,是她想起了阿累哥吧,他生前不也是很喜欢收集各种镜子吗?"蔻子说。

刘新宇长叹一声:"阿累死得太早了……我这次从呼和浩特回来,又搞到了几面铜镜,要是阿累还在世,今晚我们又能聊个通宵了。"

"我就纳闷了,你们怎么对那些铜镜那么着迷?"王云舒有些不屑,"我看不过是一些生锈的铜块儿。"

"在绝大多数人看来,也许普天下的镜子都没什么意思,只是一些普普通通的把三度空间压缩为二度平面的物理反射板，用来装饰屋子、化妆或照照脸上有没有长青春痘。"刘新宇平静地说，"但事实上，镜子是我们生活中最矛盾、最复杂、最有诱惑力和魔性的东西：有了镜子才能看清楚自己真正的外貌和形象，建立起自我意识，但镜子中的我们又不是'原样'，而是一个十分相似又略有区别的影像。镜子清晰地反映出我们的外表，但就是最清晰的镜子也不能反映出我们的内心。照着镜子美化自己的人，往往也在借助镜子隐藏真实的自我，在某种意义上变得越来越丑陋。你可以用它来自欺欺人，凹面镜能让人的身材在一秒钟达到任何减肥茶都望尘莫及的效果；你也可以用它来发掘真相，一面平整的镜子所显示的，一万句谎言都掩饰不住……"

"老刘，你又开始'深刻'了。"蔻子笑嘻嘻地说。

刘新宇淡淡一笑："并不是什么深刻，只是一些实话而已。今天是阿累去世后，咱们这些朋友第一次聚会，为了怀念他，咱们就来聊聊他最喜欢研究的镜子吧——说起镜子，诸位在第一时间都能想到什么？"

"恐怖片！"蔻子嘴快，第一个发言，"《午夜凶铃》里面，山村志津子对着镜子梳头的画面，特别的诡异；还有《鬼娃娃花子》里面，那个女学生在厕所里洗手时抬起头，看见了镜子中照出黑乎乎的鬼影；还有《闪灵》，杰克和一个裸女拥抱在一起，突然从镜子中看见她的后背上长满了绿色的烂疮，哎呀，说得我一身汗毛都竖起来了。可要说最最吓人的，还是《古镜怪谈》里林心如演的那个女的，对着镜子晃悠脖子，左一下，右一下，左一下，右一下……咔嚓！脑袋突然掉了下来，脖子上的断骨还血淋淋地立着呢。"

孙女士挥了挥手说："行啦，别说了，太吓人了！"接着，微笑着问王云舒,"云舒,说说看,你想起了什么和镜子有关的事?"

王云舒说:"我最先想到的肯定是AnnaSui, Versace和Chanel的化妆镜也不错,咱们国产的梵圣也说得过去,还是周海媚代言的呢。"

"老武,你呢?"刘新宇问武旭。

武旭说:"以前听过一个古代笑话。有个没见过镜子的女人买了面镜子带回家,丈夫看了认为镜子里的男人是老婆的奸夫,老婆看了认为镜子里的女人是丈夫的情人,夫妻两人于是大打出手——"

半天没有下文,刘新宇问:"讲完了?"

"完了。"武旭说。

真是泥人只讲土性话。武旭一向是个没趣的人,讲出的笑话也像白开水一样,丝毫引不起人发笑。大家都不禁打起了哈欠,尤其是雪儿,竟然坐在沙发里一下一下地"磕头",眼皮都睁不开了。

"雪儿,你很困吗?"孙女士关心地问。

雪儿想说什么,但是还没等她说出来,脑袋一耷拉,软软地倒在了沙发上。

"她太困了,睡着了。"孙女士站起身,对小萌说,"跟我一起把她抱到客房里,让她好好睡一觉吧。"

从客房出来,小萌走在前面。孙女士才把门带上,就听见客厅里蔻子在叽叽喳喳:"你们讲的那些都忒没劲了,我给你们讲一吓人的。从前,有一女的,特别特别坏,想把她的丈夫弄死,怎么弄呢?她的闺蜜给她出了个坏主意。在一个寒冬腊月的夜晚，北风吹得呼呼的，女的把丈夫带到湖边的树林里，说想单独走一走，让丈夫在树林里等她，然后她和闺蜜一起把一块大石头扔到结冰的湖面上，'扑通'一声，女人躲在岸边的一棵大树后面大喊：'救命啊！'丈夫闻声从树林里跑出来，一看湖面破了个大口子，想也没想就跳了下去，要救那女的，根本找不到，浮上水面想换口气，女的把一块大石头砸在他的脑袋上，丈夫沉到湖底死了。尸体被发现的时候，警方认定是他失足掉进冰窟窿里的，属于意外死亡。这下子，女的不仅没事，还得到了丈夫的一大笔家产。为了感谢闺蜜，她把丈夫珍藏的一面宝镜赠给了闺蜜。

"没想到第二天闺蜜就死了，自杀，胸口上插着一把刀。女的参加完闺蜜的葬礼，把那面宝镜又拿回了家。当天夜里，她睡不着，突然听见屋子里传来丈夫的哀叫声'我冻僵了，我冻僵了——'女的吓坏了，到厨房拿了把刀满屋子找声音的源头，什么都没发现，那恐怖的声音却越来越大，女的无意中站在宝镜前，往里面看了一眼，吓得她差点瘫了，你们猜怎么着？"

"你就别卖关子了。"王云舒焦急地催促道，"快点往下讲。"

蔻子眨了眨眼："镜子里面——什么都没有！"

"啊？"不约而同地，客厅的人都一声惊呼。

"女的把那面镜子噼里啪啦砸了个粉碎，不知怎么的，碎镜片掉地上一块，屋子里的灯管就爆炸一根。女的疯了一样想往外面冲，可是门怎么也打不开，而一个朦朦胧胧的黑色鬼影一步步向她逼近，女的大吼一声用刀刺向那个鬼影，谁知那刀尖竟刺进了她自己的心脏，就这么死翘翘了。我讲完了。"

客厅里久久地陷入了沉寂，人们面面相觑，又都把头低下，仿佛织毛衣的女人在收针的时候，突然发现不知道什么时候掉了一针，心中懊恼，盘算着又要拆回去多少。

好半天，一直倚靠着沙发站立的孙女士低声说："这故事确实很吓人……不过，似乎有所指。蔻子，是你自己编出来的吗？"

"不是。"蔻子摇摇头，"前两天我碰上小青，她讲给我听的。那个老甫又要召开'恐怖座谭'了，她准备把这个故事带到老甫家，好好吓吓樊一帆。"

"该！"王云舒把头一甩，"是该好好教训一下那个樊一帆！"

"小青……"武旭犹豫了一下，好似不经意地问，"她现在还好吗？"

"还是老样子啦。"蔻子说，"就是把头发留得好长，总是垂下遮着右半边脸。"

"为什么？"

"听说是某次'恐怖座谭'上，樊一帆用杨薇教她的故事赢了，把一个火力钮强弱调反了的打火机给小青，让她用火燎一下右太阳穴。小青不知道里面有鬼，'咔'的一下，火焰蹿起老高，把她烧伤了，那以后她就留起了长发，遮住伤疤……"

武旭重重地喘了一口粗气，没有再说话。

"樊一帆不得好死！"王云舒说，"不过小青也不是什么好东西，不然跟着他们那群烂人混什么劲？话说回来，蔻子你讲的这故事还真挺吓人的。你说，那面镜子里为什么照不出人呢？是不是镜面太脏了？"

"哎呀，这就是小青瞎编的一个故事，你别较真啊。"蔻子噘着嘴说，"天底下哪儿有镜子杀人的事情？"

"谁说没有？"

突如其来的一句话仿佛猛地拽开了冰箱门，所有人不由得一凛。

　　刘新宇望着眼前这目瞪口呆的一群人，歉意地一笑："对不起，我就给大家讲一讲历史上真实发生过的'镜子杀人'的故事吧。"

第三章 十二点整，电话响起

"真的有过镜子杀人的事吗？"蔻子瞪圆了眼睛问。

"说来话长，容我从头讲起。"刘新宇清了清嗓子，把腰一挺，摆出一副正襟危坐的样子，好像要上《百家讲坛》似的，逗得小萌"扑哧"一笑。

"蔻子，假如我让你去买一面镜子，难吗？"刘新宇问。

"这有什么难的？"蔻子说，"大型商场、超市、小商品批发市场、路边的时尚小店，哪里都能买到啊。"

"是啊，现在要想买面镜子，简直是再容易不过的事情了，可是大家也许不知道，能够享受到这种'便利'，其实也就是最近一百年的事。"刘新宇说，"你们知道人类历史上最早的镜子是什么吗？"

"我在一本书上看过，好像是表面特别光滑的石头。"张伟说。

"要说最早的镜子，那还轮不到石头，应该是平静的水面。据学者考证，中国古代表示镜子的'鑑'字，从字形上看，就是居高临下地注视着装满水的金属器皿。"刘新宇说，"不过，考古学家发现的最早的人造镜子是抛光的黑曜石或云母石，印第安人还用煤精做成过'煤玉镜子'，不过这种石头镜子映照出的与其说是物体的形象，还不如说是暗影。

"从世界范围看，人类使用时间最长、范围最广泛的还是青铜镜。青铜镜是用铜与锡的合金打磨成薄片后，抛光而成。迄今发现的最早的青铜镜出土于伊朗，约为公元前四千年的物品。我国最早的青铜镜是在河南省三门峡市上岭村虢国古墓群发现的，一共三面，墓群是公元前八世纪初到公元前七世纪中叶，大致相当于春秋早期的遗迹。这三面'春秋镜'中，一面直径是6.9厘米，镜背上雕刻有一只虎、一只鹫和一头鹿。另两面直径分别是6.4厘米和5.9厘米，还不够掌心大——可别小看了这一点点大，它们宣告了中国镜子的诞生。

"中国的青铜镜绝大部分是圆形的，因为咱们的祖先认为宇宙是圆形的，中国哲学最讲究'天人合一'，所以镜子也要体现这种观念。镜背上的图案有龙、凤、走兽、花卉和鸟类等，带镜柄的镜子相对比较少。

"我国古代，关于镜子的传说其实有很多。比如晋代葛洪著的《西京杂记》中记载，秦朝的咸阳宫内立有大镜，可以照见人的五脏六腑，'秦始皇常以照宫人，胆张心动者则杀之'，跟X光机似的。隋朝末年，隋炀帝知道自己快要灭亡了，照着镜子自言自语：'好头颈，谁当斫之？'李世民把诤臣魏徵比喻成自己执政的镜子。文学作品中提及的镜子更是不计其数：比如《红楼梦》中要了贾瑞性命的那面'风月宝鉴'，《封神演义》里赤精子传给徒弟殷洪的阴阳镜，《聊斋志异》中有一篇名叫《镜听》的，妻子在除夕拿着镜子向灶神祷告，然后抱着镜子出门，听大街上行人无意中说的话，来占卜丈夫乡试的凶吉……当然，最有名的还是'破镜重圆'的故事：南北朝的时候，陈国要灭亡之际，太子舍人徐德言与妻子乐昌公主恐怕国破后要天各一方，就把一面铜镜一劈两半，夫妻二人各藏一半，作为将来相会时的证物。后来徐德言颠沛流离，终于在街市上发现了妻子的那一半铜镜，把自己珍藏的一半铜镜对上,恰好吻合,赋诗曰:'镜与人俱去,镜归人不归。无复嫦娥影,空留明月辉。'夫妻相认,终于团圆。"

王云舒插嘴说:"我小时候听这故事就纳闷呢,古人把一面玻璃镜一掰两半,拿着多容易碰碎,多容易刺着手啊,敢情是铜镜啊。"

刘新宇一笑,接着说:"无论铜镜雕饰得怎么精美绝伦,但由于它照出的影像毕竟不够清晰,所以注定要被玻璃镜所取代。牛顿很早就指出:金属在反射光线时比玻璃折射光线时所丢失的光线要多得多。

"关于玻璃镜的起源,古罗马博物学家普林尼在《博物志》中说,是西顿(位于叙利亚)最先发明的。不过,在早期,人们还没有掌握制造平整透明的薄玻璃的技术,也无法在加涂热金属层时避免玻璃受高温炸裂,因此玻璃镜的面积总是很小,大约只有一只小茶碟那么大,质量也很差。中世纪晚期的北欧,最流行的是一种名叫'牛眼睛'的小型凸镜,由于照出的影像不清晰,被人们起外号叫作'阴影脸'。

"直到一四五〇年,威尼斯穆拉诺岛上的镜子制造专家贝罗维埃罗用含有丰富的氧化钾和磁铁的海草灰制作出了极其清亮的玻璃,此后,威尼斯人利用锡和水银的混合法改进了锡水齐涂层的方法,成功地制作出了'美丽非凡、纯净无瑕的镜子'。自此,精美而昂贵的威尼斯镜子风靡世界达两个世纪之久。据记载,十六世纪初,一面装饰着繁复的银质边框的威尼斯壁镜的售价为八千英镑,要知道,当时文艺复兴时期大画家拉斐尔的一幅画作也只值不到三千英镑——镜子的价格几乎是它的三倍!

"据法国驻威尼斯大使一六六四年提交的报告称,法国每年因购买镜子向威尼斯支付大约三十万英镑。当时的法国财政大臣柯尔贝尔对此非常不满，他让法国驻威尼斯大使邦奇动员穆拉诺岛上的工匠来法国定居。邦奇明确告诉他，光有这念头就很危险，因为威尼斯法律明确规定'游说威尼斯工匠去往法国者将被投海溺死'，而'任何工人或艺术家若把自己的技术带到国外，他所有的直系亲属都将被抓入监狱'。

"但是，柯尔贝尔告诉邦奇，他必须克服困难，不惜一切代价地完成任务。邦奇于是雇用了一个精明的古董商，让他到穆拉诺岛上去寻找愿意到法国来的工匠，并许以优厚的待遇。一六六五年四月，三名威尼斯工匠来到了法国。威尼斯制镜行会的老板们立刻通知了当局，驻巴黎的威尼斯大使萨格尔多得到命令，尽快找到这三个人并想办法让他们回国。可惜萨格尔多一无所获。这一年的秋天，又有二十名威尼斯工匠坐着平底船从穆拉诺岛偷偷来到法国。

"一六六六年二月二十二日，法国皇家制镜工厂制造出了第一面没有瑕疵的镜子。

"没过多久，在威尼斯政府声称要扣押家属的巨大压力下，一些威尼斯工匠从法国又回到了祖国。法国皇家制镜工厂这时还是初创阶段，缺乏人才就像婴儿没有母乳，是件要命的事。柯尔贝尔再次给邦奇下达命令，把工匠的家属一起接到法国来。威尼斯警方得知了这个消息，把去了法国的工匠的家属严密地监控起来，不过没几天，警方就放松了，因为这些家属大多表现得很老实，有的还卧病在床……谁知几天之后，警方正打算把这些家属的情况再审查一遍时，却目瞪口呆——他们早已经跟随法国的密使溜之大吉了。

"威尼斯警方震怒！历史上的'镜子杀人'事件就此开始

了。"

刘新宇讲到这儿，客厅里的人们都把耳朵竖得更高了。

"一六六七年一月初，严寒锁住了位于巴黎勒依大街的法国皇家制镜工厂，一名来自威尼斯的打磨抛光工人突然发高烧，几天后不治身亡。柯尔贝尔接到报告后，虽然很惋惜，但是并没有想很多，但就在一月二十五日又传来一个令他震惊的消息：一个名叫莫拉斯的玻璃吹制工突然剧烈地胃痛，根据医生检验的结果，怀疑他是被人下了毒。柯尔贝尔亲自赶到工厂查看莫拉斯的病情，但是莫拉斯已经在一阵剧烈的抽搐后，一命呜呼。

"皇家制镜工厂陷入一片恐怖的气氛之中，威尼斯的工匠们接二连三地回了国。

"皇家制镜工厂两名工人的死因成为历史之谜，历史学界普遍认为他们是被来自威尼斯的间谍处死的。但是，这个时候的法国工匠已经从威尼斯工匠那里学到了成熟的镜子制造技术，由于他们制造的玻璃镜子更大而且更便宜，在世界市场上迅速占据主流地位。而威尼斯穆拉诺岛的镜子业无力竞争，很快衰落。

"随着法国皇家制镜工厂和世界各国制镜工匠们在技术上的不断革新，玻璃镜子的生产规模和普及范围越来越大。到十九世纪末，平板玻璃制作技术日臻成熟，镜子生产也逐渐实现了工业化和机械化，'旧时豪门厅前镜，挂上寻常百姓家'，镜子成为家居的日常用品。所以，蔻子你今天能随意买到的一面小小的镜子，要是拿着它走在一六六七年寒风凛冽的巴黎街头，保不齐就有两个黑衣人突然跳出来抓住你，拿一把刀架在你脖子上问：这么好的镜子，快说从哪里买的？不说就宰了你！"

"要是那样，我就告诉他们……"蔻子调皮地学着电视里的广告，"义乌，小商品的海洋，购物者的天堂！"

客厅里爆发出一片笑声。

刘新宇讲得口干舌燥,想拿自己的果汁来喝,却见茶几上七八个纸杯胡乱摆放在一起,谁知道哪个是自己用过的?一时有些发愣。

旁边的孙女士一笑,拿起一个纸杯递给他:"这杯是你的,喝吧。"

刘新宇低声道谢,拿起纸杯一口气把里面的果汁喝了个精光。

"新宇,听你讲了这么半天的镜子,神神秘秘的。你刚才说你从呼和浩特回来,又搞到了几面铜镜,带在身上了吗?带着就快点拿出来给我们看看吧!"蔻子好奇地说。

刘新宇从身后拿起自己的皮包,从里面小心翼翼地端出了四个纸包,逐一打开,分别是四面铜镜,都是圆形的,暗绿色的,布满了锈斑。不同的是有大有小,有厚有薄,有的纹饰清晰精美,有的则粗糙简单。

"这面是隋代的'瑞兽葡萄镜'。"刘新宇把一面铜镜捧在掌心讲解道,"看,它的镜钮是圆形的,内区饰有四条头尾相连、神态各异的瑞兽,空白处填有葡萄和枝叶纹,窄素缘,外区有铭文:练形神冶,莹质良工,如珠出匣,似月停空,当眉写翠,对脸付红,绮窗绣幌,俱含影中……"

"这个字我看像'传'啊。"武旭指着铭文上"对脸付红"的"付"字说。

"你仔细看。这个字很像'传',但不是'传',而是'付'字。"刘新宇说,"很多人都误读为'传'。"

"对脸付红。"武旭念叨了一遍,"怎么解释这个词啊?"

"'付'是通假字,通'敷'字。往脸上敷红粉的意思。"

"哦!"武旭恍然大悟。

蔻子用手指尖轻轻地碰了铜镜一下:"哟,好凉啊。"

"这些镜子值多少钱啊?"张伟问。

"最便宜的一面,目前的市价恐怕也要在万元以上吧。"刘新宇说。

一片惊呼。

接着,刘新宇有意无意地说了一句:"当然了,我这些铜镜加起来,也不如阿累珍藏的那面西汉的'透光镜'值钱。"

此言一出,张伟发现在座的众人神情都有些不安,唯独某个人,双眼射出两道凶光,但是当张伟想看清楚这凶光是哪个人射出的时候,大家都恢复了正常的神色,难辨究竟。

为了打破有些异样的气氛,王云舒提议:"眼看就十一点半了,咱们到望月园玩捉迷藏去吧。"

"云舒。"孙女士瞪了她一眼,"你都多大岁数了?怎么还跟个小孩子似的。再说你的隐形眼镜下午不是坏了吗,现在戴这副框架眼镜,跑啊跳啊的能行吗?"

王云舒扶了扶眼镜,嘟囔道:"都怪小萌,也不留点儿神,一脚下去,几百块钱踩没了,害得我只好戴这个,看什么都不清楚。"

"甭怨人家小萌,你摘隐形眼镜也不小心,怎么就掉到地上去了?"蔻子转头对孙女士说,"阿累在世的时候,我们大家经常半夜到望月园玩捉迷藏的,孙阿姨也一起去吧。"

"我不去了,你们年轻人玩的,我瞎掺和个什么劲。"孙女士边笑边催促道,"都去都去,小萌也去。没事的,她(孙女士指了指坐在轮椅上的老太太)和雪儿有我照看呢。"

小萌看着孙女士,眼睛中闪烁出一丝犹豫的光芒,王云舒一把抓住她的手说"一起去",又对张伟说:"大记者,跟我们一块儿玩吧,这游戏人少了没有意思。"

张伟不想参加,但是做记者久了,就添了一种说不清道不明的本领,好像鲨鱼能在几公里外嗅到血腥味,可以预感到某个具有新闻价值的事件将要发生。和这群人待在一起,算算不过两个多小时,但是张伟分明觉察他们之间深藏着某些不为外人所知的隐秘,这些隐秘非同小可,仿佛是一道道垂下的钩,表面上看,水面一片平静,但时间久了必会牵连出藏在水下的某只不可名状的生物。作为记者,他有必要盯紧那些浮标。再者说了,现在回家也是蒙头大睡,不如跟他们玩玩,就同意了。

刘新宇把每一面铜镜都用纸重新包好,收进皮包里,背在了肩膀上,往门外走去。王云舒嘲笑道:"咱们玩捉迷藏,你还背着这些铜块儿,也不嫌沉。先放在屋里,玩完了再回来拿不就是了?"

刘新宇淡淡地说:"我还是随身带着吧,我可不想再闹出什么花样来。"

花样?什么花样?张伟听在耳中,越发觉得古怪了。

刚刚下过雨,出了大楼门口,扑面而来一股潮湿的夜风。走出叠翠小区,过了马路,望月园就在眼前了。这公园说来也简单,不过是一圈石墙环绕着的一座低矮的丘陵。占地总共还不到两个足球场大。公园大门是一个石头拱门,朝着正北方向洞开。走进去,便可见到一排宽大的石阶直通丘陵的顶部,一弯石刻的月牙就卧在石阶顶端。由于路灯灯泡大多已经破碎,整条石阶黑黢黢的,沿着石阶登上丘陵,才能看清,那石刻的月牙上雕着一个长着长胡子的人脸,大概是虚拟的"月亮公公"的意思,但由于这月亮公公的眼睛过于外凸,蹙起的眉头又肿得像个瘤子,在旁边一盏蘑菇状的灯的灯光映照下,神情显得很怪异,有些凶恶,又有些沮丧,仿佛守着墓地似的。石刻月牙的后面就是丘陵的顶部,是一个圆形广场,地面铺着大理石,正中央是一个平地式喷水池,不知是刚喷过水还是刚淋过雨的缘故,现在上面湿漉漉的。

已经晚上十一点半了,黑暗的公园里一片寂静,散发出一股略带点腥气的苦香。站在丘陵上向北望去,叠翠小区的楼房矗立在夜幕下,几盏未灭的灯犹如倦怠的眼睛;丘陵上茂盛的灌木、树冠都只能约略辨出毛茸茸的形状,偶尔传来"啪"一声,是水珠从树叶上滚落,打在地面的声音,听来令人心惊。圆形广场的南边,拱起一面圆弧形的墙,上面凹凸不平,色泽也有些发深。张伟第一次来,便走上前仔细观看,原来墙上嵌着玻璃钢仿铜的浮雕,叫作"科技史话",既展示有瓦当、陶瓷、司南、胶泥活字等中国古代发明,也有显微镜、蒸汽机、汽车、航天飞机等西方近现代科技产品,中间还穿插着张衡、伽利略、牛顿、瓦特、爱因斯坦等人的头像。这让张伟不禁想起高中时那些总也解不开的物理题和配不拢的分子式,顿时感到一阵头疼。

这时,旁边传来了王云舒的声音:"咱们玩十五分钟一轮的,还是二十分钟一轮的?"

"玩十五分钟一轮的吧。"蔻子说,"老规矩,先手心手背,出局的那个负责抓人,其他人都藏起来,选对地方后一动不许动。十五分钟以内,抓人者把躲藏者全抓出来了算赢,抓不完的,没有被抓住的人也算赢。赢的人有资格在下一轮游戏中直接当躲藏者。"

手心手背之后,第一轮是武旭抓人。蔻子用一块手帕遮住他的眼睛,绕到后脑上打了个结儿,接着在他后背上轻轻一拍,武旭便大声数起数儿来。

其他人哄地一下散开，唯有张伟傻站在原地不知所措。蔻子拉着他绕过浮雕墙，往丘陵西南边一指："你赶紧找个地方藏起来。武旭数到五十，可就要抓人啦。"说完身子一闪，就消失在黑漆漆的夜色中了。

张伟听武旭用不紧不慢的语速已经数到三十七了，慌不择路地往前跑，一头撞在一棵树上，多亏树干上绑着一个棉布包，估计是附近习武的居民练拳击用的，他的口鼻才没有被撞破，但不免头晕眼花。就地找了个茂盛的草堆，钻了进去蹲下，浑身上下顿时变得湿淋淋的。透过草叶向外望去，只见南面不过几十米远并列着六栋高楼，像六根畸形的手指直直地插向漆黑的天空。

不知过了多久，突然，耳畔响起一阵电话铃声……也许是耳鸣，或者是刚才在树上撞了一下之后产生的幻听？张伟不大清楚，他的视线仿佛被那铃声遥控了，直直地盯着六栋高楼中最西边的那栋，一种可怕的直觉攫住了他的心：也许就在这栋高楼中，有什么恐怖的事情即将发生，或者正在发生……

"从这里骑车到望月园，大约需要多长时间？"

老甫站在窗前，望着街道，潮湿的地面在路灯的照耀下，闪着碎玻璃似的光芒。自从杨薇走了，他就不时看表。眼瞅着就要半夜十二点了，杨薇还是没有一点儿消息，一种不安的感觉油然浮上了他的心头。

"二十多分钟吧，打车也要十分钟。"樊一帆硬邦邦地回答道。就在刚才，夏流把裤裆里搓出的泥团弹在了她的脸上，两人旋即开始一场充斥着污言秽语的疯狂对骂。最终结果是夏流的口才略逊一筹，气呼呼地走掉了。

尽管对手已经退出战场，樊一帆依然谩骂不休，老甫劝她消消气，说气大伤身，然后伸手揉她的左胸，说按摩心脏可以通宣理肺，消气化滞，揉了几下见樊一帆不反对，又说按照人体工程学，对称按摩的保健效果可以加倍，伸手往她的右胸摸去。樊一帆把金鱼眼一瞪："操你妈的，把老娘当傻瓜？！"

老甫干笑了两声，起身站到窗前往外望。樊一帆坐在沙发里，点燃一根香烟，边抽边发呆，全然没有离开的意思。

就在这时，樊一帆的手机响了。

不知道为什么，在听到手机铃声的一刻，老甫抬头看了看墙上的挂钟，时针和分针构成的特殊位置，像刀子一样刻在了他的记忆中，后来成为警方反复确认，而他坚信不疑的重要线索之一。

十二点整。时针和分针并成了一条向上的直线，像一把带着手柄的黑色冰锥。

樊一帆把手机盖翻起，话筒里先是传来一阵气喘吁吁，然后是杨薇的声音："一帆，是你吗？"

"是……是我。"樊一帆有点结巴，"你在哪里啊？"

"我刚进屋。门锁得好好的，我用钥匙打开的，屋里是空的，窗户关得很严，电话机也挂着，到底是谁接的电话啊？"

樊一帆感到脊梁骨直冒凉气："杨薇，你先回来，等明天早晨，我和老甫陪你一起再去——"

"啊！"

一声凄厉的惨叫打断了樊一帆的话。

叫声从话筒中迸出，震得樊一帆的鼓膜生疼。连老甫也听见了，吓得一哆嗦。接下来，话筒中传来的几句声嘶力竭的号叫，让老甫和樊一帆一辈子也忘不掉。

"鬼！鬼！救命！救命啊！"

然后，"砰"的一声，话筒里传来电话中断的嘟嘟声。

"杨薇！杨薇！你到底怎么啦？出什么事啦？"樊一帆对着话筒不停地大喊。

老甫急得直跺脚："通话都断了，你喊有个屁用？赶紧再给她打过去啊。"

樊一帆一愣，连忙重新拨打杨薇的手机，哆哆嗦嗦的手指几次都按错了键，好不容易才回拨过去，话筒里传出的却是"您好，您所拨打的电话已关机"。

樊一帆的胳膊无力地垂下，手机"啪嚓"掉在地上。

老甫晃了晃她的肩膀叫着"一帆，一帆"，樊一帆眼神空洞地望着他。老甫说："你先别慌，到现在为止，还说不准是不是杨薇故意吓唬我们呢。你认不认得去那个空屋子的路？要是认得，咱俩马上去一趟，看看究竟发生了什么事。"

樊一帆拼命摇了摇头，又使劲点了点头。

老甫知道她认得路，就是害怕，不敢去。但是事到如今，害怕又有什么用呢？如果不去那空屋子看看究竟，单是心中的疑惑和恐惧就足以把自己煎熬死。

老甫从抽屉里拿了手电筒，手伸到樊一帆的腋下，一努劲儿就把她搀了起来："走，带我去那空屋子。"

樊一帆机械地跟着他往门外走。临出门的时候，老甫把一把大号的折刀塞进了裤兜。

坐上出租车，司机问他们去哪里。老甫只隐约知道那空屋子在望月园一带，具体位置说不出来，让樊一帆讲，她依旧木然。半响，司机不耐烦地一拍方向盘，大吼："到底有没有准地儿？没有就下车！"

樊一帆一激灵,吐出了几个字:"望月园后面,青塔小区。"

青塔小区当天值夜班的门卫是六十三岁的李夏生大爷,他事后回忆:"那俩人一下出租车,男的搀着女的跌跌撞撞地往小区走,我还挺纳闷,一般都是男的喝多了,女的搀着男的,这俩人怎么倒过来了?"

他看到的正是老甫和樊一帆。

青塔小区很小,除了六栋呈东西走向一字排开的楼房,就是停车场、自行车棚、小卖部、幼儿园以及一个全部面积还不到四十平方米的小饭馆。当天夜里,看到老甫和樊一帆的还有小饭馆的老板娘李丹红:"总共就那么几步路,那两人走得那叫一个费劲,眼瞅着女的就要摔倒似的。来到场院里,大约就是五号楼跟六号楼正中间的位置,女的说什么也走不动了,蹲在地上,嘴里发出呜呜的声音,哭又不像哭。男的跟她说了几句话,就独自进了五号楼。过了一会儿下来了,一个劲儿气急败坏地挥着手说'不对不对'!接着,拉着那女的钻进了六号楼。"

青塔小区的楼座编号顺序是由东向西,六号楼就是最西边那栋。

青塔小区这六栋楼建于二十世纪九十年代,最奇特的构造是每栋都有南北相对的两个楼门,所以当老甫搀着樊一帆站在穿堂的一楼电梯门前时,可以感到很疾的凉风从肩头掠过。天花板上一盏半明半暗的灯,照着浅黄色墙皮上无数游蛇似的裂纹,令老甫咽了几口唾沫。

两部电梯,左边的门开了,他俩走进去,老甫按了一下"4",电梯门关上了。

电梯先是一沉，然后向上浮起，头顶的风扇因为老旧的缘故，一面转一面哗啦啦地响。

电梯一顿，门打开了，老甫眼前一黑。

不是被人打了一闷棍，也不是突发美尼尔氏综合征或青光眼，纯粹是因为楼道太黑，黑到让他的眼睛居然在瞬间失明！自身后射来的电梯灯光，在这黑暗面前微弱得好像在玻璃上哈出的一口气。突然，老甫觉得这电梯其实是悬挂在虚空中的一个铁皮箱子，只要跨出去一步，自己就会陷入一个无底深渊，并且永无休止地坠落，坠落……

但现在别无选择。

老甫向电梯外迈出一步，还好，是坚实的地面。

他回过头，看见樊一帆烂泥似的畏缩在电梯的角落里，想起她平时的飞扬跋扈，不由得既可怜她，又鄙夷她。他退回电梯里，搀着她走了出来。随着电梯门"哐"地关上，楼道里最后一线光亮也被切断了。

"开灯！开灯！"樊一帆叫了起来。

老甫回过头，恶狠狠地嘘了一声，然后打开手电筒，光柱打在对面的墙上，正照到一只壁虎，它一动不动地用足趾扒着墙皮，背部的细鳞清晰得让人恶心。

"往那边走……"这回，樊一帆放低了声音，指了指方向。

老甫把手电筒拿在左手，右手伸进裤袋，拿出那把折刀，打开，握紧刀柄的手掌汗津津的。

一步、两步、三步……每一步都走得很轻，很慢。他把两只耳朵竖得高高的，努着劲儿去听有什么异样的声音，瞬间涌到头顶的血液涨得他颅骨生疼，但是除了樊一帆因紧张而加速的鼻息声，什么都听不到。

突然，他感到耳根下面一凉，本能地把刀向手电筒照不到的侧面一通乱劈！但劈中的只是空气，他愣了一下，才意识到，袭过脖颈的不过是阵风。

提到嗓子眼的心，总算落回胸腔。旋即，一种更大的恐怖感像子弹一样击中了他——这四壁都是水泥墙的楼道里，哪儿来的风？

就在这时，他看到了那道缝隙。

在手电筒的照射下，那道缝隙像是墙上裂开了一道口子，风就是从缝隙里面吹过来的。仔细一看，才能分辨出原来是一道向内打开的，但开得很窄的门。

"这间？"老甫问，手电筒的光柱往房门上一扫。

樊一帆躲在他后面，用低得不能再低的声音说："对……咱们报警吧。"

"还不知道出了什么事儿，报警？谁搭理你啊！"老甫定了定神，对着门缝轻轻喊了两声，"杨薇，杨薇……"

没人回应。呼唤声被缝隙吸走了。

缝隙里面的黑暗，比楼道里更浓。

老甫伸出指尖，顶在门板上，稍微一用力，"吱呀"一声，门被打开了一些，手电筒的光芒直直地照进屋内，照在一张暗绿色的人造革沙发上。那张沙发是如此阴森、低矮、平坦和空空荡荡，以至于老甫觉得，上面似乎应该躺着什么才对。

这个让他毛骨悚然的念头，刚在脑海中冒出，一股浓重的腥气就涌进了他的鼻腔，他的视网膜因恐惧的联想而变成了一片红色。

老甫大吼一声，"哐"地一脚把房门踹开，冲了进去！

手电筒的光芒像被咬住喉管的黄羊一般，在狭小的客厅里跳了两下，猛地停在了靠着墙坐在地上的一个物体上面。

黑色的裙子、白色的大腿、赤裸的小臂……一起浸泡在暗红色的血泊中，形成了一种奇特的景象，仿佛那不是一具完整的尸身，而仅仅是沾满血污的一些断肢。杨薇的脑袋歪在消瘦的肩膀上，死鱼一样的眼睛圆睁着，眼白和瞳仁里还残余着一丝光芒，那光芒里充满着巨大的恐惧，仿佛是在生命的最后一刻看到了什么极其恐怖的东西……

她的手中握着一把尖刀，刀刃上血迹斑斑。

跟着进来的樊一帆只看了一眼，就蹲在地上，两手抱着脑袋，喉管里发出"嗷嗷嗷"的号叫！

老甫也呆若木鸡，但他的目光没有投向杨薇的尸体，而是望着开着门的洗手间：里面，洗手池上挂着的那面镜子被打碎了，满地的玻璃碴子，像是一堆被敲碎的骨头，闪闪发亮。

第四章 诡异的现场

额头突然覆上了一只温暖的手,雪儿慢慢地睁开双眼,渐渐看清了从黑暗中浮现出的孙女士的笑脸。

"做噩梦了?"孙女士问,声音又轻又温柔。她把手从雪儿的额头上拿起,嘴角微微一翘,仿佛在说:孩子你没有发烧,没什么大问题。

躺在床上的雪儿"嗯"了一声,停顿片刻,怯怯地说:"我梦见阿累哥了。"

孙女士一愣,不由得侧过头,往四周看了看,然后坐在床边,长长地叹了口气。

小小的房间,一时陷入了沉寂。

"孙阿姨……阿累哥哥最后是怎么样的?"雪儿忽然问。

"你不要胡思乱想了,好好休息。"孙女士安慰她说,"刚才怎么突然就睡着了?"

雪儿眼皮又耷拉下来,脑袋在枕头上很疲倦地晃了晃。"我也不知道,就是特别困,想睡觉……几点了?哥哥姐姐他们是不是都走了?"

"他们都去望月园玩了。你不跟他们去也好,大半夜的不知道在外面疯个什么劲儿。"孙女士看看手表,"现在是十二点整,你睡了一个多小时,还困吗?困就再接着睡一会儿。"

"我想睡，可是又不想睡了。"雪儿说完这自相矛盾的话，眼神有点儿发直，呆呆地望着漆黑的天花板。

孙女士抚摩着她那雪白的小脸，又用手指捋了捋她那被压乱的发丝，问了她一些平时爱买什么牌子的衣服、学习紧张不紧张、放假了都去哪里玩、在学校有没有喜欢的男孩子之类的话。雪儿的回答多是一两个字。眼看她又要睡着了。

就在这时，孙女士突然自言自语："什么声音？"

一惊之下，雪儿又张开了发黏的眼皮，她使劲去听，可是除了自己的呼吸声和孙女士因紧张而发出的衣服窸窣声，什么也没有听到。

"雪儿，你渴吗？我带你喝点儿水去。"孙女士问，然后把手掌插到她的背下，将她从床上扶了起来，搀着她走出房间，来到客厅。

客厅没有开灯。雪儿坐在沙发上，纤弱的身子靠着扶手，隐约看到那张椅背很高的轮椅还停放在阳台的角落里。

孙女士没有去倒水，而是走到阳台的落地窗前，恰好和那张轮椅并排站成了一条线。她凝视着窗外，一动不动，仿佛是张贴在黑色背景板上的一个灰色剪影。

雪儿心中浮起一种异样的感觉，好像在鸽群中突然看到一缕猫毛，但是她那有些混沌的大脑怎么也琢磨不出猫毛的来源。她用力站起身，透过落地窗，看到两辆警车驶入了青塔小区，车顶那蓝色和红色交替的警灯，闪烁得格外狂烈，仿佛黑夜吃下了一大把摇头丸。

根据市一一〇报警电话记录，午夜十二点十五分，一名男子打来电话，说青塔小区六号楼四楼的一个房间里发现了一具女尸。

"他带着哭腔,说的每个字都像在发抖。"接电话的警察回忆,"就说赶紧派警察来,问了他好几遍,他才说清楚案发现场的具体位置。"

一一〇立刻通知了青塔小区所属的望月园派出所,还有区刑警支队。

望月园派出所值班警察丰奇放下电话,清秀的脸上浮现出紧张的神情。对面正眯缝着眼睛盯着棋盘,琢磨下一步是拱卒还是跳马的老民警田跃进顺口问了一句:"怎么了?"

"一一〇通知,有命案。"

老田猛地抬起头说:"斗殴?不至于吧,最近咱们这片儿很消停啊。"

"说是在房间里发现的。"

"自杀还是谋杀?"

"不知道。"丰奇摇摇头。

"赶紧给所长打电话,他不是叮嘱过好几次吗,大案第一时间通知他。"老田说。

此时此刻,望月园派出所所长马笑中正和几个手下在路边摊吃烤串。脸蛋儿像沙皮狗一样胖嘟嘟的他,右手一把羊肉串左手一杯扎啤,天生歪七扭八的牙齿像铲土机一样咀嚼着,油和酒混成浊黄的汤,顺着沾满胡椒面的嘴角往下淌。手机在裤兜里一震动,他把羊肉串往桌子上的不锈钢碟子里一扔,油乎乎的手在裤子上一抹,掏出手机接通了:"什么事儿?"

电话里传来丰奇焦急的声音:"所长,一一〇通知,青塔小区六号楼四楼发现一具女尸。"

"大半夜的,你要是敢跟我逗闷子,我回头把你小子脑袋拧下来当球儿踢。"

"我敢开这么大的玩笑吗?"丰奇焦急地说。

马笑中说:"你找个人帮你值班,然后和老田马上到现场来和我们会合。"随后放下手机,跟摊主说:"结账!"

摊主上前点头哈腰地说:"所长,这顿算我请的。"

"这可是你说的。"马笑中把头一歪,斜视着他,"弟兄们都听见了,既然你这么爱请客,今后一日三餐派出所几十口子的饭都让你承包了,大家可着劲儿吃,反正不要钱!"

摊主傻眼了,嘴角尴尬地抽搐着。

"你他妈没得肺气肿就甭吹牛逼!"马笑中骂道,"结账,赶紧的!"

"所长,有事儿?"一个手下扬起头问。

"有事儿,大事儿。"马笑中大声招呼道,"都别吃了,把嘴给我擦干净走人,有活儿了!"

马笑中是一个月前成为望月园派出所所长的。这个嘴巴有点歪的矮胖子是全市公安系统中数一数二的刺儿头,最早在区刑警支队,后来被下放到派出所当片儿警。他的刑侦能力很强,但闯的祸也极多,因此功过相抵,都工作好多年了,连个探长也没混上。

震惊全市的系列命案发生后,受害者之一是马笑中青梅竹马的好朋友,机缘巧合下,他也进了专案组。凶手被捕(后来证明当时被捕的仅仅是二号凶嫌)的第二天晚上,市政法委副书记李三多和市公安局局长许瑞龙做东,宴请专案组全体成员。交杯换盏之间,李三多不知不觉喝多了,一边摸着锃光瓦亮的秃头,一边大着舌头手舞足蹈地要跟人拼酒。大家都躲着他,小老头儿火了,扯开嗓门骂了起来:"一个个缩头缩脑的装什么绿毛龟?连个敢喝酒的都没有,还是不是个爷们儿!"

案子虽然破了,但是想起自己深爱过的女孩遭到令人发指的残害,马笑中心情很差,一杯接一杯地喝酒,早就喝高了,李三多一骂,把他的火儿拱起来了,把酒杯往饭桌上"砰"地一顿,呼啦就站了起来:"你丫才是绿毛龟呢!老子跟你喝,谁先撂了谁是王八蛋!"

市政法委副书记是正厅级的高官,一个小小警员竟敢如此粗野地叫板,宴席上的众人都被吓得一身冷汗。李三多却喜出望外,斗志倍增,先是用杯子,再后来换碗,最后两人干脆对着酒瓶吹,喝到酣处,一边称兄道弟一边唱歌。林香茗等一班年轻人没想到马笑中的《包龙图打坐在开封府》,唱得字正腔圆,穿云裂帛;多年老友许瑞龙更没想到李三多竟会唱一首他此前从未听说过的流行歌曲《北京一夜》,而且听来荡气回肠催人泪下。喝得腾云驾雾的时候,两人的脸都红得像刚出锅的螃蟹,头顶往上直冒热气,最后搂着肩膀一起倒在了桌子底下。

几天后,公安部授予专案组荣立集体一等功的文件发下来了。李三多不由得想起马笑中这个酒友。也是闲来无事,他让秘书把马笑中的档案调来一阅,顿时大吃一惊。立功一栏密密麻麻地列了十几项,处分一栏也多如牛毛,仔细一数,竟还是处分多些。

从事政法工作这么些年,从未见过如此能立功又如此能闯祸的警察,正赶上马笑中所属那个区的分局局长来汇报工作,李三多就问了起来。分局局长把马笑中不守纪律、胡作非为的斑斑劣迹说完,一直闭目养神的李三多把小眼一睁问:"完了?"

"完了。"分局局长懵懵懂懂地说。

李三多一指桌面上那份档案:"他还立了很多功劳,你怎么一个字也不提？"

"我觉得……一个不守规矩的警察就是一个不可靠的警察，他立功再多也没用。"分局局长辩解道。

"很好。"李三多点了点头，"市局仪仗队正缺人呢，那儿最讲守规矩，明天你去报到。"

分局局长顿时目瞪口呆。

小老头儿一脸坏笑地说："我关心的是破案率，你在乎的是守不守规矩。咱俩各取所需，岂不正好？"

分局局长不是傻瓜，腾地一下子从椅子上站了起来，立正，腰板儿挺得笔直："报告李书记，我错了！"

"错在哪儿？"

"错在……"分局局长一时回答不出来。

李三多指指椅子，示意他坐下，然后一个字一个字地说："我要的是有脑子的人，而不是只会听话的羊！"

分局党委班子当天开会，全票通过提拔马笑中为正科级，具体岗位等研究后决定。消息传到市局，许瑞龙听说了前后经过，哭笑不得，给李三多打电话，埋怨他政法系统不该插手公安系统的人事任命。李三多跟他从小相识，又是生死之交，说话从来都像打气筒一样直来直去，反而责备他在人才任用上太拘泥于形式。到头来，许瑞龙还真被他说服了，任命马笑中为望月园派出所的所长。

接到任命的时候，马笑中还以为是领导拿他开涮："您对我有意见，可以按正常程序整我，不兴这么作弄人的。"

一听这浑话，分局领导气得七窍生烟，可又不知他究竟是李三多的哪门子亲戚，不敢得罪他，只好赔着笑脸说："这可是红头文件，下发全市公安系统，你别当儿戏。收拾收拾准备上任去吧。"

马笑中还是将信将疑。后来仔细一打听，才知道这官儿是那天一顿酒喝出来的。当天回到家，听了老娘的劝，买了两瓶五粮液，大晚上的跑到李三多家的楼底下，转悠来转悠去，就是不上楼。

可巧这天李三多参加市里召开的综合治理工作会议，回家晚。下了车，看见马笑中蹲在花坛前的石头凳子上抽烟，烟头红光一闪一闪的，照出他那张胖嘟嘟的脸。李三多走上去照他肩膀就是一巴掌："你小子，在这儿干吗呢？"

马笑中看了看他，跳下石凳，也不管脏不脏，一屁股在刚才踩过的地方坐下："我发愁呢。"

"发愁？"李三多有些莫名其妙。

"是啊，我妈非让我买两瓶好酒来谢谢你。可你要是收了，我肯定看不起你；你要是不收，说明你看不起我——你说该咋办？"

李三多一愣，接着大笑起来，笑过之后，他把一瓶五粮液从包装盒里拿出来，一把拧开瓶盖："好办，咱俩就在这儿消灭了它。"

马笑中嘿嘿笑了，从怀里拿出两个纸杯，又从衣兜里掏出一袋花生米："我就知道你肯定用这个法子，看，连下酒的我都预备好了。"

一股久违了的豪情，突然涌上了李三多的心头。

一个正厅级干部和一个正科级所长，两人面对面盘腿坐在石凳子上，一边吃花生米一边喝酒，但见月光从叶隙间泻下一脉清辉，很快两人就都醉了。

"小马，那天庆功会，你为啥喝那么多酒？"李三多问。

"心里难受。"马笑中抽抽鼻子,"那个叫陈丹的女孩,我打小就喜欢她。"

李三多"哦"了一声,沉默了。

"想啥呢?"马笑中问。

"我想起了一个女子,也是我打小就喜欢的,可是……"李三多没说下去,目光有些凄怆。

"老爷子,别想那些了。"马笑中给他的杯里倒上酒,"明早儿一醒,都是梦。"

"你小子!"李三多将杯中酒一饮而尽,然后爆发出一阵风似的大笑,撼得树上几只归巢的鸟儿都扑棱棱地飞向苍茫的夜空,久久不落。

第二天,马笑中到望月园派出所上任去了。

派出所也分大小,大的有几十人,小的只有十几人,望月园派出所属于小所,但由于辖区位于这座城市的城乡接合部,一向是各类刑事案件高发的地区。

马笑中朋友多,但他上任的时候却只带来个"冤家",就是丰奇。丰奇原来也是派出所的一名警察,在奉命保护系列命案的重要证人陈丹时,他被一心只想拿到独家新闻的张伟诓到仁济医院后门,导致凶手溜进ICU害死了陈丹。丰奇为此内疚得不行。马笑中一纸调令把他调到了自己的手下,丰奇还以为他是要借机报复自己,谁知来了之后,马笑中对他很好,他心里更犯嘀咕了。

马笑中看得出丰奇心里总跟揣了只兔子似的,有一天专门叫了他,开车来到仁济医院的后门,停下车问:"还认得这地方不?"

"所长，陈丹的死确实是我失职，我很内疚。"丰奇把心一横，"你调我来之前，我把辞职报告都打好了……"

"我就知道你想拧了。"马笑中叹了口气，"我当这个所长，有点从良的意思，身边得有个稳稳当当、明白事理的助手，可我一向是个粗人，以前一起办案的兄弟大都是用拳头多过用脑子的愣头青。想来想去，认识的人里，级别比我低的，也就你还靠点儿谱——调你来之前，我看过你的档案，你办案很认真，那次的疏漏是个偶然——所以才调你来帮我。你不要多想，觉得我会给你小鞋穿，没那回事儿。你犯了错我往死里剋你，你立了功我亲自给你颁奖，可是你得跟我一条心，说话办事都敞敞亮亮的，行不？"

一番话就把丰奇收服了。

刚当上所长没两天，老民警田跃进来汇报工作。马笑中问他管片儿当下最急着解决的问题是什么。

田跃进回答说是好多人家养狗都不遵守市里的限养规定，不办养犬证不说，有的还养大型犬、烈性犬，导致狗咬伤人的事件时有发生。"上礼拜还有个小孩被咬得血淋淋的，多亏送到医院及时，不然连命都没了。我们气得不行，想找到咬人的狗，一问那小孩，说是条大黑狗咬的，再一查，那条街上至少有十户人家都养了超标的大黑狗，想挨家挨户去抓，人家有话说：没有搜查令警察擅闯民居违法——您说这差事还能办下去吗？"

马笑中想了想，问："咱们这片儿的野狗都聚集在什么地方，你知道吗？"

田跃进不知道他问这个做什么，老老实实地回答："冥山骨灰堂后面有一大片松林，野狗大都聚居在那里。"

马笑中点点头说："老田，给你个任务——喂野狗。"

田跃进一愣:"喂野狗?"

"对。你到西郊食品批发市场买点儿魔鬼糖,就是一吃舌头会变得血红那种,掺在狗粮里喂给野狗吃,一日三餐地连续供应三天。"马笑中交代,"注意保密。"

田跃进一脑袋问号。他后脚刚走,丰奇就被马笑中叫来了:"你给我放出风去,就说从外地传过来一种恶性狂犬病,有可能通过空气传染。染了病的狗的舌头会变得血红,然后就发疯,不管谁都咬,被咬的人死相比疯狗还难看。"

丰奇大吃一惊:"啊?!所长,是不是我得同时通知市防疫部门?"

"通知个屁!假的。"马笑中一脸坏笑,"你通知各个居委会里舌头最长的老太太就行了。"

很快,谣言就传遍了整个望月园地区。所有养狗的人家听了都疑神疑鬼,等亲眼看到大街上的野狗都拖着长长的、吊死鬼一样血红的舌头颠来跑去时,人人吓得魂飞魄散,回家再看自己养的狗,怎么看怎么觉得它的舌头越来越红。恰好在这时,救苦救难的城管队开着车来抓野狗,于是这些人家都跟送瘟神一样主动把自家的狗交了出去。

狗的事儿算解决了,人的事儿又来了。田跃进向马笑中报告:"昨天晚上,三炮台和二瓢子他们两伙人又干起来了,就在铁路桥底下,砍刀喷子都用上了,伤了六七个,现在还在医院里躺着呢……听说,三炮台跟手下的小弟们说,来个姓马的所长也没什么了不起的,过两天就给您弄一嚼子套上。"

马笑中摸了摸嘴巴:"老田,帮我约一下,今晚请管片儿内的几位'大哥'吃饭,西山黑石头那里不是有个野味馆子吗?八点,我做东。"

这天晚上八点，黑黢黢的天空飘起了蒙蒙细雨。从西山黑石头往下望去，整座城市都像罩了层纱似的，模模糊糊。野味馆子就坐落在半山腰的一处平地上，倚着山石搭了个凉棚，三炮台、二瓢子等几个"大哥"坐在凉棚下的藤椅上，身后都站着两三个小弟。马笑中只带了田跃进和丰奇两个人来。他亲自在炭火炉子上烤熟了红薯片、羊肉串和老玉米，递到各位"大哥"面前的桌子上，还殷勤地给他们斟上酒。

"马所长，你请我们几个来，有什么事儿，直说。"满脸横肉的三炮台跷着二郎腿问。

马笑中笑嘻嘻地说："没啥大事，马某初来乍到，跟几位认识认识，今后在治安方面还仰仗诸位关照，别给我捅大娄子，我就感激不尽了。"

"马所长的面子，我一定给。"三炮台啐了口唾沫，"不过有人要是不识相，我也没办法……"

"操你妈的三炮台！"二瓢子站起身就骂，"你丫当着马所长给我扎针是不是？当我是聋子还是傻子？"

两票人马都把腰里的家伙拔了出来，砍刀铁链钢管甩棍，指着对方点点戳戳，破口大骂。马笑中见形势不妙，连忙站到中间又鞠躬又作揖地说："都看我面子，都看我面子……"活像是饭馆里给客人赔罪的掌柜。其他几伙流氓见他如此脓包，都忍不住偷偷笑了。

总算没打起来。待众人坐回原位，马笑中说："诸位尽管吃着喝着，马某人琢磨了个游戏给大家寻个开心，好玩不好玩的，大家都多担待。"说完把手一挥，田跃进、丰奇和野味斋的几个小伙计在凉棚前的平地上插了七八根竹竿子，把上头削尖了，每根竹竿上面又扑哧一家伙插了个西瓜，远远望去活像是万圣节的南瓜头。

众人都很好奇,不知道他玩的是哪一出。马笑中一指丰奇:"你给诸位大哥示范一下。"

这话很不得体。黑帮头子成了警察的大哥,这警察也太窝囊了。但在三炮台和二瓢子等人听来,却是悦耳至极。丰奇瞪了马笑中一眼,走到最左边的一个西瓜前,距离一米左右,站定,掏出手枪,对准那西瓜乒的就是一枪!同时飞起一脚踢在插着西瓜的那根竹竿上,可惜踢得慢了,炸开的西瓜瓤溅得他警服下摆一片鲜红。

"真他妈的笨!"马笑中愤愤地骂了丰奇一句,转头面对诸位"大哥",又换了一副笑脸,"我这手下不成才,每次都溅一身的西瓜汁。我想请大哥们轮流下场,用自己的家伙打西瓜踢竹竿,看谁的身上西瓜汁溅得最少,说明谁的身手最好。"

这帮流氓平时找碴打架,一小半是抢地头争女人,一大半是斗气儿拼脸面。这么一个较量高低的好机会,谁也不肯错过。钢珠枪、汽狗、喷子都亮出来了,挨个上前打西瓜踢竹竿,可惜扣扳机和踹出的一脚,在时间上总是协调不好,谁也免不了一身狼藉。

所有的"大哥"都打完了,最后还剩下一个插在竹竿上的西瓜。马笑中冲着田跃进努了努嘴:"老田,你试试。"

田跃进拔出手枪,走上前对准西瓜,手指一扣扳机的瞬间,右脚像出膛的炮弹般猛地一踢,只听"乒"的一声,打爆的西瓜和竹竿都向前扑倒,汁瓤犹如泼出的红酒一般,倾洒在地面上。老田一转身,只见他身上干干净净的,连西瓜籽也没沾上半颗。

没想到这半吊着裤腰、脸皱巴巴像个乡下老农的田跃进,竟有如此的身手!凉棚里的人们不由得都鼓起掌来。

"老田，不错！"马笑中面泛红光，"身手这么好，你当民警以前是做啥的？"

"报告所长。"田跃进立正，大声说，"我以前在武警支队是负责处决死刑犯人的，枪顶着犯人的后脑勺开枪，为了保证血不溅到身上，开枪和这一脚，要拿捏得特别准才行！"

凉棚里的"大哥""小弟"们，脊梁骨不约而同地一凉！

"我说呢。"马笑中乐呵呵地坐在藤椅上，拿起玻璃杯，一口气把里面的酒喝了个干净，然后举着空杯子，斜端着个肩膀，用翘起的小手指，把众人挨个指了一遍，问："老田，你看看今天来的这些个王八蛋，有哪个像将来要被你打爆头的呢？"

老田压低了眼皮一扫，一个字一个字地说："我看哪个都像。"

噼里啪啦的雨点浇打在一地猩红的西瓜瓤上，仿佛是快刀在剁着肉馅，转眼便一片稀碎，西瓜汁与雨水交汇，顺着沟沟坎坎流淌，像一条条暗红色的血河在地面涌动。所有的流氓都不由自主地站了起来，一个个吓得面色惨白，却谁也说不出半个字。

马笑中一杯接一杯地喝酒，用带着醉意的目光睨着他们，像屠夫看着一群待宰的羔羊，掂量先拿哪一只开刀。

三炮台虽然粗野，但江湖上混老了，他走到马笑中面前，低着头说："马所长，我们……"

"坐坐坐！"马笑中招呼着，"都别站着，都这么客气做什么！"

"马所长您饶了我们吧……"三炮台带着哭腔说，"是我们瞎了狗眼，是我们不知深浅……"

二瓢子和其他的流氓也都走过来，弓着个膝盖苦苦哀求。

"你瞧瞧，这样就不好了嘛。"马笑中皱着眉头说，"马某没有别的意思，还是开头那话：初来乍到，跟几位大哥认识认识，今后在治安方面还仰仗诸位关照，别给我捅大娄子，我就感激不尽了。"

马笑中这几句话，流氓们听在耳中，如同脑袋顶上滚着雷，一个劲儿地告饶，"马所长我们不敢龇屁了""马所长我们回去老老实实做正当生意""马所长您就当我们是个屁把我们放了吧""马所长您在这儿一天就没人敢提驴字"……

马笑中越听越不像话："好啦好啦，都回家吧，想和你们交个朋友，还不给我面子。扫兴！"

流氓们战战兢兢地往凉棚外走，连雨伞都不敢拿，没走出几步，只听身后一声大喝："站住！"有个小流氓腿一软竟坐在了地上。

众人回头一看，马笑中招手："都回来都回来。"

都回来了，可不敢进凉棚，外面站成一排，都哈着腰，耷拉着脑袋。

马笑中又美美地喝了两杯酒，才开口说话："刚才弟兄们都亮了家伙，我看装备不错，算得上武装到牙齿了。可我一琢磨，那铁链子你们拿回去拴狗，钢管拿回去跳舞，甩棍嘛……赶上肾虚的时候可以用来安慰安慰媳妇，唯独砍刀和喷子，不知道拿回家能干吗使，干脆留下吧，我替你们存着。我可不白留，一样换一样：留一件家伙，我马某送一个西瓜。咱们谁也不欠谁的，大家说好不好？"

谁敢说不好？结果是每个流氓抱着个西瓜，像偷鸡蛋的老鼠似的排成一串儿，钻进车里，灰溜溜地下山去了。

望着车屁股的灯光渐渐消失在茫茫夜幕中，马笑中在嘴上胡噜了一把："看来我暂时不用套嚼子了。"

丰奇和田跃进忍不住哈哈大笑起来。

就这样，短短一个月，望月园地区的治安状况发生了巨变，算得上是海晏河清，连小偷都绝迹了。按三炮台给小弟们的训话："新来这姓马的，就搁流氓里也算是个极品，咱惹不起。你们都给我夹起尾巴做人，谁要是敢在外面惹是生非，我先切了他的西瓜！"

可想而知，当听说青塔小区发现女尸的时候，马笑中以为丰奇是跟他开玩笑。

两辆警车在青塔小区的门口被一个瘦得像面条似的高个子保安拦住了："什么事儿啊？"马笑中把脑袋探出车窗冲他喊了一嗓子："是我！"面条有些发愣。门卫李夏生大爷透过窗子一看，忙不迭地从门房里跑出来："马所长您怎么来了？"马笑中说："正常巡查，没见到什么可疑的人吧？"李大爷摇摇头："就是有一男一女刚才进去了，相貌很生，到现在俩人还没出来。所长，到底怎么了？"马笑中说："你别多问了，这小区有几个门？"李大爷回答："俩门。但就这大门开着，还有一个小门在六号楼前边，锁着呢。"马笑中问："六号楼是哪一栋？"李大爷往西边一指："最把头儿那栋。"马笑中点点头，对身边一名警察说："你留在这里把着门，许进不许出。"那警察应了一声，跳下车站在面条身边，一脸严肃，唬得面条和李大爷眼都有些发直。

警车停在六号楼门口，马笑中刚要开车门，就听见"砰"的一声。他本能地去摸腰间的手枪，定睛一看，只见车窗玻璃上有两只手掌，一个人疯了似的拼命拍打着。马笑中摇下车窗，黑暗中看不清那人容貌，只听他发出含混而颤抖的声音："死……死人了。"

马笑中跳下车问:"是你报的案吗?"用手中的手电筒一扫,才看见这人塌鼻梁、浓眉毛,扁平的白脸像被咬了一口似的痉挛着。这人身后蹲着个女的,胳膊抱着自己,浑身抖得像秋风中的最后一片树叶。

两个人的目光都充满了惊恐。

"四楼……死人了,是我报的案,快点!"那男的拉着马笑中的胳膊,断断续续地说。

马笑中让刚刚赶来的田跃进带着几名警察,一面搜查楼里有无可疑人员,一面守住六号楼前后两个楼门,不让任何人出入。然后和丰奇等民警,由报案的男人带着上楼。蹲着的女人害怕得连路都走不动了,只好让她坐进警车,由一个女警陪着她。

坐电梯上楼这段时间,马笑中弄清了男的叫老甫,女的叫樊一帆。看老甫情绪很不稳定,马笑中也就没有再多问他什么。

四楼,电梯门开了。马笑中打开手电筒,顺着老甫指的方向走去。

"马所长。"

另一部电梯的门也打开了,有人走了出来,叫了他一声。马笑中回过头,没有看到脸,竟先看到了一个隆起很高的喉结。

马笑中把手电筒朝喉结的方向一晃,刺眼的光柱直直地撞在来人的脸上。一般人都会下意识地用手遮挡眼睛,然而这人竟礁石似的一动不动,皮包骨的瘦脸上,两只很鼓的眼睛陷在深深的眼窝里,如同煤矿石上嵌了两只玻璃球。

"司马凉?"马笑中不由得叫了出来。

这司马凉是马笑中的老对头。

多年前,司马凉还是刑警支队支队长的时候,曾将一起疑云重重的命案断定为意外事故。死者是马笑中儿时好友的母亲,马笑中坚定地认为这是一起谋杀案，反复找司马凉希望他重新侦办。但司马凉置之不理，随后还步步高升。直到上个月系列命案发生后，才连带着翻出了这桩旧案，专案组用现场还原的方法找到了真凶。

由于有失职之过，司马凉被降职，回到刑警队重新做起支队长，此刻与马笑中相见，可谓冤家路窄。

"你怎么来了？"马笑中问完又恍然大悟，"难道刑警队要你来接这个案子？"

照规矩，一一〇一旦接到重大刑事案件的报警电话，要同时通知发案地所属的派出所和分辖的刑警队。分局派支队来侦办，由派出所协办。

司马凉点了点头。

马笑中撇了撇嘴。

司马凉带着身后的两名刑警走进发生命案的房间，先让刑技[①]提取了墙上电灯按钮的指纹，然后上去咔吧咔吧摁了几下，黑暗依旧。

"灯坏了？"他嘀咕道。

马笑中用手电筒照了照客厅的吸顶灯，想了想走出房间，打开楼道的墙上嵌着的一个长方形的灰色铁匣，露出电闸。一共八个黑色扳钮，其中七个都向上抬起，唯独那个下面标有"409"字样的冲下。

马笑中指着这个扳钮对刑技说："提取指纹。"

刑技仔细查看了这个扳钮后说："没发现上面有指纹，但是落着的一层灰似乎被擦掉了。"

[①] 负责刑事技术勘查的刑警。

马笑中把这个扳钮抬起，回到四〇九房间，一按电灯按钮，吸顶灯嗡嗡了两声，"砰"地亮了。

然后就看见了靠墙坐着的那具女尸，以及她身子下面的一摊血。

一名刑警"咔嚓咔嚓"地拍起照来。司马凉在女尸前蹲下，打开录音笔，开始口述现场观察所见。这在刑警中称为"第一眼描述"，第一眼看到的，往往是最重要的东西，刑侦人员必须进行主观描述，以防犯罪现场被清理后丧失了那种直觉的感受。描述务必细致齐全，并做出一定结论，无论对错，都作为后续刑侦工作的重要参考。"死者为女性，年龄在二十岁左右，身穿黑色针织筒裙，脚踩高跟鞋。脖子、手腕、脚腕、耳垂、手指等部位没有佩戴其他饰物。死因初步怀疑是心脏破裂大出血，凶器为木柄不锈钢厨刀，死者右手反手持刀。"

他用手电筒照着死者瞪得圆圆的双眼，观察片刻，伸出手，把她的手臂弯了一弯，又抬起她的小腿看了看，接着说："尸体角膜透明，皮肤尚有余温，没有出现尸僵，尸体呈坐姿，但腿部的后侧没有发现尸斑，据此推定，死亡时间应该在一小时内。"

刑技戴上橡胶手套，从厨房开始，埋着头在客厅、卧室和阳台逐一查找并提取物证。

马笑中在司马凉身边蹲下。"死者的表情，似乎在临终一刻看到了什么非常恐怖的东西。"他又"哧哧"地耸了耸鼻子，"她脸上好像有一股很淡的香味。"

司马凉冷冷扫了他一眼，对着录音笔说出了"第一眼描述"的最后一句："现场没有发现搏斗和挣扎痕迹，怀疑死者是自杀身亡。"

马笑中差点跳起来："自杀？你说是自杀？怎么可能是自

杀?!"

"为什么不能是自杀?"司马凉站起身,"反手持刀,又没有发现搏斗痕迹,难不成还是他杀?"

马笑中慢慢地站起来,茫然地看着这间客厅:狭窄的空间、微微发黄的白色墙壁、蒙着灰的电视柜、暗绿色的人造革沙发,最后,视线又落回那具死不瞑目的女尸身上,不禁说:"你就没有觉得,这现场有一种特别诡异的气氛吗?"

"什么诡异不诡异的,咱们这是办案,又不是拍恐怖片!"司马凉不耐烦地说。

就在这时,马笑中腰里的警用通话器响了,传来楼下田跃进焦急的声音:"所长,刚才有个人从北边的望月园公园的草坡上滑下来,非要上楼。问他是干吗的,他说他是记者,要采访案子。跟他要证件,他说没带。怎么办?"

"记者?"马笑中吃了一惊,"怎么这么快就知道消息了?"他一扭头看见丰奇,坏笑着说,"你跟记者打交道有经验,你去对付。"

"您这不是成心恶心我吗?"丰奇撇了撇嘴,"上次,我倒霉就倒霉在记者身上了。我不去!"

"这是命令,执行!"马笑中板起脸来,"把他打发走就行了。"

"万一要再碰上张伟那号人,您可别怪我动手揍他。"丰奇说着很不情愿地走出房间。

马笑中走进卧室,窗户开着,夜风袭来,撩得他脸上一阵清凉。站在窗前向外望去,正好能看见望月园那陡峭的草坡,在茫茫夜色中仿佛一片被削了一刀的乌云。

突然,楼下传来一阵凶猛的叫骂声,马笑中吃了一惊,扒着窗框向下望去，只见几个黑色的影子像被勺子搅动的红薯粥一样纠缠在一起。这时，腰里的警用通话器又响了，依旧是老田："所长，快下来！我们几个人都拦不住丰奇……哎呀，别打啦！"

马笑中拔腿冲出房间，下楼出了北门，只见田跃进和另一个警察正死死拉住丰奇的胳膊。丰奇一边像练无影脚那样朝半空拼命地蹬腿，一边吼叫："看我今天不揍死你！"在丰奇面前的那个人直往后躲。

"给我住手！"马笑中大吼一声，"怎么回事？丰奇你发什么疯？"他边问边把手电筒朝往后躲的那个人身上一晃："哎哟，你不是《法制时报》的那个张伟吗？你怎么跑这儿来了？"

张伟掸着衣服上的脚印，气急败坏地说："你是管事儿的吧？我是记者，想去采访，嘿，这警察一见我，不问青红皂白就打。我明儿要不在报纸上给你们来一篇，我就不姓张！看看到时候是谁吃不了兜着走！"

"张伟，你看看我是谁！你再看看打你的是谁！"马笑中用手电筒照照自己，又照照丰奇，"你还有话说吗？"

张伟认出了这两个人，顿时像泄了气的皮球一样，不吭声了。

"说，你怎么会在这儿？"马笑中凶巴巴地问。

张伟低声说："我和朋友在望月园玩，看见警灯一路闪进小区，就从坡上滑溜下来看看出了什么事情——采访法制新闻可是我的工作。"

丰奇啐了他一口："你也配提'采访'二字？所长，甭听他的。大半夜的，哪个好人还在公园玩？撒谎也不编圆点儿。我看八成就是这孙子杀的人，先铐上他再说！"

张伟大吃一惊："什么？有人被杀了吗？"

"丰奇你闭嘴！"马笑中呵斥道。他转头看着张伟，脑子里像骑车遇到岔路似的,一下子拐到了另外一件事情上:"好久没有小郭的消息了,听说她休假去了,回来了吗?"

张伟摇摇头说:"不知道,据说她今天回来,但我在报社没看见。"

马笑中掏出手机,拨了一个号码。

听筒里,萨克斯曲《回家》刚刚响起,就被一个甜美的、似乎又略带一点烦恼的声音打断了——

"你好,我是郭小芬。"

第五章 劫后重逢

郭小芬回到这座城市的准确时间,是这一天的中午十二点二十三分。

她坐在"海西"号列车卧铺车厢的棕绿色折叠椅上,支着下巴,呆望着窗外的景象由碧绿而空旷的原野,渐渐变成散布着一排排低矮瓦房的村庄。车速放缓了,几个巨大的煤堆像钉在天空的楔子似的冒了出来。铅色厂房的后面,烟囱百无聊赖地吐出灰色的烟雾,砖红色的旧楼,浮着白色泡沫的河水,没有栏杆的石桥,桥上神情呆滞的行人。紧接着,臃肿而密集的楼宇兀然出现在眼前,丑陋的巨幅广告像帽子一样扣在楼宇的顶端,每扇玻璃窗都反射出污浊的光芒。

她闭上眼,一个月来发生的林林总总,犹如电影的预告片一般,片断、散碎,而又绵绵不断地浮现在她的脑海中……

在上个月的系列命案中,身为临时专案组成员的她,在最后一刻窥见了真凶的面目,却因此被绑架并囚禁到地铁施工时留下的侧洞里,在令人窒息的黑暗中度过了恐怖的整整四十小时。

被解救出来的第二天一早,她不顾男友的劝阻就回报社上班去了。走进《法制时报》采编平台,所有的同事——无论平时要好的还是不和的,都上前和她打招呼,小心翼翼地问她"还好吗",有人还给她端来一杯香喷喷的、冒着热气的咖啡。她笑得依旧和从前一样灿烂，连说"没事的，你们看我这不是挺好的吗"。大家这才放了心。

回到自己的办公桌前刚刚坐下，电话就响了，是总编辑李恒如打来的："你怎么不在家休息一下就来上班了？"她笑着说自己没那么娇气。李恒如说："那也不行，这样，你到我的办公室来一下。"

总编辑办公室在楼上。她用食指和大拇指捏着盛有咖啡的纸杯边沿，一边啜着咖啡一边走到电梯前，按了向上的按钮。电梯门开了，她走进去。电梯门关上。

接着，几乎整层楼的人都听见了一声凄厉的惨叫。

有人跑过去，啪啪啪地连续拍着电梯按钮，电梯门重新打开的一刹那，郭小芬疯了似的冲出来，几乎是撞在了对面的墙上，然后慢慢地蹲下，无声地哭了起来。

电梯里面，咖啡洒了一地，一个纸杯犹在滚动。

心理医生诊断，她患上了严重的"密闭空间恐惧症"。

按照医生的建议，记者部主任将一张替郭小芬开好的申请休假一周的假条，递到李恒如面前。李恒如看了一眼，先签了字，又把"休假一周"改成了"休假一个月"。

"这么长时间？"记者部主任愣住了。

"要是你像她那样被囚禁两天，我也放你一个月假。"李恒如说，"告诉小郭，好好休息，想去哪里休假，全部费用报社报销。还有，一个月后要是还觉得不好，可以再续假。"

于是，在男友的陪伴下，郭小芬回到了位于福建龙岩的故乡，一住就是一个月。每天徜徉在群峰鳌立、郁郁葱葱的冠豸山上，看飞瀑高悬，听石底泉淙，那些恐惧而坚硬的往事，像屋檐下的冰溜子，不知不觉地化掉了。最明显的改变是，刚回老家时,她每天晚上必须要妈妈陪着才能睡着,渐渐地,一个人在关着门的房间里也能睡得踏实了。

有一天,她顺着丹梯云栈登上主峰,一阵山风拂来,清爽沁骨,仰头望去,天空蓝得像在海水中洗过似的,忽然就想起了什么,心头挂了片云一般,她刚要细细探究云的深处,又一阵山风拂来,将一切都吹散了,没有留下一点痕迹。

"是什么呢?"她使劲地想,可就是想不出来,下山的路上一直懊恼不已。

接着,一连下了几天的雨,龙津河被雨点打得像鳞片翻飞的黄龙。雨停的那天,她拎了把伞,到母校龙岩二中溜达了一圈,暑假里,空荡荡的校园静悄悄的,只能听见水珠从树叶上滚落的嘀嗒声。正出神,一滴水珠啪地打在她的脖子上,不由得一抬头,就再一次看见了湛蓝湛蓝的天空,猛地想出她一直想不起来的是什么——是那个背影,那个在黑压压的人群中渐行渐远的蓝色背影……

晚上回到家,她对妈妈说:"我买了火车票,明天上午十点半坐'海西'号回去。"

妈妈不放心,反复问她"病好彻底了没有"。她苦笑了一下,不知道该怎样回答。她的"病"源于恐惧,而恐惧归根结底是一种投影,离造成投影的物体越远,恐惧就消失得越彻底,可是一旦回去,一旦重新站在投影范围之内,谁也不能保证恐惧会不会再生。但她总要工作,总要回到那座城市的,而妈妈已经够操心的了,不能再让她为自己担惊受怕。所以,她只是默默地点了点头。

男友当初把她送到龙岩,没住两天就匆匆回上海了。这次她返回,没有对他说。在经历了那场惊心动魄的系列命案之后,她总觉得，自己对他的依恋不像从前那么强烈了……

身子微微向前一倾，又向后一顿。火车停了，终于回到这座城市了。她拉着粉红色的拉杆箱，跟在人流后面走出了车站。巨大而蠢笨的仿古车站连同顶端的亭子，投下蝙蝠翅膀似的广阔阴影，她狠走了一段，才走了出去。

回到租住的房屋，她在床上怔怔地坐了一会儿，觉得太寂静了，站起身，到洗手间找了块抹布，把罩在写字台、电视、椅子上薄薄的一层尘土擦拭干净。然后又涮了涮墩布，开始擦地，直到墩布哐啷碰响了床下一个不锈钢小盆，才找出刚才感到冷清的原因：一向和自己相依为命的爱猫贝贝不在——回故乡之前，她把贝贝托付给邻居寄养了。

赶紧敲敲邻居的门，把贝贝领了回来。这个没心没肺的家伙，主人不在的一个月里，吃喝一点没耽误，居然长胖了一圈，抱在怀里沉甸甸的。她躺在床上挠着它的下巴，笑嘻嘻地问个不停："贝贝想没想我？"也许是旅途疲惫的缘故，不知不觉地居然睡着了。

醒来时，窗棂已撩上一缕暮色。她从床上爬起，把装满猫粮的不锈钢小盆放在贝贝面前。然后洗了把脸，对着镜子仔细上了妆，看着镜中姣美的容颜，脸一热，又把妆卸掉，重新洗了脸，换了件粉色的吊带连衣裙，就这么素颜走出了房门。

漫步在洒满夕阳的街道上，八月中旬，耳畔溢得满满的是知了的叫声。她明明知道自己要去哪里，却故意绕了很多路，才来到一家杂志社的门口。"我可是无意中走到这个地方的。"她自欺欺人地想。

拿出手机，犹豫了半天，才拨了一个电话号码。

很久才接通，传来一个客气而冷淡的声音："喂，您好？"

"你好……"她有点生气。她相信他的手机一定存有自己的号码,何必装成生分呢,于是很不客气地说:"我是郭小芬,你下班了吗?"

"还没……"他的声音有些闪躲。

她更加生气了:"呼延云,我现在就在你们杂志社门口,要是你想见我,就出来,不想见的话,我就走!"说完把电话挂掉了。

她想,一分钟之内,只要他不出来,我转头就走,而且这辈子再也不见他,绝对!

结果,不到半分钟就见他飞奔出杂志社的大门,依旧穿着天蓝色的短袖衬衫和亚麻色的裤子,依旧是一张娃娃脸。不过,和一个多月前比起来,他的神情不再那么颓唐了,一双眼睛里闪烁出明亮的光芒。

他在她面前站定,微微有些气喘地说:"你好……都一个月了,怎么也没和我联系一下?"

郭小芬哼了一声:"你不也没和我联系?"

他搔着后脑勺,不好意思地笑了——这是郭小芬的记忆中,第一次看见他露出真正的笑容。

两个人沿着树荫慢慢地走着,肩并着肩,很久很久,谁也没有说话。来往的车流犹如涨潮的黛色河水,渐渐漫过了整条街道。悄然暗淡的树影,在路灯齐齐点亮的一瞬,又婆娑了起来。

"你饿了吧?"呼延云终于憋出这么一句,"我请你吃晚饭,好吗?"

郭小芬点了点头。

直到这时,呼延云才发现,走得太久又漫无目的,一时间竟分辨不出来到什么地方了。郭小芬看他一头雾水的样子,不禁一笑:"算啦,这附近有家肯德基,咱们就去那里吧。"

呼延云蒙头蒙脑地跟着郭小芬来到肯德基餐厅。一楼人多，有点嘈杂，他们买了双份的新奥尔良烤鸡腿堡、芙蓉鲜蔬汤和土豆泥，端上了二楼，拣了个靠窗的位置面对面坐下，一边吃一边说话。说了大约五分钟，郭小芬突然"扑哧"一声笑了。呼延云窘坏了，不知道自己犯了什么错，把咬了一口的鸡腿堡放下，手在托盘上胡乱摩挲着，不知怎么搞的，竟把郭小芬那份鸡腿堡拿起来又啃了一口，然后才发现，脸顿时涨得通红。

"没事没事。"郭小芬看着他手足无措的样子，笑得更厉害了，"我刚刚才发现，咱俩说了这么长时间的话，竟是各说各的，没一句挨得上边儿……你看这样行不行，咱们都别说话了，先把饭吃完，再好好聊。"

呼延云不好意思地点了点头，长长地舒了口气，因为紧张而端起的肩膀这才放松了下来，又给郭小芬买了一份鸡腿堡，两个人开始吃饭。他不敢直视郭小芬，便把目光投向窗外，但郭小芬稍有行动，比如想喝汤啦，想擦擦嘴啦，他都很敏捷地把勺子和餐巾纸递到她的手里。

吃完饭，呼延云又去买了两杯蜂蜜香柚茶和一份薯条。两人刚要说话，一名一直在二楼打扫卫生的保洁员拎了件橘黄色的长袖外套走了过来："这是你们的吗？"

郭小芬只看了一眼，就说："不是。"

"那会是谁的啊？落在那边的座位上了。"保洁员嘟囔道。

郭小芬接过外套，前后看了看，还给她说："这不是客人的，是你们肯德基的员工留下的。"

保洁员十分惊讶，因为她丝毫没有发现这件外套与本店员工有一星半点儿联系，半信半疑地下楼去了。

呼延云笑了，对郭小芬说："怎么推理出来的？"

"今天天气非常热,没有人会穿着这么一件长袖外套来肯德基。而这家店的冷气开得很足,所以我想可能是本店的员工偶尔用来穿上保暖,不小心留下的。"郭小芬说,"我也考虑过会不会是在附近工作、经常来这里进餐的人留下的,但是外套上的油渍把我这个想法否定了,如果是职员吃快餐盒饭沾的油渍,一般集中在袖子和前胸,但那件外套上的油渍分布得太不均匀了,居然连后背上都有……"

这时,那名保洁员匆匆走上楼来,笑呵呵地对郭小芬说:"女子,谢谢你,这外套还真是我们员工留下的。"

"是店长的吧?"呼延云问。

这下子,不光是那名保洁员,连郭小芬都愣住了。

"您是怎么猜到的?"保洁员情不自禁地问。

"右边的袖口比左边的袖口下面稍微发白一些,应该是蹭出来的。"呼延云啜了一口蜂蜜香柚茶,慢慢地说,"肯德基的员工,经常穿着这么一件外套坐在安静的二楼,做一件需要摩擦袖口的工作,我觉得只可能是店长每天填写日报表。"

"一点儿都没错!"保洁员脱口而出。

呼延云和郭小芬相视一笑,"啪"地碰了一下纸杯,只有他们自己心中明白,这是推理者之间的一次"过招"。

"真可惜。"保洁员走后,郭小芬叹息道。

"可惜什么?"呼延云问。

"可惜我没有亲眼看到你一个月前在华贸桥上的那次推理。"郭小芬说。

呼延云的眼中顿时浮起一丝感伤:"那恐怕是我最不愿意做的一次推理了……"

两人一时沉默。餐厅播放的那首《盛夏的果实》,原本只是低低地萦绕,现在声音却突然大了一点,每句歌词都像裂痕一样清晰——

> 你曾说过,会永远爱我,
> 也许承诺不过因为没把握。
> 别用沉默,再去掩饰什么,
> 当结果是那么赤裸裸。
> 以为你会说什么,才会离开我,
> 你只是,转过头不看我……

呼延云惊讶地发现,郭小芬支着下巴,听着这首歌,眼圈渐渐地有些发红了,于是他轻轻地问:"你……没事吧?"

"没事。"郭小芬掩饰地笑了笑,"我又想起那件案子了。被救出来以后,蕾蓉姐把前前后后都告诉我了,我很长时间都不能相信那是真的……原来这个世界上,有太多我们不能理解的'嬗变'。"

"真相和残酷本来就是双胞胎。"呼延云劝她,"过去的事情,就不要总是想它了。"

"那你呢?"郭小芬问。

"我?"呼延云有些困惑。

"对,你。"郭小芬凝视着他,"我的意思是,你能彻底忘记那些过去的伤痛吗——在这件案子之后?"

呼延云想了想,轻轻地摇摇头,苦笑着说:"伤口会愈合,但伤痕却永远地留下了……不过,谁知道呢,如果受伤太多,伤痕交织、累积,最后变成血肉一团,到了那一天,也许就什么都看不见了。"他忽然意识到自己本来是想劝郭小芬的,但竟然越说越沉重了,连忙转换了话题。"对了,你这一个月过得还好吗?似乎胖了一点。"

"我回老家了,福建龙岩,你知道吗?"郭小芬说。

"龙岩,我怎么会不知道,冠豸山、永定土楼……都很有名的。"

"我们龙岩可漂亮啦,整座城市的四周都是山林,好像睡在一个绿窝窝里。我家楼下有一条小河,上学的时候别人都从桥上走,我那时比男孩子都淘气,挽起裤腿就下水,直接蹚过去。水又清又凉,你要是站着不动,一会儿就有小鱼来啄你的脚。"一说起故乡,郭小芬算是打开话匣子了,"我们那里的树很多,虽然高,但枝杈多,很好爬。一放学我就和同学们比赛爬树,看谁爬得快,我总能拿第一。你没怎么爬过树吧?告诉你,爬树可好玩了,虽然只离地面十几米,可看到的就完全不一样了,而且透过树叶的缝隙往外看,风景就跟剪纸似的……"

窗外的街上,人们纷纷撑起雨伞,凡是有光的地方都泛着湿漉漉的亮色。下雨了,却看不见雨丝。耳畔,唯有对面姣美的女孩漫谈的声音,声音不大,恰如细雨飘落时的若有若无,呼延云登时有些发痴。

"我们龙岩好吃的也特别多,不过比较清淡,偏甜。你们北方人口味重,可能吃不惯。比如清汤粉、芋子饺,不过我最爱吃的还是簸箕板,有点像肠粉,外面的皮是米浆做的,里面的馅是用肉、香菇、虾米什么的拌在一起,嚼起来QQ的,可香啦……"郭小芬突然发现呼延云呆呆地盯着自己,连忙问,"你怎么啦?"

呼延云梦醒般一怔,接着又笑了:"没什么,我听你说'QQ的',真好玩。"

郭小芬不好意思地笑了。

"呼延！"

郭小芬的这一声呼唤，令呼延云吃了一惊，因为那语气急转直下，充满了警觉和紧张。接着，呼延云听见身后一阵沉重而迅猛的脚步声，狂风一样掠来，他还来不及回头看是怎么回事，一个粗壮的男子就"哐当"一声，坐在了郭小芬旁边的空座上，吓得她差点儿跳起来。

这男子穿着一件藏青色的西装，满脸的横肉像用搓衣板搓过似的，一双眼睛凶光毕现地瞪着呼延云："你，跟我来一下，我们家主人想见你！"

呼延云连眼皮都没有抬，伸出右手的食指，点了点他，又朝身后一扬，那意思再明确不过："赶紧给我滚！"

"呼"的一声，那男子原本摊开在桌面的手掌，霎时间攥成一个拳头，骨关节"咔咔"作响，青色的血管像要爆裂一样跳动着。

郭小芬却不害怕了。

因为她清楚地看到，对面的呼延云神情安详，还略带一点嘲讽。

同时，她也发现了坐在楼梯口的那个女人。

她不知道那个女人是什么时候坐在那里的。她似乎已经坐了很久，一直在喝着一杯红茶，翻阅着一本线装的《增订格古要论》。这女人年龄看上去三十岁左右，穿着一身米色的连衣裙，梳着齐耳的短发，一双秀美的眼睛里放射出深邃的光，嘴角的线条十分鲜明，圆润的下巴有点前倾，显得十分知性，又略带一点威严。

从那个粗野的男人闯过来开始，这女人始终没有往这边看一眼，但是，就在她将手中的茶杯轻轻往桌面一放的那一刻，那男人低声咒骂了一句什么，收起拳头，悻悻地离开，下楼去了。

二楼又恢复了安静，仿佛是雷声大作后滴雨皆无的地皮。但是，一切显然没有结束。那个女人把书一合，拿在手中，站起身，慢慢地向这边走过来，轻轻坐在了刚才那个男人坐过的位子上，先朝郭小芬一笑，又用含有歉意的声音对呼延云说："呼延先生，您好。"

呼延云没理她。

那女人倒也不生气，拿起肯德基的彩色餐盘垫纸，折了几折，用细长的指甲顺着折线划出重重的几道痕，沿着痕迹撕成名片大小，翻过来，从裙子的口袋里掏出一支签字笔，在白色的背面先写了一个手机号码，十一个数字不仅丝毫不差地排成一条直线，而且间距几乎一致。然后她在数字的下面勾勒了一只鸟的形状，再把鸟整个涂黑，最后加上了三条腿。她拿起这张纸片，启开红唇，轻轻一吹，把墨渍吹干，双手递给呼延云，恭敬地说："呼延先生，这是我的名片。"

郭小芬惊讶地瞪圆了双眼，她立刻意识到这女人的身份非同寻常——大名鼎鼎的国内第一古玩商"朱门"的现任掌柜朱夫人。

早些年，朱门在古玩界字号并不响亮，只跟在大字号的后面倒腾些随行就市的二流货，元青花热了它卖碎瓷片儿，红木家具热了它卖"仿苏做"的椅子，玉器热了它就卖皮料子。老掌柜朱福全去世之前，将象征着掌柜权力的青玉钥匙交给了孙媳妇。此后不到三年，朱门便奇迹般地迅速崛起，大肆兼并，成为拥有全国各大城市百十个分号的第一大古玩商。行内的人传说，朱门不干净，刨坟掘墓、盗卖国宝，无恶不作，而且辖制了几个势力庞大的黑帮作为羽翼，使得生意通关无碍。但传说归传说，没有人敢公开说朱门半个"不"字。

而使朱门雄霸古玩界的那位孙媳妇,就是眼前这位实际年龄已四十有五的朱夫人。她本姓衷,真实的身份和名字一直是谜。这个女子才识惊人,碑帖印章、青铜玉器、陶瓷字画……全挂子"掌眼"。交游也极广,黑白两道的上层人物,无不熟稔。她的名片最有特色,觉得你有交际的价值了,捡到什么纸,顺手就裁成名片大小,把联系方式写在上面,并绘一只"三足乌"为记——《史记·司马相如列传》中说西王母"有三足乌为之使"——表明自己只为高层采办的身份。别小看这么一张随意书写的纸片,普通人但凡能拿到一张,都是天大的福分。

偏偏就有人身在福前不纳福。朱夫人将纸片捧了半天,呼延云丝毫没有接纳的意思,冷冷地说:"朱夫人,您有什么事情,请直说。"

朱夫人一笑,把捧着名片的手放下:"刚才我那个手下粗鄙无礼,还请呼延先生见谅。我今天来,是想和先生说两件事。"

听这位有钱有势的朱夫人一口一个"先生",再看对面的呼延云那张娃娃脸,郭小芬忍不住偷偷地笑。

"第一件事,谢谢您上午救了犬子。"朱夫人说。

呼延云一愣,态度顿时谦和了几分:"哦,原来您是朱志宝兄弟的妈妈,失敬失敬。"

朱志宝这事还要从这天早晨说起。

早晨上班的高峰时段,挤得像沙丁鱼罐头的地铁车厢里,突然爆发出一阵叫骂声,"抓住这个臭流氓""别让他跑了",中间还夹杂着女人的哭声。乘客们都探头探脑地想看个究竟,但视线被无数个脑袋挡得严严实实,直到在下一站停车,才透过车窗看见：三个男人撕掳着一个胖子往外面走，后面还跟着一个哭哭啼啼的女子。

胖子被几个见义勇为的好市民带到设在地铁站里面的民警值班室，一进门，一个坐着的警察站了起来，问怎么回事。

一个高个子的男人指着胖子说："他在车厢里对那位姑娘进行性骚扰，被我们抓住了。"

站在门口的女子还在哭泣，她长得挺漂亮，就是眉眼的妆上得太重了，梳着个蓬松的"一把抓"。身穿一件红色吊带连衣裙，腿上是一对黑色的大格子渔网袜，白花花的大腿肉仿佛要从网眼里绽出来似的。

"别哭了，怎么回事啊？"警察问她，"你自己说。"

"他一直在我身后站着，不停地顶我，我躲都躲不开。"女子哭得更伤心了。

警察严厉地问胖子："有没有这回事？！"

胖子看上去二十出头的年纪，一张肥嘟嘟的脸上挂着一双小眼睛，也许是着急的缘故，他说起话来有些结巴，而且一结巴就翻白眼，给人感觉有点缺心眼："我……我没有顶她，她……她撒谎。"

"你就是顶我了！"女子指着他的鼻子说，"我往前，你也往前，朝我屁股上顶，硬硬的，你以为我感觉不出来？"

"我……我没有。"胖子打了个喷嚏。

另外那三个男人一起做证："他就是顶了！""我们在旁边都看见了！""这姑娘急得直叫，我们拉开时，这胖子的那玩意儿还支棱着呢！"

胖子急得一脑门子汗，接连打了好几个喷嚏，对那警察哀求道："你放我走……走吧，我今天还有事儿呢。"

"有事儿？"警察冷笑,"你现在就有事儿了,去,墙角那儿蹲着去。"

"我真没顶……顶她！"胖子脸涨得通红,"他们合伙儿欺负我！"

"我让你墙角那儿蹲着去！没听见是不是？"警察瞪圆眼睛,"合伙儿欺负你？他们怎么不合伙儿欺负我啊？你把警察当傻瓜？"

胖子嘴唇哆嗦着,眼睛里泛起了泪花。

"哟哟哟,还哭啦,一个大男人也不害臊,早知道别干那脏事儿啊！"警察说,"瞧你那样儿,跟个傻子似的。"

胖子一下子昂起头,愤怒地喊了起来:"我……我不是傻子！"显然"傻子"这两个字刺激了他。

"给我蹲下！"警察当胸将他一推,胖子肉乎乎的后背就"哐"地撞在了墙上,竟呜呜地哭出了声来。

就在这时,值班室的门开了,一个长着娃娃脸的小伙子走了进来,将这房间里的情形扫视了一遍,然后对那警察说:"这个胖子是被人冤枉的,把他放了吧。"

"你算老几！"警察火了,"你凭什么说胖子是被冤枉的？"

"事情发生的时候,我就在旁边,看得很清楚,这位胖兄弟并没有对那位女士进行性骚扰。"娃娃脸很肯定地说。

"他和胖子是一伙儿的！"高个子男人气急败坏地指着他对警察说。

"真是贼喊捉贼。"娃娃脸笑了笑,"我要是你们四个,就把嘴角的鸡蛋黄都擦干净了,再合伙儿坑人,不然人家一看就知道你们一起在早餐摊上吃过茶叶蛋。"

三个男人和那个女子都是一愣,然后赶紧擦了擦嘴角。

警察觉得有点不对劲,问娃娃脸:"你是干吗的?"

"我只是一名坐地铁上班的乘客,不想看见有人被冤枉罢了。"娃娃脸说,"你看这位胖兄弟急的,肯定是有重要的事情要办,赶紧把他放了吧。"

"不行!"那个女子一下子急了,"那胖子就是骚扰我了,不能就这么完了,我这边有三个人做证呢!"

警察点了点头,问娃娃脸:"你说胖子被冤枉了,有证据吗?"

性骚扰本来就是说不清道不明的,又在拥挤的地铁里,哪能有什么证据证明胖子被冤枉?三个男人的脸上不约而同地浮起阴笑。

"我有证据。"

轻轻松松一句回答,满屋子的人都傻眼了。

娃娃脸走到那女子面前问:"他对你进行性骚扰的时候,你站在车厢的什么位置?"

女子想了想才说:"我就站在中间,当时特别挤,我前面一个人拉着吊环,这胖子贴着我的屁股站在我后面,一个劲儿地顶……"

娃娃脸打断她:"也就是说你站的位置,头顶上就是风扇喽?"

女子点点头。

"你肯定?"娃娃脸追问了一句。

女子慌了,琢磨了半天,觉得没有什么问题,才说:"肯定。"

娃娃脸抬头往值班室的天花板上看了看:"正好,这里也有一台跟地铁车厢里一样的嵌入式风扇,麻烦你站在下面好吗?"

女子不知道他葫芦里卖的什么药，老大不愿意，但没有办法，只好走到了呜呜作响的风扇下站定。

"现在，请您配合我做个实验，好吗？"娃娃脸对警察说，"因为您的身高和这位胖兄弟差不多，请您现在就站到那位女士的后面，用您的小腹尽量去贴近她的臀部……您不用犹豫，这纯粹只是个实验而已。"

警察颇不情愿地站到那女子身后，刚往前一凑，就像被马蜂蜇了一般，后退一步避了开来。

三个男子的脸色顿时变得非常难看。

原来那女子梳的"一把抓"，本来就在脑袋后形成蓬松的一团，在风扇正下方一吹，纷乱的发丝像奔跑中的马尾巴一样乱晃，刺在后面的人脸上，极其难受，别说往前凑了，避之唯恐不及。

"您尚且贴不上去，这位胖兄弟的肚子比您大得多，想实施性骚扰必须贴得更近才行。而且从他爱打喷嚏、鼻翼又有点肿大的情状看，他似乎还患有过敏性鼻炎，我想他应该不可能去骚扰这位女士才对。"娃娃脸对警察说。

警察当即将胖子放了。

出了值班室，胖子也没跟救他的人说个谢字，急匆匆地又往地铁赶。而娃娃脸竟也毫不在意地慢慢往地铁走。没过多大会儿，胖子转过头来，一把揪住他问："你上午有事没有？"

娃娃脸说："没什么事，反正上班也迟到了。"

胖子说："那好，你跟着我吧。"

"我为什么要跟着你？"

胖子说："我怕待会儿上地铁又有人冤枉我，你跟着我，随时能给我做证。"

娃娃脸不禁笑了："好吧，我叫呼延云，你叫什么名字？"

"我叫朱志宝。"胖子十分高兴地说。

两人坐上地铁，朱志宝不着边际地闲聊，也不管呼延云爱听不爱听：一会儿说起自己早晨偷偷溜出家，听说打车路上太堵才坐的地铁，可没想到那么挤，从来没受过这份罪；一会儿又说自己因为贪吃，又不注意锻炼，身体才变得越来越胖……呼延云看他不谙世事的样子，倒觉得他十分可爱。等到站的时候，两个人已经成了非常好的朋友。

出了地铁口就是长城饭店。一进去，迎面是一块巨大的黑色展板，展板上绘着一只浴火的朱雀高飞空中，一颗熠熠生辉的夜光珠抓在爪中，珠光投射出"雅德龙夏季古玩珠宝拍卖会"几个大字。朱志宝拉着呼延云坐电梯上了三楼，电梯门"叮咚"一声打开，他就傻了眼，只见金碧辉煌的拍卖大厅里早已空空如也，只有几个保洁员在清扫。

朱志宝靠在墙上，咬着嘴唇，脸涨得通红。半晌，突然呜呜呜地大哭起来，泪珠儿顺着腮帮子往下滚，他用蒲扇大的巴掌一擦，连眼泪带鼻涕地湿淋淋抹了一脸。呼延云站在一旁，也不劝阻，递给他纸巾，他用完一张就伸手要，呼延云就再递给他一张。一直哭到纸用光了，没得擦了，他才停下不哭了。然后两人坐电梯下楼。出了饭店的大门，呼延云说："我要去上班了，你自己回家吧。"

朱志宝呆呆地看了看他，忽然冒出一句："你是个好人！"

呼延云一笑。

"你是个好人。"朱志宝肯定地点了点头，"你没巴结我，好多人都巴结我，可是你没有。你也没有打听我什么，你是唯一一个不打听我什么的人。你是个好人！"

呼延云大笑,摆摆手,就此别过。

"回到家里,志宝一直跟我讲您是怎么帮助他的,又是怎么陪他去拍卖会的。我听着觉得好奇,他怎么会遇上这等奇人?后来他一说您的名字,我大吃一惊,原来是呼延先生,这便不奇怪了。"朱夫人笑着说,"他也真是走运,居然能和您结识。我可知道,呼延先生是当今为数极少的用多少钱都买不到的良友。"

呼延云神情漠然地说:"没什么,朱夫人,反正您派去地铁里的那四个人,也不会伤害朱兄弟。"

顿时,朱夫人杏目圆睁,其后,又很优雅地一笑:"呼延先生连这个都看出来了?"

"这要感谢朱兄弟腰上挂着的那块子冈牌①了。"呼延云说。

"子冈牌?"朱夫人更惊讶了,"一块牌子,就能让您看出那四个人是我安排的?"

呼延云有点不耐烦:"朱夫人,您大老远的专程来见我,相信既不是单单为了感谢我帮您儿子脱困,也不是来听我的推理。您刚才说想和我讲两件事,第一件算是讲完了,下面请您直接说第二件吧。"

朱夫人一怔,说:"好吧,我今天来见您的第二件事,是想委托您帮我找一样东西……这个,您先收下。"说着她从衣袋里掏出一张纸,连同刚才的"名片"一起递了上来。

呼延云依旧不接:"什么东西?"

"支票。"朱夫人一个字一个字清晰地说,"五十万元,算是定金。事成之后,再加一倍,一共一百万元。"

---

① 明朝制玉大师陆子冈制作的玉材挂件,琢有子冈印款。

"这么多！"旁边的郭小芬不由得一声惊呼，"您要让他帮您找什么啊？"

"我要让呼延先生找的东西很简单。"朱夫人轻声说道，"一面镜子而已。"

第六章 疯子

"一面镜子？"郭小芬惊讶地瞪圆了眼睛，"什么镜子啊，光寻找它的委托费就一百万元？"

"呼延先生只要同意接受委托，我自然会详细地说明。"朱夫人把端着支票的双手又向前探了一探。

呼延云看了看她，说："对不起，我没兴趣。"

"呼延——"郭小芬不禁轻轻一呼，但是看到呼延云冷漠的神情，她欲言又止。

这显然也出乎朱夫人的意料，她微微蹙眉道："呼延先生，这一委托绝对不涉及任何违法的行为，我纯粹是想借助您的推理能力……"

"推理是我的个人乐趣。既然是我个人的事，就要由我来做主。"呼延云打断她的话，"我和您的儿子成为朋友，这绝不表示我认同您的所作所为。我知道您把许多国家一级文物像土豆一样从地底下刨出来，再按照薯片的价格卖给外国人，对此我深恶痛绝。尽管我不是什么愤青，但是我总觉得，自从英法联军在圆明园放了把火之后，中国人就没资格再做对不起祖宗的事了。所以，您委托我找什么镜子，也许真的不是违法行为，可我的习惯是：和泥塘保持距离，就算泥塘里长满了莲花，也一样。"

朱夫人怔了半晌，笑道："早听说呼延先生极有风骨，今天才真见识到了，那我就告辞了。打扰之处，请您见谅。"说完将名片撕得粉碎，把支票往那本《增订格古要论》里一夹，站起身，轻轻一颔首，走掉了。

"一百万元啊！就这么没了。"郭小芬有些郁闷地说，"能付套房子的首付了。"

呼延云像是药劲儿刚刚上来，托着腮帮子自言自语："是啊，什么镜子会值这么多钱呢？"

郭小芬又好气又好笑："书上说'富贵如浮云'，没想到现实生活中还真有你这样的大傻瓜。"

呼延云笑了笑："我可没那么高尚。这个世界上什么最值钱？用钱都买不到的东西才最值钱。收了那张支票，我可就算定价了。我不想让自己贬值而已。"

"自我感觉还挺好。"郭小芬瞪了他一眼，"对了，刚才你说，你通过朱志宝腰上挂的子冈牌，就看出地铁上的那四个人是朱夫人派来的？"

呼延云点了点头："从一开始，我就在想，这四个人串通在一起冤枉朱兄弟，真正的目的是什么。一般来说，无非是寻仇或讹诈。寻仇？朱兄弟这样的人不会和人结仇。讹诈？也不对，讹诈的人为的是钱，一般都希望私了，不会直接拉他去找民警。当我跟警察建议把朱兄弟放掉时，他们表现得非常着急，这就让我怀疑，他们的目的仅仅是拖住朱兄弟，不让他按时赶到拍卖会。等朱兄弟赶到长城饭店，发现拍卖会结束，气得大哭时，我就更加肯定了自己的推测。剩下的，就是找出幕后的主使者是谁。

"朱兄弟腰间那块子冈牌，就算是仿制的也要不少钱。朱夫人的出现，更使我坚信那是举世罕见的真品——古玩界龙头人物的独生子，总不会挂块有机玻璃吧。那就有个问题了：当时地铁里那么乱,那四个人把他撕掳到民警值班室这一路上居然没顺走子冈牌。为什么?答案再简单不过:不是不想,而是不敢——幕后的主使者决不允许朱兄弟有丝毫损伤。"呼延云把那杯蜂蜜香柚茶一饮而尽,"朱门历来是雅德龙拍卖会的唯一委托方,掌柜朱夫人又是朱兄弟的母亲,而朱兄弟虽然有点憨直,但在会场外无论怎么大哭,嘴里也没说半句责怪谁的话……这么一联系,幕后的主使者,不是朱夫人才怪。"

"原来是这样。"郭小芬恍然大悟,"朱志宝急匆匆地赶去拍卖会做什么啊?他的妈妈为什么要派人阻止他呢?"

呼延云摇摇头:"这我可就猜不出了……"

正在这时,郭小芬放在桌面上的手机"嗡嗡嗡"地振动起来,她一接听,眉头就微微一皱,说了句"一会儿回家再和你联系吧",便匆匆地挂掉了。

呼延云问她是谁,她说是男朋友,从上海打来的。

呼延云沉默了很久,才说:"不早了,咱们走吧。"

出了肯德基,雨已经停了,偶尔从树叶上飘落一两滴水珠,沾到皮肤上,凉凉的。两个人默默地走出这条寂静的小街,站在车辆骤然多起来的马路边。望着街灯放射出的湿漉漉的光芒,呼延云忽然用一种很艰涩的声音说:"小郭,今后要是没有什么事,你就别来找我了……"

恰好有辆车轰隆隆地驶过,郭小芬没听清:"你说什么?"

"没什么……"呼延云犹豫了一下,鼓起勇气接着说,"我说,今后要是没要紧的事,咱俩还是少联系吧。"

郭小芬惊讶地看着他,久久地,突然一甩头,伸手拦了一辆出租车,拽开车门,跳上去把车门"哐"地关上。呼延云向前迈了一步,刚想说什么,车子已经飞快地远去了。

他就这么站着,面朝郭小芬离去的方向,一动不动,很久很久。

回到家,郭小芬怒气未消,抓住贝贝在它的屁股上一顿乱拍,贝贝没来由挨了顿揍,委屈地挣脱,钻到床底下去了。

穷寇勿追,郭小芬也懒得继续和贝贝鏖战,就坐在床上发呆。

不知过了多久,手机又振动起来了,她拿起一看,号码显示是马笑中,不由得感到奇怪,自打系列命案侦破后,这矮胖子就没跟自己联系过,现在都快凌晨一点了,他打电话来做什么?虽然一肚子没好气,但接通之后,她还是礼貌地说:"你好,我是郭小芬……"

"是我,马笑中。"矮胖子的口吻熟得直冒热气儿,"你知道望月园吧,过来一趟,赶紧的!"

郭小芬生气了:"我说姓马的,我好像跟你不是很熟,你也不给我发工资,凭啥对我呼来喝去的?"

"哎呀我的小姑奶奶,您就别矫情啦,望月园这边发生了一起案件,我这可是给你提供新闻线索呢。"马笑中说。

一听"案件"俩字,郭小芬的脑海中就闪过了系列命案时的专案组,自然而然又想到了呼延云,火更大了:"马警官,我今天中午刚刚回来,腿脚还累着呢,没精神跑大老远的采访去。就这样,再见!"说完"啪"一声把电话挂了,并关掉手机。

关了灯躺在床上,气愤地睡了。梦里看见贝贝长了一张和呼延云一样的娃娃脸,便把它摁在膝盖上又胖揍一顿,直打到它恢复猫样为止……一觉醒来才想起:本来害怕回到这座城市的第一夜会再做噩梦,谁知被呼延云这么一气,自己居然在梦中大发神威,连噩梦的边儿都没碰着,真是因祸得福,心情立刻好了许多,神采奕奕地上班去了。

在采编平台和同事们寒暄了一阵子,接到总编李恒如的电话,让她到总编办公室去。

一进门,李恒如的第一句话是:"你坐电梯上来的?"

郭小芬很感动,没想到这个冷面老总竟是如此的细心:"谢谢李总,我好利落啦,刚才是坐电梯上来的。"

"那我就放心了。"李恒如点点头,"你下去工作吧。"

回到自己的座位上,她用一块投过水的抹布,细细地擦拭着蒙了一层灰尘的桌面、电脑屏幕、鼠标、文件夹以及种在橘红色小花盆里的豆瓣绿那又宽又圆的叶子。

身后忽然有人叫她的名字,声音很轻,像是为了不被她听见似的。

一回头,竟是张伟。一个月不见,他瘦了,原来染成浅黄色的头发和胡子,因为没有续染的缘故,有些褪色,虽然看上去有点脏兮兮的,但还是顺眼了许多。最大的改变是:原来张狂的眼神不见了,变得收敛而怯懦。

"什么事?"郭小芬问。

"小郭……你帮帮我好不好?我遇到大麻烦了。"张伟缩着脖子。

"那要看什么麻烦了。"

"昨天晚上……哦,不对,是今天凌晨,马笑中不是给你打了个电话吗?当时我就在他身边。"张伟说,"望月园附近的一个小区发生了一起命案,是自杀还是他杀还搞不清楚,据说现场十分诡异,具体情况我也不是很清楚。"

郭小芬皱眉道:"那案件跟你有什么关系?难不成人是你杀的?"

"不是不是!"张伟直摆手,"倒霉就倒霉在我多事。当时我正在发生案子的青塔小区北边的望月园公园里和几个朋友一起玩儿,看见警车驶进去,一时好奇,想挖个独家新闻,就顺着草坡滑进小区,赶巧被几个警察撞到。不是冤家不聚头,其中一个警察叫丰奇,你还记得他吧,就是陈丹被杀那天,在小白楼值班,被我骗离岗的那个。他不问青红皂白就揍了我一顿。后来马笑中来了,这小子现在升官了,派出所所长,一副牛哄哄的样子,说我既然出现在现场附近,就是重大嫌疑人。让我每天去派出所报到,直到案子破了为止,你说我冤不冤啊?"

郭小芬知道马笑中是有意捉弄他,杏眼一瞪道:"要我说,不冤!谁让你大半夜的不回家,跑命案现场附近玩儿呢。活该!我才不管你呢!"

"小郭,小郭,同事一场,你帮我跟马笑中说说好话吧!你们在一个专案组待过,你的面子他一定给的,要不然我真成了犯罪嫌疑人,报社还不把我给炒鱿鱼了啊?"张伟一个劲儿地哀求道,"再说那个案子你一定要去接触一下,据我了解,真的挺诡异的……"

"诡异?"郭小芬敏锐地觉察到,在短短几句对话中,张伟已经把这个词重复了两遍,"怎么个诡异法,你说给我听听。"

"具体的我也说不清。我不是有嫌疑吗?马笑中就没让我深入采访。"张伟说,"但是我可以告诉你,目睹了现场的一男一女,男的情绪一直不稳定,处在崩溃的边缘,马笑中把他带到派出所住了一宿;至于那个女的,好像是疯了,现在正在市局下属的精神卫生鉴定中心接受监护。"

"疯了?"郭小芬很吃惊,"难道死者是她的女儿或母亲?"

张伟摇摇头:"不可能。我看那女的也就二十出头,听说死者的年龄与她相仿。"

这就奇怪了。一般人很少有机会目睹命案现场，所以不了解直视那种血淋淋的场景时，心灵所遭受的巨大冲击。目击者或多或少都会出现高度的精神紧张，症状表现为发抖、呆滞、不停地自言自语、连夜的噩梦等，这是一种应激状态，随着时间的推移会渐渐恢复正常。但是一下子就疯掉，除非是死者的直系亲属，否则闻所未闻。即便是年龄相仿的亲姊妹，也不至于因为目睹对方的死亡而发疯。

郭小芬正在沉思，张伟的手机响了。

他一接听，整个人立时矮了半头："对不起，马所长，我先到单位点个卯，一会儿就去您那儿报到……"

郭小芬一把抢过手机，喝道："姓马的，欺人可以，不要太甚！"

听筒里传来马笑中的哈哈大笑："小郭妹妹终于肯赏光听我的电话了？你来一下吧，算我求你了行不行？这个案子真的很有意思。我把相关消息只向你一个人发布，你做独家报道，这个条件不薄吧？"

郭小芬暗暗骂他狡诈，知道自己刚刚上班，需要用重大报道来证明实力未减，所以才用这么个诱饵引自己上钩，不过换个角度想，未尝不能说是他给自己留了个好机会，所以哼了一声道："好吧，我现在就去找你。"

马笑中说："咱们在市局下属的精神卫生鉴定中心会合吧。我马上过去，先带你看看两个报案者之一，现在已经疯掉的那个女人。"

市局下属的精神卫生鉴定中心坐落在西郊一个科研院所的后

面,门口有一条铅绿色的臭水河,三栋像乡镇招待所似的灰色小楼被围在墙头挂着铁丝网的围墙里。在传达室办完手续,一名神情冷漠的护士带着郭小芬和张伟往院内走。前院正中有个巨大的花坛,里面歪七竖八地种满了鸡冠花,花冠一律红得发暗,活像是一大堆刚刚打扫过血污的扫帚被倒竖着聚拢在一起。

沿着碎石子小径绕过正面这三栋办公楼,才看见藏在后院的监护所。监护所也是三层,楼的颜色很怪,白得发蓝,好像在漂白粉里面洗过好几遍似的,而且每层的高度似乎都不一致。楼的外墙上挂着许多黄色条状污渍,仿佛有人站在楼顶往下撒尿留下的,每扇窗户都灰蒙蒙的,里面统统装着生了锈的铁栅栏。这个专门用来羁留患有精神病的犯罪嫌疑人或案件相关人的地方,本身就像个蹲在病床上大便的疯子。

接着就听见了隐隐的哭声,还有个男人在用尖细的女声清唱《好日子》,遇到过门儿处还不忘"滴啦滴啦答"地用嘴伴奏:

今天是个好日子,心想的事儿都能成;
明天又是好日子,千金的光阴不能等;
今天明天都是好日子,赶上了盛世咱享太平——

最后那个"平"字拖得特别特别长,在这八月中旬因为没有太阳而又阴又闷的上午,像游走在半空中的一条总也捋不到尾巴的水蛇。

走进监护所的楼门,顿时一寒。

也许是因为空调开得过大,或者是墙壁灰得发暗的缘故,总之,这股寒气活像是迎头泼来的一盆冰水,令人从头到脚都冷彻了。更加令郭小芬不安的是,刚才明明听得真切的哭声和歌声,一进楼，犹如身后落下了铁闸一般，所有的声音都被切断了。黑黢黢的楼道静得像午夜的太平间，在天花板和墙壁的接缝处，似乎无声地蠕动着什么又黑又黏的东西。

张伟笑着问那护士："怎么这么静啊？"

他那不自然的笑容很明显是为了掩饰内心的惊惶。

"啪！"

一声清脆的破碎声，在死寂的楼道里突然迸发出来！接着有几个女人的惨叫声。

"啪啪啪啪！"

破碎声接连响起，女人们的惨叫声更大更混乱了，在楼道黑暗的深处，一些更加黑暗的影子像被搅了窝的老鼠一般疯狂地蹿动。

神情冷漠的护士先是一愣，然后快步向前跑去，刚刚拉开一扇房门，就被"砰"地撞到对面的墙上，接着从门里冲出一个披头散发的女人，身穿白底蓝条的病号服，沾满鲜血的手里挥动着一个已经裂开的白瓷缸，直向郭小芬他们扑来，转眼就到了眼前！张伟敏捷地往郭小芬侧后方一躲，结果那女人和郭小芬撞了个满怀，两个人一起倒在地上。

三四个护士赶到，拧着那女人的胳膊，把她从地上抓起来，推搡着往楼道里面走。

那女人瞪着一双布满血丝的金鱼眼，一面挣扎一面大喊："镜子！镜子！破了！有鬼！"

嗓门都喊破了，还是不停止，回声久久不歇。

郭小芬站起来，困惑地看着那女人的背影。身后忽然响起一个声音："她就是昨晚那起命案的目击者之一，名叫樊一帆。"

一回头，是马笑中。

"怎么会这样？"郭小芬皱起眉头，"现场到底有多恐怖，怎么能把人吓疯？"

"怪就怪在，现场并没有多么恐怖。"马笑中说，"只是一个女人手里握着一把刀，心脏被刺了个洞，连自杀还是他杀都还没搞明白呢。唯一比较古怪的是，洗手间的镜子被打破了，一地的碎玻璃碴子。"

"镜子？"郭小芬念叨着往前走，来到刚才樊一帆冲出来的房门前，发现这里原来是洗手间。铺着白色瓷砖的盥洗池上，一面长镜被打得支离破碎，在那些脱落的镜片后面，露出了一片片肮脏的墙体。

郭小芬从池子里捡起一块碎镜片，仔仔细细地看了半天，除了正面映出自己面容和背面刷在水银涂层上的灰漆，什么也看不出来。

一名护工拿着笤帚和畚箕走了进来，打扫地上的碎玻璃。

郭小芬问她："刚才出事的时候，你在这里吗？"

她点了点头。

"事情的前后经过是怎样的？"

"我也不清楚。"护工说，"好像是护士带那个疯子进来刷牙洗脸，给了她一套洗漱用品，结果她一看到镜子就用白瓷缸砸，手都被玻璃划出血了还是不停地砸，可吓死人了……"

"妈的。"马笑中骂道，"我本来还说问问她案情呢，这下可好，疯得这么彻底，屁都问不出一个。"接着对郭小芬说："跟我回所里吧，那儿还有一个命案现场目击者呢，昨晚他也吓掉了魂儿，我就让他在所里睡了一宿，现在应该起床了，咱们去问问他吧。"

走出精神卫生鉴定中心的大门，马笑中拦了辆出租车，挺绅士地开了后门，郭小芬坐了进去，张伟正要跟着往车里面钻，马笑中一伸胳膊将他拦住："你干吗？"

"马所长。"张伟赔着笑脸说，"我看看有什么能帮到您的地方。"

"少来这套！屎壳郎钻面缸——你充的哪路小白人？你现在是重大犯罪嫌疑人，跟着我们干吗？刺探案情？销毁证据？谋杀证人？赶紧给我滚！"

张伟吓得一溜烟跑了。

马笑中钻进车，贴着郭小芬坐下说："这人一看就不是好鸟，色迷迷的样子，肯定想挨着你坐，趁机占你便宜。"

"你往右边点，别挨我那么近。"郭小芬不客气地说，"你心里应该明白，张伟跟昨晚的案子毫无关系。"

马笑中嘿嘿地坏笑了两声："我就烦他那副样子，烂人一个。你看刚才樊一帆冲过来时，他拿你垫背时的身手，简直天下无敌。"

郭小芬没接他的话茬，自言自语道："樊一帆为什么会怕那面镜子呢？"

"谁知道。怕什么的人都有，有人怕蜘蛛、有人怕蟑螂、有人怕风、有人怕水、有人怕打针、有人怕吃药……我还见过怕穿内裤的呢，没准这樊一帆天生就怕照镜子。"

郭小芬"扑哧"一笑："你偶尔也动动脑子吧，没看见她涂着眼影吗？应该是昨天没出事前涂的。她又没带化妆师，眼影肯定是对着镜子自己涂的，也就是说，出事前她是不怕镜子的。"

马笑中歪歪嘴："那我可就不知道怎么回事了。"

出租车呼呼地向前行驶着，看着车窗外飞速倒退的景色，郭小芬忽然说："我敢肯定，导致她发疯的根本原因，并不是命案现场,而是你说的,碎了一地的镜子。"

"啊?"马笑中有点糊涂。

"那种感受,我是知道的。"郭小芬把头靠在座背上,倦倦地合上眼皮,"我被救出来后,第二天去上班,电梯门一关,就吓得大叫,拼命拍门喊救命。我怕极了,怕再次被关在一个密闭的空间里,就像一个溺过水的人不敢再走近河流……"

马笑中没有说话,而且一直到车子在派出所门口停下,两个人再也没有对话。

派出所里这时正像一锅煮开了的粥,原因是老甫起床后,吵着闹着非要离开,田跃进和丰奇等几个民警怎么也拦不住他。

"昨晚来的那个刑警队长不是说了吗?这个案子是自杀,你们干吗还不让我走?难道你们想非法拘禁?小心我到上面告你们去!"老甫在临时宿舍里大喊大叫。

马笑中在门外听见了,三步并作两步进屋,把警帽往靠窗的桌上一扔,胡噜着满头的汗,笑嘻嘻道:"老甫,对不起啊,我这两个手下天生就是走路不避狗屎的笨蛋。我们哪儿敢拘留你啊,主要是案子的内幕还没搞明白,表面上看是自杀不假,可万一要是他杀呢?你看过推理小说吧,一般来说凶手都不会杀一个就完,起码得杀俩,要不然被逮着枪毙了没赚头啊,所以他还会再次行凶,如果下一个目标是你……"

老甫烦躁地摇摇手:"你放心,凶手要杀的人不会是我。"

屋子陡然安静了下来。

马笑中一笑,坐到椅子上,跷起二郎腿,用右手的食指和中指敲着桌子,不紧不慢地说:"这么说,你不仅怀疑这起案子是凶杀,而且心里早就清楚凶手是谁了?"

老甫这才知道着了他的道儿,一下子就傻眼了。

马笑中猛地大喝一声:"说话!"

老甫一激灵,慢慢地说:"好吧,我可以把我知道的讲给你们听,但是我有个条件——"

"不行。"马笑中说,"这不是做生意,咱们没什么条件好谈,你爱说就说,不爱说就沤在肚子里变成屎,直到拉在你自己的裤裆里为止!"

老甫呆了半晌,才悻悻地说:"那算我求您个事情,行不?"

"这个态度就对了嘛。"马笑中说,"你说说看。"

老甫重重地喘了口气:"我要给你们讲的事情,实在是太古怪、太不可思议了,老实说连我自己都不能相信、不敢相信是真的,我讲完了你们肯定要骂我,搞不好还要揍我一顿。为了以防万一,我想麻烦你们把和这件事相关的其他几个人也找来。我说完了,你们可以马上向他们求证,证明我有没有说假话。"

听完他的请求,不要说马笑中、田跃进和丰奇,就连一直站在门口的郭小芬也是一愣。

马笑中沉思了片刻,右手的食指、拇指在下巴上一拽,拔下一根胡楂:"好吧,就依你。"

老甫提供了周宇宙、小青、夏流这三个人的名字和联系电话。马笑中让田跃进马上把他们带到派出所来。

田跃进走后,马笑中把房门关上,让丰奇拿出审讯簿和录音笔做记录。郭小芬搬了张椅子坐在他身边,手上无物,只是静听。

接下来的半个小时里,老甫开始叙述事情的经过:原定在昨晚十点举行的"恐怖座谭"第六次聚会,因为等待樊一帆的好朋友杨薇,推迟开始。点燃蜡烛,每个人讲一个恐怖的故事,先是夏流讲的人吃人的故事,其次是周宇宙讲的"死尸复活"事件,然后是老甫讲伊藤润二的《鬼巷》,接下来是樊一帆伪装被毒杀……由于这些故事马笑中他们以前闻所未闻,因此听起来倒也津津有味。

"樊一帆讲完之后,轮到小青讲了。"老甫缩了缩肩膀,"她讲了一个跟镜子有关的故事。"

马笑中他们知道,到了关键的地方了。

"小青的故事大致是这样的:有个女人,为了杀死她的丈夫,在闺蜜的帮助下,策划了一个伪装掉进冰窟窿的诡计,趁丈夫跳下河去救她的时候,用石头将他砸死,并把丈夫生前最喜欢的一面镜子,作为谢礼送给了闺蜜。没过多久,闺蜜死在门窗紧锁的家中,一把刀插进了她的心窝,刀上只有她自己的指纹。警方认定她是自杀。女人把镜子拿回了家,挂在洗手间。夜里,她听到一种可怕的声音,拿了把刀四处巡查,在洗手间里无意中看到,那面镜子居然照不出她的影像。在极度的恐惧中,女人用刀柄砸碎了镜子,冲出洗手间,发现丈夫的鬼魂就站在客厅,从头顶往下流血,女人疯狂地用刀插向鬼魂,谁知刀子最终刺穿的是自己的心脏,她倒在地上死了……"

故事讲完了。整个房间陷入了死寂,目不可见,但屋子里确凿流动着一股寒气,每个人都有被冻僵的感觉。窗外,天空阴沉沉的。

丰奇半张着嘴,看着对面的老甫,脑海中浮现出了命案现场的场景:靠墙而坐的杨薇早就断了气,双眼还睁得大大的,身子下面是一摊血。洗手间里,有着一面被打破了的镜子,镜子的玻璃碴撒了一地……

不知过了多久,他忍不住发出一声轻轻的呻吟:"我的天啊……这么说,小青讲的故事岂不是一个预言,准确预见了杨薇死亡的景象?"

郭小芬有点明白了,目睹命案现场的樊一帆为什么会在精神监护中心疯狂地砸镜子。

"镜子!镜子!破了!有鬼!"

凄厉的喊声,犹在耳际回响。

她感到头皮一阵阵发麻,思维像电视突然调到了没有信号的频道,变成一片片纷乱的雪花。

马笑中慢慢地站了起来,在老甫面前站定,眯着眼看他,好像在打量一个午餐肉罐头。老甫困惑地望着他。

突然,马笑中飞起一脚,狠狠地踹在老甫的胸口,"哐"的一声,老甫像被发射出去的炮弹一般,连人带椅子向后直飞出三四米远,撞在门上,疼得在地上翻滚,"嗷嗷嗷"地大叫,上衣一个清晰的黑色大鞋印子,仿佛被烙铁烙上去的。

丰奇和郭小芬不约而同地跳了起来,一左一右地拉住马笑中。马笑中指着老甫破口大骂:"你个王八蛋敢拿我当猴子耍?我他妈的现在就弄死你!"

"我没有说谎,我讲的都是真话啊!"老甫坐在地上,不住地向墙角缩去,两只手在胸前摇摆着,哀号着。

"马笑中你还是不是警察?!"郭小芬气得嚷嚷起来,"你刑讯逼供,我要去检举你!"

"你去啊,有本事你就去检举我!"马笑中怒不可遏,"你听听这个王八蛋刚才讲的,有一句人话没有?!他把咱们当猴子耍!按照他放的狗屁,那个叫杨薇的女人敢情是被大妖怪害死的,等会儿就要开案情分析会了,我要是把他的证词往会上一交,不用你检举,我这官儿立马就被撸下来,我还得被送精神卫生鉴定中心监护所去,跟那个叫什么一帆的做邻居,每天她负责砸镜子,我负责拿透明胶条把她砸碎的镜子给粘上……"

正乱呢,门开了,是田跃进:"所长,您出来一下好吗?"

马笑中气冲冲地走出门,郭小芬跟在他身后,把门关上。

田跃进说:"所长,周宇宙和小青的手机我们打不通,只找到了那个叫夏流的胖子,他听说杨薇死了,起初吓得浑身哆嗦,跟发了疟疾似的,说什么也不肯来,后来我们连哄带吓,才把他带回所里,已经初审完了。这是他对昨天晚上发生事情的陈述,您看看吧。"说完,他把一个审讯簿交到了马笑中手里。

马笑中翻开看了没几行,眼神有些发直。

"怎么了?"郭小芬问。

马笑中把审讯簿"啪"地合上,冷笑一声:"老田,你也跟我玩猫腻是不是?"

田跃进一愣:"所长,我跟您玩什么猫腻了?"

"你和姓甫的、姓夏的串通好了,编出这么一鬼故事哄我。"马笑中眼露凶光,"他们给了你什么好处?"

田跃进摇摇头,神情坦然:"所长,您误会了。夏流讲的事情确实让人难以相信,但是我可以向您保证,我绝对没有帮他们串供,否则您枪毙了我都行。退一万步说,假如我真的收了他们的好处,完全可以帮他们编造一套听起来更加真实的说辞,决不会弄这么一个装神弄鬼的故事,谁也不会信的。"

马笑中略一思忖,点了点头,拍了拍他的肩膀:"老田,对不住啊,我脑子有点乱……"

郭小芬有些明白了:"老马,难道夏流的供词和老甫说的一样?"

马笑中烦躁地点了点头:"他也提到了小青讲的那个故事,故事的情节基本上是相同的——这怎么可能呢?难道命案现场的那面镜子真的是因为照不出人像才被打碎的？难道杨薇跟故事里的人一样是看到鬼魂后自杀的？说破大天我也不信！"

郭小芬把马笑中手里的审讯簿拿过来看了看："按照夏流的供词，小青讲完镜子的故事后就离开了，周宇宙也走了。杨薇说自己不会讲故事，就往青塔小区的空房子打了个电话……老马，我看咱们还是回办公室去，无论这起案子有多么不可思议，咱们总得把剩下的事情向那个老甫核实清楚。"

缩在墙角的老甫一见马笑中回来了，吓得把自己像打包似的又紧了紧。

马笑中没理他，靠墙站着，面色阴沉，一言不发。郭小芬把老甫扶起来，让他重新坐在椅子上，温和地说："老甫，小青讲完镜子的故事之后怎么样了呢？你把后来发生的事情讲完，我保证马所长不会再使用暴力。"

老甫战战兢兢地说："后来……后来小青和一帆吵了起来，吵完就走了，周宇宙追她去，两人都没有再回来。我说散了吧，一帆不答应，让杨薇再讲一个故事，杨薇说自己讲不出，就往青塔小区的空房子打电话，让我们想象假如大半夜有人接听会多么可怕，谁知……谁知居然真的有人接听。杨薇害怕极了，要我们陪她去看看，我们都不敢去，她很生气，就自己去了，然后一直没消息。夏流也走了。到了晚上十二点整的时候，杨薇打来电话，说正在房子里。房门是锁着的，她用钥匙打开后发现里面没人，电话也挂着，本来还说得好好的，突然她大喊救命，电话就中断了。我和一帆赶过去一看，发现她已经死了，洗手间的镜子被打碎了，一地玻璃……"

"真他妈的见鬼。"马笑中嘟囔了一声。

郭小芬想了想，问老甫："你说小青讲完镜子的故事后，樊一帆就和她吵了起来,这是为什么?"

"这个我也不是很清楚。"老甫偷偷瞥了马笑中一眼,说,"据说樊一帆的老公,和小青也很要好,但就在不久前,他死掉了……"

第七章 刀柄上的指纹

马笑中见从老甫那里暂时打听不出更多的情况,就和郭小芬一起走向预审室,打算从夏流那里问些东西出来。一开门,就听见簌簌声突然停下,坐在靠墙一把椅子上的夏流,猛地把手从裤裆里拿了出来,嘴还半张着。

"你干吗呢?!"马笑中大怒。

"没……没干吗。"夏流的胖手夺拉到椅子的侧面,指尖一弹,一颗泥丸无声地落在地上。

"这儿是派出所,你给我放规矩点儿!"马笑中坐在桌子后面,恶狠狠地说。

"是是是!"夏流一面点着头,一面用小眼睛偷偷瞟着也在桌子后面落座的郭小芬,目光里充满了淫邪。

"啪!"

突然,一支圆珠笔像飞镖一样飞过来,笔尖正好扎在夏流那个多肉的脑门上,居然扎出了一个坑。

"哎哟!哎哟!"夏流疼得捂着脑门直叫唤。

"告诉你了,给我放规矩点儿,包括眼睛,低头,往我这儿看,少他妈乱踅摸!"马笑中指着还在地上打滚的圆珠笔,"去,给我捡回来。"

夏流弯下水桶粗的腰,捡起笔,撅着大屁股恭恭敬敬地把笔放在马笑中身前,再坐回原位,就这么几个动作,居然累得呼哧带喘。

不过,马笑中这招还真有效,自此夏流把目光收敛了起来,再也不敢往郭小芬身上瞎看了。

马笑中先核实了几个在老甫那里问过的问题,看看都没有出入,冷不丁说:"昨天晚上从老甫家里离开以后,你干吗去了?甭想,也甭瞎编,有什么说什么。"

"我……我回家睡觉去了啊。"夏流有点结巴。

"谁能给你证明?"

"我爸。"

"你爸不算,还有谁?"

"我妈。"

马笑中一拍桌子:"装什么傻,直系亲属都不能做证!"

"这……这谁能给我睡觉做证啊?"夏流急得胖嘟嘟的脸直哆嗦。

马笑中心里有数,没人做证是件正常的事,否则倒要怀疑他故意找证人制造不在场证明了。"没证人,那你可就有重大嫌疑了,下面你要更老实地说。樊一帆的老公,不久前死掉了,你说说是怎么回事吧。"

被他这么一诈唬,夏流更加慌张了:"你说阿累啊……他怎么死的我不知道啊。"

"不知道?"马笑中把眼睛一瞪,"你和樊一帆大半夜的一起玩人鬼情未了,她的事儿你还有不知道的?"

"我说的是实话啊。"夏流额头上直冒汗,"我真不知道。我和樊一帆的交情其实没有那么深。最早是老甫和我一起做一个以惊悚为主题的网站,琢磨了这个'恐怖座谭'的游戏,召集网友参加,她加了我们的QQ,然后就加入进来,后来又投了一大笔钱支持我们的网站更新了服务器,成了半个东家。她平时超级霸道和蛮横,但是我和老甫都不敢得罪她。玩了几次,无意中听她聊起,她死去的老公留了不少遗产给她,她还有个得了精神病的婆婆,被她弄到望月园对面的叠翠小区住着去了。至于她老公是怎么死的,我真的一点也不知道……"

"有个叫小青的,很恨樊一帆是吗?"郭小芬突然插了一句。

夏流被马笑中调教得不敢正眼看郭小芬,只是点点头说:"嗯,那个小青,简直就是樊一帆的死对头,樊一帆加入我们之后,她紧跟着就来了,我记得俩人一见面,樊一帆还惊讶地说你怎么来了?小青冷冷地看了她一眼,那一眼跟刀子似的,狠极了。后来我们发现,小青的目标就是要赢一次,这样才能要求樊一帆做一件也许可以要她命的事情。"

"要她命的事情?"马笑中有点糊涂,"怎么个赢法?"

"就是比赛,看谁讲的故事能把更多的人吓得离席,或者被叫停,谁就是胜利者。胜利者可以要求在场的任何一个人做一件危险的事情,被要求者必须去做。"

"你举个例子。"马笑中越发好奇了。

"有一次樊一帆赢了,就要求小青用打火机燎一下自己右边的太阳穴,谁知那打火机是被做过手脚的,火势特别猛,烧伤了小青的皮肤……樊一帆也知道小青是冲着她来的,所以下手特别黑。"夏流说。

"那么,小青有没有让樊一帆做过什么要命的事情呢?"

"没有。"夏流摇摇头,"因为小青从来就没有赢过。"

"为什么?"马笑中很惊讶,"你们那个什么座谭搞过几次啊?小青总不至于一次赢的机会都没有吧?"

夏流说:"一共搞了六次,小青只参加了四次。昨晚那次她半路走了,其余三次,老甫赢了一次,没有作弄她,另外两次都是一帆赢了,她让小青燎了一次皮肤,还让她喝了一次'沸腾可乐'。"

"沸腾可乐?"马笑中皱起眉头,"是什么玩意儿?"

"就是先吃一把薄荷糖,再灌下一听可乐,这两样东西搁一起就会蹿起巨多的汽儿,能把胃给胀爆了,国外报道有人就硬是给胀死的。我记得那次小青捂着肚子疼得在地上直打滚,吓得我差点叫救护车。樊一帆在旁边看着哈哈大笑,不过到最后小青还是扶着墙站了起来,嘴唇上有一道被咬出的血痕,对樊一帆说:'不要紧,还有下次呢⋯⋯'"

马笑中愣了半晌,才继续发问:"樊一帆为什么总是能赢?"

"因为她有杨薇给她出主意啊。"夏流说,"樊一帆就是一傀儡,杨薇才是在背后提线的。你别看樊一帆平时挺冲,其实她就是一愣头青,比较狠而已,没脑子的,她讲的故事、出的整人招数,都是杨薇给她琢磨出来的。"

"说说这个杨薇,具体一点。"

"算上昨晚,我只见过她两次。头一次是在酒吧里举办的樊一帆生日 Party 上,杨薇一来,樊一帆就搂着她高兴得不得了,杨薇基本上没有表情,偶尔一笑也跟嘴角抽筋儿似的,微微那么一下就完了。整个 Party 上她几乎没有说话,也很少喝酒,就打量着其他人,感觉阴森森的。"夏流歪着脑袋想了想,"还有就是那次 Party 上,樊一帆喝多了,大着舌头跟我说她的房子什么的都是杨薇帮她挣的,但马上就被杨薇打断了,杨薇直拽她的胳膊不让她往下说了,她还要说,杨薇一下子就吻上她的嘴唇,两人开始湿吻,当时那场面,我们看着浑身上下这个热啊⋯⋯"说到这里，胖子的两条腿忍不住并在一块摩挲起来。

马笑中拿起圆珠笔又要扔，吓得夏流一缩脖子，老实了。

"她俩是'拉拉'？"马笑中问。

"不是吧……也许是？嗨，我也说不准，大家就是玩玩，没人较真。"夏流说。

"玩玩？这回玩出人命来了！"马笑中厉声说，"你们这帮王八蛋还有没有点儿正事干！给我滚回家老老实实候着，随叫随到，听见没有？"

夏流跟听到特赦令似的，笑得像哭一样，站起来点头哈腰，然后蹲在地上摸索了半天，捡起一个东西要走。马笑中说："你捡的什么玩意儿？"他不吭声。马笑中追了一句："张开手我看看。"他才很无奈地张开手，掌心里卧着一个泥丸。郭小芬厌恶地扭过头去。马笑中没看清似的说："手抬高点。"夏流刚刚把巴掌抬到下巴的高度，马笑中突然大吼一声，吓得他把嘴一张，说时迟那时快，马笑中在他的手背上一打，泥丸像被倒钩的球儿，不偏不倚落进了夏流的嘴里。夏流惊得嗝喽一声，泥丸就咽进了肚子。

马笑中哈哈大笑起来："这才叫'被窝里放屁自产自销'——给我滚！"

看着夏流那臃肿的背影，马笑中对郭小芬说："这帮人怎么都跟猪肉绦虫似的，不仅奇形怪状，还他妈的一个比一个恶心。"

"你比他也好不到哪里去。"郭小芬白了他一眼。

正在这时，田跃进匆匆走进来报告："所长，刚才司马队长打来电话，说一会儿要召开案情分析会。"

马笑中不耐烦地说："知道了，你告诉他，我马上就到刑警队去。"

田跃进低声说:"他说他过派出所来。"

"妈的。"马笑中皱起眉头骂了一句。

郭小芬知道他为什么骂:按照本市公安系统内部一条不成文的规矩,发生命案之后,案情分析会在哪里召开,要视初勘结果而定:怀疑是自杀,则在案发地所属派出所召开;疑似他杀,才在分辖的刑警队开。司马凉主动提出要来派出所开会,就是表示这案子不过是一起自杀案。

这里面又有讲究。在相当长的一个时期,我国对杀人案件的侦破重视程度并不够高。著名作家胡平的《犯罪升级》一书中就写到,我国曾经使用过"重大案件"和"特大案件"的概念,后者比前者要高一个级别。比如,抢劫一千元、盗窃两万元是特大案件,而杀死一个人一般情况下仅仅被列为重大案件。要知道,公安人员的升职与加薪,与侦破何等级别的案件多少有直接关系,以至于警察们"不抓要命的,专抓要钱的"成为一个普遍现象,在一定程度上助长了那些杀人犯的嚣张气焰。

欧美发达国家则与此相反,他们认为人的生命安全高于一切,抢劫案、盗窃案破不了可以谅解,但一旦案件涉及人命,警方会调集全部力量侦缉,直到抓到凶手为止——这就使得犯罪分子在犯罪过程中不敢轻易杀人。

于是,公安部在二〇〇四年召开的全国侦破命案工作会议上,提出了"命案必破"的口号,对我国刑侦方向进行了重大调整,以侦破命案为刑侦工作的第一重点,严厉打击各种刑事犯罪活动。这一口号的提出对我国的杀人犯罪起到了强大的震慑作用,有关统计数据显示:仅仅在二〇〇五年,杀人案件的发案数就比二〇〇四年下降了15.9%。

但是,几乎从口号提出的那一刻起,围绕它的争议就没有中断过。

刑侦学上有个词叫"犯罪黑数",是指那些由于各种原因永远也无法侦破的案件,著名的"开膛手杰克"案件就是一例迄今未破的谜案。就算是云集了明智小五郎、金田一、古畑任三郎、御手洗洁、汤川学等名侦探的日本,命案侦破率也才达到92%,绝对做不到"命案必破"。于是有人说,"命案必破"和"限期破案"一样,都是不实事求是的提法。

既然上级提出"命案必破",而事实上又有一些案件确实侦破不了,侦破不了接踵而来的就是处分,公安人员该怎么应对呢?

答案就是"不破不立"。

破不了的案子,干脆说成并非刑事案件,于是不予立案,既然不予立案,就不需要进行刑事侦查,当然就不存在侦破与否的问题了。

这种现象不能说普遍,但在一些公安部门确实存在。比如二〇〇四年五月六日,人民大学女生周燕芬在江西南昌实习期间被发现缢死于出租屋内,现场存在多处疑点,但当地警方一直不予立案,并在首次尸检后将案件定性为自杀。再比如"谭静事件"。生前在某模特经纪公司任职的谭静,二〇〇八年四月五日凌晨突然从广州东方广场某幢三十楼的卫生间窗口坠落,事发的房间内有三名韩国人。尽管厕所窗口非常狭窄,还设有金属条状防盗网,谭静也并无明显的自杀动机,但警方依然认定她是自杀。

这两起事件引发舆论一片哗然。"谭静事件"震动尤大,义愤填膺的网友们纷纷发帖指出其中的种种疑点。中国四大推理咨询机构之一——无锡的"溪香舍"主动提出希望重新侦办这一案件,并且不要半文酬劳地协助警方工作,却被警方拒绝了。

刚刚发生的杨薇命案,看样子司马凉也想用"自杀"来不予立案。唯一的办法,就是在案情分析会上彻底推翻杨薇是自杀的结论,可是,能不能做到这一点,无论马笑中还是郭小芬,心里都没有数。因为司马凉是有备而来的,今天凌晨进入现场后,他一直主导着勘查工作,肯定能拿出一箩筐的证据证明"自杀"这一结论。相较之下,马笑中只有一个上不得台面的老甫讲的"镜子的故事"。这么一想,他就像扎了钉子的自行车轮胎,泄气得很。

案情分析会在派出所的会议室里召开。会议室不大,只有二十平方米左右,东头有台投影仪,西头吊着一张投影用的屏幕,墙上挂满了色泽深浅不一的锦旗。中间一条长桌,桌子上杂志、烟灰缸、一次性杯子,什么都有,几把黑色的折叠椅围着桌子歪七扭八地摆放着,凌乱如会议刚刚结束一般。

参加会议的人有司马凉、马笑中、丰奇、田跃进,昨晚跟司马凉一起勘查现场的两名刑警,还有一位姓郑的法医。

郭小芬也被马笑中拉进了会议室。司马凉一看见她就认出来了,正是曾经在分局档案室里和他起过冲突的那名记者,于是目不斜视地冒出冷冷一句:"不是我们警方的人,出去!"

马笑中装成吃惊的样子,往桌子底下看了一眼,抬起头说:"司马队长,这屋没外人呀?"

司马凉抬起胳膊,一指郭小芬。

马笑中趴在他耳边,用全屋子人都能听清楚的"低声"说:"司马队长,这女记者仗着盘儿靓没少给我气受,我他妈早就想让她滚蛋了,可是不行啊,您还记得当初为了侦破系列命案时组建的专案组吧,许局长和李书记批准她加入的,到现在了还没辞退她，她也赖着不走，所以她还真是咱们警方的人。要想把她赶出这屋，得先给许局长和李书记打招呼，我这儿有他俩的手机号，您要不要？"

普天之下，哪有案子破了还不自动解散的专案组？！满屋子的人都抿着嘴偷偷地乐。明知道马笑中是胡搅蛮缠，可司马凉一时还真想不出话驳他。再说马笑中的话也提醒了他：这小子可是李三多亲自提拔的，靠山极硬，还是不要惹他为妙。这么一想，司马凉只好咽下了这口恶气。

会议正式开始。

一名刑警先做案情过程陈述，这种陈述要求简洁明了，一切以警方已掌握之确凿事实为基础，不能挟带任何主观色彩："市一一〇报警电话记录，昨天午夜十二点十五分，一名年轻男子打来电话，说青塔小区六号楼四楼的一个房间里发现了一具女尸。一一〇在第一时间通知了望月园派出所和刑警队。派出所和刑警队接案人员相继赶到，在青塔小区六号楼楼下发现一男一女，男子叫甫波，女子叫樊一帆。报案者为甫波。二人的精神状态均高度紧张。进入该楼四〇九房间之后，发现客厅里有女尸一具，呈坐姿。经过对死者指纹、容貌等的核实，确认死者名叫杨薇，是百利得超市的一名收银员。警方随即对现场进行勘查、取证、拍照，今天凌晨两点结束，尸体已运至分局法医鉴定中心。"

紧接着是姓郑的法医发言："尸检报告还没有出来，现在我只能说一下大致情况。首先，死者死因系匕首刺中心脏，心脏破裂致失血性休克死亡；其次，根据对死者阴道提取物的分析，表明死者没有受到性侵犯，除了致死伤以外，也未在体表发现其他伤痕；最后，根据尸体温度、角膜浑浊程度，死亡时间应该在一小时内，也就是当晚十一点二十分到十二点十五分之间。"

"还能再精确些吗?"马笑中问。

郑法医想了一想,说:"我个人倾向于再稍微晚一点,比如当晚十二点整前后。"

司马凉指指身边的另外一名刑警:"你来做现场勘查陈述。"

那刑警点点头,打开带来的警用笔记本电脑,电脑已经与投影仪相连,所以屋子西头挂的那张屏幕上立刻出现了有些毛边儿的画面。田跃进站起身把窗帘拉上,屋子顿时昏暗了许多,投影看起来更加清晰了。

现场勘查陈述最为重要,其中,对提取的物证进行相关分析,直接关系到刑侦的方向。一时间大家都把耳朵竖了起来。

没想到郑法医突然插话:"我还忘了件事,在杨薇头部的左顶枕部有一处头皮下出血,应该是钝性平面作用于头部而形成的撞击伤。"

马笑中直眨巴眼:"你能不能把话说通俗点儿?"

郑法医皱了皱眉:"就是杨薇的左后脑勺在墙上撞过一下。"

"哦。"大家都明白了,但又不知道明白了这个意义何在。郑法医似乎也仅仅是说一句而已,接下来就不吱声了。

按照惯例,现场勘查陈述从现场外围环境开始:"犯罪现场位于青塔小区六号楼四楼四〇九房间。该楼有两部电梯和一部内置式步行梯。两部电梯监控摄像头均已作废,但在一号电梯内提取到杨薇的指纹,在二号电梯内提取到甫波和樊一帆的指纹,可证实他们三人在案发前后都是乘坐电梯到达四楼的。"

负责会议记录的丰奇抬起头,看了看屏幕上的指纹画面说:"不一定吧,那些指纹也有可能是以前留下的啊。"

在我国的刑侦工作中,案情分析会是一个重要环节,讲究群策群力,运用集体智慧。所以这样的会议一是不讲什么尊卑,二是强调气氛活跃，谁有意见、谁有质疑都可以马上提出，比如普通警员认为上级的思路有误，就应该直言不讳地指出并陈述自己的想法，事后谁也不会心存芥蒂。实践证明，这是一种非常民主的、良好的侦缉机制。

刑警一面移动着鼠标，用箭头指示画面，一面解释道："你们看，经过氩离子激光器的绿色激光照射，上述三人的指纹均显现为淡黄色，因此可以认定为新指纹。如果是以前留下的旧指纹，显现的色泽应该是橙黄色的。"

见丰奇没有再说话，他接着陈述："四〇九房间的门为木门，门上距离地面九十二厘米处有鞋印一个，经过比对系甫波留下。他称自己到达现场时门就是开着的，他在恐惧中曾经踹门一脚。该门门锁保留完好，无撬痕，表明是用钥匙打开的。

"进入四〇九房间，在客厅电灯的开关按钮上提取到杨薇指纹一处。

"四〇九房间为一室一厅，北向。厨房的门呈开启状态，橱台的组合刀具架上缺少木柄不锈钢厨刀一把。卧室的门呈开启状态，室内未发现可疑物体。洗手间的门呈开启状态，墙上悬挂的一面镜子被打碎，玻璃碎片撒落一地，水龙头和抽水马桶等均无使用过的迹象。由于房间是洋灰地面，且灰尘不多，无法有效提取鞋印。

"阳台和卧室均采用铝合金窗户。阳台的窗户紧闭。卧室的一扇窗户呈打开状态——值得注意的是，我们在窗框上发现了一处擦痕和一个比较清晰的下半手掌掌纹。"

会议室里一阵轻微的骚动。从投影的画面可以看出，擦痕位于窗框的下框位置，像是用钩子钩出来的，连漆都刮掉了一层，而半个掌纹位于窗框的右框偏下位置，比较清晰。

马笑中从上衣口袋里掏出一包烟，叼出一根，问："造成的原因是什么，是最近留下的吗？"

"这些还都不清楚。"那名刑警说。

马笑中从桌上铝合金的"禁止吸烟"人字标牌下面摸出一个打火机，咔地点燃香烟，狠劲儿嘬了一口，吐出长长的烟雾。

"你接着说。"

他这么一抽，会议室里的烟鬼们可都坐不住了，纷纷点烟，很快，屋子里变得跟爆炒西红柿的厨房似的，烟雾缭绕，呛得郭小芬直咳嗽，可是在案情分析会上抽烟是警察们主要的减压方式，她也不好说什么。

刑警右手食指在鼠标上一点，杨薇尸体的照片顿时出现在屏幕上：闪光灯的照射下，靠墙坐在血泊中的女人显得格外惨白，她的手中握着一把血迹斑斑的匕首，毫无生气的眼睛睁得很大很大……

这是郭小芬第一次看到杨薇的尸体，她的感觉和马笑中一样。

杨薇在死前的最后一刻，似乎是看到了什么极其恐怖的、不可思议的东西——与其说是被杀死的，她更像是被吓死的。

"她死得真惨啊！"丰奇仔细看了看那张照片，感叹道，"她没留下什么提示凶手的东西吗？比如用手指蘸着血写什么字之类的？"

"没有发现。"刑警摇了摇头。

司马凉一声冷笑："你推理小说看多了？"说罢用余光扫了郭小芬一眼。

郭小芬装作没看见。

丰奇尴尬地闭上了嘴。

"死者身穿黑色针织筒裙，脖子、手腕、脚腕、耳垂、手指等部位没有佩戴其他饰物。"刑警继续陈述,"裙子上的口袋里发现钥匙一串,其中有一把可打开四○九房间。另外,根据甫波和樊一帆的证词,死者不会开车,没有驾照,当晚是骑自行车来到青塔小区的。我们今天中午在小区内自行车棚里发现了一辆红色的捷安特女车,证实为杨薇所有,而且她遗留的钥匙中有一把可以打开车锁。"

又一张图片,是那把木柄不锈钢厨刀的特写,血迹斑斑,却依旧寒光凛凛。"死者手中握着的木柄不锈钢厨刀,正是橱台的组合刀具架上缺少的那一把,而且与死者的伤口吻合,证实是致死的凶器。我们只在刀柄上提取到死者右手的指纹和掌纹,刀柄的底端采集到部分玻璃碎屑,系打碎镜子时沾上的。"

嚓!

郭小芬的脑海中仿佛擦着了一根火柴,火光一闪,她似乎看到了什么,但火焰旋即熄灭,脑海再次陷入混沌。

现场勘查陈述至此告一段落。然后是田跃进作现场访问情况报告,这一报告的主要内容是对所有现场目击者的访问记录。田跃进扼要地陈述了老甫、樊一帆发现死者的前后经过,以及青塔小区当天值夜班的门卫李夏生大爷、小饭馆的老板娘李丹红的证词。

小青在"恐怖座谭"上讲的"镜子的故事",也被作为老甫证词的一部分提了出来,第一次听说的警察们都未免面面相觑。

还有一个证人和证词是新发现的。在青塔小区六号楼的一楼住着一位姓孟的老人,今年七十三岁,他今天早晨听说了发生在四○九房间的案子,主动跑到派出所来提供了一个重要的情况:他有个失眠的老毛病,所以习惯每天夜里十一点五十分出来散散步,等乏了再睡,会入眠得快一些。由于腿脚不好,因此他一般只在楼道里顺着墙边绕圈遛上几分钟。据他回忆：昨晚他遛了一会儿，看见一个穿黑色裙子的女子匆匆走进楼道，神色紧张地站在电梯前，电梯来了，她就进去了。时间应该是十一点五十五分左右。"我们把杨薇的照片给他看了，他一眼就认定正是昨晚等电梯的那个女子。"田跃进说。

"这样就串成一条线了。"司马凉用指头叩着桌面，"杨薇是十一点半左右离开甫波家的，我们计算过，骑自行车至少要二十分钟才能赶到青塔小区，加上她存车的时间，十一点五十五分上电梯，打开房门，十二点左右在房间内自杀……"

马笑中把眼一瞪："自杀？我不同意——"

"马所长，先让我把话说完。"司马凉神情冷峻地说，"我知道你对杨薇是自杀的死亡方式不能接受，但是从人证、物证各方面来看，唯有自杀这一结论是最合理的。凶器上没有其他人的指纹，除了窗框上那个连遗留时间都搞不清楚的掌纹和擦痕外，犯罪现场连一根多余的毛都找不出来。这案子，很难下他杀的结论。"

"我有个问题。"丰奇说，"一个把刀子插进心脏自杀的人，还能忍受着巨大的痛苦，把刀再拔出来吗？"

"这倒不稀奇。"郑法医扶了扶眼镜，"不少自杀者的精神状态都是混乱的，而精神失常会导致痛觉神经麻痹，从而忍受常人无法想象的生理痛苦。比如有人把筷子顶在下颌，然后用筷子的另一头猛撞墙壁，导致筷子整根插入咽喉；有人用手枪自杀，子弹从下颌射入、头顶射出，带出一小块颅骨和脑组织，他居然又到屋外步行约一百五十米才死；还有的自杀者把自己的阴茎割下吞吃掉，导致流血过多……"

"行了！"丰奇皱着眉头摇摇手，"我知道了。"

田跃进问郑法医："刚才您说杨薇后脑勺有一处头皮下出血，一个成人能笨到自己把后脑勺撞到墙上吗？"

郑法医说："我明白你的意思，你怀疑那处皮下出血是有人在杀害杨薇时，刺杀的冲击力将她顶撞到了墙上造成的。但事实上，一个人在昏迷中倒地时，产生的力量是非常大的，我们常常听说醉鬼倒下时把门撞出个窟窿，就是这个道理。"

会议室里一时陷入了沉寂。

司马凉冷冷地问："还有问题吗？"

有个问题……郭小芬想，确实有个问题，她刚才已经隐约地意识到了，但是现在却踪迹全无。她试图重新点燃火光，但是越着急越摸不到那个火柴盒。

"我来说两句吧。"马笑中瞥了司马凉一眼，很严肃地说，"我坚决不同意司马队长认为杨薇是自杀的结论。"

司马凉目不斜视，陷在深深的眼窝里的一对眼球像假眼一样，木然无光。

"首先，杨薇为什么要自杀？失恋？破产？患上绝症？总要有一个动机吧。"马笑中说，"癞蛤蟆上高速被轧死还是因为要去路那边儿搞对象呢，人总比癞蛤蟆要复杂点儿吧？"

"也许是在'恐怖座谭'上被吓着了，出现幻觉。"司马凉说，"受惊吓过度的人也是有自杀的可能的，对不对，郑法医？"

郑法医没点头也没摇头，脸上毫无表情。

"咱们就说这个'恐怖座谭'吧，难道大家就没觉得整个命案很诡异？先是有人讲了个故事，故事中的女人打碎了一面照不出人影儿的镜子，被鬼魂弄死了，接下来就真出了这么一起命案，命案现场偏偏就有一面被打碎的镜子和一具被刀刺心脏而死的女尸。"马笑中有点激动，把那台警用笔记本电脑搬过来点击着鼠标,翻到杨薇尸体的照片,"你们看看这具女尸,看看她的表情,看看她的眼睛,这哪儿像是自杀的?分明就是在极度的恐惧中被人给杀死的!"

屏幕上,杨薇那张扭曲得变形的脸孔和睁得要爆裂的眼睛,让在座的警察们不禁再次一颤。

马笑中的语气沉重地说:"咱们是警察,比别的工作更要讲究个盘根问底,把所有疑点都搞明白了才能下结论,不能看哪个案子好破就立哪个案子,不好破就昧着良心说是自杀!"

这是诛心之语。司马凉把脸一沉:"马所长,既然你把话都说到这个份儿上了,那好,请你拿出证据,证明杨薇确实是他杀,不然,咱们得到上级领导那里说道说道,不能拐着弯儿骂人!"

马笑中说:"证据,我一时还拿不出,但是我觉得有几个疑点,值得大家思考。第一就是我刚才说的,没有动机的自杀是不能成立的;第二是窗框上的掌纹和擦痕,甭管是什么时候留下的,总要有个出处;第三是我昨天到达现场时发现的一件怪事,那就是四〇九房间位于楼道的电闸被关上了,上面没有留下指纹,而四〇九房间客厅灯的按钮处于开启状态,上面留有杨薇的指纹。这让我猜想,应该是杨薇进入房间后,打开灯,四处寻找接听电话的人,这时,凶手在楼道里把电闸关上,趁着杨薇在黑暗中慌乱成一团时,冲进来杀死了她……"

不不不……这些都不是最重要的!郭小芬焦灼得犹如溺水的哑巴,她还是没有摸到那盒火柴。

"这些都不是证据。"司马凉阴冷地说,"你要拿出来的,是能证实杨薇确实是被人杀死的东西,没有的话,说什么都没用。可我说杨薇是自杀是有证据的,那就是她手中握的刀,刀柄上只有她一个人的右手指纹!"

嚓!火柴再次擦亮,这一回,她看清楚了!

司马凉站起身就要宣布散会。

"等一等。"

会议室里所有人都把目光集中在那个面容姣美的女记者身上。

郭小芬很有礼貌地说:"对不起,司马队长,我有个不成熟的想法,想请郑法医帮忙做一个试验,行吗?"

"随你。"司马凉说。

郭小芬从桌子上拿起一支带橡皮头的铅笔,递给郑法医。

郑法医赶紧站起来,莫名其妙地接到手中。

"郑法医,我们假定这支铅笔是匕首,笔尖是刀尖,笔杆是刀刃和刀柄,橡皮头是刀柄的底端,能否麻烦您为我演示一下,杨薇是怎么自杀的?"郭小芬说。

"行。"郑法医把铅笔反手握于右手中,橡皮头冲外,笔尖冲着自己,朝左胸的心脏位置一戳,"就是这样。"

"好的。"郭小芬点点头,走到那张用来投影的屏幕前,用指尖轻轻一弹,"我们再假定这是一面镜子,请您用手中那支铅笔的橡皮头——不不不,那把刀柄的底端砸碎它。"

郑法医一脸困惑地走到屏幕前,反手握笔,用橡皮头戳了一下屏幕,然后才发现这样既使不上力气,又容易让冲着自己的笔尖戳伤自己,是个很搞笑的姿势,不由得愣住了,想了一想,自嘲地一笑,用左手捏住笔杆调了个个儿,换成右手正手握笔,然后把右臂抬高到头顶,用橡皮头向屏幕砸去——停住了。

如急刹车般,铅笔的橡皮头停在距离屏幕不到一厘米的地方。

郑法医缓缓地转过头,惊讶地看着郭小芬。

其余的警察——包括马笑中和司马凉在内,依然困惑不解。

"还不明白？"郭小芬微笑道，"右手反手握刀，这样的姿势是很难用刀柄的底端砸碎镜子的，必须改成正手握刀才能用上力气，这样一来，杨薇用来'自杀'的刀子上就少了一样重要的、绝对不能缺少的东西——"

"什么东西？"司马凉有些生气，因为他完全不明白是怎么回事。

郑法医忍不住叫了出来："少了左手的指纹！"

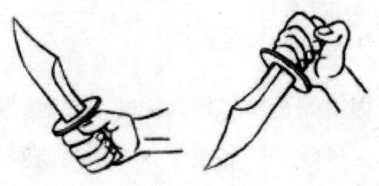

正手握刀示意图　反手握刀示意图

马笑中恍然大悟，看着郭小芬，目光中充满了钦佩。

"当然，如果是铅笔，完全可以用指头的转动来调转笔尖，使反手握笔变成正手握笔，但刀不行，杀死杨薇的那把刀的刀柄比较粗，单纯用指头很难掉转，必须用左手协助。"郭小芬严谨地说，"所以，这把刀应该是凶手杀死杨薇后，擦去自己的指纹——或者他干脆就是戴着橡胶手套握的刀——然后把刀塞在杨薇的掌心里一握，使杨薇的指纹和掌纹印在了刀柄上。无论怎样，在发生谋杀案的那个时间和那个空间，一定还有另外一个人在场，并将犯罪现场伪造成是杨薇自杀。"

司马凉还不服气："也有可能是杨薇反手拿刀，向上抛起再用正手接住，或者把刀放在地上，换成正手去拿……"说到这里，他自己也觉得太不像话，说不下去了。

所有的人都看着他，他必须表态。

"好吧,这个案子暂时作为他杀立案。下一步的侦缉工作……稍后再说吧。"司马凉站起身,揉着太阳穴走出了会议室。

他带来的那两名刑警,紧跟在他身后也出了门。

"来,咱们庆祝一下伟大胜利!"马笑中装出要跟郭小芬拥抱的姿势,吓得她一下子躲到田跃进身后。田跃进和丰奇不约而同地哈哈大笑起来。

"我告诉你马笑中,你先别高兴得太早!"郭小芬板起脸来说,"立案了,麻烦才多呢。"

"为啥?"

"想想你要面对的是一起什么样的案件吧!"郭小芬的脸上闪过一道阴影,"凶手几乎制造了一个'真空级'的犯罪现场。这个犯罪现场里,除了一面被打碎的镜子外,什么有用的线索都没有留下。"

第八章 名茗馆

司马凉气冲冲地走出会议室，身后紧紧跟随的两名刑警，小心翼翼地上前问："队长，咱们下一步该怎样展开侦查？"

"侦查？"司马凉冷笑一声，"先回队里再说，别在这儿让人家看笑话了！"

正往外走，马笑中带着丰奇匆匆赶来，把两个棕色封皮的审讯簿交给他："司马队长，这是老甫和夏流的笔录，你带回去先看一下。我觉得，咱们下一步的工作是要尽快找到小青和周宇宙，尤其是小青——"

"马所长，"司马凉打断道，"既然这案子定性为他杀了，那我这个刑警队长就是侦办工作的负责人。下一步该怎么办，听我的指令再行动。"说完把头一昂，扳机似的喉结高高隆起，大步走出派出所。

"切！"马笑中不屑地说，"明明是头瘦驴，拉他妈的哪门子硬屎！"

司马凉回到刑警队的办公室，屁股还没落座，一名警员就拿着一份快递件走了进来："队长，闪送给您的——好像挺急的。"

"谁送来的？"司马凉一面嘟囔着一面打开快递件，从里面抽出一张贺卡似的帖子，掀开一瞧，手像被烫了似的一哆嗦，总是不屑一顾的高傲目光，顿时犹如砸在地上一般，散碎得有些恍惚。

"队长，怎么了？"那名警员看出他神色异常，"哪里来的帖子？"

司马凉咕噜一声咽了口唾沫："名茗馆……"

"啊？"警员也大吃一惊，"他们怎么给您送帖子？我明白了，准是为了昨天夜里的那起案子。"

"少废话，赶紧带上案子的全部相关资料，跟我一起去警官大学。"司马凉边说边把便衣脱了，换上警服，戴上警帽，对着镜子正了又正。

警用本田车驶进中国警官大学的校园，在图书馆楼前停下。司马凉下了车，眼前一片盈盈粉色，耀得瞳孔都软了，仔细端详才发现是门口一左一右各种有一棵大树，满树的合欢花开得如晚霞一般璀璨。花虽浓艳，香却清幽，一缕入鼻，沁人肺腑。

走进楼去，只见登记台后面坐着一个正在读书的女管理员，司马凉双手捧着帖子在她面前一亮，女管理员看了一眼，站起身，走出登记台，用极低的声音道："请跟我来。"

司马凉和警员跟在女管理员后面，没出三步，女管理员停下，回过头，看了那警员一眼。

司马凉连忙对警员说："帖子上只请了我一个，你到外面等着吧。"

那警员站住了，一脸的遗憾，仿佛是百米冲刺的最后几米腿肚子抽了筋。

怀着忐忑的心情，司马凉跟在女管理员的后面，一直上到三楼，站在两扇镂花玻璃门前，抬眼只见门上悬着一块黑色横匾，题有金色漆底的三个笔力遒劲、气势雄浑的颜体大字——名茗馆！

落款是"补树书斋主人"。

还没等司马凉仔细琢磨这落款的含义,女管理员已经将玻璃门中的一扇推开,做了个"请进"的手势。

司马凉有点眩晕。

名茗馆——就这样走进来了?

像梦一样,此前连想都不敢想。

这是什么地方?是名茗馆。中国四大推理咨询机构之一的名茗馆。也许它不如公安部的"课一组"威名赫赫,也不如无锡的"溪香舍"誉满江南,也不如重庆的"九十九"神秘莫测,但它就是名茗馆,是无数推理爱好者心中的圣地。只要你年轻过,只要你在花季或雨季里曾经捧过一本推理小说看得如痴如醉,你就不可能不知道名茗馆。

名茗馆,始创于二十世纪八十年代后期,由几个酷爱推理的中国警官大学学生组建,最初的名字很俗气,叫"名探馆"。

"馆"字的由来,是因为活动地点位于图书馆的三楼。这个学生社团的活动方式主要是坐在一起赏评最新阅读到的推理小说,与大学里的舞蹈社合唱社书法社戏剧社一样,是学生们存储梦想的漏斗,入学满满,毕业空空,概莫能外。名茗馆能独树一帜、发展壮大,完全是一任"馆主"大胆变革的结果,这位馆主,就是中国警官大学历史上的传奇人物林香茗。

整个大学期间,林香茗不仅门门功课全优,而且多才多艺,成为各个社团都想笼络到旗下的首要目标,但他却毫不犹豫地加入了名探馆。名探馆全体成员受宠若惊,一致推选他为第五任"馆主"。

从入主名探馆的那一天开始,林香茗就推进改革。他认为:

推理小说不是侦查实践，固然可以训练思维，但不能指导刑侦工作。"严密的逻辑推理必须源于实践并用于实践，才是正确的和有价值的。所以，与其把有限的精力用于研究推理小说，还不如对现实中发生的案例进行实战推理。"

其实，从林香茗后来在刑侦工作的方向上看，他比较关注的是犯罪个性剖绘，对推理的兴趣一般，甚至反对在物证不足的情况下单纯靠逻辑推理锁定犯罪嫌疑人，认为这种做法的主观性太强，容易导致冤案发生。但他在名探馆推行的"实战推理"确实意义重大，名探馆从此改变了以解析推理小说为重点的活动模式，而是通过校方要来了市公安局的《每周重大刑事案件案情汇总报告》。每次活动，选择报告中刊载的大案要案，先遮蔽侦破结果，然后通过犯罪现场勘查报告、证物鉴定、法医报告等，推理出犯罪嫌疑人，最后与侦破结果进行对照，发现推理过程中的错误和不足。

转折点，是一起发生在当年很有名的"白领丽人坠楼案"。一个涉嫌向市领导行贿的某国企女高管突然从恒远大厦的十楼坠楼身亡，刑警队怀疑是他杀，又找不到证据，只好以自杀结案。案情报告送到名探馆，大家根据尸体伤口的血液凝固状态和骨骼大关节的骨折现象，判断死者确系生前坠楼，没有可疑之处。

正要翻过这一页的时候，林香茗突然锁紧了眉头："等一下，让我再看看。"

他的目光像黄蜂的螫针，死死盯在报告中注明的死者跳楼的层数和尸体落地的位置上。

"你们不觉得，她跳得有点远吗？"

气氛骤然紧张起来。

从高楼坠落的人，跳楼的层数和落地时距离建筑物的位置是呈一定比例的，层数越高，距离就越远。

林香茗组织大家把练习搏击用的沙袋人偶拿来，并将人偶的重量调整为与死者的体重相同，然后抬到学校教学楼的十楼，核实了死者坠楼当天的风力后，将人偶扔下，测算了人偶落地后距离教学楼的位置，一共实验了五次，结果证明：报告上所写的尸体落地位置比实验得出的要远得多。然后，林香茗再逐层测试，最终发现，只有当人偶从十四楼左右的高度扔下时，才能坠落到报告中记载的尸体落地位置。

林香茗带领名探馆的成员迅速赶到恒远大厦，电梯直上十四楼，在与尸体落地位置相对的那个房间里，发现了还没有清理干净的搏斗痕迹……

凶手是恒远大厦的物业经理，在那位受贿的市领导授意下，为了毁灭人证，先在十楼的房间里伪造了自杀的现场，然后将女高管从十四楼的房间里推了下去。

这一事件轰动全国，名探馆就此声名大噪。林香茗借势而上，在中国警官大学的颁奖仪式上，向市局领导提出了一个奇特的要求：希望市局选取一些近年没有侦破的悬案的档案，交给名探馆重新侦办。市局领导虽然觉得这小子有点不知天高地厚，但经过仔细考虑，还是接受了他的请求。

媒体记者们瞪圆了眼睛：这群在校大学生的侦探梦还能做多久？林香茗犹如小满时节最丰盈的一场雨水，注定要催熟这一初萌的新芽。他一方面加强名探馆的制度建设，确立"实战推理"和协助警方办案的双重活动机制，一方面带领大家，在大学毕业的前一年成功侦破了三起悬案，使名探馆雄姿英发地接连占据各大都市报的显要位置。以前只在动漫中见识过的"高中生侦探"或"侦探学园"，如今就在眼前呈现，一时间，考上中国警官大学,加入名探馆,成为全中国青少年推理迷的第一梦想。

谁知大学毕业前夕,林香茗因为拒绝学习过时的电脑课程,计算机考试不及格,居然没有拿到毕业证,爆出中国警官大学历史上最大的冷门。林香茗也不介意,领了结业证就自费到美国留学去了,拜在世界顶级犯罪行为剖析专家 John Douglas 的门下学习,直到后来市局局长许瑞龙把他请回国为止。

名探馆的成员感念林香茗的再造之功,改社团名为"名茗馆"。

如今的名茗馆,已经成功跻身中国四大推理咨询机构。由于公安部领导的特别关照,他们能随时调取国内最新发生的各类刑事案件的卷宗进行"实战推理",其推理结果供一线办案人员做"重要参考"。特别值得一提的是,名茗馆馆主如果觉得哪起案件有特殊的研究价值,有权传召侦办负责人来问询,该负责人不得有违。这在低级别警官中往往被视为天大的喜事,一来表明自己这案子"够份儿",一旦在名茗馆的协助下侦破了,在同行中是非常露脸的事;二来——也是更重要的一点,名茗馆的成员虽然还都是没毕业的学生,但都是警界上层着意培养的精英,前途如花似锦,和他们提早搭上钩,对将来的晋职大大有利。

这也就是司马凉站在名茗馆的门口,感到如梦似幻的原因。

"司马警官,请进。"

他正在咂摸着怎样能给名茗馆留下美好而深刻的印象,房间里突然传来一声轻呼,他猛地醒来,三步并作两步走了进去。

一片明晃晃的黄色光芒,好像洒满阳光的长方形水池,刺得他一阵眼花,不由得低下头去,又觉得这样像被提审的犯人,煞是晦气,下巴稍稍抬起了一点。

原来是一张黄色的长桌,窗外天光铺在桌面上,反射出耀眼的光。

房间很宽,很长,也很高。分上下两层,一排排的灰色铁质书架铺展开去,书架上整齐地排列着书脊各异,又无不泛黄的图书,无论从哪个角度看都像一片晚秋的梯田,其间飘动着一些不可名状的微粒,仿佛是所有的书正在一起出神。

长桌的一头冲着自己,另一头的椅子是空的,两侧各坐了三个人。发出轻呼声的是左边的一个女生,面皮白净,略略消瘦,两绺黛眉,一副薄唇。

"司马警官,请坐。"女生又说话了。

司马凉才看见面前的椅子,慢慢坐下,屁股只沾了半个椅面,脖子却依旧习惯性地梗着。

领他进来的女管理员轻轻把门关上,下楼去了。

名茗馆里一片寂静,只能听到极遥远的地方有高跟鞋轻轻的踩踏声,"咔嗒咔嗒"……好像钟表的秒针在跳动。

没人说话。

他以为对方是晚辈,是学生,应该先主动和自己这个已经四十多岁的警官打招呼,客套客套,寒暄两句,谁知竟都没有。

无奈之下,司马凉只得主动站起身,掏出一张名片,递给那个薄嘴唇的女生:"我叫司马凉,请凝姑娘多多关照。"

"我叫张燚。"女生摇摇头,示意他认错了人,接过名片,眉头一皱,又把名片还给了他,"司马警官,请不要紧张。"

司马凉这才看清,那卡片上竟写着"丽丽按摩房"的字样,想必是前两天办案时,按摩店那个嗲声嗲气的老板娘送的,顿时尴尬得想找条地缝钻进去,连忙将卡片收回,揉成一团塞进裤兜里,从上衣口袋里再掏出一张名片,瞪大眼睛确认了几遍后,才重新呈了上去。

张燚说:"请司马警官把今天凌晨的那起案件向我们介绍一下吧。"

司马凉定了定神,打开带来的现场勘查报告和审讯簿,将案情的过程、法医的初步判断等详细地讲述了一番。由于桌面反光晃眼的缘故,他看不清名茗馆诸位成员的面孔,但能感觉到他们听得非常认真。

说到"恐怖座谭"上小青讲述的镜子的故事,以及后来在命案现场发现的那面破碎的镜子,司马凉听到一阵不安的窸窣声,有如夜风拂过湖面,掀起了涟漪。是面面相觑时衣襟的摩擦,还是呼吸因紧张而加重?不得而知。

"目前掌握到的情况就是这些。"司马凉合上审讯簿。

他以为自己的汇报结束了,对方总要思考一下再有所动作,谁知张燚几乎是当即提问:"死者的鞋面和裙子上提取到镜子碎片没有?"

简直一点喘息的时间都不给!司马凉想。

他早就听说名茗馆的提问"无一字废话",琢磨了一下才体会出张燚这个问题的厉害,假如是死者敲碎的镜子,那么鞋面和裙子上必然会沾有一些碎屑,否则镜子就几乎可以肯定是凶手打碎的。

他翻开现场勘查报告,仔细看了一下说:"没有提取到。"

"你们还没有找到小青吗?"坐在长桌右边的一个男生问。

司马凉摇了摇头。

"为什么?"男生很是不满,"既然镜子的故事是她讲的,她又提前离开了'恐怖座谭',有充分的作案时间,后来的犯罪现场又与她讲的故事高度一致,她应该是第一犯罪嫌疑人。"

"嗤!"

从很遥远的、似乎就是高跟鞋的足音消失的地方，传来了一声轻笑，像是书页被风掀动似的，若有若无。

司马凉的额头沁出了汗珠："是这样，我们刑警队和派出所对案子的性质有……有一些争执。"

"争执？"张燚很惊讶，"有什么可争执的？"

"这个……"司马凉犹豫了一下，还是说了实话，"我们刑警队最初怀疑，杨薇有可能是自杀的。"

"嗤!"

这回的笑声可真切了，就在头顶上，笑得极轻蔑，甚至能让人想象到发笑者鼻翼的翕动。

无论在分局还是如今降职到刑警队，司马凉永远是一副凛然不可侵犯的样子，哪里受过这种侮辱？霎时间按捺不住旧脾性，"呼啦"一声站了起来，仰头向传来笑声的二层看去，厉声问道："谁在笑？！"

由于角度的原因，他只看到一双玲珑有致的小腿和脚上白色的高跟淑女鞋——小腿叉开的姿势和翩跹在鞋面上的黑色蝴蝶结，都显得十分优雅。

"司马警官。"张燚平静地说，"请落座。"

是的，这里是名茗馆，不得放肆。司马凉这么想着，才压住火气，重新坐回椅子上。

张燚说："麻烦您讲一下，刑警队为什么会认为杨薇是自杀？"

被刚才那么一声嘲笑，司马凉找回了一点从前的感觉：名茗馆又怎么样？一群嘴上没毛的娃娃凭什么这样肆无忌惮地质问在一线办案多年的警官？想到这里，他昂起皮包骨头的瘦脸，扳机似的喉结扣动般咕噜一声，硬声硬气地说："如果说是凶杀，现场并没有发现凶手留下的任何痕迹，刑警队为什么不能想到杨薇有自杀的可能？"

他不相信这群学生能那么快地想到郭小芬的推理——无论他怎么厌恶郭小芬，还是不能不承认那个推理的精妙。

一时间，名茗馆的众人都愣住了。得到这件案子的消息后，大家都自然而然在心中将其定义成谋杀案，至于杨薇有没有可能是自杀，包括怎样认定杨薇不是自杀，连想都没想过。

司马凉嘴角的肌肉抽搐了一下，刻意掩饰而又掩饰不住地一笑。

徒有虚名！他想。

"嚓！"

有人撕纸。

很快、很干脆的一声从头顶传来，仿佛天花板的墙皮突然爆开。

接着，纸张被折了几折的唑啦声，笔帽被拔起的啵一声，笔尖在纸上划过的沙沙声，笔帽被重新戴上的"咔"一声。

最后是什么东西刺破空气，犹如鸭掌划动湖水般的"哗"一声。

司马凉感到一滴汗水从额头冒出，滑落到眼皮上，刺痒得他不由得闭了一下眼睛。

睁开时，黄澄澄的桌面上多了一样东西。

一只纸飞机，稳稳地停在张燊的面前，机头高傲地抬起，两片机翼上各写了一个字，并列在一起——

"手机"。

高跟鞋的足音又轻轻地响起，"咔嗒""咔嗒"……

这回真的渐渐远去了。

"对了，是手机！"张燚看着机翼上的两个字说，"杨薇在四〇九房间用手机给樊一帆打过电话，可是在现场勘查报告开列的物证中，无论室内还是室外，都没有提到发现她的手机。手机是不会自己长腿走掉的，一定是因为上面有对凶手不利的短信或通话记录，所以被凶手从犯罪现场拿走了。"

司马凉像一条被连续打了两记闷棍的狗，眼前一阵发黑。如果说郭小芬用的是木棍，那么名茗馆这一记用的是铁棍——这么显而易见的证据，怎么所有人都没有想到呢？与之相比，郭小芬的推理不是显得太费劲了吗？

他猛然醒悟过来！缓缓地站起身，看了看楼上，书架之间已然空空荡荡，他小心翼翼地问张燚："凝……凝姑娘？"

张燚点点头。

爱新觉罗·凝，二十二岁就拿下犯罪心理学博士学位，以才华横溢而闻名国内推理界的名茗馆第七任馆主。

司马凉嘴巴张着，想说些什么，又实在说不出。

张燚看他那窘迫的样子，怜悯地把手掌朝下按了按："司马警官，请落座。请问，后来你们刑警队确认杨薇是被谋杀了吗？"

司马凉重新坐下，点点头，把郭小芬的推理讲了一遍。名茗馆的众人听完都露出既钦佩又得意的神情。

"这个郭小芬，名气蛮大的，推理也确实有两下子，不过和我们凝姑娘比起来，可就差远了。"张燚说出了大家的心声。

"我也这么认为。"司马凉由衷地说，"希望名茗馆给我一些指点，使我能顺利侦破此案，司马凉感激不尽！"

张燚把头一点："我们请您来，就是这个意思。"她朝长桌对面的一个男生使了个眼色,男生起身,拉开名茗馆的玻璃门,一个很健美的小伙子走了进来,在司马凉面前站定。

"这位是?"司马凉站起身,困惑不解地问。

"他就是你在案情报告中提到的'恐怖座谈'参与者之一——周宇宙。"张燚说,"他也是我们名茗馆的成员。"

"什么?"司马凉大吃一惊,一时竟不知道该如何是好。

"请您不要介意。"张燚说,"上午老甫给他打电话,说了杨薇的死讯,他就在第一时间向我们报告,讲述了他所见到的事情经过。我们这才给您发请帖的,现在他就跟您一起回刑警队做笔录。您可以放心,他一定会积极配合您的调查。如果他敢说半句假话,不要说名茗馆,他还能不能在中国警官大学待下去,都很难说了。"

最后一句话十分严厉,但周宇宙的神色平静而坦然,看来这是名茗馆的规矩,他心知肚明。

"非常感谢!非常感谢!"司马凉一面说一面和张燚握了握手,"小周就交给我了,我绝对不会难为他。我还有一个请求,希望你们答应,办案中如果我遇到什么困难,能否随时来向诸位咨询?"

张燚略一沉吟,把那只纸飞机打开,在上面写了个电话号码递给他:"遇到困难,打这个电话找我。你要赶紧找到小青,并请电信部门查一下杨薇手机的通话记录,看看她在生命的最后时刻除了给樊一帆,还给谁打过电话。如果电信部门积极配合,连短信记录应该都可以调出来的。"

司马凉边道谢边接过纸飞机,收好,道别,走出了名茗馆,周宇宙紧紧跟在他的身后。

下到一层,走出图书馆的大门,正在合欢树下等他的警员赶忙上来问："头儿，怎么样？"

司马凉回过头，抬眼望望三楼闭得严严实实的那几扇窗户，什么都没说，只是重重地擦了一把汗。

回到刑警队，司马凉把手下分成 AB 两组，A 组去找小青，B 组去查杨薇手机的通话记录和短信记录，然后把周宇宙带到自己的办公室，请他坐下，亲自端了杯茶给他，找了名警员给他做笔录，自己就在旁边听。周宇宙很懂事，不停地说谢谢，警员问一句他回答三句，配合极了。

但当警员问他离开老甫家之后的去向时，他的回答像从一级公路突然开进了沙石厂车间一样结结巴巴起来，目光也有些飘忽。

"小周，来，喝点水。"司马凉把盛着茶的纸杯向他面前又推了一推，"不要急，是不是有什么不好说的事情？"

周宇宙端起纸杯，抿了一口："不是……其实我不愿意讲的唯一原因，就是小青是我从前的女朋友，直到现在我依然很喜欢她。一帆虽然和我在一起，但是我总觉得我和她并没有恋人的感觉，好像是绿箭口香糖和白箭口香糖被不小心一起放在了嘴里咀嚼，就算是搅成一团了，也依然绿色是绿色，白色是白色……"

司马凉点点头，没有打断他的话。

"我认识小青是有一次在公交车上，她偷一名乘客的钱包，被我当场抓住，当乘客们要打她时，被我拦住了，我带她下了车，请她吃饭，说只要她改了就不带她去派出所，她很感激，告诉我她刚从外地来到本市，没有钱，只好偷窃——她手指纤长，有点儿这方面的天赋——发誓今后绝不再干了。我就放了她，而且……她长得很漂亮，一来二去的我们就成了朋友。

"后来在朋友举办的生日Party上,我认识了一帆,一帆那时已经结婚,但还是对我展开攻势,我也想趁着年轻多认识些朋友,就和她熟了起来,渐渐发现她虽然有点爱玩,玩起来没边没际,有时甚至挺粗野的,但为人蛮真实的,就和她越走越近,结果被小青发现了。小青虽然是从农村来的姑娘,但脾气硬得像花岗岩一样,逼我立刻和一帆划清界限,我觉得没必要把事情做绝,她就和我分手了,恨我恨得要死。后来一帆她老公死了,她一下子变成了富婆,跟我走得更近了,但我还是觉得,我也只不过是她的玩具之一,而不是她的恋人。

"说远了,还是回到正题吧。昨天晚上,一帆拉我去参加'恐怖座谭'。小青讲了个镜子的故事,把一帆激怒了,两个人争吵了几句,小青摔门而去,我去追她,她还挠了我一下。"周宇宙指着手背上已经结痂的血痕苦笑道,"我看她精神状态不大稳定,就悄悄地跟在她后面。她起先走得很快,准确地说是有些跌跌撞撞的,跟喝醉了酒似的,但慢慢地步伐就变得沉稳起来。起初,我以为她是没有目的地乱走,但渐渐才明白,她很清楚她要去哪里,要去做什么。

"她在路灯昏暗的街道上一直往前走,刚刚下过雨,有些地方有水洼,她就直接迈过去。其实她只要回一下头,就可以看见我,但她始终没有回头,一直向西……终于她走到一个小区的门口,躲在一棵大树下往里面看,用个什么词好呢?我想想……'窥伺'吧,这个词不好听,但就是窥伺,她在窥伺小区的门卫和里面的动静,另外,她似乎还有一点点犹豫,好像不知道该进去还是不该进去,过了大约有那么三分钟吧,她把垂肩的头发放在嘴里狠狠地咬了一口——这是她在做某个决定时的习惯动作,然后快速地溜进了小区的大门,背影消失在了黑暗里。我走上前去，看到那小区门口挂的牌子上写着'青塔小区'。我抬起头，那六栋高高的塔楼像六根手指似的，我心里浮起一种不祥的预感，觉得小青是走进了一个掌心，只要手指一握，她就会被捏碎……

"我怔怔地望了门口很久，见她总不出来，想她也许会在里面过夜，就打车回家了。今天上午当我听说杨薇的死讯时，我第一个就想到可能是小青干的，她知道杨薇给一帆出了很多主意，所以也很恨杨薇。但是……我还是不相信她会杀人！"

说完，周宇宙把头沉重地垂下。

司马凉问："小周，有个叫阿累的人，据说小青恨樊一帆和杨薇，和他有关，是吗？"

"阿累……"周宇宙想了想说，"好像就是一帆她老公吧，我了解不多，一帆只有喝高了的时候提过一两次，口吻很是厌烦。小青和他可能是好朋友吧，但是后来阿累似乎是得了一种非常奇怪的病死掉了。"

笔录告一段落，司马凉让周宇宙先回学校，有什么需要再随时找他。临别时，周宇宙握住司马凉的手："司马警官，请千万别为难小青！"

司马凉道："小伙子，别有压力，我们警方会认真调查取证，绝不会冤枉任何一个好人的。"

周宇宙刚走，A组的组长就打来电话，说小青不在租来的临时住所里，已经去"Darkness 酒吧"上班了。

司马凉说："现在基本可以肯定，杀害杨薇的凶手就是这个小青，所以，马上实施抓捕！"

警车停在 Darkness 酒吧外面，走进树根状的黑色大门，穿过雕着无数夸张的黑人笑脸的过道,远远便听见一个女子在钢琴的伴奏下轻声吟唱,声音宛如浮着花瓣的溪水在流淌,轻柔而无奈。

　　此刻是下午,还没有到酒吧开张的时间,酒柜、吧台、散台和卡座都隐在一片昏暗中,唯有演艺舞台上面的天棚垂下几盏落差不一的马蹄形吊灯,放射出朦胧的灯光,笼罩在台上一个女子的身上。这女子长发垂肩,身穿一条白色吊带连衣裙,看不清面容,正坐在黑色的钢琴前,边弹边唱着日本歌手Fayray的 Look in to my eyes,几个穿着白色衬衣黑色马甲的侍者正围坐在台下,呆呆地聆听:

　　　　Look in to my eyes(看着我的双眼)
　　　　Let go of your lies(忘记你的谎言)
　　　　Tears run down the side of my face(泪水滑过我的脸颊)
　　　　In this empty place(在这个空旷的地方)
　　　　Let me tell you over and over again(让我一遍遍地向你倾诉)……

　　警员们这时才发现,马笑中和丰奇也站在离舞台不远处,静静地听着。A组组长上前低声说:"马所长,我们是奉司马队长的命令……"

　　马笑中右手一抬,意思是等会儿再说,A组组长很识趣地闭上了嘴。

　　雪白纤长的手指像在琴键上挣扎的一只鸽子。歌声哀婉,犹如最后一片花瓣也在溪水的幽咽中沉没,一缕残香漾出,闻之心碎:

That I'm here to stay（我会留在这里）

Don't you ever try to hide（你不要再尝试逃避）

How your feel inside（亮出你最真的内心）

Let me love you over & over again（我会一遍遍地说爱你）……

一曲终了，余音绕梁，袅袅不绝，眼角一滴泪水，盈而不落。

"啪啪啪啪啪！"

台上台下的人都被吓了一跳，原来是马笑中在鼓掌。

长发女子擦了擦眼角的泪水，见他一身警服，倒有些害怕了，慢慢地走下台来问道："你们有什么事吗？"

"姑娘你别害怕。"马笑中觉得她有些眼熟，不禁多看了两眼，"你是叫小青吗？"

女子点了点头。

"我们是望月园派出所的。"马笑中有意把语气放得温和些，"有个事情，请你跟我们回去一趟协助调查。"

小青一愣。正在这时，刑警队Ａ组组长走了上来，嘲讽地看了马笑中一眼，然后亮出拘留证说："小青，跟我回刑警队接受调查。"说完从后腰拎出明晃晃的手铐，"咔咔"两声铐在了小青那洁白的手腕上。

马笑中一把攥住了Ａ组组长的手腕。

"既然是调查，干吗给她戴手铐？"马笑中横眉怒目道。

"马所长，我也是奉司马队长的命令行事。"说完，Ａ组组长一拉手铐间的链子，冰凉的手铐卡在腕骨上，疼得小青"啊"地叫了一声，不由得跟着他往酒吧外面走去，快要走出门口的时候，她才醒悟过来，大喊道："我又没有犯法，凭啥抓我？！"

马笑中向前追了两步,被丰奇拉住。他越发觉得在哪里见过小青。发呆的瞬间,小青已被押上车带走了。他回过头,看着钢琴前空空荡荡的座椅,觉得那倩影、那歌声仿佛还在视网膜和耳鼓间飘荡。

越想,心头一团怒火蹿得越旺,当警察这么多年来,眼睁睁看着小青被捕而不能搭救,是自己最窝囊、最不够爷们儿的一次,不禁一拳砸在吧台上,大吼一声——

"靠!"

第九章 黑狗

那座楼……

没错,就是那座楼。茶色的窗户嵌在棕色的楼体上,根本分辨不出什么是什么。贴着封条的楼门紧紧关闭着,像被糊满桑麻纸的口鼻,从来也没见有人进出,因此也毫无声息,就那么孤零零地矗立在一片齐腰高的荒草中,远远看上去活像是一棵被伐掉枝叶、早已枯死的巨大树桩。

"真像一座鬼楼啊!"小青站在一个矮矮的土坡上,遥望着那座楼,惊叹道。

尽管土坡的背阴处还存留着一些残雪,但在那座楼所陷身的巨大荒草地中,已经可以见到星星点点的嫩绿色,从漫漫土黄中挣扎出头角,犹如大地在发芽。

"是啊!春天就要到了。"她的身后,阿累深深地、几乎是贪婪地呼吸了一口还带有丝丝寒意的清新空气,微笑道,"也许……我很快就会搬到那座楼里去定居了。"

小青猛地转过头,惊诧地望着他。

"下车!"

一声粗暴的喝令打断了她的思绪,就在回忆的瞬间,警车已经开到了那座楼的后面。荒草地被一排挺高的白色围墙严严地护着，如果不站在土坡上，连楼门都看不见，至于楼的后面是什么样，由于横着一条貌似荒废又偶尔还有火车驶过的铁道，人迹罕至，所以谁也不清楚。

下了车，她才惊讶地发现，楼的后面是一片蛮大的空场，横七竖八地停着各式各样的车辆，活像是二手车市场。车的牌号也都乱七八糟的，不少是外地的，但没有一辆在车牌尾巴上挂着红色的"警"字。

就连押送自己的这辆车，也只是一辆再普通不过的金杯，没有丝毫的警用标识。

她开始怀疑抓捕自己的这些人到底是不是警察？

"快走！"身后有人狠狠推了她一把，就这么跟跟跄跄地进了楼。

谁也想不到，分局刑警队就设在这栋烂尾楼的一层。

楼道里静悄悄的，洋灰地面和白色墙壁极其阴冷，所有的铅灰色房门都是关闭的。

阿累，你在这里吗？

"也许……我很快就会搬到那座楼里去定居了。"

有人推开了一扇门，门对面的墙上，立刻映射出棺材板一般青白的长方形光斑。

"进去。"身后的人短促而有力地说。

其实他不说，小青也会乖乖进去。每个来到这里的人，都会受到一种非自然力的驱使，心平气和、秩序井然地接受着自己的命运……

窗前，一张办公桌，黄色桌面上放着烟盒、胶水、订书器、手机充电器，还有一个康师傅碗面的空盒子，剩了小半包的乐之饼干以及一只喝光了的矿泉水瓶。靠墙有一张上下铺都铺着凉席的双层床,床边放着一把年代似乎很久的木背椅子。小青在上面坐了下来,正好能看到床下面的一双白得发黄的人字拖。

"站起来!"一声大吼吓得小青一激灵,几乎是从椅子上跳了起来,惊惶地望着那个呵斥她的警察,手铐的链子发出战栗的啷啷声。

"队长。"那个警察对随后进来的一个瘦高个说,"这女的就是小青。"

司马凉点了点头,看着小青,小青赶紧把头低下,好长时间没有动静,忍不住偷偷地抬了一下头,无意中与司马凉对视了一眼,钢针一样冰冷而锋利的目光刺痛了她的瞳仁。

她打了个寒战,连忙把头再次深深地低下。

"叫小张来。"司马凉说。

小张是队里的女预审员。照规矩,审讯女犯人必须有女警在场。

梳着齐耳短发的小张来了,坐在桌子前,把桌上的东西用手一胡噜,空出块地方,放上记录本,冲司马凉点了点头,意思是自己已经阅读过这一案件的相关资料,可以开始审讯了。

司马凉在高低床的下铺坐下。

小张指了指靠墙的那把木背椅子,很严肃地对小青说:"你坐下。"

小青欠着身子坐下,随时准备再马上站起来似的。

小张翻开记录本,像气动排钉枪似的连续发出了几个短问:姓名、年龄、原籍、现住址……小青一一作答。

小张虽然年轻,但是审讯经验十分丰富。小青的回答虽然声音有些低,但比较迅速,可以说得上是很配合,这足以说明她没有什么受审经验,属于那种进了公安局就六神无主、任凭摆布的类型。这样的犯罪嫌疑人审起来是比较容易的,于是小张迅速切入了主题:"昨天晚上你都做什么了?"

"昨天晚上?"小青一愣。

"不要想,有什么说什么。"小张不给她思考的时间。

小青说:"没干什么啊,和几个朋友聚在一起开了个故事会……"

"别这么简单。"小张说,"说详细点。"

小青定了定神,把自己到老甫家参加"恐怖座谭"的经过从头到尾讲了一遍,好几次觉得讲完了,偷眼看小张有什么表示,但见埋头做着笔录的小张神情冷漠,犹如站在跑道上数着长跑运动员还有几圈没跑完的裁判,赶忙想想哪些地方说得过于简单,就再说得周全一些。但是当她发现自己说得越来越多,而小张的眉宇间竟浮起越来越浓的厌倦时,慌乱的一颗心梗塞住了咽喉,不知不觉就沉默了下来。

屋子里安静了好一阵。

突然,小张看似随便,但又极其清晰地问了一句:"你讲的那个镜子杀人的故事,哪儿听来的?"

出乎她的意料,小青回答得又快又坦然:"我自己编的啊。"

小张看了对面的司马凉一眼,接着又问:"那你从老甫家离开后,去哪儿了?"

小青说:"我……我回家了啊。"

这是她接受审讯以来的第一次犹豫,像直尺上的一个豁口,被敏锐的小张捕捉到了。

"你想清楚再回答。"小张盯着她的眼睛,一个字一个字地说,"从老甫家离开后,你直接回家去了?"

小青闪避着她的目光:"对。"

"什么对?"小张追问道,"是直接回家去了吗?"

小青咬咬嘴唇说:"是,我是直接回家去了。"

"很好。"小张点点头,"小青,你说了这么久了,兜了好大的圈子,一直在避重就轻。不过,你自己都没有意识到,你把绳子往自己的脖子上越勒越紧了。具体的政策我也不给你多讲了,你坦白吧。"

小青一愣:"坦白什么啊?"

小张手中的笔停在了距纸面一厘米远的位置:"怎么,你不想说?"

"我……我说什么啊?"小青结结巴巴地说,"我是偷过东西,可那都是好久以前的事情了……"

小张一声冷笑:"小青,你觉得要是偷东西那么点儿事,我们至于派这么多人抓你吗?至于给你戴上手铐吗?你是聪明人,不要装傻,自己做过什么就说什么,别兜圈子。"

小青呆呆地,半天没有说话。

小张也不说话,垂下头在本子上刷刷地写着什么。

司马凉看着窗外,神情漠然,如同根本就没在这个房间里似的。

寂静的房间里,一种无形的压力慢慢凝结成非常沉的块状物,压在小青的脊椎上,而且随着时间的推移,每一秒都加重着分量。

"我……"小青咽了口唾沫,"我实在是没什么可说的啊。"

小张抬起头:"好吧,给个提示:杨薇的手机,你后来扔哪儿了?"

"杨薇的手机?"小青一副诧异的神情,"我没拿她的手机啊!"

小张瞟了小青一眼,像看一只在蜘蛛网中挣扎的蛾子,既怜悯又厌恶。"小青,我们能把你带到这里,就是掌握了充分的证据。你心里应该清楚,你犯下的是死罪,现在坦白,还有活命的希望。说谎、抵赖都绝不会有好下场。"

死罪?

犹如一脚踩空,掉进了猎人设下的陷阱,小青被吓傻了。但就在数秒之后,一种求生的本能,让她猛地清醒过来,呼啦一下子站起,冲着小张愤怒地喊道:"你把话说明白,我犯什么死罪了?!"

小张吓了一跳,身子不由得往后一缩,椅子腿在地面上擦出咯吱一声。接着,她醒悟过来:天啊,我在干什么啊,我居然被这个嫌疑人吓到,当着队长的面畏缩,这是多么丢人的事啊!她的脸涨得通红,怒喝一声:"小青你给我坐下!"

"你把话说明白!"小青往前逼了一步,"我到底犯什么死罪了?!"

"啪"——

一声巨响!司马凉狠狠地在桌面拍了一掌。

小青被震住了。

"小青,这里是刑警队,不是你撒野的地方。"司马凉站起身,黑黢黢的脸孔像蓄着雷的乌云,他指了指靠墙的椅子,"你给我坐下,老老实实交代你的杀人罪行,别敬酒不吃吃罚酒!"

小青颓然地坐倒在椅子上。肩膀上,白色连衣裙的蕾丝吊带在微微颤抖。一滴清澈的泪水顺着眼角滑下苍白的面颊,嘴里念叨着:"你们冤枉我,我没有杀人……"

正在这时,原本安静的楼道里突然响起一片野蛮的撞击声,丁零当啷的,中间还夹杂着人的惊叫,活像考场上突然闯进了一头驴。司马凉还没琢磨出是怎么回事,门就被"哐"一声撞开了,惊得他伸手去摸腰间的手枪,但手指也就此停在了冰凉的枪柄上。

出现在门口的,是歪着嘴巴、横眉怒目的马笑中。

一名气喘吁吁的刑警冲上来要抓马笑中的肩膀,被人猛地揉开,是紧跟在马笑中身后的丰奇,小伙子一脸怒气,摇晃着明晃晃的手铐,冲着楼道里拥上来的刑警们嚷嚷:"谁敢动我们所长一下,我铐了他!"

司马凉一看,心里咯噔一下子,要是真让民警把刑警给铐了,传出去可是天大的笑话,连忙喊了声"都散了",刑警们才悻悻地退去。

马笑中本来就是个唯恐天下不乱的主儿,他可不在乎事态会不会闹大。只见他指着小青说:"姓司的,这姑娘,老子要带走!"

但凡读过《三国演义》的应该都知道"司马"是复姓,马笑中故意说自己姓"司",就是故意恶心他。司马凉忍住怒气,冷冷地说:"马所长,这女的是杀害杨薇的重要犯罪嫌疑人,你不能带走她。"

"少他妈的废话!"马笑中气急败坏地说,"你有什么证据?凭什么说她杀了杨薇?你造谣污蔑,滥抓无辜,还大搞刑讯逼供,咱们到分局找局长说理去!"

司马凉有点糊涂:"我几时刑讯逼供了?"

"你看看她手腕!"马笑中指着小青被手铐勒红的腕子,"现在我就带她去验伤,你把铐子给我打开!"

手铐一不是饰物,二不是医疗器械,把腕子勒红或压出个印子是再正常不过的事，这要都算伤，刑警队干脆隶属中华慈善总会算了。司马凉知道跟马笑中根本没理可讲，正发愁怎么和他掰扯，突然听见小青一声轻呼："怎么，杨薇死了？"

屋子里一下子安静了下来。

司马凉和马笑中都知道，坏了！

警察把犯罪嫌疑人缉捕到公安机关，并不像人们普遍认为的那样，罪犯只有"供认不讳"的份儿，在公安机关强化执法文明、杜绝刑讯逼供的今天，更恰当的比喻是：警方是庄家，犯罪嫌疑人是闲家，审讯就是斗智的赌博，无非是庄家的赢面大一点而已。而输赢的关键在于，各自的手中握有多少底牌，以及凭借底牌现场发挥的情况。如果警方证据确凿，并在适当的时机抛出，就会攻破犯罪嫌疑人的心理防线，使其认罪伏法；相反如果审讯者过早地亮出底牌，让犯罪嫌疑人知道警方所掌握的"不过如此"，就会拼死抵赖，使审讯步入僵局，最终逃脱法网。这也就是小张从审讯一开始就让小青自己交代、决不说明因何缉捕她的原因，希望小青在慌乱中露出破绽。但是，司马凉刚才被马笑中激怒，脱口说出了"杀害杨薇"的话。这样一来，如果小青真的是杀人凶手，就搞清了警方的侦办原因，对下一步的审讯将非常不利。

马笑中闹到刑警队，纯粹是一时兴起。凭借多年办案的经验，他觉得小青不像是个杀人犯。但冷静下来也知道，不能感情用事，尤其小青的犯罪嫌疑确实重大。

司马凉和马笑中对视一眼，达成了默契，一起走出了屋子，来到了另外一间办公室。司马凉把门关上。

狭小的房间，气氛因密闭而骤然紧张起来。马笑中恶狠狠地瞪着司马凉，司马凉的凸眼珠动也不动地回瞪着他，两个宿敌的目光有如激流撞击在岩石上,一刹那,他们不约而同地看到了对方的粉身碎骨。

毕竟混不过对方,司马凉清了清嗓子说:"马所长,我问个问题:这个小青,你以前是不是认识?"

"打住。"马笑中把巴掌一竖,轻蔑地说,"我知道你肠子里在窜什么狗屁——没那回事!"

"那我就不明白了。"司马凉在一张椅子上坐下,"你为什么要护着这个女人?"

马笑中虽然理亏,但嘴极硬:"不是护着,是不能眼睁睁看着你犯错误。你拿出人证和物证来证明小青有罪,我立马走人;可要是拿不出来,你就得给她摘了铐子,好好问她话,我在旁边听着,问完了我送她回家,她住的地方在我们派出所管辖范围内,我有责任维护她的公民权利。"

这番话讲得义正词严、堂而皇之,听得司马凉目瞪口呆,虽然明知道这小子是扯了内裤当军旗,但还真驳不了他。"马所长,咱们都别动气,平平静静地来谈一谈这个案子,行不行?"

马笑中拖过一张椅子,摊手摊脚地往上面一坐,拿出一副听下属汇报工作的派头:"你说吧。"

司马凉强咽下一口恶气,慢慢地说:"首先,有一点已经是不争的事实,那就是杨薇确实是他杀而不是自杀,但是我得出这个结论,并不是郭小芬那个费劲的推理,而是凭一个简单的事实:在犯罪现场没有找到杨薇的手机。"

马笑中一愣。

司马凉看在眼里,暗暗得意:"既然杨薇被害前用手机给樊一帆打过电话,那如果她是自杀,手机一定还留在房间,不会消失。现在可以判断手机是因为留有暴露凶手身份的信息,被凶手拿走了。"

马笑中不禁点了点头。

"我要和你达成的第二个共识是，凶手应该就在参加'恐怖座谭'的成员之中。"司马凉说，"因为小青讲的那个镜子杀人的故事，是她自己编出来的，这一点她刚才已经亲口承认了。一群人听了一个编出来的故事，当晚就有一个在场者按照故事中的情节被杀害，现场也有一面被打碎了的镜子，这难道是巧合？凶手是外人的可能性，恐怕连亿分之一都不到。凶手一定是在'恐怖座谭'上听了——或者了解了这个故事之后，模仿其中的情节杀死了杨薇。"

"我同意你说的，凶手就在'恐怖座谭'的参与者之中，但我觉得小青不会是凶手。"马笑中说，"她自己讲了个故事，然后按照故事中的情节布置杀人现场，这不是摆明了自己挖坑自己跳吗？难道她生怕警方怀疑不到她？"

"我倒觉得，这正是小青狡猾的地方，她故意制造一个对自己极端不利的现场，引起你这样的思维，使她的'最大可能'变成'最大不可能'。"司马凉说，"这些在酒吧里混的小姐，社会经验非常丰富，诡计多端，笑起来像天使，狠起来像魔鬼，马所长可不要被她虚伪的表面迷惑住啊。"

"我调查过了，她不是小姐，只是在酒吧里弹琴卖唱。"马笑中不客气地说，"我也不是三岁小孩，用不着你来教训我！"

司马凉沉默了片刻，接着说："既然凶手就在'恐怖座谭'的参与者之中，那么只要用排除法就可以发现真凶了。一共六个人中，杨薇已死，樊一帆和老甫一直在一起，他们是晚上十二点之后从老甫家的楼下打车来到青塔小区的，凭借老甫提供的发票，载过他们的出租车司机已经找到，证实无误。

"剩下三个人中，夏流可以排除。据老甫说，杨薇给自己的空房间打了个电话，发现有人接听之后——插一句，我认为这十有八九是串线或拨错号码了——就匆匆赶到青塔小区去。夏流吓得够呛，连家都不敢回，跟老甫说好了先在他家住一宿，后来，还是因为和樊一帆吵嘴才愤然离开。离开的时间大约在晚上十一点五十五分。从樊一帆家打车到青塔小区，再进入杨薇家的空房子，整个过程需要大约十五分钟，而杨薇的被害时间大约在十二点整前后，夏流再怎么快也赶不到。何况他那么胖，行动速度恐怕比一般人还要慢一些。

"剩下两个人，周宇宙和小青。说他们两个杀人，其实有一个共同的疑点：那就是他们走的时候，杨薇还没有给自己的空房子打电话，他们并不知道杨薇当晚会到那个平时很少住的空房子里去。这就只剩下一种可能，他们两个人中的一个出于某种原因，在离开老甫家之后，给杨薇打了个电话，杨薇恰好正在骑车赶往空房子的路上，接到电话觉得多个伴儿还可以壮胆，就约这个人在青塔小区见面，一起进到空房子里去，结果被杀害。"

马笑中一拍大腿："那就是周宇宙了，壮胆肯定要找个男人嘛！"

"老甫和夏流都说过，周宇宙和杨薇根本不熟，连面都没见过，很难想象他会主动打电话给杨薇，更难想象杨薇会叫他陪自己去青塔小区。"司马凉说，"再说壮胆只是我的设想之一，很可能还有其他各种各样的约会原因，但有个事实是明确的——杨薇被杀死了，也就是说，哪怕有一万个约会原因，但凶手的特征只有一个，那就是他（她）有杀害杨薇的动机。真凶是谁，一下子就水落石出了。"

他翻开马笑中提供的审讯簿："老甫和夏流都不约而同地提

到，小青恨极了樊一帆，而杨薇是给樊一帆出谋划策的'军师'，恐怕小青也一样想要她的命，所以才在昨天夜里下了杀手。而周宇宙则完全没有杀害杨薇的动机。"

"这都是你的猜想。"马笑中的嘴角歪咧着说，"人证呢？物证呢？"

"物证我暂时没有，人证我却有一个。"司马凉慢条斯理地把周宇宙的证词讲了一遍，然后用嘲讽的目光望着马笑中说，"马所长，这下子，小青的杀人嫌疑怕是抹不掉了吧！"

马笑中呆了半晌，突然爆出一句："周宇宙说谎！纯粹是放他妈的狗臭屁！"

"马所长。"司马凉皱了皱眉头，"你说话能不能稍微文明点儿？周宇宙怎么撒谎了？"

"他就是撒谎！"马笑中斩钉截铁地说，然后把椅子哗啦一声拖到办公桌前，顺手摸了张纸和笔，一面勾画着青塔小区的地形图，一面指点着对司马凉说，"现场访问情况报告是我们所里老田做的，我能一个字不落地背下来。昨天夜里，青塔小区正门的值班门卫是李夏生大爷，他是十二点整与一个姓赵的老头儿交接班的，赵老头儿近几天犯青光眼，什么都看不清楚，所以只是充个门神，根本无法指认十二点前什么人进入过小区。李大爷就不一样了，他的眼神儿是出了名的好使，他说十二点以后到警察赶来这段时间，进入小区的只有樊一帆和老甫——更重要的是，十二点以后，没有人从正门走出小区。

"小区里的小饭馆老板娘李丹红能证明李大爷的话。那晚十二点之后小饭馆打烊，她就搬了个马扎坐在门口，一边乘凉一边择菜。"马笑中在纸上画了个"丁"，说，"这一横是住宅区，这一竖是从正门到住宅区的南北向通道，那个小饭馆你也看见了,恰好处在横竖交叉点的旁边,打个比方,等于在一个玄关的侧面。也就是说,任何人只要想从正门出入,不被李丹红看见是不可能的。李丹红也说,警察来之前,只看到樊一帆和老甫往小区里面走,此后没有人走出小区。

"整个小区还有一个小门,是个尖头的铁栅栏门,正对着发生命案的六号楼的南门,如果凶手作案之后从这个门出去,倒是可以避开李丹红和李夏生的眼睛。问题在于,这个铁栅栏门一直是紧锁的,锁芯都生了锈,用钥匙都打不开;想从铁栅栏之间的空当钻出去,我们试验过了,女警也办不到。

"所以,那个周宇宙现在要是站在我跟前,我肯定给他一大嘴巴!"马笑中忍不住把巴掌呼地一抡,吓得司马凉脖子一缩,"我要问问这个王八蛋,他说亲眼看见小青在夜里十二点之前走进了青塔小区,OK,那么小青十二点之后是怎么走出小区的呢?他要是敢说小青是在其他楼里藏着,等到警察今早解禁后才溜出小区的,我就再朝脸上给他一脚,踢烂他的臭嘴!我已经调查清楚了,小青是今天凌晨十二点半回家的,有三个室友可以给她做证。"

司马凉成竹在胸地一笑:"这个问题我早就想明白了,不然我也不会兴师动众地去抓人了。小青跟那个名叫张伟的记者的路径一样,张伟怎么来到青塔小区的,小青就是怎么走的……"

好像天灵盖上被人砸了一拳,马笑中有点发蒙:"你是说——"

"她肯定是顺着草坡爬到望月园里逃走的。"司马凉说完,然后把后脊舒服地往椅背上一靠。

走出刑警队的大楼,丰奇去取车,马笑中瞪着自己映在地上的那道有点发蓝的影子，呆呆地一动不动。丰奇把车开到他面前，请他上车，他半天才反应过来，挥挥手说："你先回，你先回。"

跟了他这么久，第一次见到他这副失魂落魄的模样，丰奇也不敢多问，开车先回所里了。

马笑中慢慢地走出院子，绕过白色围墙，顺着锈迹斑斑的铁道漫无目的地溜达着。夕阳西下，满天都是被烫伤一样红得异样的光。他的心中烦乱，犹如找不到巢的归鸟，唯有扑扇着翅膀，在暮色初渗的四野仓皇地冲撞。

眼前出现了一座破破烂烂的石桥。桥头站着一匹很肥大的黑狗，瘦瘦的脸孔，凶恶地瞪着他，吐出红红的舌头。不知怎么的，马笑中越看那条狗越觉得像司马凉，从地上抓起块石头丢过去，石头在半空中划过一道曲线，黑狗目测了一下，估计打不到自己，所以很沉着地纹丝不动。见石头落在了离自己很远的地方，它冲马笑中汪汪大叫了两声，得意地摇起尾巴来。

士可杀不可辱！马笑中勃然大怒，拎起根棍子，扑将过去，黑狗见他杀气腾腾，飞快地跑掉了。

矮胖子追不上黑狗，累得呼哧带喘，在一个草堆里坐下休息。裤兜里的手机响了，一看来电显示，是郭小芬打来的，心中顿时浮起一丝希望，连忙接听。

"老马，你那边怎么样？"

"不怎么样。"马笑中很干脆地说，"本所长遇到难题了。"

"哦？"郭小芬有些惊讶，"什么难题？"

马笑中就把小青被捕、自己闯进刑警队和司马凉谈案子的前后经过，原原本本地给郭小芬讲了一遍，一边讲一边烦躁地用鞋跟磕着地面，讲完的时候，地面上竟出现了一个深达寸许的坑。

"用在犯罪现场没找到手机,推理杨薇是被杀的,确实比我高明得多。司马凉怎么突然变精明了?"郭小芬说,"但是小青是重要的犯罪嫌疑人,这是确凿无疑的事,司马凉跟你说的那些案情分析,虽然有不少猜测的成分,但总的来说也合情合理——你到底发的什么愁啊?"

"合情合理个狗屁!"马笑中突然吼了一嗓子,声音大得连他自己也吓了一跳,然后他就后悔了,"小郭,对不住,我心情不好,很不好。"

"你状态怎么这么差?跟我说老实话。"

马笑中接着用鞋跟磕那个坑:"照司马凉这么一分析,小青不就死定了?"

"未必。"郭小芬说,"他目前只有一个周宇宙做人证,缺少有力的物证,上了法庭也定不了小青的罪。"

"那也会把小青暂时拘留的啊。"马笑中嘟囔了一句。

"这是肯定的了。"

马笑中长叹:"看守所的滋味,你是不知道,不好受着呢。"

"简直废话!"郭小芬说,"看守所又不是五星级饭店……怎么回事?你好像很关心小青啊?喂,老马,你该不会是喜欢上那个女孩子了吧?她长得很漂亮吗?"

"得得得!"马笑中说,"你们这些人,思想不健康。我也不知道怎么回事,一见她就觉得眼熟,可是又想不起在哪里见过她,就是有一种想要保护她的感觉。"

郭小芬小心翼翼地说:"她……长得像陈丹?"

"瞧你说的,要是像陈丹我能想不起来?"马笑中说,"我想得脑仁疼,也想不出来有什么办法能证明她没有杀人……算了,我看我也救不了她。她今晚肯定要被送到看守所去了。"

放下电话，郭小芬看了看窗外：尚未消解的暑气，像笼屉上的蒸汽一样裹挟着大街，因为下班高峰而骤然增大的车流，犹如半透明的过桥米线倒进了汤碗，刚刚点亮的街灯，仿佛溅起的油点，闪烁着狼狈的光。马笑中说得没错，时间已经很晚了，恐怕难以阻挡小青要进看守所的命运了。

心里，有点不安。

系列命案侦破后，专案组的成员就像漫漫长途上的旅人，天各一方了。但郭小芬一直惦念着曾经日日夜夜奋战在一起的那些朋友，一想到他们——除了那个可恨的呼延云以外——她就感到格外的亲切。虽然她没见过小青，更不了解马笑中为什么要维护小青，但有一点是肯定的，那就是她立刻就和马笑中站在一边了，不希望小青是凶手，更不希望小青被关进看守所。

这么想着，她往采编平台走去。快走到自己座位的时候，不禁大吃一惊：张伟竟坐在自己的电脑前看她刚刚写完的一篇稿子——串岗，并偷窥同事的工作，这是职场中的大忌！郭小芬粉盈盈的脸蛋顿时涨得通红，厉声喝道："张伟！你给我站起来！"

平台上的许多同事都吓了一跳，纷纷站起身，把目光聚焦到她的身上。

张伟居然一动不动。

郭小芬冲上前来要拽他的胳膊，但指尖在距离他袖子几厘米的地方停住了。

他……这是怎么了？

瞳孔暴张，几近迸裂，目光中充满震惊。

半张着嘴，厚厚的下嘴唇愚蠢地耷拉着。

电脑屏幕的光照射在他呆滞的脸上，像是用蜡封了一般，泛着青光……

"张伟，张伟！"郭小芬推推他的肩膀。

蜡像终于动了一下，嗓子眼里艰难地吐出几个字："这是真的吗？"

"什么真的假的！"郭小芬见他活过来了，总算松了一口气，"你到底怎么了？"

张伟颤巍巍地抬起胳膊，手指着电脑屏幕："你写的……是真的吗？"

郭小芬看了看自己的电脑屏幕，是根据上午采集到的信息写的一篇稿子。

"是真的啊。"郭小芬说。

"那个……"张伟咕噜一声咽了口唾沫，"我也听到了。"

郭小芬有点糊涂："你也听到什么了？"

"镜子杀人的故事。"

"啊？你什么时候听到的？"

"昨晚，案发前不久。"

"你也参加'恐怖座谭'了？"

"没有，我是在距望月园不远的叠翠小区里听到这个故事的。"张伟定了定神，说，"说起来我还是代替你去的呢。有个叫蔻子的女孩和咱们记者部主任是朋友，她是个侦探小说迷，想听你讲系列命案的侦破经过，记者部主任见你还没回来，就让我去了。蔻子约我在叠翠小区的一个住所里见面，那地方好像是她朋友的家。好几个人坐在一起瞎聊，不知怎么说起镜子来，蔻子就讲了镜子杀人的故事，和你记录的这个一模一样，当时我听着就觉得瘆得慌……青塔小区的凶杀案现场竟然和这个故事有那么多相似之处，实在太可怕了！"

郭小芬问："蔻子说她讲的故事是从哪里听来的了吗？"

"她说是从小青那里听说的。叠翠小区那些人好像大多也知道樊一帆和杨薇，而且相当讨厌她们。"

郭小芬又问："后来你和蔻子他们就去望月园玩儿了？"

"对。"张伟点点头，"玩捉迷藏。"

捉迷藏……

郭小芬一阵目眩，这个本来就诡异至极的案子，变得更加复杂了。

不过，对小青而言，张伟讲述的这一切犹如打开手铐的钥匙。

司马凉是用排除法推理小青是凶手的，前提是只有"恐怖座谭"的人听到了小青的故事。但是按照张伟所讲，昨天晚上听了镜子杀人故事的，并不仅仅是参加"恐怖座谭"的人，还有叠翠小区的一群人等——这些人不仅也"相当讨厌"樊一帆和杨薇，而且在命案发生前后的时间里，居然就在与青塔小区仅有"一坡之隔"的望月园里玩捉迷藏，那么统统要被列入犯罪嫌疑人：周宇宙做证说小青当晚进过青塔小区，只是一面之词；而且，如果说小青是杀人后爬上草坡从望月园逃走的，那么在望月园玩捉迷藏的一群人，利用躲藏的时间下坡杀人，再上坡若无其事地接着玩游戏，可能性岂不是要大得多？

她立刻拨通了马笑中的电话："老马，你在哪儿？"

马笑中依然坐在那个草堆里："我没动窝，怎么了？"

"小青可能有救。"

"啊？"马笑中一下跳了起来，"怎么有救？你快说！"

"一句两句解释不清……你马上去刑警队，先不要让他们送小青去看守所，我马上就过去。"郭小芬挂上电话，拉起张伟就往楼下跑："快点，带我去蔻子家。"

马笑中把手机收好，拍拍屁股上的土，很高兴地沿着铁道往回走。打算去刑警队来他个英雄救美。

走出很远，突然感到，身后好像有什么东西在跟踪着。

他猛地转过身，苍茫的暮色中，隐约可见那只黑狗藏身在一蓬衰草的后面，神情阴郁地盯着自己，双眼放射出冰冷的光芒。

第十章 女囚

寇子有点紧张。

尽管在来刑警队的路上,郭小芬反复告诉她"没事,你只要把昨天晚上的事向刑警们如实说明就行",但是真走进烂尾楼一层的那间办公室,真面对司马凉那张黑脸孔,她还是十分紧张,揣在裤兜里的两只手一刻也不肯拿出,眼睛像闹病一样眨个不停。

听说在昨晚,除了"恐怖座谭"外,另外一个场所,也有一群人几乎在相同的时间听说了镜子杀人的故事,司马凉的脸色变得十分难看,怔了半晌,才很无奈地对寇子说:"你现在把这个故事再讲一遍。注意,必须是你昨晚讲的'原版',不要注水也不要缩水。"说着,向旁边的预审员小张点一点头,小张拿起一支黑色的录音笔,用大拇指把右侧的功能键"咔"地一拨,蓝色屏幕变成了灰色,右上角的红色提示灯亮了起来,提示着录音开始。

寇子盯着录音笔,咽了口唾沫,把昨晚讲过的故事重述了一遍。

讲完了,司马凉问张伟:"和你昨晚听到的一样吗?"

张伟赔着笑脸:"差不多。"

司马凉把眼一瞪:"一样就是一样,不一样就是不一样,什么叫差不多？！"

"一样！一样！"张伟忙不迭地说。

司马凉接着问蔻子："这个故事，你是从哪里听来的？"

"是小青讲给我听的。"蔻子说。

"小青什么时候讲的？"

"前天晚上……"蔻子想了想，很肯定地说，"没错，就是前天晚上。我去 Darkness 酒吧玩，碰到了她，她请我喝酒。喝到后来，她有点醉了，就给我讲了这个故事，说是要在'恐怖座谭'上讲出来，吓到几个人离座，然后让樊一帆做件危险的事，至少要她半条命。"

司马凉十分沮丧，但还是不死心："这么说，小青非常恨樊一帆和杨薇喽？"

"对啊。"蔻子点点头，"我们都特别讨厌樊一帆和杨薇。"

"你说的'我们'都包括谁在内？"

"就是昨晚聚会的朋友们啊——我们聚会的地方就是阿累的家。"蔻子说，"阿累是樊一帆的老公，也是我们的好朋友，还是王云舒的表哥，一个很博学又很质朴的人。他的家境很好，不知怎么的竟娶了樊一帆，很快就病死了，家产大部分都归了樊一帆，就剩叠翠小区的一套三居室，留给他的妈妈和保姆小萌住。小青和阿累很要好，她恨死樊一帆了。不过，小青和我们的关系一般，她不是本市人，性格又很怪僻，和我们总隔着一层。"

"'你们'这群人和'恐怖座谭'那帮人，是什么关系？"司马凉问。

蔻子摇摇头："没有关系。我们完全是因为阿累才认识樊一帆的，曾经和她见过一两次面，发现她就是个拿自己和别人的命耍着玩儿的疯子，跟我们根本不是一路人。私下里我们都议论阿累怎么会娶她,简直不可思议。后来听说了那个'恐怖座谭',更觉得荒唐了。老甫、夏流、周宇宙、杨薇这些名字我都知道,但没见过本人。阿累去世后,我们干脆连樊一帆都不联系了。"

司马凉问:"昨天晚上,夜里十二点左右,你们那群人在哪里?在干什么?"

蔻子说:"我们在望月园玩捉迷藏,这是阿累活着的时候,我们经常在一起玩的游戏——"

司马凉打断了她的话:"玩到几点结束的?中间有没有发生或发现什么异常的情况?"

蔻子想了半天,才说:"我们玩了两轮就解散,各自回家去了。要说中间发生的异常情况嘛,大概只有他——"蔻子用手一指张伟,吓得张伟脖子一缩,"他看见警车开进青塔小区,说肯定是出了事,非要下去看看,我们拦也拦不住,他顺着草坡就溜下去了。"

张伟急忙分辩道:"马所长,当时您可在场……"

"行啦行啦!"马笑中不耐烦地拦住了他的话头,对司马凉说:"现在,你可以放小青了吧?"

拘留小青,是因为一个大前提——凶手就在"恐怖座谭"的成员之中。现在,有另外一群人也听到了镜子杀人的故事,而且杨薇被杀时,他们就在青塔小区相邻的望月园里玩捉迷藏,那么这个大前提就在瞬间土崩瓦解了,犯罪嫌疑人的名单骤然增加了许多。即使周宇宙证明小青昨晚进过青塔小区,但两个人有过感情上的纠葛,这段证词拿到法庭上法官未必会采信。更何况小青在审讯中一直强调自己从老甫家离开后直接回了家,根本没进过青塔小区——说起来都要怪那个昨晚十二点前当门卫的赵老头,好端端地害哪门子青光眼,否则,如果他证明小青进过青塔小区,小青就是插翅也难飞了。

说一千道一万,现在必须马上释放小青。司马凉很不情愿地对预审员小张使了个眼色,小张会意,给小青办释放手续去了。

马笑中对着郭小芬眨了眨眼,嘴角浮现出一缕得意的坏笑。

司马凉看见了,却只能当成没看见。

蔻子小心翼翼地问司马凉:"到底出了什么事?"

对于案情,无论郭小芬还是张伟,都没有对蔻子透露分毫,所以她当然不知道,她现在已经进入犯罪嫌疑人的名单了。

司马凉没好气地把桌子上的审讯簿一推:"你把昨晚听你讲那个故事的所有人的姓名、联系方式都写下来。"

蔻子嘟着嘴,在本子上刷刷地写着,突然抬起头问:"张记者的,还要写吗?"

张伟挤出很无辜的笑:"我的当然就不——"

"写!"司马凉大吼一声,吓得张伟赶紧上前,一把抢过蔻子手中的笔,把自己的名字、联系电话都写了上去。

旁边的郭小芬不禁偷偷一笑。

"好啦,你先回去吧,警方这边如果传唤,你要随叫随到。"司马凉恶狠狠地对蔻子说。

"得!老司,我也走了。"马笑中从椅子上站起来,咧着大嘴笑呵呵地说,"我一定积极配合你,尽快抓住这个案子的真凶。不过,我要是你,我就盯紧了那个叫周什么宙的,丫的嘴巴肯定长墨斗鱼的屁眼上了,就知道喷坏水儿,作伪证害人!"

司马凉铁青着脸,一言不发。

蔻子还不大敢动,郭小芬上前拍了拍她的肩膀,她才像被解了咒语一般,跟着马笑中往外走。

到了门口,她突然站住,转过身说:"还有个事。"

司马凉抬起头看着她。

蔻子犹豫了一下，才说："您刚才问我，昨晚玩捉迷藏的时候，有没有发现什么异常的情况。我刚刚才想起来，还有一个——我看到小青了。"

此言一出，马笑中和郭小芬顿时大惊失色。

司马凉紧锁的眉宇，却有如弓弦激射般啪地一敞，他三步并作两步逼到蔻子面前："怎么回事？你快说！"

蔻子定了定神，说："我昨晚看到小青了，就在望月园里面。时间……应该是在十二点刚过吧，那一轮我本来都藏好了，又觉得换个地方藏身更保险，就偷偷往别的地方走。走到挨着望月园的那个草坡旁边，看见小青正坐在一个石墩上咔吧咔吧地剪着指甲，那个石墩的上面有一个蘑菇状的路灯遮着，所以虽然刚下过雨，却没有湿。小青的脸色特别难看，惨白惨白的，好像刚刚做过或者见过什么特别可怕的事情似的，眼神发直。我都走到她身边了，她才看到我，神情一下子变得特别紧张，站起身匆匆忙忙地顺着一条小路跑出了望月园……"

黑狗。马笑中眼前清楚地浮现出了那只肥大的黑狗。

被自己追打的黑狗，汪汪叫着跑向了远方，本来他以为自己已经成功地驱逐了它，但是它根本就没有跑远，现在又回来了。

它藏身在一蓬衰草的后面，神情阴郁地盯着自己，双眼放射出冰冷的光芒……

司马凉站在他的对面，脸对脸，间距不到半米。

黑狗。

"马所长，对不起。"司马凉冷笑着说，"看来，我关于小青杀人后顺着草坡爬到望月园里逃走的推论，成立了。"

马笑中的脑海里一片空白。不知道过了多久，他忽然听见身后一阵沉重的脚步声，还夹杂着一个女子绝望的哭声。他知道小青被带走了，肯定是押到看守所去了。等待着她的只有两种结局：要么是在看守所备受煎熬后，被判死刑或漫长徒刑，要么是在看守所备受煎熬后，被判无罪——总之，她就像订书器下的一张白纸，即便是能逃过一劫，身心也必然会被留下刺穿肺腑的痛。

而他，却无能为力。

"老马，老马！"有人在耳畔不停地呼喊，他像从梦中醒来，使劲睁大眼睛，望着郭小芬。

"对不起，没帮上你的忙。"郭小芬愧疚地说，"可是，你要知道，一个案件发生了，我们必须理性和客观地看待它，只能依据证据，不能感情用事……"

我不想听这些话，不想听！总之小青是无辜的，全世界所有的人都可以说小青杀了人，可是我马笑中就是他妈的不信！他甩开大步，怒气冲冲地向楼外走去，在楼道的尽头，突然咬牙切齿地嘟囔了一句，好像是什么"该死的黑狗"。

郭小芬一头雾水，完全不知道他说的是什么意思。

"胸罩，脱下来，快一点！"

一个眼袋特别大，活像眼珠子下面缀了两个瘤子的女管教用手在小青脱下来的白色文胸的底边捋了两捋。

小青站在看守所的管教室里，双手护住雪白的乳房，一股非常荒诞的感觉从她的心底油然而生，好像莫名其妙地就躺在了锻造车间的液压锻锤下面。

"内裤。"女管教一指。

小青慌了："里面，没有什么啊……"

"让你脱你就脱,哪儿那么多废话?!"女管教把眼一瞪。

"脱。"身后的小张也不耐烦地说,那意思再明确不过:怕羞你就别犯罪啊。

她只好脱了下来,交给女管教,放下一只手掩着下身。

女管教拿着内裤正反看了看,命令道:"双手抱头,跳三下。"

一丝不挂的小青脸涨得通红,举起两只手放在脑袋后面,轻轻地跺了三下脚,赶紧又放下手遮住身体。

女管教对小青敷衍的跳跃姿势很不满意,但也确实看出她没挟带什么违禁品,这才从桌斗里面掏出一个登记簿:"什么事儿进来的?"

小张说:"谋杀。"

"我没杀人!"小青立刻喊道。

"闭嘴,这儿轮得到你说话吗?"女管教训斥道,"把衣服穿上!"

"我这边的事儿算办完了,剩下的都交给你了啊。"小张跟女管教打了个招呼,走掉了。

女管教把小青带到库房,拎了一床青色的薄被子,上面的灰土呛得两个人都咳嗽了好几声,然后一前一后地走进了羁押区。

两排暗红色的砖房就是监舍,一道道铁门上都开着砖头大小的栅栏口,一些没有任何光泽的眼睛从里往外看,暮色中像是穿行在爬行动物馆。

小青心中一阵发毛,抬起头,高墙上架着的黑色铁丝网像一大群蜕皮的蛇纠缠在一起,阴森森的。

女管教打开六号监舍的铁门,在小青的背上一推,她就走了进去。

"咣"的一声,铁门在她身后关上了。

一股骚臭味儿像蠕虫一样钻进鼻腔。小青皱起眉头,看着监舍里的一群人,她们大多盘着腿坐在用水泥台子垫起的通铺上,无声地盯着她。天花板上一枚熏得发黑的灯泡放出昏黄的光芒,照得这些人一个个都面如死灰。

"你把被子放茅坑边儿上,然后过来。"靠墙坐着的一个女人说。

小青抱着被子来到靠近茅坑的通铺边,看到长方形的坑沿上白花花的尿碱以及一些黄的红的秽物,不由得一阵反胃。她把被子放下,往里掖了掖,尽量离茅坑远一点,谁知一个满脸红疱的女人一脚就把被子踢得一滚,被角"噗"一声耷拉进茅坑里。小青一下子火了,瞪起眼正要和红疱理论,红疱又飞起一脚,踹在她的小腹上,她就像膏药一样啪地贴在了后面的墙上,疼得脑门上瞬时沁出一层冷汗,蹲在了地上。

"小逼还敢闹杂?找练呢你!"红疱上前还要打,靠墙坐着的女人发话了:"先别动她。"然后对小青说:"你,蹲过来一点儿。"

小青慢慢地挪了两步,蹲在那女人面前。这时她才看清,那女人长着一双三角眼,满脸的肉像男人似的硬成一团一团的,稍微有个表情都显得十分狰狞。

"因为什么进来的?"三角眼问。

小青把牙一咬:"他们冤枉好人!"

"嗯!"三角眼把眉梢一吊,"你看这一屋子,个顶个都是好人,屁股比外面人的脸蛋还他妈的白呢,你们说是不是?"

号房里响起一片嘲讽的笑声。

小青低着头不说话。

"把头抬起来！"三角眼喝令道。

小青很不情愿地抬起了下巴。

雪白的面庞。纵使灯光昏黄，也丝毫不能弱化眉宇间的一缕娟秀。

"哟嚯！牌儿挺靓的啊！"三角眼说，"算了，晚上你睡我边儿上吧。"

紧接着，又传来一片咕噜咕噜的怪笑。

小青搞不清是怎么回事，她捂着肚子想，只要别再打我就行。

余光一扫，看到红疱那心有不甘的恨恨的脸，还有一个梳着不等式发型的中年女人也映入了小青的眼帘：她靠墙角坐着，两条腿劈得老大，右手的食指和中指夹着一支烟，很惬意地抽着，时不时往一个叠得很精致的纸烟缸里弹烟灰，感觉不像是在号房，倒像是在酒吧里。烟雾袅袅，看不清她的容貌，但是不知道为什么，小青觉得她一直在观察着自己。

熄灯了。一片窸窸窣窣的声音之后，大多数人都躺下了，唯独那个不等式还在抽烟，烟头在黑暗中一亮一亮地闪着红光。

三角眼走上前去，居高临下地瞪着她，但她却无动于衷，仿佛眼前是一片虚无。

三角眼无奈地蹲下身说："秦姐，您今天下午进号，我这当号长的没亏待您吧？熄灯了，您能不能把烟掐了睡觉，帮我省省心，万一管教的闻着味儿找来，我可就麻烦大啦。"

不等式一笑，噘起嘴，一口烟雾从双唇间吐出，完满地糊在了三角眼的脸上。

三角眼大怒，呼啦一声站了起来。红疱像得到信号的恶狗扑了上来，提脚就要踹不等式，却被三角眼一把拦住了。

不等式轻蔑地一笑，把烟头在纸烟缸里掐灭，从口袋里又掏出一支烟来,叼在了嘴里,继续用火柴点燃。

三角眼用充满恨意的低声说:"秦姐,算您面儿大,我认栽。"说完回到通铺上,在小青的身边躺下。

小青十分惊讶,她以前听说:进了看守所的"新收",无论男女,当天肯定要挨一顿暴打,最轻也是冲完冷水之后坐板儿背监规,哆嗦一下都要挨嘴巴。自己能逃过一劫,要感谢三角眼手下留情。但是这个秦姐比自己早进来不了多少,怎么会有如此的派头,连号长也不放在眼里,她到底是什么来头?

算了,不去想了,还不如想想自己的境遇。

躺着,仰面,瞪着一双眼,凝视着极遥远或极迫近的天花板。黑暗中,嗅到了不等式吐出的烟雾,渐渐产生幻觉:她真切地感到自己被浓重的烟雾融化、分解,变成一团人形的铅灰色颗粒,飘到了半空,俯视着躺在通铺上的这个卑微如小白鼠似的小青。越看越觉得惊讶,觉得不可思议:这是怎么一回事呢?怎么忽然就被抓进这里?怎么就要受这种罪呢?等待她的将是什么?释放、徒刑、还是……

太可怕了!

不可能!

不可能!谁也不能不让我活下去!

……

谁说——不可能?

有个人在她脑仁里狞笑,刮骨一般尖刻。

后背的衣服就被汗水浸透了,又黏又湿,燥痒不堪。

她翻了个身,侧躺,依旧不能入眠。

号房闷热,犹如笼屉,将她的一切希望、欲念都蒸发出体外,灵魂一点点出窍似的……

我,穿着白色的裙子,跪在黄色的土墙前面,还没有死,可是已经丧失一切知觉,非人,乓的一声,天灵盖顿时像沙丁鱼罐头的铁皮盖子似的被子弹狠狠地撕开!番茄汁般又浓又黏的血液,从头骨的边缘溢出,流淌下我微张的嘴唇。身体僵持了一秒,抑或两秒?终于缓缓地扑倒在地……

扑倒。

在地。

"哎哟,疼死我了!"她龇牙咧嘴地喘着气,左手扶地,右手揉膝,浅蓝色开洞牛仔裤露出的小腿上,一片摩擦出的绛紫色,活像是被火燎了一把。

这里是Darkness酒吧的后巷。

固然,这后巷黑黢黢的,但毕竟走得很熟了,自己居然被绊了一跤,还是有些不可思议。她好不容易才站起身,掸了掸身上的灰土,回头一看,隐约分辨出:有个人就坐在那把后背裂开而被扔掉的椅子上,伸出一条腿。她一下子火了,他怎么连句对不起都不说?正准备大吵一架,却听见一个低低的声音,从那个人的口中若有若无地飘了出来——

"对——不——起——"

三个字吐得很缓慢,字和字之间生了锈似的,有些吃力。

她想可能是喝醉了的客人,呕吐后坐在这里醒酒——这种事对酒吧而言,就像垃圾中转站的定时清运,每天夜里都会重复上映不同货色的相同一幕,不值得浪费精力。她正要继续走自己的路,身后那扇铁门哗啦一声打开了,随着一缕蓝莹莹的光被释放,一个穿着黑色透视装的女孩钻了出来。看到小青,透视装先是吁了一口气,然后有些焦急地说:"你怎么还没走啊？那几个老总我好不容易才给挡住。"

"那几个色狼都他妈的该被阉掉！"小青愤愤地说，然后指着坐着的男人说，"这个家伙绊了我一下，他可能是喝醉了——"

话没说下去，因为借着从酒吧里泄出的蓝光，小青看清了这个人的面容：有点卷曲的短发，眉毛重得把一双狭长的眼睛压得有点内陷，挺拔的大鼻子下面，是两片有点外凸的厚嘴唇——像极了复活节岛上那些暗红色的火成岩石像，就连神情也一样的冷漠和绝望。

他没有醉，因为他的眼神虽然茫然，但绝不纷乱。那他坐在这里干什么？

透视装看了看那男人，连忙拉了小青一把："阿累你都不认识？"然后走到阿累面前，弯下腰，手拄着双膝，用很温柔又很同情的口吻说："阿累，今天怎么没在前门等，反倒坐在这后巷里啊？快点回家吧，没准儿她已经先回去了。"

阿累抬起头，嘴唇嚅动了半天，想说什么又没有说出来，慢慢地站起身，粗壮的身板像在小巷里突然立起了一座石碑，原地定了定，就跌跌撞撞地向巷子外面走去。

背影消失，但一种沉甸甸的感觉却压上了小青的心头，不禁问："他怎么了？"

"唉！"透视装叹了口气，"你在咱们酒吧里见过一个叫樊一帆的女人吧？"

"我知道，特别疯的那个金鱼眼嘛！我顶讨厌她。"小青厌恶地说。

"对，就是她。"透视装说，"可是你绝对想不到，那个樊一帆就是阿累的老婆。"

"啊?"小青大吃一惊,"我怎么感觉,他俩根本就不是一路人啊。"

"这事儿要说起来可就话长了……"透视装突然想起了什么,揉了小青一把,"你赶紧走吧,那几个老总找不到我,万一摸到后门看见你,可就麻烦了。你也真行,不陪酒就不陪酒吧,好端端地给人家一个耳光做什么?要不是力哥面子大撑得住,今晚咱们的场子非让人家给砸了不可。"

"那几个渣滓是光让我陪酒吗?手在下面胡摸了半天了!一开始我还不想理他们,一个劲儿地躲,后来那个肥膘来劲了,死抓我的手往他裤裆里塞,我不抽他还等什么?!"小青一面往巷子外面走一面说,"谢谢你Susan,我先溜了,要是酒吧炒了我,你给我发个短信,我明天就不来了,正好,姑奶奶不泡这碗杂碎汤了!"

出了巷子口一直往北走。缤纷的小雨夹着一股寒意,从空中织下。小青把灰色针织高领衫的领子紧了紧,埋头向公交车站走去,准备坐车回家。一路上,雨丝像接吻鱼的嘴巴似的,不停地在她的脸上啄着。

当她走近车站时,发现那里只有一个人,正是阿累。他呆呆地坐在椅子上,胳膊肘支着膝盖,脊背弯得像一只倒扣在沙滩上的旧船。他的手里摩挲着一张纸,打开,折上,再打开,再折上。雨丝偶尔飘过,将那张纸打得一片斑驳,但他还是那么打开,折上,再打开,再折上。灯箱广告的光芒将他的侧脸映成青色,而他微微外展的小腿却浸泡在夜幕中,躯体半明半暗,仿佛整个人都已经被无数次地打开又折上。

他太沉重了,小青有点不敢走近,所以一直站在很远的地方,任渐渐大起来的雨水打在身上。

忽然，阿累把那张纸揉成一团，在掌心里发狠似的攥了一攥，先塞进裤兜，又掏了出来，向三四米外一个不锈钢果皮箱的开口处扔去，但纸团投偏了，碰在外壁上，又弹回了他的脚下。他皱起眉头，拾起纸团，拢在掌心，目光久久地停留在上面。

一辆公交车笨重地驶来，停靠在车站，车门打开。他叹了口气，站起身，把纸团又往果皮箱里一扔，登上了车。

公交车依旧笨重地驶远，很快消失在茫茫的雨幕之中。

阿累没有发现，他再次投入果皮箱的纸团，依旧撞在外壁上，不过这一回，反弹在了小青的脚下。

小青弯下腰，把纸团拾起，慢慢折开：一张皱皱巴巴的、很薄的白纸，由于阿累揉搓得太多太狠的缘故，最上面一行铅印字都破损了，看不出到底是什么单据，貌似发票，空白栏有用圆珠笔写的缭乱字迹，也看不懂是什么意思。

她呆了半晌，把这张纸再次揉成团，准备扔进果皮箱，余光一扫，突然发现阿累坐过的那张椅子下面有一个棕色的、鼓鼓的方形东西。走近一看，是个钱包，心顿时怦怦乱跳，捡起打开，里面有厚厚一沓百元钞票，还有身份证、信用卡之类的，想必是刚才阿累从裤兜里掏纸团的时候，不小心带出来的。

刚进城那会儿，小青两眼一抹黑，吃了上顿没下顿，肚子常饿得生疼。万般无奈下，她偷过几个钱包，但她从来都认为做小偷绝非正道，所以在酒吧找到工作后，就再也没偷过东西了。不过，眼下她刚刚惹了祸，没准就要被炒掉，这么多钱能救一时之急呢。把钱包还给阿累，还是自己"眯了"，她犹豫了好久，直到自己要坐的公交车来了，她跳上车，转过身，透过被雨水淋湿的车窗，仿佛又看到了阿累那被折皱了无数遍的身影，终于下定决心，还是把钱包还给他。

回到家,小青打电话给透视装,告诉她自己捡到了阿累丢的钱包,问她有没有阿累家的联系方式。透视装找酒吧里最红的"少爷"要了樊一帆留下的家庭电话。小青按照号码打过去,过了好久,电话才被接听,一个低沉的、有点瓮声瓮气的声音说:"喂,您好。"

应该就是阿累,只有他那挺拔的大鼻子才能发出这种鼻音。小青说:"你好,我刚才在车站捡到了你的钱包。"

"哦?"阿累有些惊讶,但随即平静而客气地说了句"非常感谢",仿佛那个钱包可有可无,他对丢或不丢都毫不介意。

早知道我还不如把这钱包给"眯了"呢,小青一边想一边说:"你看我怎么还给你?"

阿累说:"你在哪里上班啊?我明天过去取一趟吧。"

小青估摸着不一定能再去酒吧上班了,于是说:"还是我给你送过去吧,你住哪个小区?"

"水岸枫景,你知道吧?"

水岸枫景是本市最有名的公寓之一,位处二环以内,倚河而筑,水柳坡枫,周边商城林立、车水马龙。业主自然多富豪。酒吧里Waiter开玩笑,说要泡哪个"公主",被"公主"听见,一般会瞪起眼睛骂一句:"有钱是吧?有钱在水岸枫景给我买套房啊!"所以,听说阿累的家就在水岸枫景,小青颇为吃惊:"知道,我什么时候去合适啊?"

"明天上午吧,有劳了。"阿累说,"你到了,打我家这个电话就行。"

第二天,小青特意梳了个侧边垂的麻花辫,粉嫩的脸蛋上略施脂粉,镜子里一照,妩媚而楚楚可人,然后挑了件最喜欢的白色绣花流苏连衣裙套在身上,才出了门。

来到水岸枫景的小区门口,望着那几栋巧克力色的公寓楼,她心里有点发慌,犹豫半天才小心翼翼地往里面走,结果被保安拦住了,盘问她要去找哪位业主以及门牌号,她说不上来,差点想转头走掉,最后还是拿出手机拨通了阿累家的电话。

又是阿累接听的,礼貌中透露着一点不耐烦:"你来了?请稍等片刻,我马上下去。"

过了好久,也没见到阿累,倒是有个穿着工装裤和蓝色衬衣的女孩下楼来,四下张望着。小青和她对视了一眼,彼此都明白对方是在找自己,慢慢走近。

"你是……小青?"女孩侧着脑袋问,她的皮肤有点黑,两腮各有一抹乡村红。

小青点点头。

"我叫小萌,是阿累家的保姆。"女孩说,"他说让你把钱包交给我就行了。"

小青稀里糊涂地把钱包递过去,小萌伸出手刚要接,小青像被什么咬了一口似的猛地又把钱包收了回来。

"这算什么?"小青的脸涨得通红,"瞧不起人?!"

小萌有点发蒙,不知道怎么回事。

"他没长脚还是少条腿?难道不能下楼来当面说声谢谢吗?"小青把头一昂,对小萌说,"你告诉他,要是还想要这个钱包,就主动找我道歉。不然,他不缺这点钱,我们穷老百姓可当个大数——钱包我没收了!"说完转身就要走。

小萌一下子急了,挡在她面前:"你误会啦,阿累是要下来感谢你的,可是他正好有点事脱不开身……"

"我不信!"小青瞪起眼来,"你带我去他家里当面说个清楚,不然这钱包他休想再要了!"

小萌无奈地点了点头。

小青跟着小萌坐电梯上了楼。一进门，玄关处一扇双鸾口衔长绶红木镂雕屏风立刻映入眼帘，透过屏风，可见浅黄色墙面的宽敞客厅里铺着紫檀木地板，主题墙上装饰着一幅精美绝伦的壁画：一位古代仕女在垂柳下对镜梳妆，在旁边一尊橙黄色纱质灯屏的照射下，系于铜镜镜钮上的一缕红巾从女子纤纤玉手中垂下，艳若流霞。小青心中顿生愧意，觉得自己贸然闯进了这样一个古意盎然的家庭，实在有点莽撞。正在这时，只听屏风后面传来一个女人严厉的声音："你一个男子汉，怎么能这样窝囊？才结婚不到半年，你看看咱们这个好端端的家都被她搞成了什么样子？"

然后是阿累低声的回答："妈妈，对不起……"

先是一声叹息，女人的声音再次响起："我知道你也很为难。当初你和她结婚，我一直是不同意的……门当户对这四个字也许迂腐，但自然有其中的道理，她配不上你，配不上咱们家。算了，说这些也没用了，我希望你早点下决心和她分开，财产方面的事情我找陈律师来办……"

"不！"阿累突然喊了一声，屏风后面的小青吓了一跳。

阿累意识到自己有些过分了，用低沉而歉意的声音说："妈，对不起，这件事，让我自己来处理好吗？"

"我一辈子要强，没想到你却这么懦弱！"女人无奈地说，"好吧，反正她容不下我，我也容不下她，我还是回叠翠小区去住好了。"一边说一边大步往门外走，阿累紧跟在后面。一绕过屏风，母子二人同时看到了小青，都是一愣。

"你是？"阿累的妈妈满脸狐疑地看看小青，又回头看看阿累。

"我叫小青。"小青微微鞠了一躬,"阿姨您好。"

阿累对妈妈说:"她就是帮我捡到钱包的那个女孩子。"

阿累妈妈的脸上挤出一丝笑容,对小青说:"谢谢你。"又嘱咐阿累:"请人家好好坐坐,感谢一下。"

"是。"阿累把妈妈送出了门,然后请小青在客厅的沙发上落座。小萌用一个托盘端来青花瓷的茶具,给小青和阿累各斟了浅浅的一杯茶,小青抿了一口,只觉得从口到鼻都被香气溢满,舒爽极了,抬眼才发现阿累还站在一旁望着自己,有些不好意思:"你也坐啊。"

阿累笑了笑,离小青老远地坐下,低头啜了两口茶,瓮声瓮气地问:"你是在哪里捡到我的钱包的?"

"车站。"小青从自己被他绊了一跤说起,一直说到捡到钱包,但没提那纸团的事,"你昨天怎么了?迷迷糊糊的,遇到了很麻烦的事吗?"

阿累愣了片刻,惨惨地一笑:"不说这个了……你在Darkness酒吧做什么?"

"我是驻唱。"小青说,"我在老家的艺术学校学钢琴,不过唱歌也不错,来城里就找到了这份工作。"

"哪天一定听听你唱的歌。"阿累说。

小青很自信地一笑:"没问题!"

两个人又聊了一会儿,小青突然想起了什么,从衣袋里掏出那个钱包还给阿累:"差点忘了正事。"

阿累接过来,直接从里面抽出一沓钞票递给小青:"这些给你,小小心意,请一定收下。"

小青摇摇头:"我要是要这些钱,就不还你钱包了。"

阿累皱起眉头,想了想说:"好吧,你跟我来一下。"说着站起身，带小青来到他的书房，指着一座黑漆描金的博古架说，"这上面的镜子，你随便拿一面吧。"

小青看那博古架上摆着造型各异的青铜镜架，有的是仕女托烛，有的是龙虎拱山，有的是犀牛望月，每个镜架上架着一面铜镜，大多是圆形，也有钟形和菱形的，俱已锈迹斑斑。她问："这些都是你买的？"

阿累笑了笑："都是我家收藏的。"

"不少嘛。"小青看了一遍，并没有拿，而是回身端详起书房来。书房用一道月亮门分成里外两间。走进里间，立刻闻到一股沉郁的香气。只见墙上高挂着两道条幅，左题"菱芳耀日"，右书"冰光照室"，她琢磨不出什么意思，便在金丝楠木的花板、琴几、书柜前细细地看，还不时地耸耸鼻尖嗅一嗅，最后坐在那把四出头官帽椅上，晃了两下身子，觉得并不舒服。阿累也不阻拦，只微笑地看着她。

最后，小青发现雕花书案上摊开着一本线装书，上面都是些铜镜的图谱，一面圆形的铜镜被当作镇纸压在书上，镜钮是一只伏兽，浮雕的纹饰华美异常：有各种狮子状的东西在葡萄的枝蔓间嬉戏。

小青拿起来看了又看，阿累上前道："你喜欢这个吗？喜欢就送给你好了。"

小青点点头说："也就这个上面的画儿还看得清楚些……这个东西肯定挺贵的吧？"

"这是唐朝的海兽葡萄镜，值不了几个钱。"阿累说，"这一面的品相不错，五万元左右吧。"

"啊？"小青大吃一惊，"这么贵，我可不能要。"

阿累说："你还是收下吧。这书房里，这面是最便宜的了。"

小青呆了半晌，嘀咕道："我要这东西也没有什么用啊，说是镜子，又照不出个人影儿来。"

"哦。一般铜镜的金属比例是：铜占70％，锡约占24％，铅约占5％，与其他青铜器比，锡的含量较高，所以宜于映照，即便如此，光亮度也绝对不能和玻璃镜相比的。"阿累从书案上的象牙笔筒里摸出一串钥匙，打开旁边的描金柜，取出一把玉柄素镜，递给小青，"你想要照得清楚的，就试试这面清代的。"

小青朝黄而发白的镜面中望去，自己的面容仿佛浸在月光下的湖水中，恍恍惚惚的："这个还是不大清楚啊。"

阿累苦笑道："也许，这正是中国古人的智慧吧。镜子中的事物，本来就是不真实的，所以，不妨一切都模糊些……"

小青凝视着镜子，月光下的湖水突然颤动起来，镜子中的她像被暴雨抽打的小船，一阵急剧的抽搐和变形之后，渐渐沉入湖底。

她感到眩晕，紧紧地闭上眼，再睁开眼皮的一刻，镜子、书案、琴几、花板以及阿累在内的一切一切，都消失在了伸手不见五指的黑暗之中。

黑暗。

黑暗有如混沌的梦。

可是她知道，刚才的那一切不是梦，而是真实发生过的事情。

自从阿累去世后，她沉浸在巨大的悲痛中，完全无力自拔。她想念阿累，想念到了骨头里，许多个夜晚，她靠着冰冷的墙壁一直哭泣到天明，她唯一惊讶的是，一向坚强的自己怎么会有那么多的泪水。透过泪水的折射，往昔的影像越来越频繁地出现，从她被阿累绊倒，到她捡到钱包，到第一次走进阿累的家门，直到……她想忘记这些痛苦的回忆,可是根本不可能。曾经多少次,下班后,她坐车回家,在没有开灯的公交车上,灵魂和躯体犹如悬吊着的拉环,随着滚滚车轮,毫无知觉地摇摇荡荡。黑暗中,唯有阿累的笑容那样真切和清晰,她望着他,不知不觉间哽咽成泪人。直到售票员大声叫她,甚至拽她的衣服,她才回过神来,慢慢地走下车,发现已经是终点站……

此时此刻,这囚室,和公交车一样黑暗,甚至更黑暗一些。二者的相同之处还在于,她都是被禁锢在一个坚硬的匣子中,无可脱逃,不知道会被悲惨的命运载到什么地方。

怎么回事?

有点凉,从小腹往上。

迷糊的头脑一时还无法分辨究竟,乳房上似乎有什么东西在摩擦,小青想也许是反复的翻身把文胸弄错了位。但又觉得不对,那种摩擦是从文胸和乳房之间插入后进行的……更像是一种揉搓。

接着,她听到了一种声音,从背后传来。

这声音熟悉而恶心,是她偶尔经过酒吧的包厢外面,听到里面传出来的那种极其淫荡的呻吟。

小青的意识猛地清醒过来!是三角眼把手伸进她的衣服,抚摩她的乳房,小青甚至能想象得出,那个母兽的另一只手,一定在抚摩她自己那肮脏的下体。

小青一把抓住伸进文胸的那只手,狠狠地拽出去,然后呼啦坐了起来,痛骂了三角眼一声:"你他妈的变态啊!"

有人在偷偷地笑。

三角眼被突然打断了快感,第一反应竟是狗一般的哀求:"嘘嘘……声儿小点,声儿小点……"

"不要脸!"小青又骂了一句,抓起小被子就要起身。她想,我宁愿去茅坑边打地铺,也不能在这个三角眼身边睡了。

然后,她就看到三角眼的上身像诈尸似的突然竖起,紧接着,"呼"的一下,她的脑袋被小被子捂住了。在三角眼疯狂的怒骂声中,无数个拳头狠狠地打向她的身体,还有人一边"嗷嗷"怪叫着一边用脚踹她。她拼命喊叫、翻滚、踢打,但是一点儿用也没有,全身疼得像被掰断似的。

剧烈的挣扎很快耗尽了小被子里的最后一点氧气,就在昏死前的一刻,她听到了呼啸的风声,什么东西在抡起砸下,仅仅半秒不到,她就清晰地听到了自己头骨咔嚓的断裂声,闻到了口鼻喷出的鲜血的腥气。

第十一章 奄奄一息

"砰"的一声！

裹在被子中的小青直挺挺地扑倒在通铺那又冷又硬的床板上。

三角眼抡起手中的木头板凳，准备照着小青的头颅再次砸下。就在这时，囚室的灯突然被点亮，所有人都如同被扒开洞穴的鼹鼠，呆呆地眯缝着眼，外面传来一阵急促的开锁声，还有一个女管教严厉的命令："六号监舍的所有人，都面对着墙，蹲下！"

女囚们像簸箕里的豆子，哗啦啦地滑到了墙边。三角眼也不例外。她把板凳往茅坑边一扔，对着墙蹲下。

铁门打开了，一个年轻的女管教走了进来，一眼就看见通铺上的被子里裹着个人，上前把被角拉开，露出小青血淋淋的一张脸，不禁大吃一惊："这是怎么回事？是谁把她打成这个样子的？号长呢？！"

三角眼转过身，举起手说："报告李管，我是号长。这新收的'炸号'，大家才动手教训她一下，可能下手重了一点……"

"这是下手重吗？这是下死手！"李管生气地说，"谁打的？自己站出来！"

没人吭声。

李管冷笑道："都跟这儿装哑巴是吧？等我把她揪出来，一准儿让她蹲小号！"

三角眼低声说："李管，当时黑灯瞎火的，大家一拥而上，谁也没看清啊。"

那个不等式忽然凑过来说："报告李管，我看这女孩儿被打得不轻，还是先给她止血吧。"

李管这才想到当务之急是别出人命，对不等式说："你，把她背到医务室去。"然后恶狠狠地对三角眼说："今晚你们六号都别睡了，集体背监规！"

铁门"哐啷"一声被锁上了，灯却没有关。三角眼狠狠地啐了一口唾沫。

医务室的医生给小青检查了一下，她身上伤痕累累，这还在其次，最要命的是额头上被开了个口子，先给她包扎，又打了破伤风针。小青渐渐清醒过来，从嗓子眼里发出一阵阵痛苦的呻吟。

李管让不等式先回号里，然后扶着小青在病床上躺下，问："是谁打的你，为什么打你？你跟我说，别害怕，要说实话。"

小青看她虽然年轻，但目光很正，于是把三角眼怎么骚扰自己，自己反抗后遭到了群殴的情形细细地说了一遍。

李管越听脸色越难看："今晚你就睡在这里吧，其他的事情我会处理的。"说完给她盖好被子，关上灯，走出了医务室。

再次沉浸在黑暗中，依旧不能入睡。

额头剧烈地疼痛着，有如一把大号改锥撬开了被鲜血染红的纱布，在伤口的中心不停地钻着……小青咬紧牙关忍耐着，闭上眼，脑海里回想着刚才那一场突如其来的围殴，本来她以为自己会被活活打死，但心中竟然没有一丝一毫的恐惧。她甚至怀疑自己是不是早就渴望着被这样虐杀,她记得阿累生前曾经不止一次地说"死亡是一种解脱",可是直到阿累真正解脱之后,直到此时此刻,她才明白这句话的意思。

一切,都像梦一样,恍惚地开始,惆怅地结束,中间有无数模糊或清晰的片段,一律不堪回味……

马路边上,有一具小狗的尸体,毛和皮上都沾满了巧克力酱似的血渍,从它摊开的情形看,很显然是被车子轧死的。小青慢慢地蹲下,看着它,想象它活着时欢快、可爱的样子,喜欢奔跑,喜欢摇尾巴,甚至能用两条后腿站着打圈儿讨主人的欢心,但是死神被车轮挟带着,风一样呼啸而来,一秒钟之后它就成了血肉模糊的一团。

而它的主人却抛弃了它,任由它躺在这里,自然地腐烂。

"死亡是一种解脱。"阿累说。

"你真残酷。"小青抬起头。

她这才发现他看着小狗的目光,完全不像他的语气那样平静和理性,而是充满了哀痛。

他真是个怪人。

"走吧。"阿累向前面走去。

小青站起身,匆匆地跟在后面,两人很长时间都没有说话。

深秋的天空,沉甸甸的。一眼望去,树木无一例外地光秃秃的,像一群排着长队,伸出瘦弱的手臂,向上天乞讨的乞丐。

"你知道吗?"阿累忽然说,"对于镜子而言,其实我们每一个人都不过是过客。"

"嗯?"小青没听懂。

"我们家可能是国内收藏铜镜最多的家庭了。"阿累说,"从小我就好奇,我爷爷、我爸爸成天拿着那些锈迹斑斑的镜子翻来覆去地看,到底是为了什么?随便翻开一本铜镜专著,也许会讲铜镜承载着的文化博大精深,其形制特征、类型特点、纹饰发展、铭文演变当中蕴涵着丰富的历史文化……但是这些话太冠冕堂皇了,就好像一层漂亮的包装纸,而我关心的是,具体到个人——比如我自己,一面镜子究竟能让我迷恋它什么?

"后来我爸爸病死了,我妈妈总捧着他生前最喜欢的一面铜镜,泪珠子吧嗒吧嗒地掉在镜面上。我开始以为她是睹物思人,渐渐地我才明白不是这么简单。因为那面镜子里曾经留下过我爸爸的身影、面容,而我妈妈拿着它的时候,她的身影、面容也会映照在上面。这是他们两人唯一在阴阳永隔之后,又能重合的空间。

"那以后,我也喜欢上了镜子,尤其是铜镜,你有没有计算过,一面两千年前的汉代铜镜,曾经映照过多少人的多少种生活。想一想就会心旌摇曳。特别是在阅读史书的时候,身边摆着一面铜镜,你能想象,昭阳舍的连弧蟠螭纹方镜中,赵飞燕在水晶盘上翩翩起舞;你能想象,李白望着蟠龙纹镜,吟诵'白发三千丈,缘愁似个长';你能想象,辛弃疾对着湖州镜整理自己的盔甲,然后昂首走出军帐,策马扬鞭,直入敌阵,端个气吞万里如虎;你能想象,深夜,蒲松龄坐在简陋的茅舍中,沐浴着苍白的月光,望着一面古老的捉鬼图纹方镜,脑海中浮现出了聂小倩、婴宁……"说到这里,阿累不由得喝醉酒一般微笑起来,轻轻地摇着头。

小青从小历史就学得不好,对"端个"是什么意思也不大懂,可是看阿累这么高兴,她的心里也挺快乐的。

"可是,随着时间的推移,我开始害怕铜镜了。"阿累突然说。

"害怕？"

小青困惑地望着他。

"没错。害怕。"

"为什么？"

阿累停下脚步，站在一个粉盈盈的时尚饰品店前，擦得异常明亮的玻璃映照出他和小青的身影。"世界上有两样东西最冷漠：一个是时钟，另一个就是镜子。时钟滴答滴答，分秒不差地为你的生命倒计时；而镜子里面，此刻是你的身影，彼时又是他的影像，它不带任何感情地映照着每一个走过它的人，无论这个人生还是死，善还是恶，年轻还是苍老，幸福还是痛苦，无论两千年还是四千年，一万年又怎么样？镜子根本不在乎这些。它没有生命，它永远不会为曾经用它端详过自己的那些人留下哪怕一道浅浅的痕迹，它在乎的只是现在站在它面前的那个人。它太冷血、太势利，那么多人用它观察过自己的生命和灵魂，最终它留下了关于他们的什么？什么也没有！只剩一层象征着腐烂的铜锈！"

阿累有些激动，凹进眼窝里的一双狭长的眼睛里，蹿动着火苗似的光芒，他把手掌狠狠地压在玻璃上，像是要把自己的影像抹杀掉一般。饰品店的门打开了，一个看上去像是店员的女孩子走了出来，紧张而不解地看着他。小青知道再这么下去警察就快要被召来了，赶紧拉着阿累离开。

自在阿累家见了一面后，阿累隔三岔五总约小青出来散散步、吃顿饭或者喝杯咖啡什么的。他笑称"算是对你把钱包还给我的感谢吧"，因为小青既没有要他的钱，也坚决拒绝接受一面铜镜的馈赠。

小青在酒吧里混了这么久，觉得大部分男人都可以分成两种：出来买的和出来卖的。而阿累则完全不一样,虽然他有点憨,笨嘴拙舌的,但是他的品行非常端正,就像一面布满了"绿漆古"的铜镜,你可以说它迂腐,却不能说它不洁。小青不是傻子,她知道阿累喜欢自己,可是他从来没有做过任何想要亲近她的举动,甚至连亲昵一点的玩笑都没有开过。以至于小青和他在一起的时候,常常感觉回到了童年那"小猫小狗"的时代。

"我觉得你想得太多了。"小青说,"想得太多的人都不快乐。你看我,我没你那么有钱,更没你那么有学问,可是我想得很简单,只要我能不受人欺负、自己养活自己就可以了,别的事情我都不去想。比如你要是送给我一块手表、一面镜子,我肯定特别高兴,因为我有了属于自己的东西啊,至于这手表是不是给我倒计时的,我才不在乎,反正它要给所有的人倒计时;这镜子将来再去照谁,我更不操心,只要它照过我和我喜欢的人就行了……"

阿累看着小青那清纯的脸庞,不由得笑了:"好吧,那一言为定,我就送你一块手表和一面镜子。"

"不不不!"小青连连摆手,"那可不行,我就打这么个比方,不是跟你要东西。反正,你别瞎想就比什么都强。"

"嗯。"阿累重重地点了点头。小青不由得扑哧一笑,他懵了:"你笑什么?"小青说:"你的鼻子真大,一点头就跟要掉下来似的。"阿累也不禁哈哈大笑,笑声就跟在水缸里似的,瓮声瓮气的。

"对了,小青,你有没有男朋友?"阿累忽然问道。

"怎么问我这个?"小青说。

"没什么,就是想到了,随便问问。"阿累捏了捏鼻子,"你这么可爱,这么漂亮,追你的人一定不少吧?"

小青点点头:"倒是不少。在家时就有,乡下的小伙子都直接,骑个摩托车跟在你后面不停搭讪,能跟出好几里地,打都打不走。不过,我姐姐让我好好学习,不许太早谈恋爱。后来我跑到城里,在酒吧找到工作,有好多特别恶心的男的想占我便宜,对付这种人我能忍就忍,忍不了就动手揍他们——我靠弹琴唱歌挣钱,别的想都别想!还好我们酒吧老板面子大,又挺欣赏我,我每次惹祸他总能给我扛住。"

阿累一面听,一面默默地点着头:"这样好,这样好。不过,你一个人在这大都市里闯荡,身边还是有个人照顾的好……你有没有喜欢的男孩子?"

小青凝视着他,半天才说:"有。"

阿累一愣,目光里闪过一丝惆怅:"能告诉我是谁吗……需要的话,我帮你撮合撮合。"

小青依旧凝视着他,歪着脑袋,把两只白嫩的小手往身后一背,噘起嘴轻轻一笑:"不行。这世界上,我谁都可以告诉,就是不能告诉你。"

一阵秋风掠过,犹如一捧冰凉的雪水,将两人之间的空气擦得更加清澈、透明了些。纵然是阿累这般木讷的人,也听懂了小青的话,不由得痴痴地微笑起来。

但是,小青永远也不会忘记,就在那一片落叶之后,一切都变了。

一片落叶,枯黄得几近发黑的落叶,从他们头顶的树杈上飘落了下来。它很有可能是这个深秋的最后一片落叶,那么巧地,在两个人对视的目光之间划过,像用刀切断了似的。阿累的双眸本来放射出炽热的光芒,而在那片落叶划过他的眼际之后,顷刻间变得极其冰冷。

"阿累……你怎么了?"小青有些惊慌。

"没什么。"阿累冷冷地说,"咱们走吧。"

那一刻,小青清楚地感觉到了冬天——提早来临的冬天。

此后很长一段时间,阿累没有再和她联系。小青感到很困惑,把两个人交往中的每个细节翻来覆去地想,实在想不出自己什么地方得罪了他,最后脾气上来了:你不理我我还不理你呢!她也不给阿累打电话。每天板着脸在酒吧里弹琴,歌唱得越来越少了,人也有些憔悴,眼圈黑黑的,一看就是觉睡得不踏实。

有一天下班后,透视装倒了杯香槟,推到她面前。

小青拿起来就喝了一口,金黄色的液体滑入口腔的一刻,清冽中又有那么一点点酸涩,很像此刻自己的心情。

"他好久没来找你了?"透视装用修长的指头压住一枚硬币,在紫黑色的实木柜台上滚过来又滚过去。

"你说谁?"小青装出不知道的样子。

透视装一笑:"阿累。"

"他和我没关系!"小青生气地说。

"别装了。"透视装搂住她的肩膀,"小青,阿累有老婆的,我告诉过你,就是那个樊一帆,你难道甘心当二奶?"

"我和阿累是挺要好的,但只是普通的朋友,真的没有别的关系。"小青严肃地说,"再说了,我上次去他家还钱包时,听他妈妈正劝他赶紧离婚呢。"

"哦。"透视装点了点头,"也好,他压根儿就不该和她结婚。"

小青忍了半天没忍住,问:"阿累怎么会娶樊一帆那种女人?"

"阿累就是一宅男,与世隔绝太久,难免傻傻的。"透视装点起一根烟,抽了两口说,"有一次他来咱们酒吧喝酒,正赶上樊一帆和几个人包了旁边的卡座玩游戏,那游戏据说就是樊一帆自己想出来的,仰着头往嗓子眼里塞花生米,拿气托着,不能咽下去,最后比赛看谁塞得多。结果不知怎么的,樊一帆把一粒花生米呛到气管里去了,当时就直翻白眼。她那几个朋友惊慌得'哇哇'乱叫,谁也没办法。多亏阿累以前在书上看过气管异物的急救方法。他从后面抱住樊一帆的腰,两只手握成拳头,顺着她的腹部用力向上挤,总算帮樊一帆把那粒花生米咳了出来,才没闹出人命。他俩就这么认识了。"

"后来呢?"

"后来?后来樊一帆知道阿累家是玩古董的,特别有钱,就缠上了他。你也看见了,阿累永远是那么文质彬彬的,而樊一帆张嘴就是脏话,坐着的时候裆劈得那个大,简直就是招男人上她,阿累根本就不想和她交往。但是樊一帆有个相当牛的军师,名叫杨薇。你肯定不会注意到她,长得又瘦又矮,总穿着一身黑衣服,坐在樊一帆的身边,不显山不露水的。这个人的鬼点子那个多啊,满天星都比不上她。据说她为了帮樊一帆追到阿累,设计了一整套的策略,在言行、服装上来了个大变活人!几天不见,樊一帆再来酒吧的时候,真的不一样了,穿得挺朴素、挺整洁的,虽然爱玩,但不胡闹,对每个人都笑嘻嘻的,显得特别真诚,偶尔冒出几句脏话也可以视为直率和热情,弄得阿累还真以为樊一帆是为了他而改变自己、重新做人,感动得不行。这样坚持了三个月左右吧,樊一帆就成功地把阿累追到手了。"

"后来呢?"

"后来就结婚了呗。阿累那人特搞笑,上床就上床吧,还非要负什么责,不顾他妈妈的坚决反对,把樊一帆娶回了家。"透视装吐了一口长长的烟,笑着说,"据说这也在杨薇的策划之内,她唆使樊一帆去补了个处女膜,让阿累以为自己是她的第一个男人。哈哈,我听说了差点没晕死,阿累的眼睛真是长到脚后跟上了,樊一帆这种恨不得夜夜当新娘的货色,就是上把锁也挡不住她发浪啊!"

小青没有说话,望着天花板发呆,一口接一口地喝酒,平时酒量蛮大的她,怎么也不能理解,一杯淡淡的香槟,那天竟让她醉得像溺水一般,久久不醒。

平安夜的晚上,酒吧门口挂满五颜六色的彩灯,装点得喜气洋洋,两棵圣诞树上缀着金色铃铛、心形小甜饼、蜡烛,顶部的那颗银色的伯利恒之星格外璀璨,寒风一吹,颔首弯腰,活像花枝招展的女招待在哆哆嗦嗦地赔笑。酒吧里面,酒香和烟臭混成一股刺鼻的怪味儿,每个人都喝得面红耳赤醉醺醺的,交杯换盏之间,谈笑声把耳鼓撞得生疼。小青弹了几首庆祝圣诞的曲子,一眼望去根本没人在听,顿时感到孤零零的,刚刚溜到舞台下面,想去蹭杯威士忌暖暖身,远远看见透视装挤过人群,来到她身边,在她耳畔大声说:"去后门!阿累找你!"

小青一听,就往后门跑,一出门,北风如刀,袭得她打了个哆嗦,刚想回去披件外套,就感觉身上一暖,原来是阿累把自己的外衣脱下,裹在了她的身上。

"别冻着。"阿累瓮声瓮气地说。

小青的眼眶登时就湿润了,咬着嘴唇,一言不发地盯着阿累。

阿累呆呆地望着她,像分别了一万年似的。

小青本来生硬的一颗心顿时又软了:"怎么……这么久都没有你的消息?"

"你能帮我个忙吗?"阿累忽然说,没头没尾的。

小青冷冷一笑:"原来是用得着我了,才来找我。"

阿累似乎没听见她的话,还是问:"你能帮我个忙吗?"

"你说,帮什么忙?"

阿累站了好一阵子,仿佛想不起来求她帮什么忙了,老半天才说:"最近,你见过樊一帆吗?"

"没有!"

"那要是她来了,你帮我看看她都跟什么人在一起,干了些什么,然后打我的手机告诉我,好吗?"

"打住!"小青很烦躁,"这个忙,我帮不着。我一来不是特工,二来不是你雇的,三来怕也不算你的什么朋友,你另找别人干这事儿吧。"

"哦……"阿累想了想,既没有生气,也没有再恳求,面无表情地慢慢转过身,走掉了,灰色风衣的下摆一曳一曳的,好像拖着一块生铁。

小青的心中突然一颤,快步跑了上去:"阿累你等一等!"阿累没有转身,还是往黑暗中走。小青急了,嚷了起来:"阿累你站住,你为什么走得那么慢?你走路为什么不甩胳膊啊?你怎么变成了一块石头似的?!"她追上阿累了,伸手去抓他,但抓到的只是虚空,仿佛她的手穿透了他的身体……

"起来!起来!"一只手使劲地推搡她。

小青睁开眼,身边站着那个进看守所时见到的大眼袋女管教。

"谁让你睡医务室的?"大眼袋厉声责问,"给我下床!回监舍！"

小青慢慢地从病床上坐起来，额头还是像被火烧似的疼，全身上下一点劲儿都没有。

旁边站着年轻的李管，对大眼袋说："昨天夜里她在监舍被几个人殴打，您看她额头的纱布，血都浸透了，差点死了，我才让她在医务室里住一宿。您让她现在回去，万一她再挨打怎么办？"

"她不是没死吗？没死，就该回哪儿回哪儿！"大眼袋对李管说，"还有，听说你把三角眼关小号了？马上放了，让她也回监舍。"

"这怎么行？！"李管急了，"我调查过了，就是三角眼动手打的小青。她出手这么狠，罚她关小号是轻的。现在把小青放回监舍，再把三角眼放回监舍，那小青还有命吗？"

大眼袋瞪了李管一眼："三角眼是号长，教训教训不守规矩的新收人员，是她该干的活儿，下手重了，下次注意点儿不就行了。"

三角眼在小号里被关了半宿，可是苦坏了，回到六号监舍，一头趴在通铺上，让满脸红疱的女人顺着脊背给她按摩，从胸腔里不停地发出哼哼声。一见小青进来了，眼睛里放出狠毒的光焰，龇着黄黄的牙齿说："敢阴我？你等着！"

小青默然靠着墙角坐下，仰望着铁窗外那片窄小而阴沉的天空。

夜幕很快降临了。

熄灯后，监舍里有两个人没有睡，一个是梳着不等式发型的秦姐，她依旧一支接一支地抽着烟，也没人敢管她；另一个就是小青,还是那么默默地坐着,仿佛和冰冷的墙壁长在了一起。

黑暗突然肿了起来。

几个人形的物体站在了小青的面前,呈半月状将她包围。

小青一动也不动。

一个人形的物体蹲了下来,三角形的眼睛放出蛇信子般狠毒的光:"小青,你害得我被关了半宿笼子,这笔账,咱们该算算了吧。"

"跟丫废什么话!"是红疱凶狠的声音。

小青还是沉默着,目光漠然,仿佛眼前是一片虚无。

"喂喂喂……"三角眼狞笑着伸出手,抚摸着小青细嫩的面庞,"你怎么不说话?是不是还在生我的气啊?是不是怪我昨天下手太狠了?所以记住,下次要乖乖地让我享受,不然的话——"

"啪!"

突然一个清脆的声音,三角眼狠狠抽了小青一个耳光。

"啪!!"

比第一声更响!不过这一次,谁也没有想到,是一直缄默的小青,回抽了三角眼一个耳光,疼得三角眼捂住腮帮子,气急败坏地喊道:"给我动手!"

一群疯狗扑了上来!小青蓄积了一下午的力气,这时也猛地爆发,拳打脚踹,活像是一只受困的母狼,奋勇搏斗着,狭小的监舍顷刻间变成了角斗场,击打声撕裂声喊叫声哀号声,还有牙齿咬碎般咯吱咯吱声,混成泥浆似的一团,几乎要把墙壁挤裂!

毕竟寡不敌众,没过多久,小青就被卡着喉咙仰面放倒,嘴角往外呼哧呼哧地喷着血沫,两条雪白的腿被两个人劈开。

三角眼倒攥一柄磨得无比锋利的牙刷,狞笑着走了上来,对准小青的下体就要刺入。

小青惊恐得闭上了眼。

呼——啪!

一只手,突然斜里伸出,攥住了三角眼的手腕。

三角眼回头一看,是不等式,张口就骂:"姓秦的,你他妈的少管老娘的闲事儿!"

"今天这个闲事儿我就是要管。"不等式平静地说,"你这一下子,会把这女孩毁了。"

三角眼的手腕使劲挣了两下,没想到不等式的握力如此之大,铁箍一般,居然没有挣脱。就在这时,监舍里所有人都没想到的事情,猝然爆发!趁着两个摁着她腿的人走神的空当儿,小青铆足了力气,双腿拼命一蹬,不仅摆脱了按压,而且正好踹在三角眼的胸口上,踹得她一个仰八叉倒在地上。

小青连挥几拳,将三角眼的几个帮凶打倒或逼退,然后看见三角眼也已经站起,和她面对面,眼睛里一片血红。

狭窄的监舍里,一时间静得像上了膛的枪口。

"嗷"的一声怪叫,三角眼握着牙刷,猛地刺向小青的心窝,小青将身子一闪,牙刷柄锋利的尖端从她衣服的侧面划过,刺啦割开一道口子,小青挥掌切在三角眼的手腕上,疼得三角眼手一松,牙刷掉了下来,说时迟那时快,小青一把接住牙刷,握在了自己的手中,三角眼见凶器被夺了去,又一声怪叫扑向小青!小青本能地握着牙刷在胸前横向一划,只听"嚓"的一声,三角眼跟跟跄跄地后退了几步,"哐"地靠在墙上慢慢坐倒,脖子上喷出一腔鲜血!

顿时,监舍里弥漫开一股浓重的腥气。

所有人——包括小青在内,都呆住了。

"杀人啦!"

不知是谁,带着哭腔叫了起来!

外面传来一连串的脚步声,监舍的灯乍亮,然后是钥匙插进门锁的声音。小青还呆呆地看着身体不断抽搐的三角眼,不等式一把从她手里夺过了牙刷。几乎就在同一时间,沉重的铁门哗啦一声被拉开了。

大眼袋带着两个挎枪的武警走了进来,一见三角眼全身血污,赶紧让一个武警送到医务室急救,然后恶狠狠地问:"谁干的?说!"

小青想:现在,我就是说我从来没有杀过人,也不会有人相信了,不禁凄惨地一笑,刚要站出来,一个人抢先一步举起了手中的牙刷:"报告管教,是我和三角眼打架,失手伤了她。"

这一回,别说小青,不要说全监舍的人,就连大眼袋也目瞪口呆!

举着牙刷"自首"的那个人,居然是红疱!

"你……你不是一直跟三角眼的吗?"大眼袋瞠目结舌。

"她太欺负人了,我看不过,和她干起来了,她想拿牙刷插我,我不能等死啊,夺过来就给了她一下子。"红疱说。

"把她关进小号!"大眼袋对剩下那个武警说,"看三角眼有没有生命危险,要是死了人,红疱,你自己拉屎自己吃。"

红疱慢慢走出监舍,到门口的时候,她回头朝不等式眨了眨眼。

小青看见了,心中顿时一片雪亮——原来是不等式——秦姐让红疱替自己顶了缸。

大眼袋指派秦姐当了号长,走出了监舍,铁门"哐"一声被重新关上。

这么短的时间里,古怪而震撼的事件接连发生,满监舍的人被唬得一个个呆若木鸡。小青走到秦姐面前,嘴唇嚅动半天,想说什么又说不出来。秦姐微笑着拍拍她的肩,对众人说:"大家都累了,早点儿休息吧。"

小青知道,这里不是表达感激的地方,所以,第二天一早,趁着放风的时候,她来到水房。水房里只有秦姐一个人正在水泥池子边洗脸,小青上前说:"秦姐,昨天夜里,真的谢谢你。"

秦姐用毛巾把脸擦干净,笑着说:"没什么。"

"要不是你,我昨天晚上死定了。"小青压低了声音,"我心里明白,红疱替我顶缸,是你安排的。"

"听说三角眼虽然失血过多,但是已经脱离生命危险了,我想,红疱很快就能放出来了。"秦姐仔细看了看小青,用自己的塑料盆打了满满一盆清水,温柔地说,"这两天,你也吃了不少苦,快点洗把脸吧。"

小青心里暖暖的,点点头,来到脸盆前,在镜子一样的水面照了照自己蓬头垢面的模样,顿时不好意思起来,笑着对秦姐说:"哎呀,我变得好丑……"

话没有说完。

她的心一寒。

不祥的预感。

因为她清晰地看到:秦姐嘴角滑出诡异的一笑。

接着,仿佛一块巨石砸向了她的后颈!半秒不到,她的脸就被完全按进了水盆,惊惶中的急促呼吸,使大量的水顺着鼻腔涌进了肺里,她觉得自己的身体乃至四肢都要被胀裂了!她拼命挣扎,但是按着她后脖子的手,和昨晚攥住三角眼手腕的手一样,如同铁箍,她根本抬不起头来。

水面上,小青的头发从剧烈的摇摆,渐渐化为无力的飘荡。咕噜咕噜,大量的气泡冒出,旋即破裂。

哗啦啦!

秦姐抓着小青的头发,把她的头从水中提起。

小青大口大口地喘息着,一张一合的嘴巴犹如刚刚被捞上岸的鱼,一串串的水珠顺着她的发梢、睫毛、鼻尖和下巴流淌。

秦姐把自己的脸贴在小青湿漉漉的脸上,狞笑着说:"小青,三角眼根本不知道你的价值,而我知道,所以我不会让你死得那么快,我要慢慢地要你的命——除非你告诉我,阿累临死前交给你的那面镜子,现在在哪儿。"

"我……我不知道。"小青剧烈地咳嗽着说。

"很好,很好。"秦姐的手再次按压在了小青的后颈上……

"小青,小青——"水房外突然传来李管的呼叫声。

秦姐无奈地松开了手。李管走了进来,一看这情景,皱起眉头问:"怎么回事?"

"小青洗脸不小心,呛着了,我帮她拍拍。"秦姐一边轻拍着小青的后背,一面恭恭敬敬地回答道。

李管看了她一眼,对小青说:"跟我来一下,有人来看你。"

小青跌跌撞撞地跟着李管往提讯室走,一路上,李管问她刚才发生了什么事,小青一言不发。

小青走进提讯室,一看坐在桌对面的人就是一愣。她记得这个矮胖子,他在Darkness酒吧为自己的歌声鼓过掌,还曾经闯进分局,横眉怒目地要求司马凉给自己打开手铐……也许,他是一个想帮助自己的好人。但是就在刚才,一个自己信任并感谢的"好人",差一点就将自己活活溺毙,而她的真正目的是想要阿累留给自己的那面镜子……

谁知道这个矮胖子是不是也为了那面镜子？

镜子。

小青的眼睛模糊了。

这个世界上，除了阿累，我谁也不能信任，可是阿累……他已经到另外一个世界去了。

"小青，你坐。"马笑中说。

小青神情木然地在一张椅子上坐下。

马笑中指着小青额头上的纱布问李管："这是怎么回事？"

李管说："她们监舍里的号长欺负她，拿板凳打的。"

"我靠！"马笑中一下子火了，"你们这儿是看守所还是黑社会啊？"

李管有点生气："马所长，请你把嘴放干净点儿！"

凡是涉嫌刑事犯罪，且正处于侦查、审查起诉或公诉阶段的犯罪嫌疑人，除了律师，任何人都是不能探视的。杨薇被杀一案，司马凉是第一侦办负责人，照规矩，马笑中要来探视小青，必须先获得司马凉的允许。但是他今天来纯粹是出于一种自己也说不清的心理——从见到小青的第一眼，他就产生了莫名其妙的歉疚和爱怜，总想帮助她——压根儿就没和司马凉打招呼，从程序上来说是违规的。他只好咽下一口恶气，用很温和的口吻对小青说："我是你居住地的管片儿派出所所长，姓马。我今天来就是想了解一下，对于你谋杀杨薇的指控，你有什么辩解或反驳的证据吗？"

"我没有杀人。"小青说。

"这里的每个人都说自己是无辜的。"

"但我是真的。"

"你凭什么让我相信你？"

"你不需要相信我！"小青把头一昂，"你走吧，我也不用你帮。"

"小青！"马笑中焦急地说，"我的时间不是很多，如果你没有杀人，请马上告诉我有什么对你有利的人证或物证，我应该怎么做才能帮你洗刷冤屈？"

就在这时，提讯室的门开了，大眼袋走了进来，不客气地对马笑中说："马所长，我刚刚跟司马队长通了个电话，他说您今天来，根本就没和他打招呼，属于违规行为，所以请您马上离开！"然后吩咐李管："小李，把小青带回监舍去。"

李管把小青从椅子上拉起来，带着她往外面走。

走到门口的时候，昏暗的室内和明亮的室外，被分割成了界限分明的两个空间，有如黑夜和白天。

难道我真的要永远沉睡在噩梦里？难道我真的不能做点什么让自己摆脱被囚禁、被凌辱的绝境？难道我真的要像阿累一样受尽折磨后恨恨地死去？

一阵凉风掠过她的面庞，吹得她稍微清醒了一点。

我不能就这么放弃自己。

她回过头："马所长，您真的想帮我洗刷冤屈吗？"

"小李！"大眼袋怒喝道，"马上带小青离开！"

"等一下！"马笑中三步并作两步，冲到门口，凝视着小青的眼睛说，"我可以向老天爷发誓，我绝对是想帮你——而且是不要任何回报的。"

"你帮不了我。"小青苦笑着摇了摇头，"我知道有个人能帮我，你能帮我找到他吗？"

"成！"马笑中重重地点了点头，"你把他的名字告诉我。"

"他的名字叫——呼延云。"

后脑勺仿佛被棒球棍打了一下，马笑中懵了："你再说一遍，他叫什么名字？"

"呼延云。"小青想了想说，"就是这个名字，我应该没有记错。你认识他吗？"

马笑中愣了半晌，还是不敢相信："你怎么会认识他？"

小青说："我不认识他，从来都没见过他，只知道他的名字。他是做什么工作的，他能帮我洗刷冤屈吗？"

"也许吧……"马笑中一时间竟不知道该怎样回答才好，"可是你怎么知道他一定会帮你呢？"

"这个你可以放心。"小青很有信心地说，"只要你把他带到我面前，他就一定会帮我的。"

马笑中还想说些什么，小李已经带着小青走远了。

望着小青的背影，马笑中呆呆的，目光像被她渐渐牵远的一条线。大眼袋来到他身边板着脸说："马所长，别嫌我啰唆，您要是再不走，等会儿司马队长打电话来问，可就不大好看了……"

"哈哈哈哈！"

马笑中突然放声大笑起来，吓得大眼袋后退了两步撞在门框上，以为这矮胖子疯了。

"司马凉算老几？"马笑中大笑道，伸出右手的食指在她面前轻蔑地摆了两摆，神情活像是刚刚打了鸡血一般眉飞色舞，然后大步向看守所的门外走去，站岗的武警清晰地听到他吐出的两个字，那两个字自信极了——

"搞定！"

第十二章 呼延云

"加油！加油！"

本市最大的室内攀岩馆——抱石厅里人声鼎沸，这里正在进行着国际攀岩协会每年在中国举办的最重要赛事之一"壁虎大赛"。为此，抱石厅特地更换了四分之三的岩壁，将难度级别统一为5.12B。三位参赛者腰胯之间系着安全带，八字环下降器的另一端连接着紫色的顶绳，在土黄色的岩壁上奋力攀爬，由于水平相仿，一时间还无法拉开距离。尽管只能看到背影，但从他们抓抠蹬踏那一个个外凸的岩点时，手臂和小腿上青筋暴涨的程度上看，足以想象他们此刻的表情是何等的龇牙咧嘴。

也有细心的观众注意到，在比赛开始前不久，有一个穿着天蓝色运动服的青年来到最左侧那段抱石厅没有更换的、难度为5.12D的岩壁前，开始了攀爬。他的体形虽然有些瘦，但臂膀稍一用力就肌肉贲张，动作矫健得简直像在岩壁上草书，上升速度之快让人眼花缭乱。只在中途一段大角度的岩壁前稍稍停歇了一下，把手伸到后腰的粉袋里擦了点防滑用的镁粉，然后继续向上。在到达最高点的时候，他右手的手指抠住岩点，右臂一提，左臂舒缓地扬起，仿佛张开了翅膀，整个身体宛如山鹰一般腾起。几只寄居在天棚上的小鸟扑啦啦飞到他面前，叽叽喳喳地，仿佛是抗议他侵略了它们的领地，他笑着朝它们眨了眨眼，手一松，摊开的身体顺着顶绳的滑动，稳稳地降落到了地面。

"这人是谁？"观众席响起一阵骚动，因为以他的身手，如果参加"壁虎大赛"，一定可以拿到名次，但是大家面面相觑了半天，没人知道。那青年也不在意，脱下安全带，和承当保护人的那个大学生对撞了一下拳眼，去洗手间洗掉了手上的镁粉，正准备离开。一抬眼，看到了在抱石厅门口目视着他的马笑中，不由得一愣，娃娃脸上立刻绽开了笑容，大步走上前去，来到近前，两个人同时伸手狠狠给了对方的肩膀一拳，然后哈哈大笑起来。

"你小子还真有两下子！"马笑中抬起头看了看高高的岩壁，歪歪嘴巴说，"我爬肚皮行，爬这个可没戏。"

呼延云笑道："一个月不见，上来就腥臊恶臭的，说吧，找我什么事？"他突然发现郭小芬也站在不远处，上前叫了一声："小郭。"

"说清楚——"郭小芬一指马笑中，"是他死活拉我过来的，我可不想找你。"

呼延云一时竟不知说什么好。

马笑中打圆场："不管你们小两口往日有什么冤近日有什么仇，今天都给我个面子，咱们先上车说正事儿，行吗？"

郭小芬狠狠啐了他一口："谁跟他小两口！"

"不是小两口，难道还是老两口？"马笑中大笑起来，一手牵了一个，走出抱石厅。

坐进警用普桑，马笑中一边开车，一边把青塔小区命案的经过大致讲了一遍，然后说到小青想请呼延云出面帮她洗刷冤屈，呼延云想了半天说："我好像不认识这个小青啊。"

"她也说你肯定不认识她，但是她又说，只要把你带到她面前，你就一定会帮她。"

"好吧，我先见见这个小青再说吧——对了，老马，这个女孩跟你有什么关系啊，为什么你这么热心地帮她？"

"我多正直啊！从小就是学雷锋标兵，专爱帮助个大姑娘小媳妇什么的。"马笑中嬉皮笑脸地说完这句话，稍微正经了点，"说真的，我打看见小青第一眼开始，就有一种怪怪的感觉，觉得她面熟，而且似乎我欠了她什么似的，她要受欺负，我浑身上下都不自在。"

"虚伪！"郭小芬不屑地说，"喜欢上人家就直说，干吗来这套'似曾相识'的把戏，你也不嫌老土。"

"唉！我就知道你们想偏了！"马笑中长叹一声，"可惜了我这留取丹心照汗青！"

听得呼延云和郭小芬都笑了起来。

再次走进阴暗的提讯室，小青首先注意到的，是那双眼睛。

她从未见过如此明亮的一双眼睛，从黑漆漆的瞳仁里放射出的光芒，犹如暗夜中的星光，有着穿透一切并洞彻一切的力量，但毫不刺眼，只是稍微有一些冰冷——但至少比她那颗因绝望而寒透的心更有温度，这使她不禁鼻子一酸，泪水立刻从眼眶里涌出，滑下苍白的面颊。

呼延云凝视着她，一言不发。

小青抽泣道："你一定要救救我……现在只有你能救我了。"

"我还不知道你是谁呢。"呼延云说，"先别哭，慢慢说好吗？"

小青点点头，从旁边的李管手里拿过一个粉红色的钱夹，打开，抽出里面的一张照片递给他："这是我和我姐姐。"

呼延云接过来一看，照片上两个俏丽的女孩并肩靠在一棵大柳树下，笑得很甜，右边的是小青，左边的是——

"我的天啊！"马笑中忍不住叫出了声，"这不是娟子吗？！"

郭小芬连忙上前，也看了看照片，声音颤抖地问小青："娟子……是你姐姐？"

小青点了点头："对，我亲姐姐。"

"我说怎么一看见你就觉得眼熟呢？原来你是娟子的妹妹！"马笑中从椅子上"呼啦"一声站了起来，对呼延云和郭小芬嚷嚷道："她是娟子的妹妹——咱们必须救她，不然别怪我翻脸！"

娟子是本市天堂夜总会的服务员，心地善良，在上个月发生的系列命案中帮过专案组很大的忙，但是不幸惨遭幕后黑手的报复，一夜间香消玉殒。

"我们都是你姐姐的好朋友。"郭小芬对小青说，"你姐姐和我说起过她有个妹妹在老家，她出来打工就是为了供你上学，怎么你也进城了？什么时候来的？"

小青垂下脑袋，低声说："我来这里，其实一直是瞒着姐姐的。我在我们那个省会城市上艺校，后来见了一个打工回家的亲戚，说姐姐在城里吃了很多苦，我觉得没脸花她的钱上学，就也来了这里，打工养活自己。我不敢告诉她，怕她赶我回去。她寄回家的信，都由亲戚转寄给我。"她停了停，把目光转向呼延云说："上个月，我收到她的最后一封信，说她在夜总会里受欺负，被一个人非常好的人救了，这个人叫呼延云……后来姐姐去世了，我去领她的遗物时，看到一块手帕上写着你的名字，所以我走投无路了，才想起你来……"

"什么走投无路，有我们在，你就当多了一堆亲人！"马笑中拍着胸脯说，身子直往前探。

旁边的李管敲敲桌子："请你和小青保持距离。"

郭小芬抿着嘴偷偷地乐，马笑中瞪了李管两眼，鼓了鼓嘴巴，想说什么又没说出来。

呼延云把那照片看了又看，还给小青说："除了这个，你还有什么证据能证明你是娟子的妹妹？"

小青一愣。

"喂！"马笑中的眼睛一下子瞪圆了，"呼延云你什么意思？！"

"我必须要核实清楚。"呼延云慢条斯理地说，"谁能肯定她不是用'亲姐妹'对我们施加了心理暗示，使我们觉得她和娟子长得很像——也许她和娟子只是普通朋友而已。"

小青原本湿漉漉的眼睛里，渐渐放射出失望甚至愤怒的光芒，她在一张纸上刷刷刷写下三串数字："上面这个是我们乡派出所的电话，下面两行是我和我姐姐的身份证号，你可以给我们乡里打电话查一查，看看娟子是不是我的姐姐。"然后把那张纸递出。

"我去打听一下。"马笑中伸手要接。

呼延云扣住了他的手腕，把纸条从小青手中接过，转递给旁边的郭小芬："小郭，你去核实。"

郭小芬接过纸条走出提讯室。马笑中瞪着呼延云，眼珠子跟炭炉子似的直喷火。呼延云却极其沉静，凝望着木头桌子上一块涟漪般的年轮，仿佛是在计算这桌子还是一棵树的时候究竟活了多久。

一会儿，郭小芬回来了，朝呼延云点了点头。

呼延云这才开口说话："小青，我们三个都是你姐姐生前的好朋友，所以会竭尽全力帮助你。案情的大致经过，马所长已经和我讲过一遍了,下面,我将要问你几个问题,请你一定要说实话,如果你撒谎或者隐瞒,可能反而会把事情弄得更糟。"

小青面无表情。

"好,我来问第一个问题。"呼延云说,"你到底有没有杀杨薇?答案请简单:有,或者没有。"

小青呼啦一声站了起来,对李管说:"带我回监舍。"

李管一愣。

马笑中一拍桌子,对着呼延云大吼一声:"你小子也他妈的太没义气了!"

郭小芬站起身,绕到桌子另一边,两只手抱住小青的肩,使劲把她摁回椅子上,说:"你姐姐不在了,我就是你的姐姐。听话,坐好,回答问题——现在能救你的,只有这个人。"

小青恶狠狠地瞪着桌子对面的呼延云:姐姐怎么会在信里说了他那么多好话!救人?他摆明了是在玩人!

"很好。"呼延云看了一眼郭小芬,"小青,继续回答刚才我提出的问题,你到底有没有杀杨薇——有,或者没有。"

"没有!"小青没好气地嚷了一声。

呼延云毫不介意:"第二个问题:你的那个镜子杀人的故事,是听别人给你讲的,还是纯粹你自己编的?"

"我自己编的。"

"你除了在'恐怖座谭'上讲过,还对谁说起过?"

"我只在'恐怖座谭'上讲过。"

"请再想一想。"

"哦,对了,还有蔻子,她是我的朋友。有一天晚上她来Darkness酒吧玩儿,我请她喝酒。喝多了,我就给她讲了这个故事。"

马笑中在旁边插话:"没错,是有这么个事儿,蔻子也说来着。"

呼延云接着问:"出事那天,你从老甫家离开以后,去哪里了?把你的整个行程详细地讲一遍。"

小青说:"我没去哪里啊,然后就直接回家去了。"

"小青!"郭小芬突然严厉地说,"说实话,不要撒谎或隐瞒。"

"对,你一定要说实话啊。"马笑中也补了一句。

小青歪起脸瞪着他们俩,活像是一个虽然打输了架却决不认输的孩子。但是,当她从他们俩那有些焦急的神情中,看出隐藏在后面的是真切的关爱时,心里不禁涌起一股暖流,她终于明白郭小芬刚才那句"你姐姐不在了,我就是你的姐姐"的话,绝不是作伪了。他们是真的想帮我、救我,和这个可恶的呼延云不是一回事。

她慢慢地低下头,而后抬起头说:"其实,我没有直接回家,而是到望月园去了……"

呼延云点点头:"那天晚上你有没有进过发生命案的青塔小区?"

"没有。"小青毫不犹豫地说,"半步也没有进过。"

呼延云说:"你不回家,去和青塔小区一坡之隔的望月园做什么?"

小青像被突然揭开盖头的新娘,怔了一怔,嚅嗫道:"我……我是去等一个人。"

"等谁?"呼延云步步紧逼。

小青的神情一阵茫然,眼睛像寒冬腊月的玻璃窗,蒙上了一层白色的霜,整个人仿佛在刹那间被冻住了。

好冷啊!

北风呼啸,吹在脸上犹如粗糙的砂纸在反复打磨,生疼生疼的,尽管戴着手套,穿着皮靴,但是脚尖和指尖依然像被竹签子戳透一般,痛到麻木。小青把白色羊绒围脖紧了紧,望望头顶黑铁般的夜空,想象着它会被冻裂,一块一块地坍塌。

下了人行道,走进河岸边的一片密林,只见无数光秃秃的枝丫被悬吊在黑暗中打着晃,仿佛穿行于人体骨骼陈列馆。小青一面摸索着一面走,才没有撞到树干,不知走了多久,终于看到了坐在石凳上的阿累。他驼着背,一动不动。小青忽然害怕起来,怕他已经被冻死了,直到走到他身边时,他动了动,抖落了覆盖在脊梁上的一股沉沉死气,小青才稍稍放心。

"你等了很久了?"小青问。

"嗯。"阿累说,本来就很重的鼻音,由于寒冷的缘故,更显得板结。

"说实话,我觉得挺无聊的。"小青看着他那外凸的厚嘴唇,想起了复活节岛上那些被海风侵蚀得千疮百孔的石像,突然有点怜悯他,于是稍稍把口气放缓了一些,"我一点也不喜欢做你的密探,不过,有些事硬往我的眼里撞,我就不能再装瞎子了。"

阿累的身子一颤:"告诉我,你看到什么了?"

怎么说呢?小青犹豫起来,这简直没法说出口。就在刚才,她在酒吧里弹了会儿钢琴,去了趟洗手间,刚在马桶上坐下,就听见旁边的隔断传来喘息声混合着呻吟声,羞得她半天解不出手,气呼呼地站起,准备洗手离开。她站在洗手池边拧开水龙头,从玻璃镜中看见旁边隔断的门打开了,一个"鸭子"提着裤子匆匆离开了洗手间,跟在后面出来的居然是樊一帆,只见她满面红光，嘴角挂着满足而得意的笑，大摇大摆地走了出去。

小青惊讶极了，出了洗手间，只见樊一帆站在过道里，抱着一个穿着黑衣服的、又矮又瘦的女人（小青猜她就是杨薇）狂笑，直着喉咙喊："爽啊！真他妈的爽啊！"杨薇右手夹着一支细长的香烟，在嘴里使劲咂了两下，吐出一口又粗又长的烟雾，遮掩住了脸孔。樊一帆意犹未尽地说："还是你的招儿高，那傻逼本来说要跟我离婚的，可是我刚跟他说我怀孕了，他马上就把话收了回去，还跟他那死不了的老娘吵了一架。等他一玩儿完，他的全部家产——哈哈哈哈哈！"

"我们还是得考虑周全，加快速度……"杨薇说到一半，看见小青，立刻拉着樊一帆走远了。

小青不禁毛骨悚然，以为自己正置身于精神病院里，听两个疯子商量按照电影《烹夫》中的情节找个人来肢解后煮汤喝，赶紧走到僻静处，给阿累拨打了手机，说找他有急事。阿累约她到"水岸枫景"附近那片临河的树林中相见。

现在，面对阿累，她完全不知道该怎么措辞才好，想了半天才说："樊一帆是不是跟你说她怀孕了？"

阿累从石凳上慢慢地站了起来。

"假的！"小青说，"她骗你的！"

黑暗，有如灌进墓穴的泥浆，把一切都彻底封闭。完全看不到阿累的表情，但小青能觉察到他的厚嘴唇在颤抖。良久，他转过身，一步一步地向河边走去，宽厚的脊背摇摇晃晃的，像一只受伤的熊。

小青木然地跟在他的后面。

结了冰的河面，寒风掠过时，腾起一片波浪似的白烟。阿累站在河边，凝视着远方，本来就凌乱的头发，被吹得发出嘶嘶声。

突然,他转过身,一双狭长的眼睛,好像蒙尘的蜡烛被重新点燃,放射出因火热而跳跃的光彩。

他说:"小青,你做我的女朋友,好不好?"

小青惊呆了。

"小青,你做我的女朋友好不好?"阿累大声问。

小青摇了摇头,目不转睛地盯着他的眼睛。

一向木讷的阿累,此时此刻却突然变得异常聪敏,他马上明白了小青拒绝的原因:"我向你保证,我会尽快和樊一帆离婚——那么,你能做我的女朋友吗?"

风,掀起小青的长发,雪白的面庞宛若融化的雪,浮起幸福的微笑。

阿累一把将小青搂进了怀里,他的拥抱那么紧,紧得小青几乎透不过气来。起初几秒,她从他厚实的臂弯中感觉到了温暖,但是很快,一股不安从她的心中油然而生:因为她的胸口贴着他的心腔,清晰地觉察到他的心跳快得反常——那不是爱的喜悦的加速,而是一种癫狂的横冲直撞,仿佛一辆失控的客车冲向悬崖,而她是唯一一个被突然拖进车厢的乘客。她吓得闭紧了双眼,耳畔传来呼啸的风声,恍惚中疑是在坠落。这是怎么回事?我是不是不该这么草率地答应他?其实我并不了解他,其实他和我并不是一类人。你抱我抱得太紧啦!她想喊可是又喊不出,刹那间她那被挤出窍的灵魂看到了两棵树,一棵是她,另一棵是阿累,他之所以用藤蔓死死绞缠住她的树干,不过是想把她的汁液在最短的时间,用最快的速度吸吮干净……

还有,还有樊一帆在过道里对杨薇说的那句话,究竟什么意思?

"等他一玩儿完,他的全部家产——哈哈哈哈哈!"

等他一玩儿完?!

"小青,小青。"

一声声呼唤,将她从寒风凛凛的河边,拉回到了狭小的提审室。

"小青,请继续回答我的问题。"呼延云问,"你那天晚上到望月园,究竟是在等谁?"

不!她告诫自己:不能讲,绝不能泄露一个字,宁可死去,也不能破坏我的计划。她咬咬牙,对呼延云说:"这个问题,我不想回答!"

"小青。"郭小芬焦急地说,"不要任性。"

谁知呼延云微微一笑:"算了,你不想回答就别说了。我来问下面的问题。"

这有点出乎小青的意料,连马笑中和郭小芬也惊讶地看着呼延云,本来他们害怕小青这一句话会导致呼延云放弃调查,谁知竟然轻轻松松地直接跳到下一关,这让他俩不约而同地长出了一口气。

"你要等的人,后来来了吗?"呼延云问。

"没有,他一直没出现。"

"然后你就离开了?"

小青点点头:"因为我看到了蔻子,我也不知道怎么会那么巧,她也在望月园。我不想让她知道我在等人,就赶快溜走了,直接回家去了……整个过程就是这么简单,我压根儿就没有杀杨薇。"

"说起杨薇，你讨厌她吗？"

"非常讨厌！"小青毫不犹豫地说，"我见她不多，但我知道她给樊一帆出了许多整人、害人的坏主意，要我说，她的死纯属恶有恶报！"

"那——"呼延云道，"你觉得樊一帆和杨薇哪个更坏呢？"

"当然是樊一帆！"小青毫不犹豫地说，"杨薇出的主意再坏，说到底不还是樊一帆自愿去听、去干吗？！"

呼延云的目光在她脸上停留了一会儿，问："樊一帆到底和你有什么仇？据说是你看上了他的老公，和她争风吃醋，后来她的老公死了，你把死因全都怪罪在她的头上……"

"不对！"小青愤怒地打断了他的话，"阿累根本就是她害死的！别看我没有证据，可是我心里明明白白！还有，阿累已经看透了她是一个坏女人，本来打算和她离婚之后，和我在一起——阿累心里爱的，只有我一个人！"

"哗啦！"提审室的门突然被推开了，门口出现了两个人，一个是眼袋特别大的女管教，在她身后，是脸色铁青的司马凉。

刚才马笑中他们三个来到看守所的时候，要求见小青，大眼袋死活不同意。马笑中骗她说是司马凉允许了的，她不信。马笑中想起所里的老田说话声音要是低一些，和司马凉很像，就拨通了老田的手机，张口就叫司马队长，说看守所的人不许我提审小青，得你批准才行，你直接跟她说吧。老田是老民警，比油条还要滑，一听就知道什么意思，压低了嗓子跟大眼袋说赶紧把小青提出来，马所长要来执行公务。大眼袋真以为是司马凉，才答应了，还直叮咛李管一定要在旁边看好了。

等马笑中他们离开办公室，大眼袋越想越觉得不对劲，给司马凉打了个电话，司马凉一听就匆匆开车赶了过来。

"哟！司马队长来啦！"马笑中嬉皮笑脸地迎了上去，"咱们现在就开始，还是等会儿再说？"

司马凉有点糊涂："开始干吗？"

"验伤啊！"马笑中指着小青额头上的纱布和脸上的几块瘀青说："你看，这摆明了是看守所虐待的，没准儿——就是她指使人干的！"他一指大眼袋，凶巴巴地瞪着她说："收了外面某人的孝敬了吧？想来个死无对证，对不对？"

大眼袋吓了一跳，结结巴巴地向司马凉辩白："司马队长，咱们可都是公安系统的，都是自己人啊，小青这伤是和她同一个监舍的人打的，我们给她及时治疗了，打人者我们也马上严肃处理了，你可不能——"

司马凉手一挥，拦住了她的话，然后走到马笑中面前，站定，看着他的脸。

"马所长。"司马凉的声音仿佛是把一枚接一枚的钉子敲进木板，"看来我有必要再次提醒你：这个案子，我是第一侦办负责人，所以，请你不要妄图逾越我去做什么，更不要捣鬼。"

矮胖子毫无畏惧地直视着他，嘴巴歪得活像个对勾，眼角因为嘲笑而挤出的细纹，每一条都写满了不屑。

"还有你！"司马凉伸出竹竿一样的手臂，指向郭小芬，"也给我小心点儿。"

"还有——"他刚刚准备把指尖对准坐在桌旁的那个人，突然像被电了一下似的，蜷缩起了食指。

那个人的目光如此犀利，纵使在这阴暗的探视室里，也闪烁着不容侵犯的光芒。

"你是谁？"司马凉的喉头咕噜吞咽了一下，问。

那个人没有理他，对小青说："好吧，我问得也差不多了，我们先走了。"然后往提讯室外走去。

司马凉一把抓住了他的手腕，厉声问道："你到底是谁？！"

"他叫呼延云。"马笑中说。

司马凉松开了手。

耳鼓上像被重重地擂了一拳，脑壳里震荡得一片混沌。

"司马队长，司马队长！"大眼袋看他神情恍惚，连声叫他，"那个呼延云是什么人啊？"

"一个酒吧弹琴的，怎么会把他请来？"司马凉自言自语道，忽然回过神来。提讯室里空无一人，李管带走了小青，马笑中他们三个早已离开了看守所。他粗粗地出了口气，对大眼袋厉声说："马上把小青安置到单间的监舍里，不能再让她受一点伤害。"

大眼袋刚想说刑警队无权干涉看守所的工作，但看司马凉紧张的样子，如临大敌，只好点了点头。

司马凉回到车里。八月的中午，车子在露天停车场上不过十几分钟，车内便闷热得蒸笼似的。他把屁股在滚烫的座椅上挪了又挪，烦躁得脑门出了一层汗，最后拿出手机，拨通了名茗馆的张燚留给他的电话号码。

虽然是暑假，名茗馆的活动还在如期举行。今天的主题是根据"纽约炸弹客"剖绘连续爆炸案罪犯的心理。同学们正围坐在长桌旁，一边翻阅资料一边发表自己的看法，张燚的手机响了。她一接听，神情好像突然被一个浪头卷进了大海，又惊讶又紧张，一直对着话筒"嗯嗯嗯"的。

等挂断电话，她马上抬起头对着二层说："凝，刑警队那个司马队长打来电话，他说小青找到了一个委托人，来帮她洗冤。"

周宇宙一听，脸色顿时变得苍白："谁啊？"

"小周你别慌。"一个同学笑嘻嘻地说，"什么委托人，能和咱们名茗馆抗衡？"

"呼延云。"

所有人都呆住了。

静寂，如白夜。唯有空调机从牙缝中发出的咝咝声。

"课一组，92%；九十九，80%；溪香舍，78%；名茗馆：66%……"二层的铁书架间突然传来一个平静的声音，"张燚，我没记错吧？"

张燚知道她说的这些数字，是中国四大推理咨询机构各自的破案率："一点错都没有。"

"呼延云呢？"楼上的声音问。

"按照有案可查的记录。"张燚说，"截至目前，他总共接手过三十二起各类案件，破案率是——100%，无一失手！"

楼上的人沉默良久，忽然轻轻一笑："不过，人不是神。即便是走钢丝的天才，成功的次数越多，下一次失足坠落的概率就越大……张燚、周宇宙，你们俩不妨现在去一趟青塔小区，我敢断定：呼延云接受小青的委托后，第一件事就是赶赴犯罪现场。你们可以实际感受一下这位推理者的风采，看看他是真的像传说中那么神奇，还是盛名之下，其实难副。"

出了看守所，坐进普桑，马笑中就冲着呼延云嚷起来："你直说吧，你到底救不救小青？"

呼延云把竖在储物盒里的一瓶矿泉水拧开，咕嘟咕嘟地喝着，一言不发。

马笑中更生气了："你别忘了，娟子活着的时候，咱们俩可都对她说过很伤她的话,你难道就不想补偿一下吗?现在她的妹妹受难,这可是最好的机会啊。我告诉你呼延云,做人可不能没天良,俗话说头上三尺有——"他向上一伸手,指头正好戳到车顶棚,赶紧把上竖的指头伸到车窗外,"有那个神灵,你要是不帮小青,咱俩今后就没交情了,小郭你今后也甭搭理他!"

"本来我也没想搭理他。"郭小芬哼了一声,"不过,马笑中你也冷静点儿。对了,有个问题我一直挂在心上,那个司马凉不是一直又蠢又笨的吗?怎么会用在犯罪现场没有找到手机这一点,推理出杨薇是被谋杀的呢?莫非他的背后有高人指点?"

"你还真说对了。"马笑中说,"我打听出来了,杨薇死之前,不是在老甫家参加了一个'恐怖座谭'吗?在座的有一个叫周宇宙的,是中国警官大学的学生,他也是名茗馆的成员之一。"

"名茗馆?"郭小芬一声惊呼,看了看呼延云。

马笑中接着说:"名茗馆那帮小屁孩把司马凉叫去叽咕半天,据说达成了一桩买卖:他们答应做司马凉的幕后参谋,帮他破案,换取周宇宙平安无事。那个手机的事儿,就是叫什么凝的馆主推理出来的。"

"爱新觉罗·凝——名茗馆的第七任馆主,据说在犯罪心理学上很有造诣。"呼延云沉思了片刻后说,"小郭做的刀上缺少左手指纹,从而证明杨薇是被凶杀的推理,名茗馆有什么评价吗?"

马笑中摇摇头:"好像就是觉得费劲了一些。"

"不是费劲。"呼延云说,"小郭,恕我直言,你那个推理从根本上就是站不住脚的。"

郭小芬脸色顿时变得很难看。

"你身上带刀了没有?"

呼延云问马笑中。

马笑中从手套箱里摸出一把前两天从流氓手里缴获的仿巴克虎牙，递了给他。

呼延云把刀递给郭小芬："你可以试一下，假如你右手正手持刀换成反手持刀，需要左手'辅助传递'的时候，左手的指头会捏在刀的什么位置？"

郭小芬小心翼翼地一试，左手的拇指和食指恰好捏在了刀身上。

"你看，这样一来，我们假定杨薇是自杀，她用左手捏住刀身，右手换成反手持刀，然后把刀插进自己的心口后拔出……"

"我明白了！"郭小芬恍然大悟，"刀身刺进身体再拔出，上面的指纹就被伤口处的肌肉擦掉了。"

"所以，即便是在刀上找不到杨薇左手的指纹，也不能证明她就是被杀的。"呼延云边说边把刀子从小郭手中拿回，插进刀鞘。

"哈哈，呼延，还是你小子厉害啊！"马笑中咧开了大嘴，"和你一比，名茗馆那帮小屁孩可就差远了，他们可没发现小郭推理中的破绽。"

"开车吧。"也许是"名茗馆"三个字触动了呼延云的心事，他的两道浓眉皱得紧紧的，"咱们去青塔小区的犯罪现场看看。"

第十三章 挑战

远远地,看见白色普桑开过来了,丰奇三步并作两步地跑上前去。车一停,他立刻拉开车门,见呼延云下来了,笑嘻嘻地说:"呼延老师,还记得我吗?"

呼延云一看就乐了:"你小子怎么在这儿?还有,直接叫我大名,什么老师不老师的——我长得有那么老吗?"

马笑中从驾驶位上下来,笑道:"他不是在小白楼看守不严出了事故吗?我就把他调到手下修理修理他。"

系列命案期间,呼延云一副潦倒的样子,丰奇作为一个普通民警,和他没说上几句话。但案件侦破后,听说了他的推理,对他佩服得五体投地,所以刚才接到马笑中的电话,说呼延云要来青塔小区的犯罪现场勘查,激动得他早早就赶过来等着。

刚刚走进小区的大门,有一男一女两个年轻人从旁边走了过来,齐声说:"呼延老师您好。"

呼延云一看,都不认识。

那个女子说:"我叫张燚,他叫周宇宙,我们是中国警官大学的学生,也是名茗馆的成员。"

马笑中一听,走到那个男生面前,瞪圆了眼:"原来你就是周宇宙啊!是你说出人命那天晚上小青进了这小区的吧!你最近红薯吃多啦!瞎放什么狗屁?!"

周宇宙的脸顿时涨得通红，两只拳头不由得攥了起来。

"怎么着，你还想袭警不成？"马笑中不屑地说，"别以为你们是名茗馆的就有什么了不起，在我眼里你们就是一帮穿开裆裤的小屁孩。我知道有好多人想舔着你们的屁股沟子套一潜力股将来升官发财，可我没这个兴趣——你们有话快说，没话赶紧给我滚！"

张燚拉了周宇宙一把，上前一步，很客气地问："您是？"

"马笑中！"矮胖子满不在乎地报上大名，"望月园派出所所长。干吗，你们还想打击报复？"

"哪里，您这么语重心长地教训了我们一番，我们要是连您的尊姓大名都不知道，岂不是太轻视您了。"张燚一笑，把脸转向呼延云，依旧恭恭敬敬，"我们奉馆主爱新觉罗·凝之令，想跟在您身边，一起勘查一下犯罪现场，听您进行'临床推理'，积累些实践经验。毕竟，小屁孩不能永远长不大啊。"

"我又不是火村英生[①]，你们跟我学哪门子'临床推理'啊。"呼延云淡淡地说，"既然你们当中有一个人有涉案嫌疑，我就不能带你们进犯罪现场了，见谅。"说完和马笑中、郭小芬、丰奇一起朝小区里面走去。

张燚和周宇宙还想跟上，被一个民警拦住了。

"有什么了不起的！"周宇宙盯着他们的背影，恨恨地说，"咱们就在这里等一会儿，等他出来的时候，我有个问题，想好好请教他一下。"

电梯在四楼停住后，打开了门，楼道里一片昏暗。

"四〇九房间，往这边走。"丰奇一指右手的位置。

[①] 日本英都大学犯罪社会学副教授，有"临床犯罪学者"之名的著名推理者。

呼延云戴上橡胶手套，出了电梯，马笑中指着墙上的一个长方形灰色铁匣子说："这个是这一楼层住户的总电闸盒，案发后我看了，四〇九房间的电闸被拉下了，一层灰被擦掉，没有发现指纹。"

呼延云点点头，来到四〇九房间的门前。丰奇指着门上一个清晰的脚印说："这是老甫踹门而入的时候留下的，当时这个房门并没有反锁，他用手指顶了一下，推开了一点，立刻闻到一股浓重的腥气，觉得里面肯定是发生了什么事情，怕屋子里还藏有什么人，也是为了给自己壮胆，才一脚踹开的。"

呼延云蹲下身，仔细看了看那脚印，站起身往屋里走去。

然后，就看到了客厅的地板和墙壁上用粉笔勾勒出的清晰的一圈白线，很明显是一个坐着的人形。在人形线的内外，残留着一斑斑已成黑色的血渍。由于这套一居室的窗户是朝北的，加之为数不多的几样家具：沙发、电视柜、床、写字台也大多是冷色调的，所以，尽管是阳光灿烂的午后，整个房间依然显得十分阴暗。

马笑中把案件的卷宗打开，指着勘验现场时拍摄的杨薇惨死的照片说："当时，她就坐在这里，背靠着墙。"

呼延云把照片和人形白线对比着看了半天，又忽然单腿蹲下，正好是"面对"着杨薇尸体的位置，再次对照着照片看，视线像用筷子从一个碗往另一个碗里夹豆子一样，反复游移了好几遍，突然问："一共捅了几刀？"

"一刀致命！"马笑中说："法医鉴定过了，正好插进心脏，然后再把刀拔出，所以血喷出来不少。要我看，这不大可能是女人做的案子，只有男人才有这么大的力气。"

"不见得。"郭小芬说，"女人只要练习一段时间手劲和腕力，刺杀时一手执刀，另一只手抵住刀柄的底端，在插入刀子时施加压力，同样可以刺进心脏。"

"这是行凶的刀。"马笑中递过来一张照片，呼延云接过来细细地看。

"对了，我想起一件事来。"马笑中说，"我第一次来到犯罪现场的时候，蹲在尸体前面，闻到她脸上有一股香味儿，我告诉了司马凉，可是那孙子不搭理我。"

"杨薇是个女人嘛。"郭小芬说，"总要涂脂抹粉，洒点儿香水的。"

马笑中摇摇头："问题是杨薇的尸体是素颜，没有上什么妆啊。而且我们在案发后去过杨薇住的地方，她几乎不用香水儿的。"

"会不会是她的发香？"郭小芬问，"或者体香，女人身上都有淡淡的香味儿的，闻香识女人嘛。"

马笑中很肯定地说："不是，确实是她脸上的香味儿……"

呼延云把凶刀的照片还给马笑中，起身伸手拉开洗手间的门。由于是暗卫，里面黑漆漆的，丰奇伸手将墙上的开关一扳，天花板上的一盏灯亮了，也许是瓦数太低，感觉比没开强不了多少，但还是能看到地板上一片银闪闪的光芒，活像是蛾子被撕得粉碎的翅膀，中间夹杂着某些铅灰色的碎片——反面朝上、露出镜背漆的镜片。

呼延云很惊喜："这些碎镜片没有打扫吗？"

丰奇抢在前面说："刑警队那帮人想打扫后，把这些镜片收进证物袋带走，但被我们所长拦住了，他说犯罪现场在结案前要尽可能地保存原貌，这样才便于反复勘验。"

"哟，有进步啊！"郭小芬说，不知是表扬还是挖苦。

马笑中拍着胸脯说:"那是,天生丽质难自弃!"

他耍贫嘴的工夫,呼延云已经蹲在地上,专心致志地研究起散碎一地的镜片来。这些大小不一、形状各异的镜片,几乎每一片里都映出他困惑不解的目光,仿佛是无数只疑问的眼睛,在不约而同地眨动着。

凶手为什么要打碎这面镜子?这一行为的意义究竟何在呢?

呼延云思索着,不由得伸出手,用拇指和食指拈起一块镜片。

镜片没什么新奇的,既没化成一摊水也没冒出一股烟,更不是什么贵金属材质,只是一块坚硬而冰凉的玻璃,平常得不能再平常……

散碎在地面的状态也很自然,没形成什么图案或构成什么符号。

他站起身,平视着挂在墙上的粉色塑料镜框。镜子已经破碎解体,镜框内圈的边缘,突兀地竖着许多刀锋似的玻璃碴子,露出有点发黑的、好像被火燎过的墙面。

这是什么?

镜框下缘的托架上,放着眉笔、睫毛刷、梳子、唇膏……最显眼的是一把中等型号的活动扳手。开着口,但开得不大,上面有一些磨损的痕迹,但总的看来比较新,使用的次数不会很多。

他拿起这把扳手,看了又看。马笑中把脑袋伸过来:"这儿怎么有把扳手啊?"

郭小芬把卫生间环视了一圈,最后视线停在了马桶的底部,那里没有像正常情况下蓄着一汪清水,而是干干的,残留着一圈浅黄色的污渍。她用手扳了扳抽水马桶上的拉手,发出"哐啷哐啷"的声音。她马上搬起水箱的盖子,往水箱里面望去:空荡荡的也没有水,白色浮球垂头丧气地耷拉着脑袋。她低下头,看看水管的螺栓，然后从呼延云手中拿过那个扳手，往螺栓上一卡，开口正好套在上面，一拧，马桶的水箱里立刻发出一阵喷水声，但是没过多久，U形管滴答滴答地往地面上滴起水来。

"水管漏水，所以不用的时候或长期不在家的时候，就把开关的螺栓拧紧。"郭小芬把扳手往呼延云手中一塞，"这个扳手没什么疑点。"

呼延云把扳手放回到托架上，走出了洗手间。

在卧室勘查的时候，马笑中特地把呼延云拉到窗边，指着铝合金窗框的下方说："这里，发现了一处擦痕和一个下半手掌的掌纹。"

呼延云看了看，擦痕还是很清晰，半个掌纹由于时间的原因，已经有点模糊了。他伸出右手，把自己的手掌比了比，不禁一笑。

马笑中愣住了："你笑什么？"

"没什么，庸人自扰。"呼延云说。他抬起头，看了看窗外：郁郁葱葱的草坡，被高楼巨大的投影覆盖，色泽有些深沉，仿佛是湖底的一片水草。

他转过身，走到阳台，继续勘查：几本蒙了灰的杂志逐页翻阅；空的矿泉水桶打开，闻闻气味；就连每个花盆都要按按盆里的泥土，拿起来看看盆底……马笑中觉得有些枯燥，一连打了三个哈欠。最后，似乎并没有什么收获，呼延云向厨房走去。

厨房里，橱台上的木质组合刀具架上，插着砍骨刀、切片刀、磨刀棒、水果刀、多用剪等，唯独少了一把冻肉刀。丰奇解释道："冻肉刀被凶手拿来当凶器了。"

呼延云问了一句："可以确认行凶的刀就是缺少的那一把吗？"

丰奇点点头。

郭小芬说:"凶手没有用自己带的凶器,是不是可以推断为临时起意杀人?"

呼延云摇摇头:"这倒不一定,无论多么简陋的居所,总能找到把刀,凶手只要预谋杀人,临时找把凶器,比随身携带凶器要安全得多——警方很难根据凶器找到什么线索。"

接下来,他开始细致地查看燃气灶、水壶、热水器等,摸摸墙壁有无附着油污,"看样子这里很久没有做过饭了——"话说到一半戛然而止,丰奇沿着他的目光望去,发现他盯住了橱台贴墙的地方:那里一字摆着两个圆柱形的透明调料盒,还有一桶食用油,调料盒里面分别盛着半盒盐和大半盒糖。丰奇心里嘀咕,这有什么好看的,但是他再一看,发现呼延云盯着的,其实是调料盒边上的一罐亨氏番茄酱。

这时,郭小芬上前拿起了那罐番茄酱,眼中也闪烁着惊异的目光:"这里怎么会有这个东西?"

"一罐番茄酱嘛,有什么了不起的?"马笑中皱起眉头说。

"当然了不起了!"郭小芬说,"一看你就是饭来张口从来不下厨的人,如果按照调味品的使用量排序,厨房里应该有的是盐、糖、油、酱油、醋、料酒……无论如何也轮不到番茄酱。这里很少做饭,橱台上缺少几样调味品并不稀奇,但是多了这么一罐番茄酱,就显得奇怪了。"

"没准儿她是订了比萨或薯条什么的,要蘸着番茄酱吃呢。"马笑中说。

"肯德基?麦当劳?必胜客?你见哪家上门送比萨或薯条的不附送番茄酱包?"郭小芬仔细看了看罐身,"生产日期显示是最新生产的。"她眼睛一亮,随即又黯淡下去,"我倒是突然有个想法，可是为什么这罐番茄酱没有打开呢？"

"是啊，尸检证明，杨薇的身上、衣服上和血泊中并没有沾染任何番茄酱的成分。"呼延云说。

马笑中和丰奇面面相觑，马笑中说："喂喂喂，你们小两口，有话能不能说明白一点，我们这些旁人听不懂。"

"她怀疑是老甫。"呼延云说，"老甫和杨薇商量好了做一场戏吓唬人玩儿，杨薇装死，把番茄酱洒在身上装成是血液，老甫带樊一帆进来，看到这幕场景，樊一帆吓得精神失常，老甫把她搡到屋外或楼下，然后折回楼上真的杀死了杨薇……可惜，这罐番茄酱根本就没有打开，杨薇也没有使用过其他类似的'道具血'，所以这个推理不成立。"

"就显你能耐！"郭小芬气哼哼地说。

呼延云一笑，对丰奇说："到杨薇工作的百利得超市调查一下，看看这罐番茄酱是不是她从超市拿的、什么时候拿的，应该有记账。"

"是！"丰奇答应道。

现场勘查算是告一段落。大家一起往屋外走去，呼延云的脚步最慢，所以走在最后面，到门口的时候，他停下了。

"怎么了？"马笑中问。

呼延云一转身，大步走回洗手间，"砰"一声关上了门。

"敢情是憋不住了。"马笑中哈哈大笑道，"懒驴上磨屎尿多。"

须臾，呼延云从洗手间里走出，眉头紧锁。

"嘿，你小子怎么不冲水？"马笑中可算逮到他的短处了，喜滋滋地质问。

"冲水？"呼延云一愣，"冲什么水？"

"你没解手啊？"马笑中问。

呼延云看了看他，耸耸肩膀，走出了房间。谁知马笑中的脸皮厚极了，等电梯的工夫，又缠着呼延云和郭小芬问："怎么样，你们发现了哪些疑点？是不是案子有点难破？"

"确实，凶手留下的物证太少了。"郭小芬瞄了一眼呼延云说，"我有两个疑惑：一个是凶手为什么要打碎那面镜子，还有一个就是那罐番茄酱，总觉得它不该在那个地方。"

电梯来了，四个人走了进去，门关上，慢慢下行，曳引钢丝绳的传动声从轿厢的顶部传来，咯吱咯吱的仿佛随时会断掉。头顶上的灯光有些惊惶地颤动着，不均匀地照着每个人的面庞，呼延云站在角落，尤其显得明晦不定。

"四个疑点。"他突然开口，声音很低，仿佛自言自语，却很清晰。

"第一，番茄酱。确实如小郭所说，它是一个不该存在的东西。它一定有用，只是我还想不出来是做什么用的。

"第二，镜子。凶手为什么要打碎那面镜子呢？为了栽赃给小青？为了设置一个让所有观众都感到恐怖诡异的现场？这也未免太幼稚了吧，我相信凶手的动机绝对不会这么简单。"

这两点，刚才郭小芬已经提出了，所以大家竖起耳朵听他讲另外两个疑点。

"第三，那个扳手——"

"扳手？"郭小芬忍不住插话，"扳手有什么可疑的，我不是证明了它只是用来松紧水管螺栓的吗？"

"关键是它放置的位置，是在镜框的托架上。"呼延云说，"马笑中发现，凶手在作案前关掉了这个房间的总电闸，也就是说，作案全过程是在黑暗状态下完成的。假设凶手进洗手间打碎镜子之前,用其他的发光物,比如电筒或手机照过明,由于扳手表面的银色电镀的反光作用,肯定非常显眼;此外,我刚才还做了个试验,关上洗手间的门,不开灯,扳手即便是在黑暗中也有微弱的光芒……"

"你有没有考虑过这样一种可能,凶手是作案后才关掉总电闸的呢?"郭小芬说。

呼延云点了点头:"想过,但马上推翻了。凶手把刀子插入杨薇的心脏后拔出,血液喷溅,橡胶手套上必定沾有血渍,但是在电闸盒的拉手和四〇九房间的电闸开关上都没有提取到血渍,这证明凶手应该是在橡胶手套还'干净'的情况下扳下电闸的。"

"嗯。"郭小芬说。

"即便,凶手真的是在作案后才关掉总电闸的,他是在明亮状态下杀的人,并进了洗手间砸碎镜子,那么他照样应该能注意到那把扳手,对不对?"

"说来说去,你不就证明了凶手能看到那把扳手吗?这到底有什么可疑的啊?"马笑中越听越糊涂了。

电梯一顿,停住了,门缓缓打开,眼前是一层楼道独有的明亮。

"你还不明白?"呼延云边往电梯外走边说,"明明眼前就放着一把扳手,凶手为什么要费劲地用刀柄的底端去砸碎那面镜子呢?"

"啊?"

三个人不约而同地愣住了。

呼延云看了看一层楼道,南北相对着各有一扇楼门,由于天气热的缘故,楼门下边被垫了木头楔子,总是保持在开启状态,便于通风。

透过南边的楼门，可以看见整个青塔小区的小门——铁栅栏门被一挂锈迹斑斑的铁锁牢牢锁住，栅栏顶部的尖刺像林立的一排长矛。

北边的楼门，正对着的则是那片通往望月园的草坡。

呼延云向北门走去，迎面碰上了一个老头子，红红的脸膛，胡子拉碴的，一拐一拐地慢慢往楼里走。马笑中一见，笑眯眯地打招呼："哟，老爷子，出去遛遛刚回来？"

老头子"嗯"了一声，嗓门很大地问："还没破案呢？"

"还没。"

"抓点儿紧！"老头子很威风地说。

"哎！"马笑中扶他上了台阶，"您老慢着点儿，我们一定抓紧时间破案。"

"这人是谁？"呼延云低声问丰奇。

"他姓孟。"丰奇说，"你别看他腿脚不好，眼神儿相当好使。案发那天晚上，他在楼道里扶着墙遛弯儿。亲眼看见杨薇在十一点五十五分左右乘电梯上楼去了，这对我们锁定犯罪时间起到了至关重要的作用。"

呼延云把脸转向了草坡。

青草如茵，一阵清风拂过，荡漾起绿色的波浪，层层不绝，星星点点的野花，点缀其间。

呼延云忽然说："小郭，上去一下。"

郭小芬一怔："你说什么？"

"司马凉说小青是从这里离开青塔小区的。"呼延云一指草坡，"试试看，爬上去难度大不大。你不是说小时候在老家经常爬树吗？这么个草坡应该难不倒你吧。"

郭小芬很不情愿地走到草坡前，刚要伸腿，忽然想起自己穿着裙子,这样往上爬很容易走光,正好"便宜"了马笑中他们几个,便把头一甩:"要上也是你们先上!"

呼延云一个助跑冲上草坡,草坡实在太陡了,他把腰弓得像个虾米,中途脚下一滑,赶紧抓了一把草,才没摔下去。站在坡顶,他招招手说:"老马、丰奇,你们俩上来吧。"

丰奇上来得还算顺利。马笑中又矮又胖,几乎是像大蜥蜴一样趴在草坡上,手脚并用,才算爬到了坡顶。

最后是郭小芬,她弯着腰,拽着草,一步一步地攀上了草坡,快到坡顶的时候,发现无草可抓了,正不知如何是好,一只手伸了过来。

抬头一看,是呼延云。

郭小芬把细嫩的一只手放在他的掌心里,他紧紧握住,向上一拽,她借力把身子一纵,像个粉红色的精灵跃上了坡顶,整个人撞进了他的怀里。郭小芬没站稳,一晃,呼延云连忙伸出另一只手,抱住她藕一样洁白的臂膀……

"哎哟!"

呼延云突然龇牙咧嘴,抱着一只脚,单腿蹦着。

原来是郭小芬在他的脚面上狠狠踩了一脚。

"色狼!"郭小芬骂了一句。

马笑中咧开大嘴,哈哈大笑起来。

丰奇上前扶住呼延云问:"没事吧?"呼延云苦着脸摇摇头,丰奇说:"看来,爬上来不是什么难事。"

"谁说不难,累死我了。"马笑中说。

"小青可没你这么棒的身材。"郭小芬嘲讽道,"她很苗条,要爬上来,相信比我还要麻利些。"

呼延云打断了他们:"小青当晚在望月园里等人,坐在什么位置?"

郭小芬回想了一下,把手指向不远处的一个蘑菇状灯伞下的石墩子说:"蔻子说,小青当时坐在那里剪指甲,脸色特别难看……"

呼延云一瘸一拐地走到石墩前面,蹲下身,拨拉着乱蓬蓬的野草,仔细搜寻着,忽然眼睛一亮,从兜里摸出一柄袖珍镊子,轻轻地夹出了什么,然后把左手一扬,掌心朝上。

剩下那三个人不知道他装什么托塔天王李靖,一头雾水。

"给我啊。"呼延云有点儿不耐烦地说,"证物袋。"

都不是刑事鉴识人员,谁随身带那玩意儿啊。到底还是郭小芬聪明,从背包里取出一个小纸袋,把自己原本用来办证件的几张照片倒出来,将纸袋递给他。

呼延云用镊子往纸袋里夹进了三四样东西,然后收起镊子,掏出笔在纸袋上写了几行字,递给丰奇:"你马上去分局刑事鉴识科,我要鉴定这几样东西,尽快出结果。"

"是!"丰奇接过纸袋,几步跳下草坡,到青塔小区停车场开了车,往分局去了。

呼延云和马笑中、郭小芬也下了草坡,站在六号楼的北门前,郭小芬突然想起了什么:"呼延,你刚才说一共有四个疑点,好像只讲了三个就中断了。"

"对啊!"马笑中也想了起来,"快说说,第四个疑点是什么?"

呼延云神色有些凝重:"每个人来到这个犯罪现场,觉得最诡异最不可思议的,一定是那一地碎镜片,但是我却觉得,有一样东西,比那些镜片更应该引起我们的重视。"他犹豫了一下又说,"不过,也许那样东西并没有我想的那么复杂,只是我想多了，想偏了，还是等我仔细想想再说吧。"

说着，他往青塔小区的大门口走去："现在，咱们去叠翠小区一趟吧，去看看阿累的妈妈，而且，发生命案的那天晚上，不是有一群人在那里聚会，之后又到望月园玩捉迷藏吗？我想找他们了解一些情况。"

郭小芬瞪了他一眼："不早说。刚才从望月园直接往北走，就能到叠翠小区。"然后给蔻子打了个电话，挂上电话后说："蔻子就住在附近，她说马上赶过来，带咱们去阿累妈妈住的地方。"

在青塔小区的大门口，两个人迎面走了上来，是周宇宙和张燚。

"你们怎么还在这里？"马笑中虎着脸问。

周宇宙微笑道："我只是有个推理方面的问题想和呼延老师探讨一下。"

呼延云好奇地望着他。

"就在前两天，埃勒里·奎因国际研究会通过互联网，刚刚公布了一件他生前侦破的，但一直没有公之于众的谜案，不知道呼延老师知不知道这件事？"

呼延云从小就视埃勒里·奎因为偶像，一听说有他生前侦破而不为世人所知的谜案，顿时两眼放光："我最近两天没上网，还不知道这件事。"

周宇宙点点头，把他在"恐怖座谭"上讲的故事重述了一遍："有一年，美国南极科学考察站留下了两个人过冬，一个叫汤姆，一个叫杰森。科考站有的是粮食和水，他俩除了保养科学仪器，平时就聊天下棋，晚上睡在一个小屋里，日子过得很不错。可是有一天，杰森突然病倒了，眼看就不行了。临死前，他对汤姆说，自己不想长眠在南极大陆的冰天雪地里，请汤姆发誓一定不要就地掩埋自己,要把自己的尸体带回祖国去。汤姆答应了……

"汤姆把杰森的尸体背到科考站不远处的一个丘陵上,埋在雪里,第二天一早,却发现杰森的尸体就躺在对面的床铺上。汤姆十分害怕,再埋回去,结果第二天早晨杰森又'回来了'。精神高度紧张的汤姆拿着枪巡视科考站周围,什么都没发现,再给杰森验尸,已经死透了,百思不得其解的汤姆把杰森再次掩埋,回到房间,反锁好门,把桌子推到门前堵住,抱着上膛的枪,靠在墙角打盹。

"一夜风雪。第二天早晨,汤姆睁开眼,看见门依旧反锁,桌子依然顶着门,可是杰森的尸体再一次回到了床上……汤姆浑身发抖,惨叫一声,朝杰森的尸体连开数枪。尸体被打得稀烂,然后汤姆把枪口塞进嘴里,扣动扳机,只听'乓'的一声——他打爆了自己的头。"

马笑中眼睛瞪得溜圆。郭小芬也听得毛骨悚然,青天白日的,身上竟一阵阵发冷。

"第二年春天,美国南极科学考察队回到了科考站,发现房间里的两具死尸,十分震惊。他们从抽屉里找到了汤姆的日记,其中写到了杰森的死,也写到了尸体一次次从墓穴'回归',表示自己的精神已经接近崩溃的边缘……科考队队长震惊极了,也困惑极了,将两具尸体带回国埋好之后,他来到纽约,向埃勒里·奎因求教。奎因看完汤姆的日记之后,做出了一个大胆的推理——"周宇宙摊开手,"请问呼延老师,您认为这个谜案的真相是什么呢?"

呼延云低下头。

郭小芬一脸困惑,想了半天,轻轻地摇了摇头。

"敢情你是来打擂台的!"马笑中气急败坏,"谁他妈的能猜出这么奇怪的事儿——别是你小子瞎编的吧!"

"绝对不是瞎编的。"周宇宙笑道,"其实,这件事曾经被国际推理协会作为推理者晋级时的考题提出过,难住了不少名侦探,所以一直严格保密,作为保留题目。呼延老师一时想不出答案,也很正常,好多人一辈子都想不出来呢,实在不行,埃勒里·奎因国际研究会的网站上公布答案了,您可以去看看——"

"是梦游吧?"呼延云突然说。

郭小芬永远也忘不了周宇宙那一刻的神情:像被雷电劈中一般震惊。

"汤姆违背了誓言,把朋友的尸体埋葬在了冰天雪地里,潜意识中是很愧疚的,清醒时还可以控制自己的行为,沉睡后潜意识操纵着身体,把朋友的尸体掘出,一次次抱回到床上。"呼延云看着周宇宙的样子,知道自己说对了,"既然是现实中发生的事情,就一定有合乎现实逻辑的解释。冰原上既然没有别的生物,只有汤姆一个人,那么一切,不管多么荒谬,也必然、只能是他一个人做的,无非是他在清醒和沉睡时,分裂成了两个人而已。"

说完,他和郭小芬、马笑中一起走出了青塔小区的大门。

"他说对了?"张燚问周宇宙。

周宇宙望着呼延云的背影,英俊的脸孔阴沉得像积雨云,很久,才慢慢地点了点头。

第十四章 透光镜

"你叫呼什么来着？"蔻子一面上台阶一面问。

"呼延云。"他很不好意思地说，仿佛自己的名字给她找了天大的麻烦。

"嗯！"蔻子点点头，"这回我记住了。"她站在二楼一扇防盗门前，按了门铃。"丁零丁零"响了三声，没人来开门，她再按，又响了三声，还是没人来开门。她有点生气，"哐哐哐"地拍着门喊："小萌，是我，蔻子，快点儿把门打开！"

依然无人回应，郭小芬把耳朵贴在门上听了听，神色有点紧张："屋里有声音。"

"我下楼，看看能不能从阳台攀上去。"呼延云刚要往楼下走，防盗门哗啦啦打开了，露出一张猪腰子似的长脸，额头上挂着汗珠，眼神有些慌张。

"王云舒？"蔻子很惊讶，"你怎么来了？"

"这是我表哥家，我想来就来。"王云舒说。

蔻子推开她就冲进了屋子，直奔阿累的书房，见王云舒的母亲孙女士正在把书桌最下面的抽屉关上。

"你们——"蔻子气得嘴唇发抖，"你们给我滚！"

跟在她身后进来的王云舒喊了起来："不许你这么跟我妈讲话，这是我表哥家，要滚的人是你！"

"你们不就是想找镜子吗？好，我让你们找！"蔻子把所有的抽屉都拉出来，倒扣在地上，把书柜的门也打开，一本本书往下拽，扔在桌子上，然后将床单狠狠一拉，枕头和枕巾被像地壳错动的岩石层一样痛苦地扭曲着，露出铺在最下面的褥子……

王云舒不停地尖叫着。

"蔻子你误会了，冷静一点，不是你想的那样。"孙女士诚恳地说，"我和云舒先走了。"

呼延云使了个眼色，马笑中会意，拦住王云舒和孙女士，把警官证一亮："我是望月园派出所的，有些事情需要你们配合调查一下，所以请先不要离开。"

王云舒一指书房："正好，你们赶紧把那个疯子抓起来。"

"用不着你教我怎么办案！"马笑中把眼一瞪，指着客厅的沙发说，"去，那边儿坐着去，等我们问话。"

就在这时，呼延云发现客厅里还有两个人：一个人坐在一把轮椅上，是个头发花白的老太太，面朝阳台，一动不动，仿佛和沙发、电视、冰箱一样，仅仅是这栋房子里的一件没有生命的物什；另一个是个小女孩，穿着米黄色短裤和绘着Hello Kitty的衬衫，虽然逆光坐在沙发上，看不清容貌，但从脸部的大致轮廓，呼延云断定她是个十足的美人胚子，只是瘦弱了一些。

呼延云走进书房，看见已经平静下来的蔻子在默默地收拾着被她折腾得乱七八糟的房间，呼延云蹲下身，把那几个倒霉的抽屉翻过来，把散布在地上的文具、本子什么的往里面装，然后将抽屉重新插进原来的位置。

然后，他来到蔻子身边，和她一起把摊在桌上的书放回书柜，他的余光看到一些亮晶晶的东西，是盈在蔻子眼眶里的泪水。

"没事吧？"呼延云问。

"没事。"蔻子低声说。

"你是阿累的好朋友？"

"同学。小学到高中，都在一个班。"

"他是怎么死的？"

"病死的。"

"什么病？"

"不知道，他一直也没有跟我说过。"蔻子说，"只是到了后来，他好像浑身都不能动，就像……就像一个被扔进冰窟窿里冻僵的人。"

"镜子杀人的故事。"

"嗯？"

"我说，他死得就像小青讲的那个镜子杀人的故事中，被狠毒的妻子骗进冰窟窿里砸死的丈夫。"

"对。"

"那个故事，你能完整地给我讲一遍吗？"

"能。"蔻子见书都被重新摆进书柜，就去收拾床铺，一面收拾，一面把那个故事讲了一遍。

"这和小青给你讲的一模一样？"

"细节上也许有些不一样的地方，但应该差不多。"

呼延云忽然发现白色的墙壁上有一道暗黄色弧形，像是半张被揭掉的头皮糊在了上面，给人一种毛骨悚然的感觉："这是怎么回事？"

蔻子呆呆地看着那个弧形，一言不发，盈了很久的泪水，终于慢慢地滑落面颊。

呼延云沉默着。

"最后，他动不了了，话都说不出来了……"蔻子使劲吞咽了几下,说,"可是他又想和网友聊聊天什么的,我和他妈妈就把他抬到靠墙的那个沙发上,电脑桌搬到他面前,他用手指慢慢地移动笔记本电脑的球形鼠标,点击软键盘来一点点录入文字。赶上手指痉挛跳动,鼠标根本无法定位,所写的内容被搞得乱七八糟时,他就仰起头靠着墙,闭上眼睛,脸上充满了绝望,时间长了,墙上就留下了那么个印子……"

"天啊……"郭小芬十分震惊,"他得的到底是什么病啊?"

蔻子摇摇头:"我说了我不知道,他竭尽全力来保守这个秘密,他的妈妈——就是坐在阳台轮椅上的那个老太太,虽然知道真相,但在他病死之后就精神失常了,再也说不出一句完整的话……"

呼延云面对着墙上的那个印迹,神情肃穆。

马笑中把书房的门关上,问:"那母女俩是怎么回事?"

"她们?她们就想着怎么能从这里再找到铜镜,拿出去卖钱。"蔻子轻蔑地说,"阿累死后,趁着他妈妈精神失常,樊一帆伪造了一份阿累签名的遗嘱,除了这套房产留给老太太以外,其他所有财产都划归她的名下,阿累收藏的无数面珍贵的铜镜,被她一一拿去变卖。王云舒和她妈妈看在眼里,急得直冒火,没事就跑过来翻阿累的东西,看看能不能捡到'漏儿'——尤其是那面失踪了的透光镜。"

"透光镜是什么玩意儿?"马笑中问。

"我不是很懂铜镜,所以不大清楚,据说是阿累所有的藏品中最值钱的一面铜镜,价值几千万元呢。"蔻子说,"不过,她们找不到的。小萌——就是这家的用人说:阿累把那面镜子给了小青。"

"蔻子,"呼延云突然说话了,"杨薇被杀的事情,恐怕你们已经都知道了。你觉得，小青是杀害杨薇的凶手吗？"

蔻子摇摇头："不会，要杀，她也是杀樊一帆，她和杨薇又没有什么直接的仇恨。"

"你刚才说这家的用人，叫小萌的，她现在不在吗？"呼延云问。

蔻子也一副很纳闷的表情："是啊，不知道怎么回事。杨薇被杀了之后，她就变得怪怪的，老是一副躲躲闪闪的样子，好像很害怕什么似的，家务做得特别不认真，伺候老太太也心不在焉的，而且经常不在家，再这样下去我看要解雇她了。"

"好吧，蔻子，你去把王云舒叫进来好吗？"呼延云说，"另外，麻烦你再等一等，不要走。"

蔻子点点头，出了书房。

"她的口吻，有点儿像这家的女主人呢。"郭小芬轻轻地说。

王云舒进了书房，猪腰子脸吊得老长，一双楔形眼恶狠狠地瞪着屋里几人。等马笑中把门关上，她立刻问："蔻子说我坏话来着吧？"

"你有什么坏话可以让她说呢？"呼延云饶有兴趣地问。

王云舒支支吾吾地说不出话来。

"杨薇的死，你知道了吧？"

"知道了。"王云舒说。

"出事那天，是谁提议去望月园玩捉迷藏的？"

"是……是我。"

"也就是说，一群人在你的提议下去望月园玩儿，然后在同一时间，杨薇被杀死在相邻的青塔小区。"呼延云说，"你觉得，这是不是太巧合了一点呢？"

"这，这……"王云舒急了，"我可没杀杨薇，我们每次晚上聚会,都要去望月园玩儿捉迷藏的啊,不信你可以去问问别人。"

呼延云把话题一转,问:"你们到望月园后,是从几点开始玩的?"

"晚上十一点三十四分。"王云舒不假思索地回答。

郭小芬很惊讶:"你怎么这么肯定?"

"玩儿之前我看了一下手表。"王云舒说。

呼延云接着问:"游戏怎么玩儿呢?"

"就是大家一起到望月园去,先手心手背,出局的那个负责抓人,其他人都藏起来,选好地方后一动也不许动。在一定的时间内,抓人者把躲藏者全抓出来了算赢,没有被抓住的人也算赢。赢的人有资格在下一轮游戏中直接当躲藏者。"

"一次游戏要玩多长时间?"

"我们一般玩两种,十五分钟一轮或二十分钟一轮的。"

呼延云目光一闪,缓慢而清晰地问:"你们那天晚上玩儿的是多长时间一轮的呢?"

王云舒说:"十五分钟一轮的。"

"谁提议玩十五分钟一轮的?"

王云舒想了想:"好像是蔻子,她说玩儿十五分钟一轮的,大家都没意见,然后游戏就开始了。"

"我不要'好像',我要的是肯定。"呼延云盯着她说,"到底是谁提议玩十五分钟一轮的?"

王云舒有点儿慌,定了定神,肯定地说:"是蔻子,没错。"

呼延云问:"第一轮是谁抓人?"

"武旭。"

这个名字很陌生。"那么,第一轮抓人顺利吗?在结束的时候,所有人都被抓住了吗?"

王云舒说:"好像没抓到蔻子和老刘,他俩都特别能藏。"

"老刘是谁?"

"刘新宇,也是经常和我们一起聚会的。"

呼延云听到这个名字,不禁一愣。

郭小芬突然问:"玩完一轮后,你们休息了多长时间?"

王云舒说:"两三分钟吧……可能要更长些。"

"第二轮谁抓人?"

"是我。"王云舒指着自己的鼻尖,"蔻子和老刘又没有被抓住,在下一轮中接着藏,剩下的人手心手背,结果小萌、武旭和那个姓张的记者都是手心,就我是手背。"

"下面我要问的问题非常重要,请你想清楚再回答。"呼延云说,口吻像平地掠过一阵寒风,变得异常严峻,"在你们第二轮游戏结束后,有没有出现什么异常情况?比如,某个人晚于正常时间回到集合地。"

王云舒仔细想了想说:"第二轮我抓住了老刘、小萌和那个姓张的记者——他挺笨的,藏在哪里都能被发现。武旭也被抓住了,马上就要到时间了,不知怎么回事,他没按规矩在一个地方藏着,提前出来了,在南边的草坡那儿溜达,被我抓住,说他耍赖,他还跟我吵……要说回来晚的,就是蔻子,我们都集合好一会儿了,她才出现,还说看到了小青,也不知道真的假的。"

"声音呢?"呼延云问,"有没有听到什么奇怪的声音?"

王云舒摇摇头:"没有。"

"真的没有?"呼延云追问了一句,郭小芬看了他一眼,不知道他为什么对这个问题如此感兴趣。

王云舒很肯定:"没有。"

"好了,没事了,你把你妈妈叫进来吧。"

王云舒站在原地没动。

马笑中说:"去叫你妈进来,没听见吗?"

王云舒的一双楔形眼瞪着马笑中。

"你还有什么事吗?"呼延云问。

"我、我想告诉你那个蔻子不是什么好东西,她看着阿累家有钱,早就想当阿累的老婆,可是阿累娶了樊一帆,气得她不行,所以……"

马笑中不耐烦地说:"你哪儿那么多废话,出去,叫你妈进来!"

王云舒无奈地走出了房间。片刻,孙女士进来了,脸上挂着歉意的笑容:"我女儿年轻不懂事,有时可能没礼貌,请你们多多原谅。"

"请坐。"呼延云指着一张椅子说。

孙女士坐下了,神色很安详。

呼延云说:"请您把杨薇遇害那天晚上,这里聚会的前后经过,给我们详细讲一下好吗?"

孙女士点点头,从接到蔻子的邀请电话说起:蔻子是怎样请她们到阿累的妈妈家集合,听参与侦破上个月发生的系列命案的郭记者讲故事,结果来的却是张伟,之后大家聊起镜子,后来在王云舒的提议下,一起去望月园玩儿捉迷藏……"他们临出门的时候,我还不大同意,说这么晚了就不要去了,怕出事,谁知道隔个草坡就出了命案!"

"这么说,您那天晚上没有去望月园喽?"呼延云问。

"我都这么大年纪了,怎么能和孩子们一起玩儿。"孙女士笑着说,"再说小萌也玩儿去了,我姐姐和雪儿没人照顾怎么行?"

"您的姐姐……是谁?"

"就是坐轮椅的那个人啊,她是阿累的妈妈,也是云舒的大姨。"

"哦。"呼延云说,"雪儿是谁?"

"就是坐在客厅沙发上的那个女孩,阿累生前特别要好的网友,彼此给了很多鼓励。她家在外地,过两天要去美国治病,来咱们市里一是坐飞机方便,二是阿累去世之前,专门提出过,如果雪儿来了,一定要多给予她照顾,所以她来之前联系我们时,我就跟她说好了,让她在这里住下,省下住旅馆的钱,毕竟将来去美国还有很多要花钱的地方……"

呼延云打断了她的话:"他们去望月园玩儿到回来这段时间,您在这房子里都做了什么,给我讲讲好吗?"

孙女士愣了愣,说:"他们走后,我就在客厅看书,后来雪儿睡醒了,我就和她聊天。聊了一会儿,雪儿渴了,我带她到客厅去喝水,透过阳台的落地窗看见亮着警灯的警车开进了青塔小区,我还纳闷是怎么回事呢,没多久,云舒和小萌回来了,说青塔小区好像出了什么事,那位姓张的记者顺着草坡溜下去了,少了个人不好玩了,就都散了,各自回家了。"

"您的姐姐——我是说坐在轮椅上的那位女士。"呼延云仔细斟酌了一下用词,"她,那段时间里一直没有离开这里吗?"

孙女士苦笑了一下:"阿累去世后,她精神失常了,整日傻傻地坐着,上个厕所都要人扶……"

"好吧。"呼延云说,"您把雪儿叫来好吗?"

孙女士出去了半天,蔻子拉着雪儿进来了。雪儿一直怯怯地躲在她身后,苍白的脸上,一双黑樱桃似的眼睛里充满了恐慌,像一只马戏团里走上钢丝的小羊。

"她胆子小,我能陪着她接受你们的问话吗?"蔻子说。

呼延云摇了摇头。

蔻子无奈地对雪儿说:"别怕,有什么说什么就是,我在外面,有事就喊我。"然后走了出去。

雪儿呆望着屋子里的三个人,看着她楚楚动人的小脸上那将要枯萎般的神情,呼延云突然说不出话来,看了看郭小芬,郭小芬明白他的意思,上前拉着雪儿的小手坐下,温柔地说:"雪儿,别害怕,我们只是问几个问题,你如实说,好吗?"

雪儿轻轻地点了点头。

郭小芬说:"那天晚上,你为什么没和大家一起去玩儿捉迷藏呢?"

雪儿说:"我好困,睡着了。"

"什么时候醒的?"

"夜里十二点,孙阿姨告诉我的。"雪儿说,"我做了个噩梦,吓醒了,一睁眼就看见孙阿姨坐在我身边,她一直和我聊天来着……"

"后来呢?"

"后来她带我到客厅喝水,我们就看见有辆警车一闪一闪地开进对面那个小区。孙阿姨说那个叫青塔小区,肯定是出什么事了。"

"雪儿,"呼延云说,"你能把那天晚上蔻子讲的镜子杀人的故事,完整地复述一遍吗?"

雪儿愣住了。

"怎么了雪儿?"郭小芬有点惊讶,"你想不起来那个故事了?"

雪儿还是一副莫名其妙的样子。

呼延云突然明白过来:"难道你没听过那个故事?"

雪儿说:"什……什么镜子杀人啊?"

呼延云不禁一笑:"好啦,雪儿,你出去吧,让蔻子进来。"

蔻子进来了,呼延云问:"难道你讲那个镜子杀人的故事的时候,雪儿不在场?"

"对啊,不知怎么回事,她坐在沙发上,困得眼皮都睁不开了,孙阿姨和小萌就把她扶进客房里睡觉去了,怕吵着她,还把门带上了。"

呼延云问:"此前,她有没有吃过或喝过什么?"

蔻子仔细想了想,眼睛突然一亮:"对啦,那个姓张的记者讲完故事,口干舌燥的,我让小萌给他和大家每个人都倒杯果汁,孙阿姨怕她一个人手忙脚乱,还去厨房帮她,然后用盘子端进来,分给大家喝。"

"谁负责分的?"

"这我可想不起来了。"蔻子说,"也有自己动手拿的,不过雪儿一向畏畏缩缩的,肯定是有人拿给她的。"

呼延云点点头:"蔻子,下面,我想和你探讨个问题,但是希望你能严守秘密,可以吗?"

蔻子神情一振:"你说,我一定保密。"

"假设——"呼延云压低声音,"那天晚上有人知道你们聚会后一定会去望月园玩儿,不希望雪儿去,故意下迷药把她迷晕,让她在某个特定的时间段里安静地睡觉——你觉得有什么理由这样做吗?"

"下迷药?"蔻子睁圆了眼睛,"谁会做这种事?"

"只有禽兽做不出来的事,没有人做不出来的事。"呼延云说,"你就告诉我,有没有迷晕雪儿的理由?"

"有!"蔻子不假思索地回答。

"什么理由？"

"你们不要看雪儿病恹恹的，其实她有一项超常的本领。"蔻子说，"她的记忆力惊人的好，过目不忘，她来的那天中午，王云舒带她去餐馆吃饭，她把厚厚一本菜单翻了一遍，所有菜的价格就全记住了，后来服务员算错了账她还纠正来着。当天晚上我们不是就聚会来着吗，姓张的记者还没来的时候，王云舒把这事儿一讲，我们都惊叹不已。如果后来带雪儿去望月园，她的身体非常糟糕，跑不动，也走不了很长的路，估计也就是在圆形广场那里坐着，反正我们每个人藏在哪里，有没有作弊，或者去做了什么别的事情……都逃不过她的眼睛。"

呼延云和郭小芬对视一眼，不约而同地点了点头。

"雪儿得的是什么病？"

"这个我也不大清楚。"蔻子叹了口气，"我觉得她的症状非常像阿累，说话、走路，做什么都是有气无力的，好像在渐渐地被冻僵……"

呼延云的目光慢慢移向墙壁上的那个暗黄色的弧形，逝者已矣，这道痕迹却永远地留下了，它有如退潮后堤坝上残存的水渍，表示水曾经淹没到这个高度。那个去世的阿累，在生命的最后，一次次将疲惫而绝望的后脑勺靠向这面墙壁，正如掉进冰窟窿的人一次次奋力地把口鼻伸出水面，鼻翼和嘴唇快速地一张一翕，贪婪地吸吮着维持生命的空气，但是寒冷的冰水还是将他一点点拖向黑暗的河底……

他到底得的是什么病？那种计时器般一秒秒地步入死亡，究竟是一种什么样的感觉？

想着想着，呼延云周身不由得发麻，赶紧动了动僵硬的脖子，把这间小小的书房扫视了一圈，突然发现似乎缺少了什么东西。

"我怎么没有看到一张阿累的照片？"他问。

"收起来了，怕他妈妈看到。有一次他妈妈看到了，又哭又闹地直吐白沫……"蔻子说着，拉开一只抽屉，从里面找出一个黑皮笔记本，打开，抽出一张照片递给呼延云，"中间的那个，就是阿累。"

照片上，三个人坐在河边一块大石头上，亲密地肩靠着肩，中间的那个穿着深蓝色T恤的男子，皮肤有点黑，鼻子很大，重重的眉毛下面，是一双原本就狭长，因为笑得很开心而眯成一条缝的眼睛，厚厚的嘴唇微微外凸着，给人一种憨憨的感觉。

他的左边是蔻子，对着镜头打出"V"的手势；他右边那个人，脸庞白净而略微狭长，眉清目秀，手脚舒展地一坐，仿佛和身后那片清澈的河水融为了一体。

"这个人叫刘新宇吧？"呼延云指着照片上的这个人问。

"对啊。"蔻子有点惊讶，"你怎么知道？"

"他是我的中学同学，没想到和你们玩儿在一起。"呼延云说着拿出手机，拨通了一个号码，"喂？老刘吗？你在哪儿？好……我现在就去找你。"

他挂断手机，走出书房，见王云舒和她妈妈还没有离开，问："小萌还没回来？"

她俩一起摇摇头。

"好吧，那我们先走了，有她的消息，第一时间通知我。"呼延云说，突然又想起了什么，"那个叫武旭的，你们有他的联系方式吧，给我一下好吗？"

蔻子马上说出一串电话号码，接着说："杨薇出事后，我们就联系不上武旭了，打他的手机，总也不通。"

呼延云没有说什么，他看着坐在阳台前的那个轮椅上的老妇人，心中油然生出一股怜悯，于是走到她的身边，发现她的头顶秃了一大块，露出恐怖的白色头皮，心中一阵颤抖，不由得单腿蹲下，端详着她那张布满皱纹的铅灰色的脸。她没有任何表情地呆呆望着阳台外面，像是一棵枯死很久的树。顺着她的目光，呼延云看到的是郁郁葱葱的望月园，还有六指乍开般的青塔小区。呼延云突然觉得她其实并没有疯或傻，只是在等待着什么，她也知道等不来了，但还是要等下去。

他叹了口气，慢慢站起身，走出了大门，郭小芬和马笑中跟在他后面。

三个人出了叠翠小区，步行回青塔小区去拿车，一路上，起先谁也没有说话，各自想着心事，后来还是马笑中打破了沉默："我说，你们心里有没有怀疑的目标啊？说来听听，我怎么觉得完全摸不着头脑。"

"现在，涉案人员我们只见了几个，还不能下结论。"郭小芬说，"但是我怀疑上了一个人，因为她有鲜明的动机，并且在杨薇遇害那天夜晚，实际上主导了从家庭聚会到望月园玩游戏的整个进程。"

马笑中立刻问："谁？"

"她说的是蔻子。"呼延云说。

郭小芬停住了脚步。

"我猜错了？"呼延云问。

"没有……你怎么知道的？"

"对啊！"马笑中也很吃惊，"你凭什么怀疑蔻子呢？"

"时间，计算一下时间，你就全都明白了。"呼延云说，"不过,是小郭怀疑蔻子,至于我,倒更同意她前面那句话,在没有见过所有涉案人员之前,先别急着下结论的好。"

上车之后,马笑中一面开动汽车一面问去哪里,呼延云说:"冥山旁边不是有个古玩城吗?去那里,找刘新宇。"

"这个刘新宇,和你很熟吗?"郭小芬问。

"嗯,是我很好的朋友。他博学多才,特别是在考古和文物鉴定上造诣很深。"呼延云说,"没想到他也牵涉进这个案子里了。"

冥山是这座城市最大、最著名的公墓群之一。古玩城其实就是山脚下的一大片自由市场,一进去便可见到一行行摆着假山石、根雕、瓷瓶、玉器、线装书、指南针、刀剑、双截棍等各种稀奇古怪玩意儿的地摊儿,无论是遮阳伞下的摊主还是蹲在地摊前扒拉这个翻弄那个的买家,眼神不约而同地流露出贪婪、狡黠和鬼鬼祟祟,空气中散发着一股油漆味儿,仿佛人和物件都是反复涂抹后才上市的。

呼延云很快就发现了刘新宇,他蹲在一个地摊前正拿着一面铜镜跟左边一个胖子讲着什么,呼延云索性走到他右边也蹲下。

胖子一看呼延云,高兴得两眼眯成一条缝:"呼延,是我!是我!"

"朱志宝!"呼延云笑了,"你怎么在这儿?"

"我来这儿瞎逛,差点买了假货,正好刘哥在旁边,怕我吃亏上当,把我拉开了,正教我鉴别铜镜呢。"朱志宝指着刘新宇笑呵呵地说,"真是太好了,我一出家门心里就发慌,有你们俩在,我什么都不怕了。"

呼延云用胳膊肘捅一捅刘新宇,刘新宇笑着冲他点点头。

"这黑漆古①看着像那么回事儿,其实你仔细看……看出来了没有?颜色发浮,层次单调,黑得不入骨,所以肯定是拿化学药水儿泡出来的。"刘新宇指着铜镜对朱志宝说,"拿氨水儿或者硝酸滴在上面,再用水一冲,准保露出铜色儿来。"

朱志宝似懂非懂地点着头。

刘新宇又拿起一面铜镜:"再看这面,上面的铜锈,是不是感觉不错?但你要知道,铜锈就是矿物化了的铜盐,要是拿显微镜看,会看到它们一簇簇地长在铜镜表面,错落有致,层次感特别强。而我现在手里拿的这一面,虽然也有铜锈,但是你摸一摸试试,是不是有点刺手?用指甲一抠这'锈'就脱落了,其实是用漆雕颜料做的伪漆皮……"

"哎哎,差不多就行了!"摊主脸上挂不住了,用一把青藤手杖"哐哐"地敲着一面铜盆,"您真懂行假懂行?进了场子'见脏不洗',知不知道?想显摆本事到别的地方去,我这儿还要做生意呢!"

"抱歉,您多担待,我主要是想教这位胖兄弟练练眼力。"刘新宇一笑,把铜镜放回地摊,捡起一块玉皮子,慢条斯理地说,"这个我要了,不过,一看就是提过油的,值不了几个钱,我给您这个数儿行吗?"说着伸出几根手指。摊主一看,无奈地说:"得嘞,您拿走吧。"

付了钱,刘新宇站起身,一边跺脚一边揉着发麻的腿问:"呼延,是不是为了杨薇那案子找我?"

呼延云也站了起来:"对,走吧,咱们找个地方聊聊。"

"我也去!"胖乎乎的朱志宝说。

---

①古铜镜在地下埋藏太久,器表和地子受到土壤侵蚀,呈现亮晶晶的黑漆色,故名黑漆古。

这时马笑中和郭小芬走了过来，呼延云给大家介绍一番。刘新宇问去哪儿比较好。呼延云说干脆去望月园走一走吧，刘新宇同意了，跟着他们来到普桑旁边，刚刚拉开车门，朱志宝又跟上来了，一副不依不饶的架势："带我一起去吧！"

大家都看着呼延云，呼延云想了想说："那你在旁边老老实实待着，不许乱说话，不许乱跑动，还有，我们无论聊什么你都不许跟别人讲，不然下次不带你了。"

"成！"朱志宝答应得非常痛快。

开车往西，很快就回到了望月园，马笑中把车停在公园的门口，五个人下了车，望见太阳已经西斜，红彤彤地浸在大朵大朵的晚霞里。他们走进石头拱门，顺着宽大的石阶往丘陵的顶部走，旁边不断有孩子跑上来跑下去，甜甜的嬉笑声跟在空中飞似的。

终于到了石阶的顶部，绕过那个石刻的月亮公公，眼前就是圆形广场。平地喷水池正在不断地向上喷出一股股水柱，在水柱的顶端绽放开伞一样的水花，凉凉的水丝随着晚风不时飘到身上，清爽极了。一个小男孩尖叫着从水柱中间穿过，然后浑身湿漉漉地站在一个小女孩面前炫耀着自己的勇敢。郭小芬仰起脸，看到水雾中有一道清晰的彩虹，正如梦如幻，忽听耳畔一声大叫，只见朱志宝也从喷水池正中冲了过去，然后浑身湿透地跑回来，傻呵呵地乐着，擦着脸上的水珠儿说："真好玩！真好玩！"

"这哥们儿挺憨的。"马笑中说。

"朋友嘛，越简单越好。"呼延云微笑着说。

"阿累就是个挺憨的人。"刘新宇叹息，"过去我们常来这里，特别是夏天的晚上，每人拎着两瓶啤酒边喝边聊天，什么都聊，开心极了，他笑起来瓮声瓮气的，跟在桶里似的，直喝到醉醺醺了才回家……"

所有的人都沉默着，等待他继续说下去。

"我和阿累就是在冥山古玩城认识的。有一年，我去地摊上淘货，看上一面宋代的铜镜，铜质、纹饰、沁子都很不错，爱不释手，但是仔细一看铭文，看出问题来了，上边写着'苏州乌鹊桥南缪家真铜镜'，要知道宋代是很讲国讳的，太祖赵匡胤的祖父名叫'赵敬'，'敬'与'镜'同音，为了避'敬'讳，所以宋代的铜镜便称为'照子''鉴容'等，不可能出现带'镜'字的铭文。我认为这是一面伪制的铜镜，遗憾地想要放下，谁知旁边一个也在淘货的小伙子看穿了我的心事，低声说'买下吧，真货，绍兴三十二年以后的'，我一下子想起来了：据《宋史·礼志》载，绍兴三十二年正月，礼部、太常寺曾经颁文，'敬'字可以不避讳了，于是在铜镜上出现了'镜'的字样，但是到了绍熙元年四月又重新颁布'敬'字要避讳，所以在这中间短暂的二十八年里，确实有宋镜是带'镜'字铭文的。我一问摊主价钱，摊主大概也以为这是面伪制镜，价格出得极低。我买回家仔细鉴定，确是真镜——我捡了个大漏儿！那个指点我的小伙子就是阿累。

"要知道，在古玩这个行子里，为一个铜钱尔虞我诈反目成仇的事情多了去了，阿累的举动让我觉得，这人不是'拿玩意儿当命'，而是'拿玩意儿当玩意儿'，他懂行、学问扎实，但是讲道义，喜欢成人之美，可交！后来我们就总约好了一起淘宝，成了很好的朋友。通过他，我又认识了蔻子、王云舒、武旭他们，有时大半夜的就来这望月园里一起玩捉迷藏，呵呵，那段日子，回忆起来真是温馨啊！

"呼延，你不知道，我还和阿累提起过你呢。"

"我?"呼延云有些惊讶。

"对啊。"刘新宇点点头,"我把你的那些推理的故事告诉他,他特别喜欢听,还说其实鉴宝也是一种推理,不仅要有丰富的学识、敏锐的头脑,还需要超乎常人的冷静和缜密,总让我哪天把你拉过来一起喝酒聊天,可惜一直找不到机会……"

呼延云望着地上渐渐黯淡的一片树影,没有说话。

"他结婚的时候,我去了,婚礼搞得特别排场,但是我当时就有两种感觉,一是那个新娘跟他不是一路人,二是他其实并不快乐。

"婚后,他很长一段时间没有找我,突然有一天,他打电话给我,约我晚上出来聊一聊。我们就在这个圆形广场见面,我发现他的气色非常非常差,问他出了什么事,他说他得了绝症。我震惊极了,问他具体得的是什么病,他却坚持不说,只讲自己时日无多,搬到叠翠小区和他妈妈一起住了。我问他为什么不在水岸枫景自己的家里住,他沉默了很久才说,他妈妈怕樊一帆照顾不好他——可是我知道他在撒谎,理由绝不止这么简单!

"然后,他突然问了我一个问题:相不相信这世界上有真的爱情?

"我说世界上的道理都是相通的,就拿铜镜举例子吧,也许伪制的比真的多上几万倍,但是真的还是有的。

"他沉默了片刻,又问:像他这样患了绝症的人,假如爱上了一个姑娘,而那个姑娘也爱上了他,该怎么办?

"你知道我对感情的事情一向看得很淡,不知道该怎么回答他,想了半天才说,你现在既然有妻子,身体又不好,要是真的爱那个姑娘,就别让她将来恨你、怨你。

"他听了我的话,低垂的眉毛忽然扬起,立刻变得很开心,拉着我去旁边的酒吧喝酒,我记得那天晚上他喝了许多许多,像开了闸似的,不停地说着过去一起淘宝的日子,我几乎插不上嘴,只是默默地听着。

"不过,那是他最后一次和我喝酒了。

"我和他最后一回见面,是在今年春天。他打了个电话给我,说话声音很慢很吃力,让我马上来叠翠小区。我一进门,看见他坐在书房的电脑桌前,对我露出一个僵硬的笑容。他让我把门关上,反锁,任何人都不能进来。我照做了,之后问他怎么样了,他似乎没有时间和力气对我讲述他的病情,指着电脑桌的一个暗柜,让我掏出一张纸,打开一看,上面的字迹工整,应该是他病情还不是特别严重的时候写的。那是他的一封遗嘱,上面写着把他的遗产分成三份:水岸枫景的房子和收藏的大部分铜镜都留给他的妈妈;留一百万元给他的老婆樊一帆;最后一份则让我十分惊讶,一百万元和一面铜镜,留给一个叫小青的姑娘。

"我一下就猜出来了,这个小青一定就是他爱上的那个姑娘……"

马笑中打断了他的话:"一百万元,要说也不算多啊,不是和给樊一帆的一样吗?"

刘新宇摇摇头:"才不一样,阿累留给小青的,比留给樊一帆的,多了几十倍都不止!"

马笑中掰着指头算了半天:"几十倍?怎么会?不就是多了一面铜镜吗?"

"对,就是多了一面铜镜。"刘新宇慢慢地说,"可你要知道,那面镜子正是阿累家的传家之宝——西汉的透光镜!"

第十五章 洗冤

"透光镜。"呼延云把这三个字念了一遍,然后问刘新宇,"到底是一面什么样的镜子?"

"那是一面魔镜。"刘新宇说。

"魔镜"两个字让所有的人一惊。在他们面对着的青塔小区六号楼的四〇九房间,就有一个女人胸口被插了一刀,圆睁着双眼死在血泊之中,现场还有一面镜子被打碎,如果她不是被谋杀,那么唯一的解释就是镜子中的魔鬼突破了幻影与现实之间那片薄薄的玻璃屏障,杀死了它见到的第一个人……

"表面上看,这种镜子和其他的铜镜没有什么区别,正面可以用来照容,背面有着纹饰和铭文,但是它的特殊之处在于,将阳光或者直射的平行光照到镜面上时,镜面的反射光,却能在墙上或纸上投射出镜背的纹饰和铭文,活像是一张镜背的照片。"刘新宇说,"可以这么说:这面镜子在一定意义上把普通的光变成了 X 光,当然,能透视的仅仅是镜背上的纹饰和铭文。可是你们要知道,那可是我们老祖宗在两千年前的西汉年间就创造出的工艺品!"

"唉!"郭小芬叹了一口气,"每次我以为古代中国已经很伟大的时候,总能发现其实她更伟大。"

马笑中十分好奇:"这种透视是怎么做到的呢?"

刘新宇说,"对于透光镜为什么能透光的研究,最早是宋代大科学家沈括在《梦溪笔谈》中谈到的,他认为工匠在铸造过程中,冷却的时候,没有铭文和纹饰的地方比较薄,于是先冷了下来,有铭文和纹饰的地方比较厚,冷得慢一些,但收缩性较大,因而造成了一定的痕迹,形成了透光效果。

"元代金石学家吾丘衍则有另外一种看法,他认为透光镜的透光原理在于,铸镜时先用精铜做镜体,再用稍微浊点的铜填补铸入镜面,然后将镜面削平,把铅加在上面,正是由于铜的清浊程度不同,放射光线的明暗程度也不一样,于是对着阳光照射时,镜背的铭文和纹饰才会映射在墙上。

"上述两种说法,前一个叫'铸造说',后一个叫'镶嵌说',是我国古代对透光镜透光原理研究的两种主要观点。

"透光镜神奇的透光作用,也引起了西方学者的关注,他们也想破解这个谜:一八三二年普林赛泊撰文认为铸镜过程中的型压造成了透光。十年后,英国物理学家布鲁斯特认为透光效果是由于构成铜镜金属的密度不同而造成的。日本在明治初年仿制出了大量的透光镜,英国学者艾尔顿和佩里研究后认为,透光效果是由于镜面曲率差异造成的,有字迹的地方,镜体较厚,镜面相应有所下凹,反射光集中;镜体薄的地方,镜面凸出,反射光比较分散,这样就造成了透光的效果……种种观点,争论不休,让人莫衷一是。"

"那么,到底有没有个定论呢?"郭小芬问。

"有。"刘新宇说,"一九六一年,周恩来总理到上海博物馆视察工作的时候,对透光镜非常感兴趣,提出应该把其中的光学原理搞明白,有关部门于是组织科学家开展了专题研究,终于获得了成功。

"原来，透光镜的镜体在浇铸冷却的过程中，铜镜内部形成了铸造应力，镜体较薄，凝固得快，镜边较厚，凝固得慢，当镜边凝固时，猛烈收缩，压迫镜体拱起，而镜背由于有纹饰和铭文，因此在凹凸处冷却的收缩率也不相同，这对镜边起着支撑和约束作用，阻碍镜边的收缩。正是这种冷却过程中铜镜内部力量的矛盾作用，造成了青铜镜金属结构的形成，使镜面产生了与镜背纹饰和铭文相对应的微小起伏。这种起伏用肉眼是看不见的，只有通过光程放大之后，反射光的散射程度不一致，才形成明暗不同的亮影——即透光现象。

"此外，工匠在磨镜中的技术也十分关键。铜镜研磨到一定程度，镜体越来越薄，一旦把手松开，铜镜表面不受压力时，镜体中间薄的部分出现反弹，造成镜缘翘起，镜面突了出来。有纹饰和铭文的部分较厚，刚性大，曲率较小，当镜面受光时，反射光集中，投影较亮；无字处较薄，弯曲度大，反射光发散，投影较暗。也就是说，研磨时的压应力产生弹性形变，使整个镜面放射出与背面花纹相对应的明暗图像——这也是造成透光现象的重要成因。"

马笑中目瞪口呆："两千年前……咱们老祖宗就懂这些？我现在听都听不懂呢！"

刘新宇笑了笑说："最近几年，透光镜也被仿制出来了不少，但是从收藏的角度上讲，最有价值的无疑还是中国古代的铜镜——尤其是西汉的。问题在于西汉透光镜留存下来的实在是太稀少了，整个世界上目前只发现了四面，其中三面被收藏在上海博物馆里，还有就是阿累家的那一面了。阿累家怎么得到这面透光镜的不得而知，甚至很少有外人见过它，大小、纹饰，完全是个谜，但最令人好奇的是它的铭文。上海博物馆那三面，一面的铭文是'见日之光，天下大明'，另外两面是'内清以昭明，光象夫日月不泄'，这都是赞美铜镜照明的常见铭文。据说阿累家的那面，不仅透光质量非常好，而且铭文也与这三面表达的意义不一样，因此令无数收藏家渴慕至极，有人在前些年出价一千万元想收购，阿累的妈妈坚决不允许。阿累去世后，他的妈妈精神失常，樊一帆把他家的藏品卖了不少，但是那面透光镜却全无踪影，据说已经有人提出愿意以两千万元收买，并找到小青，但是小青坚持说，她并没有得到那面透光镜。"

"那就偷偷地绑架她，严刑逼供，她肯定会说的嘛。"一直在旁边听着的朱志宝突然开了腔。

大家都吃了一惊，目光齐刷刷地瞪着他，他却一副无所谓的样子，又甩着胖胖的腮帮子，冲进喷水池享受"淋浴"去了。

"虽然他的话不中听，但是古玩界有些和黑社会勾结的，为了件玩意儿违法犯罪甚至闹出人命的，并不稀罕。"刘新宇指着朱志宝的背影问，"这哥们儿到底什么来历？我是在古玩城里看他傻呵呵的，怕他被人骗了，才指点他两句，就这么认识的——怎么实在得跟面包似的。"

呼延云一笑："朱门，知道吧。他是朱夫人的宝贝儿子，被他老妈成天圈在家里，所以不是很懂人情世故。"

刘新宇一听，面色顿时有些严肃："在诸多觊觎透光镜的收藏家中，朱门可是开价最高、表现最强势的一个，似乎志在必得。"

"我想起来了。"郭小芬对呼延云说，"那天朱夫人找你，开价一百万元让你帮她找一面镜子，估计就是透光镜吧。"

"应该是。"呼延云点点头，对刘新宇说："我也有个和朱志宝一样的困惑，既然透光镜就在小青的手中，那么只要给她一定的人身威胁，逼她交出来不就行了？"

刘新宇摇摇头："问题在于，没人能肯定透光镜就在小青的手中。"

"阿累不是在遗嘱里把透光镜留给小青了吗？"

"怪就怪在这里。"刘新宇叹了口气，"阿累那天叫我去，就是让我作为证人，在那份遗嘱上签的字。但是阿累去世后，律师公布的遗嘱，并不是我签字的那一份，而是一份由用人小萌作为证人签字的遗嘱，上面除了留给阿累妈妈一百万元养老，其余所有财产都划归樊一帆名下，一个字也没提到小青。我怀疑这份遗嘱是伪造的，虽然上面也有阿累的签字，但是模仿一个人的签名并不是很难。当时，我马上向律师提出抗议，说明曾经有一份我签字做证的遗嘱，阿累的财产并不是这样分配的，但是律师让我拿出那份遗嘱来证明，我却拿不出，因为阿累并没有告诉我，他把我签字做证的那份遗嘱放在了哪里……"

"怎么会呢？"呼延云很不解，"既然立了遗嘱，他总要放在一个稳妥的地方，然后把地方告诉你啊。"

刘新宇苦笑了一下："你想不到最后那段日子，阿累变成了什么样子。我去他家的那天，他的手脚动一动都很困难了，说话时连声音都是含混的，唯有一双眼睛还在转动，但放射出的只是绝望的光芒，让我都不忍正视。据说立下那份遗嘱之后，他强撑着来望月园溜达了一圈，樊一帆不知怎么得到了消息，立刻赶到叠翠小区，逼问阿累到望月园干什么了，阿累说只是散散步，樊一帆还是不放心，干脆搬到叠翠小区，日夜守着他，除了小萌和他妈妈，谁也不许接近阿累一步，外出、打电话、发短信、上网，都绝对禁止，活像是在看守着一个病入膏肓的犯人，直到看着他咽气才罢休……"

"我靠!"马笑中低声咒骂了一句,"这樊一帆也太他妈的操蛋了!那阿累也是一傻货,干吗立遗嘱的时候还要留给她一百万元?要是我,高档礼盒封存自产大便一坨,送给丫吃屎去!"

刘新宇说:"这是因为,阿累直到最后依然对樊一帆存有一份感情,总觉得她活得很真实,不过是受了杨薇的教唆才变坏的……"

呼延云盯着他:"什么叫活得很真实?我不大懂。"

"呼延你忘了?"刘新宇说,"当年上学的时候,你受这样的诟病还少吗?大家都抽烟,你不抽,你就是虚伪,他们就是真实;大家都爆粗口,你很少说脏字,你就是虚伪,他们就是真实;大家都可以脱了裤子就性交,你要在有了爱情之后才有性爱,你就是虚伪,他们就是真实;大家都觉得浑浑噩噩才洒脱,你却宁愿痛苦也要独立思考,你就是虚伪,他们就是真实……"

呼延云冷笑一声:"换言之——有人性就是虚伪,有兽性才真实。"

刘新宇点了点头:"尤其是阿累,他在那样一个书香门第中长大,受儒家思想影响很深,凡事都束缚自己的言行,活得不免有些压抑,所以樊一帆的放荡,疯狂地玩乐,在他看来反而是一种率真的表现……"

"愚蠢。"呼延云把手插进裤兜,后背靠在月亮公公的石刻上,慢慢地低声说,"不过……我也曾经像他一样愚蠢过。"

刘新宇沉默片刻,接着说:"阿累去世后,有无数的人找樊一帆想高价购买那面透光镜,但是樊一帆却坚决说在阿累的财产中根本就没有发现什么透光镜,我看她也不像是装的,因为要是真有她早就拿出来卖了。后来小萌说,阿累把透光镜留给小青了,于是大家又一窝蜂地去找小青,小青坚决否认。反过头来问小萌，小萌说她只是听阿累生前和他妈妈说起过这么个想法，并没有亲眼看到阿累把透光镜交到小青手里，就这样，那面透光镜的下落成了一个谜。"

谜……

郭小芬抬起头，青塔小区六号楼，如同一根畸形的手指笔直地戳向天空。她想：假如那天晚上不是张伟去的叠翠小区，而是我参加了那个聚会，然后和蔻子他们一起到这望月园里玩游戏，我能勘破整个事件的真相吗？恐怕也很难，这个案子的证据太少、案情又太诡异了，充满了解不开的谜团。

那么，他呢？

她把目光投向呼延云。

呼延云对刘新宇说："老刘，小青因为有谋杀杨薇的重大嫌疑，被关押在看守所里，而她的姐姐，生前是我非常好的朋友，所以我已经开始参与到这个案件的调查工作中——"

刘新宇笑道："那么，小青被释放就只是个时间问题了。"

"不能这么说。推理之前，没有结论。"呼延云摇了摇头，"总之，有些问题我想向你了解一下。"

"没问题。"刘新宇说。

"首先，请你把那天晚上在叠翠小区聚会的情况回忆一下。"

刘新宇便从他接到蔻子的电话，受邀晚上去听郭小芬讲系列命案的侦破故事说起，说到蔻子讲的镜子杀人的故事时，呼延云突然打断道："老刘，我希望你能最大程度地还原蔻子讲的故事，就是说，能一个字不差才好。"

"我尽量吧。"刘新宇一边回忆着一边把故事讲了一遍。郭小芬和马笑中刚刚听蔻子讲过，和他讲的一对照，基本上是一样的。

但是呼延云皱紧了眉头。

然后，刘新宇说起了自己讲的历史上真实发生过的"镜子杀人"的故事，之后他给大家展示了从呼和浩特带回来的几面铜镜，后来王云舒提议去望月园玩捉迷藏，除了雪儿、阿累的妈妈和孙女士之外，所有的人都去了。"我还特地把那几面铜镜装进包里，背在身上才出的门……"

"老刘。"呼延云打断了他的话，"铜镜很沉吧，玩捉迷藏你怎么还带在身上？"

"倒也不是很沉。"刘新宇淡淡地说，"我只是不想又闹出什么花样而已。"

"花样？"

"对。"刘新宇点点头说，"阿累生前，有一次大家聚会，我带了几面铜镜去，其中一面是唐代的八卦星象镜，结果在大家手里转着看了一圈，莫名其妙地就找不到了，当时气氛特别尴尬。后来阿累要赔我一面，我不要，他还是坚持把一面也是唐代的八卦十二生肖镜送给了我。那以后，我再参加聚会，都特别小心，不让我的铜镜离开我的视野。"

"嗯。"呼延云说，"你接着讲那天晚上玩捉迷藏的事情吧。"

"好的。"刘新宇一指叠翠小区，在半空中画了一道抛物线，指尖落点到平地喷水池，"然后，我们就一起来到了望月园，开始玩捉迷藏。"

呼延云连续问了刘新宇几个问题：游戏是从几点开始的，多长时间一轮，中间有没有遇到什么异常情况或者听到什么特殊的声音，等等。刘新宇有的不知道，但凡能回答出来的，都和王云舒说的差不多。

"听说你第二轮被抓住了？"呼延云笑着问，"你藏哪儿了？"

刘新宇指着望月园北门旁边的儿童乐园说："那边不是有旋转木马、蹦床什么的吗，还有一个孙猴子和猪八戒抬轿子的电动摇椅，我就在摇椅上一坐，刚刚下过雨，椅子上有水，害得我裤子全湿了。不过我还是坐得很端正，一动不动，第一轮抓人的武旭根本没有到游乐园这边来，估计来了也以为我是唐僧呢。第二轮王云舒抓人，我还是坐到那里去，她之前看见我裤子湿的地方，猜我应该是坐在那里，公园里可坐的地方不是很多，结果就把我找出来了。"

郭小芬想想他裤子湿透，却依旧稳坐摇椅的泰然模样，不禁莞尔。

"没想到那个笨头笨脑的王云舒还有点脑汁儿。"马笑中说。

"是啊，也真难为她。"

"难为她？"呼延云问，"什么意思？"

"王云舒视力很差，出事那天下午，她把隐形眼镜摘下来做护理，不知怎么掉到地上了，让大家一起帮忙找的时候，小萌粗手粗脚给踩坏了。害得她只好临时换了一副框架眼镜戴，不但不舒服，看东西也模糊。"刘新宇淡淡一笑，"所以她在抓人的时候一直都是扶着眼镜找。"

"王云舒抓到了我，就带着我一起找其他人。"刘新宇一面说一面游走着，把记忆中每个人藏身的地点指给呼延云看，"小萌藏在这个'科技史话'玻璃钢仿铜浮雕墙的后面，张伟藏在那边露天舞场靠墙的一张台球桌底下，都很快被抓了出来。不过真正很容易就被抓到的是武旭，他破坏了规矩，没有藏在一个地方不动，而是在草坡附近走来走去，简直是生怕别人看不见，王云舒发现了，说他耍赖。武旭平时脾气特别好，那晚却不知怎么和她吵了起来。这一轮结束的时间到了，蔻子回来了，说她在草坡旁边的一个蘑菇灯下看到了小青,可是小青一见她就跑掉了,她觉得很奇怪。王云舒就讽刺说没准儿小青是跟武旭约会,被蔻子你给吓跑了……当时武旭的神色特别难看,我有一种感觉,那就是王云舒无意中说出了真相。"

郭小芬的脑海中,马上浮现出了在看守所里,小青被呼延云问起"去望月园做什么"时,一怔之后的回答——

"我……我是去等一个人。"

难道她真的是在等武旭?

"这个武旭,到底是做什么的?"呼延云问。

"他啊,就是一个铜镜爱好者,以前买到铜镜,经常去找阿累鉴定。平时沉默寡言,挺木讷的。所以那天在望月园他和王云舒吵架,我们都挺诧异的,不就是一场捉迷藏吗,何至于那么大动肝火。"

他们一起走到了草坡的旁边。这时天已经完全黑了下来,被太阳暴晒了一天的望月园,零零散散地闪亮起了一些路灯或地灯,有的依在树梢上,有的隐在草丛中。朱志宝看见草坡如同一面宽敞的滑梯,高兴地坐在了边缘上,两条大粗腿一乍拉,手一撑就要往下滑,突然发现草坡上有几个黑色的影子在蠕动,不禁有些害怕,把两条腿收了起来。

刘新宇见朱志宝要往草坡下面滑,对呼延云说:"那天张伟就是这么滑下去的。第二轮游戏结束后,因为王云舒和武旭争吵,时间耽搁了一会儿,我问大家还玩不玩,不玩就各自回家。这时发现有警车驶进了青塔小区,我们猜测可能发生了什么事情,张伟非要下去看看,我们拦他也没拦住……等一下,那是什么?"

他的手,指向草坡上的那几个影子。

马笑中连忙将电筒打开,光柱扫过,照见四个警察正拿着杀虫剂似的喷壶,伏在草坡上一点点喷着什么。

这时,呼延云说话了:"没什么,我安排的。"

"你安排他们做什么了?"马笑中丈二和尚摸不着头脑。

呼延云正要回答,草坡下面有个人爬了上来,是丰奇,先给马笑中敬了个礼,扭头对呼延云说:"您交代的事情,我都办完了,这几个分局刑事鉴识科的同志正在进行检测,也应该很快就能结束了。"说着把两张纸递上,呼延云接过,走到小青坐过的石墩子前,借着头顶那盏蘑菇灯的灯光,眯着眼睛看了一会儿,然后蹲下身子,像猫头鹰一般望着黑黢黢的草坡。

马笑中走了过来问:"呼延,你到底搞的什么鬼把戏?"

"给司马凉打电话,让他把小青带到这里来——现在。"呼延云说。

"小青被带走了!"

红疱把眼睛贴在铁门上的栅栏口,向外观望着,气急败坏地说。

监舍里,秦姐撇着两条白花花的大腿靠墙坐着,旁边有个人在给她扇扇子。她听了红疱的报告,猛一挥手把扇子打停,起身走到门口,将红疱推开,从栅栏口向外望去,黑黢黢的场院里已空无一人。

她想了一下,立刻高喊了两声"报告"。值夜班的大眼袋马上过来了:"什么事?"

她说:"我有重要情况,要向您汇报。"

大眼袋开了铁门,把她放了出来,带到办公室,把门关上,往椅子上一坐,一脸不耐烦地问:"说吧,什么事?"

"我要打个电话。"

大眼袋一拍桌子:"姓秦的,这儿是看守所,不是你们家!"

"何必生气。"秦姐笑眯眯地在她对面的椅子坐下,很随便地拿起办公桌上的一包烟,从里面抽出一根叼在嘴里,"您心里很清楚,我不是因为犯事儿了才进来的,而是有事儿非得进来办不可,回头该给您的酬谢一分钱也不会少,所以,咱们彼此还是都行些方便的好。"

大眼袋瞪着她,满脸不情愿地把电话机推到了她的面前。

秦姐一面拨打着,一面问:"小青被带到哪里去了?"

大眼袋说:"刚才司马凉过来,提走她的时候,好像说了个地名,叫望什么园……"

话筒那边传来"喂"的一声,秦姐立刻把嘴贴上去,低声说了一句"小青被带到望月园去了",就挂断了电话,拿出口袋里的打火机,点着了香烟,使劲长吸了一口,把烟狠狠地咽了下去。

警车一直开进青塔小区的楼后面,在草坡前停下。先跳下来的是司马凉和刑警队的预审员小张,然后,戴着手铐的小青走了下来。

她面色苍白,额头上贴着的白色纱布是看守所医务室的医生给她新换的,神情疲惫而绝望。

马笑中和郭小芬迎上前去,一看到他俩,小青原本冷漠的目光稍稍有了些温度。

"还好吧?"郭小芬轻声问道,小青点了点头,马笑中指着手铐对司马凉说:"给她打开——赶紧的!"

"凭什么?"司马凉冷冷地说,"你们说找到了小青不是犯罪嫌疑人的证据，先拿给我看看。"

这时小青看到了呼延云。他正半蹲在草坡下面，和一个警察说着什么。她望着他，目光中充满了厌倦，像是一个沙漠中快要渴死的人，突然发现眼前的湖泊不过是海市蜃楼——

在我陷入绝境的时候，在我已经不相信这个世界上任何人的时候，唯一想到的"救星"就是这个人，可是他却摆出一副公事公办的嘴脸，不但连一根头发丝的温情都没有，反而不断质疑我的清白……

这时，呼延云看到司马凉来了，起身走上前说："司马队长，这么晚了请你来，目的只有一个，我想证明小青在杨薇遇害的那天晚上，并没有进过青塔小区。"

司马凉瞪着一双眼睛，不说话。

"首先，我想我们对下面一个事实能够达成共识：那就是假如小青真的如周宇宙所说，走进了青塔小区，那么她就必然存在一个走出来的过程。因为在命案发生后不久，她的室友就发现她回到了合租的房子里。"呼延云说。

司马凉很勉强地点了点头。

"好，那么事情就简单了，如果我能证明她逃走的每条路都完全走不通，那就说明，她根本不可能进过青塔小区，对吗？"

司马凉从牙缝里挤出了一句话："你能做到吗？"

呼延云一笑："不难发现，可供小青逃走的路线，只有三条：第一条，从正门离开，但是值班门卫李夏生证明，发生命案的夜里十二点以后，没有人从正门走出小区；第二条，从六号楼南门正对着的小区栅栏门离开，这也不可能，栅栏门紧锁，生锈的钥匙孔证明已经很久没有人打开过，栅栏的间距又很窄，小青虽然苗条，也挤不出去……"

"我说过了——"司马凉不耐烦地说,"小青是顺着草坡爬到望月园里逃走的,那个叫蔻子的姑娘已经证明,夜里十二点刚过,也就是命案发生后不久,她看到小青坐在草坡旁边的石墩上剪指甲。"

呼延云把目光投向草坡。夜色中,它被青塔小区住宅楼北向的一些窗口投射出的灯光照映得十分斑驳,像是一块缝缝补补过无数次的旧毛毯。他举起右手,挥了两下。坡顶上的丰奇等人,立刻手持着黑色的皮管子往草坡上喷水,直喷得整个草坡湿淋淋的,像打了发油一样泛着光。

喷完了,呼延云把手向草坡一指:"司马队长,爬爬看,如何?"

在场的所有人都吓了一大跳,甭管装酷还是真酷,司马凉向来是一副凛然不可侵犯的模样,呼延云居然让他去爬草坡,无异于支起一根竹竿请他演猴戏!

司马凉也变了脸色,厉声说:"呼延云,你什么意思?"

呼延云看了他一眼,提脚就往草坡上爬,爬到顶上,冲下面喊:"司马队长,轮到你了。"

司马凉这才确信他不是拿自己开涮,只好伸脚往草坡上蹬,起初还想就这么不伤大雅地蹬上去,但草坡太陡了,喷过水又滑极了,半路他就不得不弯下腰手脚并用,好不容易爬到坡顶,满手都是草枝、泥浆。他搓了又搓,问呼延云:"你到底想要干什么?"

呼延云说:"麻烦你先下令,解开小青的手铐。"

司马凉不知道他葫芦里到底卖的什么药,只好对下面的预审员小张说:"把小青的手铐打开。"

手铐开了,小青旋转着酸痛的手腕,这时听见呼延云的声音:"小青,爬上来。"

小青冷冷地翻起眼皮白了他一眼,纹丝不动,郭小芬上前拍拍她的肩膀:"爬上去——用最快的速度!"

小青无奈地点了点头,一个助跑蹿上了草坡,这姑娘身手很敏捷,脚下虽然有些打滑,但是她每次都及时抓住一把草的根部,没有摔倒,这样很快就爬到了坡顶。

"看见没有。"司马凉冷笑道,"她就是这么上来的。"

呼延云从裤兜里拿出一把指甲刀和一个证物袋,递给司马凉说:"请你把指甲剪一下,放进证物袋。"然后不管司马凉的神情多么惊诧,又拿出一把指甲刀和一个证物袋,自顾自地咔吧咔吧剪起指甲来,并把指甲放进证物袋里。

司马凉彻底被他搞糊涂了,只好按照他说的做。然后,呼延云把分别装有自己和司马凉的指甲的证物袋交给丰奇,丰奇冲下草坡,钻进一辆白色的依维柯。司马凉这才注意到它,并想起那是分局刑事鉴识科的一辆改装后的临时证物鉴识车。他看着呼延云,想从这个人的娃娃脸上看出他到底在耍什么花样,但是呼延云已经坐在了蘑菇灯下面的石墩上,像是导演在等待着舞台的大幕缓缓拉开——而所有情节已经了然于胸。

没过多久,丰奇从依维柯里出来,手里拿着几张纸,郭小芬和马笑中拦住他,把纸拿过来看了看,马笑中还是不明就里地搔着后脑勺,但郭小芬的目光如同晨雾飘散的一池湖水,越来越清澈和明亮。

"好了,我们下去吧。"呼延云从石墩上站起来,小心翼翼地走下依旧很滑的草坡。司马凉则让小青先下去,他跟在后面。

郭小芬把纸递给呼延云,呼延云心中已经知道答案,所以看也不看地拿在手中,对司马凉说:"司马队长,你可能很惊讶我刚才一系列的举动,其实那不过是一个试验而已。在杨薇命案发生的晚上,下过一阵雨,想必草坡一定是湿漉漉的,所以我要将这片草坡淋湿,恢复到当时的情状。然后,我们三个人分别攀爬了上去——此前,我让郭小芬、马笑中和丰奇在草坡干燥的情况下也攀爬过一次,结果是一样的,这么陡峭的草坡,想爬到顶上,光用脚是不行的,必须用手抓住草根,获得一定的上升力量。干燥条件下是这样,淋湿后草坡变得非常光滑,没有手的帮助,就更爬不上去了。"

"那又怎么样?"司马凉盯着呼延云问。

"我在石墩下的草丛里,提取到了几片剪下的指甲,作为样本送分局刑事鉴识科。DNA检测表明,这几片指甲是小青的,而且剪断的时间——根据甲基质细胞增生测试——就在杨薇遇害的那天晚上。"

说着,呼延云把手中的那几张纸递给了司马凉:"刚才,你和我都爬上了草坡,并剪下指甲,送到临时证物鉴识车中进行了测试,和小青的指甲样本一对比,出现了一个问题:有一样很重要的东西,咱俩的指甲样本中都有,而小青的指甲样本中没有……"

"什么东西?"司马凉的声音骤然紧张起来。

"叶绿素。"呼延云清晰地说,"绿色植物赖以进行光合作用的、不可缺少的有机化合物。"

"啊!"马笑中大叫一声,神情兴奋得像买彩票中了头奖,"我明白了!小青的指甲中没有找到叶绿素,就证明她那天晚上没有用手接触过任何植物,也就是说她根本不可能爬过这片草坡!"

小青瞪圆了眼睛,盯着呼延云,仿佛是第一次看见这个人。

司马凉张着嘴，上下腭好像被什么东西塞住了，半天合不上。他定了定神说："杨薇遇害的犯罪现场没有发现凶手的指纹，证明他在整个犯罪过程中戴着手套，如果小青是戴着手套爬上草坡的，那样她的指甲中当然不会提取到叶绿素！"

"所以我让警方做了鲁米诺测试。"呼延云一笑，"如果按照你说的，凶手是戴着手套爬上草坡的，那么我们在犯罪现场已知凶手将凶刀拔出杨薇心脏的过程中，手套上不可能不沾染喷溅出的血液，他戴着这么一副血手套爬上草坡，草坡上一定会留下血渍，可是警察们用鲁米诺喷剂喷洒了整个草坪，却没有发现任何荧光反应。"

司马凉说："这块草坡案发后很可能浇过水，清洗掉了血渍……"

呼延云惊讶地看着他："司马队长，你不知道吗？鲁米诺能发现被稀释掉一万两千倍的血迹，单单用水冲洗，是不可能阻止鲁米诺与血红素发生反应的。"

司马凉哑口无言，在他身边的预审员小张还要争辩："也有可能是小青预先在草坪上的某棵树上绑了绳索，犯案后缘绳爬了上去，手就不用沾草坡了，还有可能是她作案后又换了副手套，爬上草坡的啊……"

呼延云笑着摇摇头："你这两个猜测的前提，是小青必须准确地预料到今天我的这番推理，所以才绑绳子或换手套，可是假如我一开始就拒绝接受她的委托呢，假如我做不出这番推理呢，那她可要面临死刑的危险。与其冒这么大的险，她爬上草坡后，干吗不赶紧离开，非要等到蔻子看见她，使她成为犯罪嫌疑人，然后兜个大圈子请我来推理才甘心？况且她事先并不知道蔻子他们当晚聚会并来望月园捉迷藏，她坐着剪指甲是女性在等人时常有的行为方式,这些都表明,她遇到蔻子是个偶然,她确实是在等人——天底下哪有杀完人不赶紧离开犯罪现场,还滞留在附近等人发现的笨蛋?"

司马凉一张瘦脸,僵硬了很久很久,终于吐出两个字——

"放人!"

小青简直不敢相信自己的耳朵,就这么自由了?不用再回那个可怕的看守所遭受虐待甚至死亡的威胁了?

马笑中咧着嘴哈哈大笑,郭小芬高兴地摇晃着她的胳膊,她还是呆呆的,像麻醉药劲儿没过去似的,一双眼睛望着呼延云,眸子中闪烁着不可思议的光芒。

呼延云走过来,冲小青点了点头,然后对郭小芬说:"挺晚的了,你先送她回家休息吧,有什么事情,咱们明天再商量。"

郭小芬拉着小青的手,慢慢地走出青塔小区,小青三步一回头地看着呼延云,像一个孩子看魔术师一般。

司马凉带着预审员小张,开着警车走掉了。

马笑中拍着呼延云的后背:"哥们儿,我真的服了你了!"

突然,身后传来一阵窸窣的声音,两人转头一看,原来是朱志宝正在搔着头皮,肥嘟嘟的一张脸红彤彤的,像刚在笼屉上蒸过。呼延云问:"你怎么啦?"

朱志宝在已经红得不能再红的脸上使劲搓了半天,才磕巴出一串话来:"那个小……小青……"

"小青怎么了?"呼延云问,"你以前见过她?"

"没有没有……"朱志宝摇着手,然后突然就不说话了。

"赶紧回家去,不然你妈妈该不放心了。"呼延云推了他一把,"到家给我打个电话,听见没有?"

见朱志宝迈着沉甸甸的步子慢慢走远,呼延云转身问丰奇:

"你去杨薇工作的百利得超市了吗？番茄酱的事情调查了吗？"

丰奇赶忙说："忘了跟您说了。我去百利得查过了，那罐番茄酱确实是杨薇在出事那天下班时拿走的，有记账。"

呼延云皱紧眉头，自言自语："怪事……它到底是做什么用的呢？"

第十六章 两个版本

司马凉开着警车，风驰电掣地向前驶去。坐在副驾驶位上的小张看他一直黑着个脸，也不敢说话，但当发现车子行驶的方向并不是回刑警队的时候，她的心里就开始打鼓了。犹豫了半天，刚要开口问去哪里，车子嘎吱一声停下，司马凉推开车门就下了车，小张赶紧也下来，抬头一看，竟是进了中国警官大学的校园。

眼前一座楼，三楼还亮着灯，司马凉推开楼门冲了进去，噔噔噔地一串脚步声向上，小张连忙跟了上去。

虽然是暑假，但名茗馆的活动照常进行，所以大部分成员此刻都在，见司马凉直眉瞪眼地闯了进来，都有些发愣，不知道这个上次来还恭恭敬敬的家伙，怎么突然变成了一副逼宫问罪的嘴脸。

"周宇宙呢？"司马凉问。

张燚站起来："司马警官，这么晚了，您找他有什么事吗？"

司马凉说："我再问一遍——周宇宙呢？"

"他正在体育馆里，可能是和攀岩俱乐部的几个同学一起玩儿呢，您去那里找他吧。"

司马凉转身就要走，张燚突然喊了一声："司马警官！"

司马凉回过头，看着她。

张燚平静的声音中，略带一丝威严："我想告诉您，周宇宙是名茗馆的成员，您找他调查案情，可以，但是如果您无凭无据对他采取什么不利于他的行动，那么名茗馆绝不会坐视不管。"

"你倒提醒我了。"司马凉眉毛一扬，对站在门口的小张说："我去抓捕周宇宙，你留在这里看着这群人，谁要是敢打电话、发短信给周宇宙通风报信，立刻就铐上——你带着手铐吧？"

"带着呢！"小张响亮地回答道。

司马凉下楼去了，留下一屋子目瞪口呆的学生。

带周宇宙回警队的路上，不到十五分钟，司马凉一共接到了三个电话，第一个是中国警官大学学生处打来的，要求他立刻放人；第二个是以前的老同事打过来的，说名茗馆的面子一定要给；第三个是市局一个领导打来的，责问他掌握了什么充足的证据就敢动名茗馆的人？！他一律不答，听完对方的话就挂机，最后一想，要是分局直辖的领导过问这个事情还真不好办，干脆把手机一关，完事。

回到队里，把周宇宙往一间屋子里一锁，钥匙揣进兜里，司马凉这才回到办公室，把座机的线也拔了，往沙发上一躺，鼻孔往外呼哧呼哧地喷着气，直到后半夜才睡着。

他还不知道自己捅了多大的娄子。

名茗馆自从创建以来，声望与日俱增，平日里被公安系统的各级领导宠得如掌上明珠，时间一久，且骄且狂，不要说有人敢大晚上的冲进来抓人了，连稍微重一点的话都没听过。所以，还没到第二天早晨，全市凡是帽子上挂着警徽的，全都知道了司马凉的鼎鼎大名，就等着看他怎么倒大霉了。

马笑中上班，刚一进办公室，值夜班的田跃进就告诉了他这个消息。马笑中生来就是唯恐天下不乱的主儿，当时两眼就放光:"嘿,司马凉这小子哪儿憋出的尿性,敢干这么牛逼的事儿!"立刻叫上丰奇,开车一起去刑警队观战。

刑警队大楼,司马凉的办公室门紧闭着,外面围拢着许多刑警,正竖着耳朵听里面的动静,马笑中一看就轰他们去工作,还严肃地说"只有农村的二流子才喜欢听墙根儿,咱们人民警察不应该有这种无聊的行为"。等大家都心悦诚服地散去了,他让丰奇找来个马扎,往门口一坐,做起了 VIP 级别的二流子。

办公室里面,分局李副局长的声音很是严厉:"你抓捕周宇宙的理由是什么?"

"他在警方调查中做伪证、提供虚假信息!"司马凉响亮地回答,"我今早审讯过他了。他承认,原来说的什么他发现小青偷钱包没有追究,于是谈上恋爱,统统是谎话。真实的情况是,他在泡吧的时候认识了小青,看人家长得漂亮,一顿猛追。那时阿累刚去世不久,小青又痛苦又空虚,就和他好过一段时间,但很快发现他用情不专,就坚决和他分手了,他转而和樊一帆谈上了恋爱。为此小青非常鄙夷他。那天晚上从'恐怖座谭'离开后,他和小青在樊一帆家的楼下发生过争吵,还被小青抓了一把。小青走后,他就跟在小青后面,看她去哪里,结果发现她一直走到望月园,根本就没有进过青塔小区一步!他做伪证陷害小青,纯粹是因为嫉恨人家和他分手,加上看她是个农村来的女孩,在城里没依没靠的,想整人家一把——您说他干的这算个人事儿吗?!"

李副局长默然片刻,徐徐开口:"那你可以把他叫到刑警队,慢慢问询嘛,干吗要大晚上的闯进名茗馆抓人,你又不是不知道名茗馆的地位⋯⋯"

"我知道。"司马凉打断了他的话,"上次我接到名茗馆的邀请去谈杨薇命案，心里也很激动，我也想和他们建立好关系，将来他们毕业了一个个身居要职，还能记得有我这么一号人，不说提职吧，至少工作上能得到许多照顾……但是有个事儿，在我心里比这些加在一起都要重，那就是——我不想再办错案子了！"

门外的马笑中一愣，不由自主地从马扎上站了起来。

司马凉的声音有些激动："上个月那起连环杀人案，说到底，就是我许多年前疏忽大意，把一起谋杀案误判成了意外事故，埋下了祸根，结果您数数，多少无辜的生命搭了进去！降职、处分，这都是小事，作为一个老警察，我最忍受不了的是，我一个救人的变成了害人的！所以，从降职到刑警队那天开始，我就发誓，我司马凉绝不再办错一起案子！可是，这个周宇宙做伪证，害得我抓了一个无辜的女孩，要不是呼延云给她洗冤，她没准就会上刑场吃枪子儿……我抓周宇宙是客气的，我把牙咬碎了才忍住了没揍他个王八蛋——管他娘的什么名茗馆！"

黑暗的楼道里，马笑中听得眼窝子一热。

房间里沉寂了许久许久，仿佛在等待着什么在空气中弥散。

"我理解你的感受和心情。"李副局长的声音很低沉，"但是无论怎样，你闯的这个祸太大了。周宇宙做伪证确实是严重的违法行为，但是第一，小青已经被开释，第二，对于伪证罪的认定和量刑是比较灵活的，可大可小。说到底名茗馆是自己人，如果处理过重了，咱们警方的面子会很难看，所以你还是及早放人的好。"

"不行！"司马凉斩钉截铁地拒绝了，"我抓他，并不单单是因为他做了伪证，还因为他是杀害杨薇的重要犯罪嫌疑人！"

"啊？"李副局长很惊讶，"有什么证据吗？"

司马凉说："昨天我在抓捕他时，发现他正在参加攀岩俱乐部的活动。于是我想到，在犯罪现场的窗户下方，我们发现了一处擦痕和一个下半手掌的掌纹，会不会是周宇宙从外面攀爬上来，进入房间杀死杨薇这一过程中留下的？他证明小青没有进过青塔小区，可是他说自己之后直接回了家，可没人给他证明。"

李副局长叹了口气："那你抓紧核实，如果掌印不是周宇宙的，尽快放人。那个什么伪证的事，训诫一番就完了，不要再扩大。"说完拉开门就往外走，差点被绊个跟头，低头一看纳闷了：这儿怎么有个马扎呢？

这空当儿，马笑中躲进男厕所里给呼延云打电话，告诉他司马凉把周宇宙抓了的事儿，呼延云貌似刚刚睡醒，懒洋洋地说："活该，谁让他做伪证的。"

马笑中说："是司马凉抓他的。做伪证还在其次，主要因为他是杀害杨薇的犯罪嫌疑人。"

呼延云说："不会，他做的那个伪证，等于将自己也置于犯罪现场附近——他要是真凶不会冒这个险。"

马笑中有点着急了："那司马凉岂不是又要办错案子？你可不知道，他昨晚冲进名茗馆抓人，轰动全市，要是真的又弄错了，那他可要摘警帽了。"

呼延云不屑地说："他一个当警察的，总是冒冒失失，妄下判断，我看警帽还是摘掉的好。"

马笑中可真急了："不成啊，呼延，这家伙虽然混账，但是他知道错了。"接着就把自己偷听到的司马凉和李副局长的对话叙述了一番。

呼延云听完，马上说："你想办法拖住司马凉，别让他轻举妄动，我现在打车去刑警队。"

马笑中这下心里才踏实。走进司马凉的办公室，见他正在安排预审员小张准备再次提审周宇宙，便说："老司，啥时走？我送送你？"

司马凉一愣："走什么？"

马笑中说："你敢闯进名茗馆抓人，我看你那位子肯定是坐不过今天上午了。请你吃顿早餐，算是告别，将来你在望月园附近摆地摊卖盗版光盘，我保证关照伙计不抓你。先把话说头里：毛片可不行！"

司马凉顿时气得七窍生烟："吃就吃！吃完了你给我睁大眼睛看清楚，我走不走得成！"

两人在附近找了个小摊，坐在凉棚下一起吃早餐，中间马笑中一张破嘴一直唧啵唧啵的，连挖苦带损，什么"树挪死人挪活"，什么"下岗再就业也是响应政府号召"，什么"心若在爱就在只不过是从头再来"……司马凉也不理他，吭哧吭哧连吃带喝，混了个肚儿圆，然后起身就走。回到办公室，只见屋里坐着个人，正是昨晚让他在青塔小区铩羽而归的呼延云。

呼延云见他进来了，站起身笑道："司马队长，我听老马说，你认为周宇宙是杀害杨薇的犯罪嫌疑人，我觉得这不大可能，所以特地来劝你，不要弄错了办案方向，徒劳无功。"

司马凉冷冷地说："你凭什么说我弄错了办案方向？周宇宙承认那天晚上一路跟着小青，见她进了望月园才回家，可是没人能证明他真的回了家，况且他又参加了学校的攀岩俱乐部，完全可能顺着六号楼的外墙——"

"这个我也考虑到了。"呼延云打断他的话，"我自己就是个攀岩爱好者，当我勘查犯罪现场时，曾经想：如果凶手顺着六号楼的外墙，攀登着那些防盗窗、空调外挂机，上到四〇九房间，钻窗杀人，有无可能。我觉得应该可以，但是在四〇九房间的窗户上,我没有发现一点攀爬进来的痕迹——"

"难道你没有看到窗户下面的擦痕和掌纹吗?"司马凉不耐烦地说。

马笑中也奇怪:"对啊呼延,当时你不是看见了吗?"

"我告诉过你了,那是庸人自扰。"呼延云说着,用手在窗框上压了一下说,"你们看,那个掌纹就是这样的吧。从方向上看,掌根在里,掌心冲外,也就是说,假如这个掌纹真是凶手的,他应该是单手撑着窗框向外跃才造成的,要知道那儿可是四楼,他难道想用鞍马动作跳楼自杀?所以这个掌纹不可能是凶手留下的,我倒更倾向于,这是警队中的哪个笨蛋在勘查现场时,撑着窗户向楼下张望时留下的,那个擦痕也是袖口的扣子按压的结果。不信,你们可以把勘查过现场的所有警察的掌纹,与之比对一下,很快就能找到'真凶'。"

司马凉立刻就派小张去办这件事,然后对呼延云说:"即便掌纹不是周宇宙的,也没人能证明他跟着小青到了望月园之后就直接回家了啊,他自己又拿不出证据。"

"我倒是有个想法,虽然龌龊了一点,但很可能是真的。"呼延云说,"周宇宙大半夜的跟踪小青那么长时间,既然不是护花,必定是想摧花,但一路上总有行人,小青性子又烈,他最后也没敢下手,所以我猜,他后来可能是到望月园附近哪个色情场所泄欲去了。他当然不敢和你们说明这一点,不然连做伪证带嫖娼,非得让学校开除了不可。"

马笑中让丰奇带上周宇宙的照片,在辖区内的歌厅足浴店洗头房,逐个查问有没有在杨薇命案发生那天见过这个人。

很快,丰奇就给马笑中打来电话,声音跟吃了死苍蝇似的:"那个周宇宙真是恶心透顶,您这段时间不是扫黄抓得严吗?大半夜的他找不到色情场所,就在顺途修车店后面的胡同里找了个暗娼,那女的都四十多岁了,模样儿长得比您还寒碜呢……"

马笑中大怒,把丰奇臭骂了一顿。这时小张回来了,司马凉问:"掌纹比对结果出来了?"小张点点头。司马凉问是谁的,小张的神情尴尬极了,吞吞吐吐的,马笑中鼓励她说实话:"就算是司马队长的也不要替他隐瞒。"司马凉瞪了他一眼,对小张说:"到底是谁的?快讲!"小张慢慢地抬起手,指向马笑中。马笑中大喊:"不可能!"小张将窗台上的掌纹和马笑中的掌纹图片呈给大家。众人一看,可不就是马笑中右手下半手掌留下的!

马笑中傻眼了,半响一拍脑门:"我想起来了!都怪那个叫张伟的记者,他从望月园的草坡上滑到青塔小区,正好撞上了丰奇,俩人在楼底下掐起来了,我当时正在四〇九房间里,听外面吵吵嚷嚷的,就扒着窗户去看怎么回事,结果——"

司马凉一张瘦脸气得铁青,指着马笑中的鼻尖儿:"你……你……"

"我怎么啦?"马笑中笑嘻嘻地说,"圣人还有打盹儿的时候呢,谁这辈子还没犯过错误啊。那怎么办?扇自己嘴巴?跟自己较劲?那不是'上火吃荔枝,越吃火越大'吗?老哥,你比我年长,得比我豁达才行啊。"

司马凉呆呆地看了他半天,终于琢磨出了他话里的意思,嘟囔了一句"少说废话"……

"得啦得啦!"马笑中拍拍他的肩膀,"咱哥儿俩还是先同心协力把眼前的这起案子破了,再扯别的吧。"

"谁要和你同心协力!"司马凉搡开他,转身对呼延云说:"说实话,这个案子我真的是一点头绪都没有了,您能否帮帮忙?"

呼延云微笑着点点头:"没问题。能不能带我去看看在犯罪现场提取的各种证物。"

司马凉马上带着呼延云去证物室,把犯罪现场提取的证物,一一请他过目:血迹斑斑的凶刀、缀着银色小铃铛的钥匙串、Dior 的水钻胸花、黑色针织筒裙、高跟鞋……

正在这时,小张从门外进来说:"队长,名茗馆的同学来了。"话音刚落,门口就出现了张燚和另外一个男同学的身影。

司马凉一脸不快:"你们来做什么?"

张燚说:"司马警官,我们是来接周宇宙同学回学校的。"

司马凉说:"他不仅仅做伪证,还嫖娼,这样的人,名茗馆还要庇护,可见你们是蛇鼠一窝!"

张燚身边那个男生勃然大怒:"你说话客气点,名茗馆岂能容你羞辱?!"

"我看你们是自取其辱!"司马凉不客气地说。

那个男生瞪圆了眼睛,正要反唇相讥,却被张燚一把拉住了。

她看见了呼延云。

呼延云似乎根本没有听见这番争执,正拿着一把尺子,专心致志地量高跟鞋的鞋跟。

她走上前去,恭恭敬敬地叫了一声"呼延老师",然后拉着那男生,倒退出了证物室,在楼道里站好,再也不发一语。

这时,证物室里,马笑中劝司马凉:"老司,周宇宙虽然可恨,但是不应该让他影响你的情绪,分散你的精力。放了他算了。"

司马凉转头问呼延云:"您说呢。"

呼延云随口道:"看你想要什么了。"

司马凉顿时醒悟过来,对小张说:"把周宇宙放了吧,不过告诉那个浑蛋，案子没侦破以前，给我老老实实在家待着，每天早中晚电话报到一次。"

周宇宙被关了一夜，原本英俊的面庞蒙上了一层灰。小张给他办了释放手续，把他交给张燚，张燚对那男生说："你先带周宇宙回去。"

他们走后，张燚继续站在楼道里静静地等待。

终于，呼延云和司马凉、马笑中一起从证物室里走了出来，她上前再次叫了一声"呼延老师"。

"你有什么事吗？"呼延云问。

"呼延老师，您关于小青不可能从草坡攀爬到望月园的推理，我们都听说了，非常钦佩。"她停顿一下，接着说，"但是，在这个事件中，名茗馆的一名成员被证明说谎，而且还被司马警官抓进了刑警队，这对于名茗馆而言，无论如何都是莫大的耻辱。虽然这几乎完全是周宇宙个人的责任，但是名茗馆蒙羞，是很严重的事情……"

呼延云的眉毛微微扬起。

张燚连忙解释道："呼延老师千万不要误解，名茗馆绝无指责您的意思，我只是奉了馆主之命，想求您一件事情。"

呼延云看着她，不说话。

张燚说："杨薇被杀一案，物证奇少，人证又多是讲述案情如何诡异，所以外面纷纷谣传是镜子中的妖怪杀人，假如最后破不了，留下一个鬼怪故事，那可真是推理者的耻辱。我们馆主坚信呼延老师能侦破此案，只是希望届时您能亲临名茗馆，给晚辈们详细讲述您推理的经过，其实就是给我们上一课——当然，我们也知道这个案子比较难破……"

"这案子不难破。"呼延云一笑，"比如一面被打碎的镜子，我已经找到大部分碎片，只是还没按原状将这些碎片拼接起来而已……"

"那么，呼延老师能在什么时候到名茗馆去宣布侦破的结果呢？"张燚说。

"后天上午吧。"呼延云很随便地说。

"那么，一言为定。"张燚把那个"定"字咬得很重，"名茗馆全体成员将恭候您的光临。"然后转身离去。

"我说哥们儿，你真的能在后天上午把案子破了吗？我可觉得悬啊！"马笑中说。

呼延云说："你有那替我操心的工夫，不如把下面几件事情落实了：一是找到那个叫小萌的用人；二是找到武旭，小青那天晚上在望月园等的人八成就是他——"

"为什么？"马笑中问。

"望月园那么小，花草树木大多是一眼看得见的，也就北门那个儿童乐园藏得下人，刘新宇说自己第一轮躲到旋转木马上，可第一轮抓人的武旭居然根本没到游乐园这边来，说明他的活动范围始终在公园南边，第二轮时他干脆违反游戏规则，在草坡附近走来走去，并因为被发现而大发雷霆……这不都说明他是在等待草坡上出现什么人吗？"

马笑中这才恍然大悟，连连点头。

"你要办的第三件事，尤其重要。杨薇的手机找不到，她在死前拨打过的手机号码和发过的信息，总能在服务商那儿查找到记录吧——我要这个记录，不管你们用什么手段，都要拿到！"

司马凉说："我已经让刑警队的同志去办了，但是手续比较复杂，所以慢一些。"

呼延云摇摇头："杀人一秒破案十年的事情，我不干！"

司马凉脸色有点难看，但还是下令，让手下的刑警用最快的速度拿到相关记录。

呼延云这才满意："我想和张伟谈谈，老马和我一起去法制时报社一趟吧。"

马笑中开车带着呼延云来到法制时报社附近，找了一家咖啡厅坐下，先给郭小芬打了个电话。郭小芬说自己今天没上班，去小青家里看看她，顺便了解一些情况。呼延云说那好，等我和张伟聊完了也过去。

马笑中打了个电话，说张伟马上就到，然后往沙发上慵懒地一靠："望月园那么多人参加游戏，你为什么最后才问张伟？"

呼延云说："因为他是望月园游戏中唯一的旁观者。"

马笑中有点不大懂："旁观者？"

"对。"呼延云说，"所有参加游戏的人，除张伟外，他们都厌恶杨薇帮樊一帆夺了阿累的家产，所以都有可能杀害杨薇或者做伪证保护真凶——只有张伟不一样，他是临时被找去替代小郭讲故事的，是一个绝对的'偶发因素'，所以他的证词不会掺杂任何个人感情，是公正的。我要最后才和他谈，让他详细讲一遍那天晚上的所见所闻所感，这样才能分辨出有谁撒了谎。"

正说着，张伟走进了咖啡厅，一见呼延云，点头哈腰的，呼延云请他坐下，给他点了一杯卡布奇诺，把请他来的目的说了一遍。

张伟连连点头："我一定把我那天晚上看到的一切都原封不动地讲给您。"

袅袅的蓝调音乐犹如被打翻了的香水，在咖啡厅的每个角落里飘溢。马笑中看着那些在铁艺吊灯下或者对坐或者并肩而坐的情侣，突然有一种很不舒服的感觉，觉得一切都很虚幻，虚幻得呛人，还有眼前这杯咖啡，明明是苦的非要说成是香的，再怎么兑糖也不如可乐好喝。"

愣神的工夫，张伟已经讲到他在望月园里玩捉迷藏了："我在一个大草堆里蹲下，刚刚下过雨，弄了一身的水，没过多久，我就看见武旭溜达过来了，我觉得身上刺挠得不行，怀疑是不是有好多小虫子钻进衣服里咬我，就主动跳出来认输。武旭好像也不是很在意，让我到圆形广场那儿等着，接着抓人去了。不过，第一轮结束的时候，他还差蔻子和刘新宇没有抓到，所以第二轮跟其他输了的人一起手心手背，这一回是王云舒抓人，我还是很快就被抓住了，刘新宇和小萌也相继'落网'，武旭耍赖，没在一个地方躲着，而是瞎溜达，被抓住后还和王云舒争吵，最后蔻子回来了，说看到小青……反正当时挺乱的，这时我看见两辆警车开进了青塔小区，一想肯定是出什么事了，没准儿能挖个大新闻，就顺着草坡溜下去了，后来的事情，马所长就都知道了。"

马笑中完全没有听出什么有价值的东西，捅捅身边的呼延云："差不多了吧。"

呼延云没理他，接着问张伟："你再仔细想想，在整个游戏的过程中，你有没有听到什么奇怪的声音，或者见到什么奇怪的事情？"

张伟想了半天，摇了摇头："游戏刚开始时，我好像听见一阵电话铃声，但我之前跑得太猛了撞到树干，没准儿是幻听。别的什么奇怪的声音和事就没有了。不过，我躲在草堆里，视线正好对着出事的那六号楼，黑黑的夜里戳着那么一个烟囱似的东西，当时就觉得特诡异，觉得可能会闹鬼。你们可别觉得我迷信。说句呼延老师不爱听的话，这个世界上有很多古怪的事情，比如湘西赶尸、百慕大三角、麦田怪圈什么的，根本没有逻辑可言，那可不是推理能解开的谜。"

"你先喝两口咖啡润润嗓子。"呼延云笑着说，"尽管你已经把事情详细讲述了一遍，但是有个地方，我想请你再讲一次。"

张伟一面啜着咖啡，一面问："什么？"

"就是蔻子给你们讲的镜子杀人的故事，你再复述一遍。"呼延云直视着他，口吻严肃，"尽量详细，尽量还原，争取一个字都不差。"

马笑中不由得一愣，他记得从调查开始，呼延云似乎就特别在意蔻子讲的故事，不仅让蔻子讲过，还让雪儿和刘新宇讲过（雪儿根本没有听过才算作罢），而且要求都是"完整地复述""能最大程度地还原""能一个字不差才好"，现在又让张伟讲，难道他听着不烦吗？

张伟倒是很配合，开始讲那个故事，讲到杀害丈夫的女人拿着刀站在镜子前时，呼延云突然说："这地方请讲得再慢一点，细一点。"

"好。"张伟定定神说，"女的站在宝镜前，往里面望了一眼，吓得她差点没瘫了，镜子里面什么都没有！女的吓得都要疯了，把那面镜子噼里啪啦地砸了个粉碎，不知怎么的，碎镜片掉地上一块，屋子里的灯管就爆炸一根——"

"好了！"呼延云一伸手拦住了他的话，微笑道，"张伟，谢谢你，如果不是那天你在现场，可能事情的真相会被永远地埋在土里。"

张伟受宠若惊，又闲扯了几句，才回报社上班去了。

望着张伟的背影消失在门口，马笑中一头雾水，想问呼延云到底有什么重大发现，看他一直低头沉思，也不敢打扰，很久才嘀咕了一句："呼延，我觉得张伟说得有道理呢。"

"嗯？"

"世界上有不少谜案，说是闹鬼也好，说是外星人干的也好，就是解不开的，你找不出什么逻辑，也推理不出真相。"

"根本不存在这样的谜案！"呼延云斩钉截铁地说，"如果你认为有，只能说明你还没有理解什么是'推理'。推理是科学——最严谨、最具美感又最富艺术性的科学，科学技术是刀身，科学的思维方式是刀刃，无论多么诡异、离奇的谜案，也能迎刃而解。推理者的头颅永远高昂，越难侦破的案件，越能激发他的傲慢和张狂：我是万物之灵长，我拥有丰富的科学知识，我擅长严密的逻辑思维，我就有挑战一切谜团的自信与勇气。然后，俯下身子，低下头颅，聚精会神，像考古工作队一样对犯罪的遗址细致观察，对真相全面发掘，毫不留情地否定自我的谬误，最终找到正确的答案。纵使失败，也不要紧，那不过是视神经出现了短路、视网膜存在盲点，或者大脑的神经元细胞在运算中出了偏差，不妨耸耸肩膀，从头再来……但绝不能就此归结于鬼怪作祟——只有懦夫和蠢货才会动不动就把挫败和愚昧迷信挂钩！"

他的声音越来越大，以至于坐在咖啡厅里的其他人都投之以奇怪的目光，他却毫不在意。

矮胖子呆呆地看着他，许久，才嘟囔道："好吧好吧，那你总可以透露一点，你为什么要让每个人都翻来覆去地讲那个镜子杀人的故事呢？我耳朵都要听出茧子来了。"

"你还记得那把扳手吗？"呼延云问。

"扳手？你说镜框的托架上那把？"

"对。我提出了四个疑点，扳手就是其中之一。"呼延云说，"我提出的问题是：明明眼前就放着一把扳手，凶手为什么要用刀柄的底端去砸碎那面镜子呢？刚才我在刑警队看到了那把凶刀，更加深了这个疑问，它的底端并没有尖锐的凸起部位，敲碎镜子挺费劲的。对此我心里有一个答案，而张伟的话则彻底证实了这个答案。"

"什么答案？"

呼延云说："小青在'恐怖座谭'上讲的镜子杀人的故事，我取名叫'小青版'，而蔻子在叠翠小区讲的镜子杀人的故事，我取名叫'蔻子版'。'蔻子版'是'小青版'的复制品，中间有一些差别。我看了老甫、夏流和小青在审讯笔录中记载的'小青版'，又听了刘新宇和蔻子转述的'蔻子版'，发现其中和案情关系最大的差别，就是在'小青版'中，提到女人用刀柄狠狠地凿在镜面上，而'蔻子版'中只是说女人把那面镜子砸了个粉碎，并没有说是用什么工具砸的……"

"啊！"马笑中一副恍然大悟的神情，"我明白了，凶手砸镜子，刻意模仿的是'小青版'，而不是'蔻子版'。"

呼延云点点头："张伟的证词最可靠，他讲述的'蔻子版'也没说用什么工具砸碎镜子，这一下我们就能理解了。凶手为什么放着扳手不用，非要用刀去砸镜子？凶手是在严格按照'小青版'情节作案。"

"这下犯罪嫌疑人的范围，可就大大缩小了——就在参加'恐怖座谭'的人之中！"马笑中摸着因为兴奋而发亮的脑门，"而蔻子那帮人基本上可以排除了！"

呼延云说："目前看来，的确是这样。"

"但是，参加'恐怖座谭'的那几个人，都有不在场证明啊。"马笑中说，"杨薇是夜里十二点整出的事。按照这个时间推算，夏流是那晚十一点五十五分离开老甫家的，即便打车也要十多分钟才能到青塔小区,那时杨薇已经死翘翘了,而樊一帆和老甫十二点才出发赶往青塔小区,有载过他们的出租车司机和的票为证,更不可能杀人。周宇宙和小青也都排除了作案嫌疑……"

"如果杨薇不是十二点被杀的呢?"呼延云说,"十二点整,老甫和樊一帆只是听到了杨薇的呼救声,也许这是她设计好的一出戏,而被凶手利用,她真正的死亡时间,其实是在十二点到十二点十五分之间。"

马笑中想了想说:"如果是这样,周宇宙和小青依然可以排除作案嫌疑:你已经证明小青在十二点之后不可能走出青塔小区,周宇宙在那个时间段正在嫖娼。至于胖子夏流,假设他打车在十二点零五分赶到青塔小区,从正门进一准儿会被门卫李夏生看见,如果是从望月园的草坡滑下,杀完人再爬上去,我且先不说他那肥猪身量能不能干这么有技巧性的事儿,就冲望月园里那么多人,能都看不见他?"

呼延云没有说话。

"剩下的就是樊一帆和老甫了。樊一帆那疯可不是装的,我问过市局下属的精神卫生鉴定中心的大夫,他说樊一帆绝对是真的吓疯了,眼球运动分析仪证明她患上了精神分裂症。"马笑中说,"至于老甫,他倒是有两个时间点可以作案:一个是进了青塔小区后,他先冲进了五号楼,后来说是樊一帆指错了楼门,我曾经想他会不会是从南门进从北门出,然后绕到六号楼去杀了杨薇,但是五号楼四〇九的住户证明老甫当夜确实敲错过他家的门,小饭馆的老板娘李丹红又说老甫进出五号楼的时间很短,不够上下五号楼的四楼再跑到六号楼的四楼杀完人再回来。"

马笑中停顿了一下,接着说:"还有一个时间点,就是樊一帆被吓疯到警察赶来这一段,三四分钟吧,老甫说他一直在照顾樊一帆,假如他事先和杨薇合计好了,让杨薇装死吓唬樊一帆,等樊一帆疯了之后,他再把杨薇杀了,没有人能指证他——"

"我觉得不可能,他怎么知道樊一帆一定会被吓疯?"呼延云说,"况且,我仔细看过门上的那个脚印,踹得相当狠,门板都塌陷了一块儿,老甫要是真按照你说的那么干,进四〇九房间时应该是轻轻推开门,而不是造成这么大的声响,万一同一楼层里其他住户听见了出来一看,屋子里躺着个死人——甫管真死还是假死,都会立刻报警,他的杀人计划肯定就要破产了。"

"你还真说对了,当时四层有个老太太听见了踹门声,以为发生了抢劫,扒着门缝一看,见一个男人搀着一个浑身发抖的女人走出四〇九房间,坐电梯下了楼。老太太后来凭照片指认那俩人就是老甫和樊一帆。"马笑中说,"另外,杨薇是心脏被戳了一刀,刀子又被拔出,凶手的衣服上和橡胶手套上应该被喷溅上大量的血液才对,我们赶到现场后,对老甫进行了详细的搜身和检测,在他的身上、衣服上没有找到一丝血迹。"

呼延云说:"他会不会把杀人时穿戴的橡胶手套和衣服换掉,扔了,烧了呢?"

马笑中摇摇头说:"那个老太太说,她听到踹门声后,是'马上'去看门缝的,时间非常短。我们对六号楼内外进行了筛沙子般细致的搜索,没有找到沾血的橡胶手套、衣服,或者任何销毁东西的痕迹。老甫绝对没有可能在那么短的时间里,杀完人再把这么一大堆证物都'变没了',还把自己的身体漂白了一遍,连鲁米诺都检测不出。"

一时间,两人都陷入了沉默。

终于,马笑中叹了口气,摊开手说:"你说凶手就在参加'恐怖座谈'的人之中,咱们掰着指头一算,个个比用洗洁精刷过的盘子还白——我是真的没辙了。"

"所以，我想进行一次现场还原。"呼延云说。

马笑中一愣："现场还原？"

呼延云"嗯"了一声："今天晚上，把参加'恐怖座谭'的人都叫到一起，重新演绎一下当时的情景。你知道，所有的魔术归根结底都不过是障眼法，拆穿它的最好办法，莫过于让演员们回到舞台上，近距离重演一遍。"

就在这时，呼延云的手机响了，一接通，就听到了郭小芬焦急的声音："呼延，出事了，小青失踪了。我在她租的房子这边，她的室友说她昨天晚上没回来。"

呼延云的神色顿时一沉："我和老马马上赶过去，你告诉我地址。"

挂上电话，马笑中问出了什么事。呼延云拉着他出了咖啡厅，边走边讲。马笑中听完给丰奇打了个电话，让他火速与郭小芬会合，然后开上车，风驰电掣地赶到了小青租的房子那边。

这是一个由几栋六层板楼围成的小区，一下车，他们就看见郭小芬蹲在花坛边，和弯腰站着的丰奇在讲着什么。呼延云大步上前，严厉地问郭小芬："我昨天晚上不是让你把她送回家吗？"

郭小芬慢慢地站起身，一向粉盈盈的脸蛋涨得通红："我把她送到车站，她说不用了，自己回家。"

马笑中连忙把话题岔开："小郭你刚才蹲着看什么呢。"

"是这个。"丰奇一指地面，有一个开裂的红色塑料板，裂口处露出白色的电池和橘黄色的电路板，"这是小青的手机。郭记者说可能是有人绑架小青时，她在奋力反抗中摔坏的。"

呼延云呆呆地看着那手机，转过身，拉着马笑中就往那辆警用普桑上跑："快开车，带我去望月园！"

两人刚钻进车，郭小芬也跑了过来，拉开车门坐在了后面，对副驾驶位上的呼延云低声说："对不起……"

呼延云脸若冰霜，一言不发。

郭小芬尴尬极了。马笑中一踩油门，车子向望月园驶去，到地方还没停稳，呼延云就跳下了车，顺着石阶向丘陵的顶部狂奔，等马笑中和郭小芬也登上了顶部，看见他站在圆形广场正中心的平地式喷水池上，望着正南方，嘴角挂着一缕微笑。

"呼延，你小子没事吧？"马笑中擦着脑门上的汗，气喘吁吁地说。

"小青安全了！"呼延云松了口气，然后用不容分说的口吻道，"马上封闭这个公园，派警员二十四小时无间断值守。外人要问原因，就说已经发现凶手杀人后是从这里逃走的，所以要再详细勘查，寻找物证。"

"啊？"马笑中说，"这大夏天的，附近的居民晚上都要来这里乘凉呢，封闭公园？非把我骂死不可。"

呼延云直视着他，目光严峻。

"好吧好吧，您别这么看着我，跟要给我开膛破肚似的，我答应您还不成嘛。"马笑中说。

呼延云这才缓和了态度："赶紧撒开人去找小青。还有，马上筹备今晚的'恐怖座谭'，就在老甫家举行。你、我、小郭和司马凉都参加。对了，司马凉身边是不是有一个姓张的预审员，让她也到场。"

马笑中有点糊涂："叫她干吗？"

"樊一帆疯了，杨薇死了，这两个女人都不能到场，可是我们这场大戏不能缺少演员。小郭可以临时扮演一下樊一帆，至于小张，就让她演杨薇吧。"呼延云停顿了一下，双眸闪烁出奇异的光芒,"今晚,我们得让死去的杨薇活过来,告诉我们:那天夜里究竟发生了什么事情。"

第十七章 现场还原

昏昏沉沉，头疼得像要裂开一样。

没有窗。三面都是灰色的墙，墙上布满了蜿蜒的裂缝。一面是铁门，锈迹斑斑，仿佛是把蟾蜍的皮剥下之后糊在了上面。头顶吊着一盏暗红色的灯，不像是在发光，反而像是一张把光线一点点吞噬的嘴。

小青想：我真是和囚室有缘，刚刚走出看守所，又被绑架带到了这里。不过，这也没什么了不起的，我已经是个死人了，不过换了一口棺材而已。

然后，囚室的门"吱呀"一声打开了。

走进来的人，蹲在了她的身边，小青闻到一股很浓的香水味。她很不情愿地睁开了眼，惊讶地看到了不等式秦姐那张笑得很善良很温柔的脸。

秦姐伸出手，轻轻地抚摩着她的秀发："小青，怎么也没和秦姐打个招呼就离开看守所了？是不是以为逃出我的手掌心了？"她右手的拇指和食指环成一个U字，在小青雪白的脖颈上揉来揉去，仿佛是在拧螺丝。"好妹妹，听秦姐的话，阿累临死之前交给你的那面镜子，现在在哪里？只要你说实话，秦姐一定给你留一条活路，还给你许多许多钱，保证你下半辈子不愁吃喝。"

小青笑了。

U形的手钳停止了扭动:"你笑什么?"

"我不怕死。"小青平静地说,"我爱的人已经不在了,剩下的就是你们这些为了得到透光镜无恶不作的坏蛋,我真的觉得活着也没有什么意思。镜子我不知道在哪里,知道我也不会告诉你,有本事你就拿脸盆装满水再淹我一遍,上次我没喊饶命,这次一样不会喊。"

秦姐在这个女孩的眼中,看到了一种老人在给自己挑选寿衣花色时的洒脱。

她知道不管用什么方法也撬不开她的嘴了。

"那你就在这个活棺材里等死好了。"秦姐站起身,走出了囚室,并从外面关上了灯。

霎时间,黑暗像剪子一样剪断了眼前的世界。

小青知道,秦姐就是想让自己沉浸在伸手不见五指的黑暗中,渐渐恐惧、绝望,最终为了求得一点点光亮而屈服。那她可大错特错了,我是如此热恋着黑暗,因为只有黑暗才能带着我脱离现实,置身梦幻,让我与阿累重逢。我有许多话要对他说,有许多问题要问他,那些谜一样的往事,像癌痛一般折磨着我这濒死的躯壳和灵魂,我只想知道哪种答案是对的,我只想知道:你到底爱不爱我……

一曲终了,小青走下演艺舞台,看着乱哄哄的酒吧里这一群酒酣耳热的人们,心想还是赶紧找个清净的地方歇歇的好,省得身子被熏臭了。

正往前走着,突然觉得不对劲,一股阴风骤然逼近脊背。她只侧了一下脸,就看见樊一帆握住一把水果刀向自己的后背刺来!

小青连忙往右边一闪,让过刀锋,左肘向后猛地一撞,正撞在樊一帆的胸口上,由于力道太大的缘故,樊一帆竟被撞得倒退几步,撞在一个侍者的身上,那侍者端着的托盘滚翻在地,托盘上一瓶芝华士啪啦啦打了个粉碎,溢出一股刺鼻的酸气。

酒吧里响起一片尖叫声。

樊一帆捂着胸口,疼得龇牙咧嘴,金鱼眼瞪得要爆裂一般,放出仇恨的凶光,"嗷嗷"怪叫着举刀又冲了上来,小青弯腰一躲,犹如一尾脱网的鲇鱼在地板上一滑,站起时,手中握着一把锋利的锐器,正是那瓶打碎的芝华士的一枚最尖最长的碎片。

"你再敢往前走一步,我就宰了你!"小青直视着樊一帆说。

樊一帆不敢动了,鼻孔往外不停地喷着粗气。

保安赶来夺下樊一帆的水果刀,拖着她往外面走,樊一帆不停叫嚷着:"你这个婊子!你这个烂货!想和我抢男人,我早晚要杀了你!"

人们看着小青,目光或惊讶或嘲讽或鄙夷或猥亵。在这些目光的包围中,小青一动不动,碎片握得太紧,掌心渐渐渗出鲜红的东西……

晚上,阿累来了。

"我都知道了。"阿累进了门,在椅子上坐了好久,才开口说话。

小青租住的房间很小,却很干净,有一股淡淡的花香。她坐在床头,揪着一只毛茸茸的粉色玩具兔子的长耳朵,低头不语。

"不知道她是怎么知道咱俩的事的。"阿累又说,叹了口气。

小青还是不说话。

阿累这时才看到,小青攥着的右手裹着白色的纱布:"你的手怎么了?"

小青摇摇头,还是一言不发。

阿累在她的膝前单腿跪下,握住她白嫩的手腕,轻轻拂开她攥着的右手,掌心的纱布有一条被血洇出的红线。

阿累的厚嘴唇颤抖着,宽厚的脊背像要倒塌一般。

滴答……

阿累感到自己的手背一凉,定睛一看,发现了露珠般的一粒晶莹。

滴答,滴答……

他抬起头,看见小青满眼的泪水,犹如溢出河岸一般,滑过长长的下睫毛,直接滴落,滴落……

阿累一把将她抱在怀里,手笨拙地、不停地抚摩着她的长发,仿佛不知道该用什么别的方法安慰她。小青没有发出一点点哭声,但是从她身体有节奏的抽搐中,阿累知道她还在哭泣,不停地哭泣。阿累急了,不知该说什么,也不知该做什么,心疼得把下嘴唇咬出血来,眼眶也湿漉漉的。

终于,他吻上了她的嘴唇。

小青停止了哭泣,滚烫的肌肤一瞬间灼干了脸上的泪水。她的脑海经过刹那的空白后,一阵幸福的眩晕。她仰面躺在床上,任凭阿累在她的脸上和颈上狂吻着,感到那么的饱满和妥帖。从来到这座城市的那一天起,满眼都是横冲直撞的车流、侮蔑而贪婪的目光、酒杯中血红色的液体、歇斯底里的哭喊……她恐惧,她不安,她像一只身陷森林的小鹿,躲躲闪闪才幸免于被侵害,内心充满了孤独和惊惧。而此时此刻,她想自己这条在风雨中飘摇了太久的小船,终于可以靠岸了。

"嘻嘻……"她突然一笑。

阿累吓了一跳，抬起头来，目光里充满了困惑。

"有点痒。"她羞赧道，原来是阿累的指尖不小心碰到了她的腋窝。

阿累扳起她的肩膀，将她往床上又放了放。小青虽然没经历过，但知道接下来要发生什么，紧张得闭上眼睛。她顺从地任衣服被阿累一层层剥下，当文胸被解开的一瞬，胸口有些冰凉……

接下来，奇怪的事情发生了，她感到阿累停止了一切动作，连粗重的喘气声也像被掐断般消失了。

她慢慢地睁开眼，看到伏在身上的阿累一动不动，瞪着一双眼睛，呆呆地望着她的胴体。他的目光时而温柔，时而爱怜，时而痛楚，时而凶残，像深夜酒吧门口的霓虹灯一般，神经质地闪烁不定……脸上的肌肉也不停地抽搐着。

终于，他把牙一咬，目光像狠狠搅动了一般，骤然浑浊起来！

小青害怕了，她再次想起了河边他那藤蔓般死死绞缠的拥抱。这不是爱！而是一种丧心病狂的横冲直撞！他根本不爱我，只是想发泄病态的肉欲——

我的天啊！

她在极度的恐惧中，不禁"啊"地轻轻叫了一声。

声音很小，但阿累还是听到了，他仿佛被唤醒一般，再次停止了动作。

他凝视着小青那张惊惶得惨白的面容，浑浊的目光时而凶残，时而痛楚，时而爱怜，时而温柔……最终，一双眼睛里荡漾起了清澈的水光。

这个笨拙的人坐了起来，抱着头，沉默着，久久地，石像一般。

"对不起,小青。"

阿累突然开口说话了,声音低沉得像埋在土里:"其实我一点都不爱你……我说要你做我的女朋友,只是想占有你的身体,还有,上次我说要和樊一帆离婚的承诺,也是骗你的,你都忘了吧……"

他起身把地上的衣服拾起,放在床上,然后头也不回地走出了门。

小青穿好衣服,站在窗边向外望去:正是冬夜,寒风撕扯着光秃秃的树枝,一个宽厚的背影慢慢地、一步一步地走向愈来愈浓的黑暗。

"其实我一点都不爱你……"

小青把头靠在囚室冰冷的墙壁上,圆睁着双眼,黑暗中什么也看不到。当她把眼睛闭上时,一个轮廓却越来越清晰地浮现在脑海里,那是阿累的背影,忽远忽近,笨笨的,傻傻的,像迷失在夜色中,找不到归路似的。

呼延云说要去叠翠小区,看看小萌回来了没有。马笑中和郭小芬要跟他一起去,被他拦住了:"我想自己去,你们不用跟着我,赶紧去布置晚上还原'恐怖座谭'的事。"言罢大步走下了石阶,转眼间已经出了望月园。

郭小芬望着他远去,怔怔地,以至于马笑中叫了她两声她都没听见。矮胖子伸出巴掌在她眼前晃了两晃,她才回过神来:"干吗?"

马笑中说:"你发什么呆啊?"

郭小芬低声说:"你看他刚才跟我说话那个凶劲,跟要吃了我似的……"

马笑中说:"小青丢了,他着急嘛!"

郭小芬喃喃道:"他以前可从来没有这样对过我。"

马笑中听出些不对味儿来,说:"哟,喜欢上他啦?我记得你可是有男朋友的啊。"

郭小芬脸一红:"谁喜欢他?讨厌!"

马笑中一脸坏笑:"你们女孩子一天到晚口是心非的,不知道哪句是真哪句是假,咱们先把眼前这案子破了,再说别的好不好?"

郭小芬噘起嘴:"我们口是心非,你们呢?还不是净做些心口不一的事情?"说着往石阶下走去。

呼延云到了叠翠小区,敲开门,家里只有王云舒在,她说自己是来照看阿累的妈妈的,小萌还没有回来,雪儿由蔻子陪着到医院看病去了,"去的就是阿累看过病的那所医院"。呼延云一听,问了地址,就匆匆地往医院赶去。

说来也巧,这所医院前两年发生过一起奇案,一具放在太平间的女尸不知怎的凭空消失,最后竟被发现反锁在院长办公室里。媒体曝光后,引起一片哗然,院长在巨大的压力下差点辞职,多亏呼延云出手相助才弄清事实真相,还院长清白。所以,听说阿累生前是在这家医院看病,呼延云想这下总能弄清阿累的死因了。

他来到医院,先在门诊楼转了一圈,没有看到蔻子和雪儿,就直接到院长办公室去。院长一听他的请求,二话不说就让院办去调阿累的病历。

没多久,院办主任回来了,身后跟着一位年龄四十岁上下的女医生。主任无奈地说:"院长,阿累的病历调不出来,只有薛大夫有,她不给,说要当面跟您讲。"

薛大夫把手揣在白大褂的衣兜里,不客气地说:"院长,我答应过阿累,他的病因、病情必须保密,我可不能失信于人——不管阿累活着还是去世。"

院长苦笑着给呼延云介绍:"这是神经科主任薛京大夫,别看她年轻,可是咱们医院的业务骨干。"

呼延云把调阿累病历的目的详细讲述了一遍,然后用十分诚挚的口吻说:"凶手的犯罪动机是什么,到现在还不是很清楚,只有弄清了阿累的病因,才能破解整个谜团,所以,希望您还是把阿累的病历给我看一下,或者告诉我他患的是什么病。"

薛大夫沉默良久,长叹一声:"阿累人如其名,活得太累了……走吧,到我的诊室去,我慢慢告诉你。"

来到诊室的门口,薛大夫刚刚推开门,呼延云就惊讶地看到蔻子和雪儿正坐在椅子上,她俩一见他,连忙站了起来打招呼。

"你们认识?"薛大夫惊讶地说。

呼延云点点头。

"我刚给这个小女孩看病看了一半,院办主任来问我阿累的病历怎么调不出来,我就跟着他一起上院长办公室去了。"薛大夫对呼延云说,然后温柔地对雪儿说:"你们先到外面的候诊椅上坐一会儿行吗?"

雪儿点点头,和蔻子一起走出了诊室。

关上门,薛大夫倒了一杯清茶,放在了呼延云的面前:"你听说过'渐冻人'这个词吗?"

呼延云点点头:"著名物理学家霍金好像患的就是这种病,学名叫……运动神经元病,对吗?"

"更准确的学术名字叫肌萎缩侧索硬化。"薛大夫说,"你要知道,我们能够运动、说话、吞咽和呼吸,都是因为运动神经细胞的控制作用,但是,患上这种疾病的人,大脑、脑干和脊髓中的运动神经细胞受到不明原因的侵袭,肌肉逐渐萎缩和无力,以致身体如同被逐渐冻住一样,所以俗称'渐冻人',他们中的90%在发病后的一到五年死亡,死因大多是呼吸衰竭。"

"阿累患的就是这种病?"呼延云问。

薛大夫缓缓点头:"最可怕的地方在于,由于病人只是运动神经被破坏,而感觉神经未受侵犯,所以它并不影响患者的感觉和思想,也就是说,患者要眼睁睁地看着自己一秒一秒地走向死亡,而在死亡的过程中,他能清晰地感觉到一切痛苦,却连最简单的用手捂一下痛处,都不可能,更不要提用自杀来解脱,真的是求生不得,求死不能。"

呼延云的目光慢慢移到桌子上一盆绿元宝上,绿油油的叶子茁壮地舒展着,仿佛在炫耀旺盛的生命:"难道这个病治不了吗?没有药可以控制吗?"

"这种疾病从被发现到现在都一百三十多年了,但仍无治愈办法,和癌症一样是绝症。"薛大夫说,"控制病情的药还是有的,比如力如太,每天两片,就能延长生命。不过价格也昂贵得惊人,一个月得吃掉五千多元——以阿累家的财力,吃这个药是完全没有问题的,但是令我惊讶的是,虽然我给他开了药,据说他也在按时按量服用,但是他去世的时间比我预想的要早得多,仿佛药物完全失效了似的。"

呼延云想了想问:"阿累为什么不让您对外透露他的病情?"

"阿累刚被确诊时,情绪特别不稳定,时而狂躁,时而恐惧……我们活着的最大快乐,就是不知道自己什么时候会死亡,假如知道了自己生命倒计时的确切时间，谁都会像阿累那样。"薛京感叹道，"但是阿累是我见过的最坚强，最了不起的人，表面看上去他憨憨的、笨笨的，但是这个人有一颗高尚的心灵。当他确认自己逃避不了死亡的时候，很快就平静下来，接受了现实。有一次我无意中告诉他，这个病有5%到10%的家族性，他立刻拉着他的表妹王云舒做了个肌电图检查，确认没事后才放心——这个检查他也瞒着王云舒，只说是个普通检查。此后，他要求我对除了他妈妈和妻子之外的所有人保密，我问他为什么，他说表妹处了个男朋友，不能让外人知道他患了这个有家族性的疾病，影响了表妹的终身幸福……"

呼延云呆呆地，一声不吭。

"对了，刚才在我诊室里坐着的那个小女孩，患上的病和阿累一样，虽然是早期，行动没有什么大碍，但是估计病情很快就会发展……"薛大夫叹了口气，"她是个孤儿，在当地医院接受治疗的时候，有个医生推荐她去美国试试新的基因疗法，并从红十字基金会帮她申请到了一笔钱，但是金额很少，不知道能支持多久……可惜，那真是个漂亮的小女孩啊！"

走出诊室，呼延云忽然听见一阵呜呜的哭声，在黑暗的楼道里低回。循声望去，原来是坐在候诊椅上的雪儿咧着小嘴在哭泣，满脸的泪水像正在融化似的。旁边的蔻子也眼泪汪汪的，不停地说着安慰的话，到最后也说不下去了。

呼延云走到雪儿面前，望着她雪白而瘦削的小脸、湿漉漉的长睫毛，还有湖水泛滥般的泪眼，心中不由得一阵酸楚，单腿跪下，却一句话也讲不出。

雪儿望着他，粉色的鼻翼一抽一抽地，像水泵一样，泪水不停地涌出眼眶："我是在病友的论坛里认识阿累哥的，我和他得的……是一样的病,刚才那个阿姨说,我要去美国治病,钱……钱不够……"

"我是陪雪儿看病了才知道,阿累得的是什么病,他死得太惨了……"蔻子忍不住痛哭起来。

呼延云慢慢地站起身,走到窗边,向外望去。午后的阳光下,地面翻滚着一片片白花花的热浪,被热浪淹没的所有事物:树木、楼房、车辆、行人,都颤颤巍巍或浮浮沉沉的,令人目眩。他想平静胸中起伏的情绪,但耳畔传来的雪儿的哭声,使他反而更加心烦意乱,恍惚间,他仿佛听到了一个声音:

"五十万元,算是定金。事成之后,再加一倍。"

再加一倍,一百万元……那是朱夫人的承诺,让我找到那面透光镜的报酬。如果我答应了朱夫人,把透光镜交给她,有了一百万元,雪儿的病肯定能得到治疗,就算治不好,也能延命很久很久……

不!我不能这样做!否则将会直接威胁到小青的生命安全。我不能为了救雪儿,而不顾小青!

难道就眼睁睁地看着雪儿像阿累一样死去?她还这么小。

有没有一个万全之策呢?

想着想着,他的手不由得放在了窗台上。被阳光灼了一中午的窗台,比饼铛还要滚烫,疼得他指尖一跳,头脑清醒了几分,转身问雪儿:"你去美国的机票,买的是什么时间的?"

雪儿抽噎着说:"后……后天早晨。"

还有一天多的时间,一百万元……

"蔻子。"呼延云用一种严肃的口吻说,"今天晚上,警方要搞一个试验,届时请你到老甫家来一趟,具体地址回头我们打电话告诉你。"

寇子脸上的泪还没有干，惊讶地抬起了头，不知道他为什么突然转变了话题，但看到的只是呼延云匆匆离去的背影。

"晚上九点五十分了。"马笑中看看手表问，"开始了吗？"

老甫摇摇头："还没。那天我们约好的是九点半，但是樊一帆和周宇宙一直没有来，小青很不耐烦，想走，被我拦住了。"

"小青当时站在哪里？"

老甫伸手一指："她一直靠着窗台抽烟。"

扮演小青的寇子走到窗台前站好，有些尴尬："我……我不抽烟。"

呼延云向窗外望去，自己看到的，应该就是那天晚上小青看到的街景：黑漆漆的街道像是一条巨大的矩形裂缝，两侧的小树耷拉着枝叶，战战兢兢地向裂缝里面张望着。没有风，没有人，甚至连条会吐着舌头跑的野狗都没有。路灯大部分都坏掉了，唯一亮着的两盏也像患了黄疸病，放出晦暗的光芒。

没有开灯的房间里有五个人，除了老甫、马笑中、寇子和呼延云之外，还有一个夏流坐在沙发上，手习惯性地想往裤裆里伸，但是一见马笑中，又不敢揉搓泥团了。此外，司马凉和丰奇站在门厅，等待着其他演员上场。

十点左右，门开了，郭小芬和周宇宙走了进来——郭小芬扮演的是樊一帆，很明显她根本不喜欢这个角色，以至于一句话不说就坐在了圆桌边的一把椅子上。周宇宙呆呆地站着，不知道该做些什么。

"我再讲最后一遍。"呼延云的目光扫视了一下老甫、夏流和周宇宙，"我要最大程度还原出事那天晚上的场景，自己的话自己说，不在场的人说的话，知道的要替她补充，明白了吗？"

房间里鸦雀无声。

"都他妈的听见了没有?"马笑中一声大吼,打雷似的,吓得那三个人一哆嗦,几乎是异口同声地说"听见了"。

老甫最主动:"樊一帆进来之后说,错走进了旁边的一个单元,敲开一家门,老头在拉屎……"呼延云立刻问周宇宙:"是这样吗?"周宇宙说"是"。呼延云马上让丰奇去旁边的单元查问,然后冷冷地对周宇宙说:"你听好了,我不管你是什么馆的,今晚你只要敢说一句谎话,一定会有极其严重的后果!"周宇宙吓得连说"不敢不敢"。

一会儿丰奇回来了,说是确有其事。呼延云点了点头:"继续。"

"小青该用打火机点蜡烛了。"老甫说。

蔻子摊开了手,意思是没有打火机,马笑中马上掏出打火机,就要去点桌子上的那根白色的蜡烛,呼延云立刻阻止他:"把打火机给蔻子,让她自己点。"

火焰跳跃起来,光芒在每个人的脸上涂抹着变幻莫测的明与暗。

"开始了吗?"马笑中有点不耐烦。

周宇宙说:"没有。一帆说要等一等杨薇,小青很生气,要走,两个人还吵了几句。"

"然后呢?"

一直没说话的夏流突然积极起来:"然后杨薇就来了,游戏开始。"

"不对吧。"老甫的眼皮一挑,"我记得你之前还给樊一帆递了一杯下了泥丸的可乐,让她喝,被她识破了,泼了你一脸呢。"

夏流结巴起来:"没……没有啊。"

"怎么没有?"周宇宙说,"我也记得有这么件事呢。"

呼延云立刻走上前问:"怎么回事?"

老甫说:"夏流喜欢从裤裆里搓下泥来揉成团儿,下在饮料里骗人喝……"

郭小芬恶心得喉咙里咕噜一声。

"我操!"马笑中忍不住骂出声来。

呼延云冷笑一声,对丰奇说:"把夏流铐起来,带走!"

丰奇从后腰"哐啷"一声就把手铐拎了出来,吓得夏流直往后躲:"凭什么抓我啊?我没杀人!我没杀人!"

呼延云说:"我没说你杀人,可是你想跳过'恐怖座谭'中的一个重要环节,我就不能不按照犯罪嫌疑人处置你了!"

夏流哀求道:"我不敢了,我再也不敢了。"呼延云朝丰奇挥了一下手,丰奇这才把手铐收起来。

接下来,果然每个环节大家都一丝不苟了。

对于杨薇出场的情形,老甫和夏流的感受不一,夏流觉得她"斜刘海把脸遮了一多半,涂的那些脂粉就像个鬼似的",老甫倒觉得她"挺冷艳的"。然后"恐怖座谭"开始,老甫介绍游戏的具体规则,小青撩起头发让杨薇看自己右太阳穴上的一块燎伤。老甫拉上窗帘,坐到圆桌边。周宇宙、夏流、扮演樊一帆的郭小芬、扮演杨薇的小张、扮演小青的蔻子,也都围着圆桌坐成一圈,所有的人都闭上双眼,胳膊肘支在桌面上,两只手抱成一个拳头,顶住下巴,沉默不语,集中精力,召唤出内心的"魔性"……

良久,老甫睁开眼,噗地一吹,烛火像被斩首般熄灭,所有人的心头都是一颤,骤然陷入黑暗,使他们以为自己也像蜡烛一样失却了头颅。

第一个故事是夏流讲的吃人肉。

第二个故事是周宇宙讲的南极奇尸案。尽管已经知道真相,但郭小芬在黑暗中听起来,依旧感到毛骨悚然。

"汤姆朝杰森的尸体连开数枪,'乒乒乒',尸体被打得稀烂,然后把枪口塞进自己的嘴里,扣动扳机,只听'乒'的一声……"

"乒!"一声巨响!

黑暗中的人们,都是一哆嗦。"怎么啦?怎么啦?"郭小芬、蔻子和小张不约而同地喊了起来。丰奇连忙打开手电筒,光柱正好打在老甫那张又扁又平的脸上,老甫一边遮着眼睛一边说:"没事没事,当时周宇宙把手机扔到地上了。"周宇宙战战兢兢地接嘴:"不是现场还原吗?我就把手机再扔到地上一次……"马笑中骂道:"你倒提前说一声啊,吓死老子了!"

周宇宙弯下腰,从地板上捡起了手机。

然后是老甫讲的那个《鬼巷》的故事:"快要讲完的时候,被一帆打断了,说我讲的是伊藤润二的漫画,没劲,结果我就没再讲下去。"

"下一个该谁了?"马笑中问。

没有人说话。

马笑中火了:"又装哑巴是不是?"

"不是不是!"老甫连忙说,"这个时候,我们都休息了一下,我去了趟洗手间,宇宙到外屋打了个电话。"

马笑中立刻问周宇宙:"你给谁打电话?"

周宇宙嗫嚅了半天,看实在糊弄不过去,才说:"打给……打给我们的馆主凝,我正在追她。"

"你不是正在跟樊一帆谈恋爱吗?"马笑中被气笑了,"您到底脚踩多少只船啊?"

周宇宙很尴尬,说不出话来。呼延云拿出手机:"凝的手机号码是多少?"周宇宙报出一串数字,呼延云马上拨了出去,没响两声,话筒那边传来一个娇柔的声音:"您好,哪位?"

"我是呼延云。"接着他说了一个日期和时间,"请问在那天晚上的这个时间,周宇宙曾给你打过一个电话,是吗?"

话筒那边,一片死寂,能感觉到凝因为突然接到呼延云打来电话的震惊。片刻之后,她才说了一个"是"字。

"多谢。"呼延云挂上电话,问老甫等人,"下面该谁讲故事了?"

"下面的不是讲故事,是樊一帆导演的一场闹剧。"老甫说着,在圆桌上摆出六个纸杯,给每个杯子斟满啤酒,"一帆骗我们说在其中一杯里下了氰化钾,让我们每人挑一杯,一起喝下去,然后拉起手剧烈抖动身体,加速毒药发作,看谁喝中的是毒酒。"

郭小芬嘀咕道:"没听过吃氰化钾还要摇晃均匀才能致死的。"

"具体怎么个摇晃法?"呼延云问,"请演示给我看。"

老甫、夏流和周宇宙马上拉起手来,小张左手拉住老甫,右手拉住蔻子,蔻子的右手拉住郭小芬。

郭小芬伸出的右手又缩了回来——她就是不想和周宇宙拉手。

这样一来,一个环便出现了缺口。所有人都不知该怎么办的时候,呼延云走过来,左手拉住郭小芬,右手拉住周宇宙:"多一个人不要紧,请按照那天晚上的程度来摇晃吧。"

郭小芬紧紧握住了呼延云的手。

丰奇在圆桌边加了把椅子,让呼延云坐下。

剧烈的摇晃开始了。郭小芬不禁想起上大学时那些疯狂的舞会，现在，既没有绚烂的灯光，也没有喧闹的乐曲，但感觉上和当年没有差别，每个人都像吃了摇头丸一样浑身抽搐——呼延云似乎是最笨的一个，身体木木的，晃得毫无柔韧感，真像摇晃药瓶似的。

这个书呆子当年肯定没跳过舞，郭小芬想。

渐渐地停下了。老甫说："摇晃的时候，屋子里一片死寂，只有衣服摩擦的窸窣声，突然间就哐当一下子，樊一帆向后仰着，连人带椅子摔倒在地上，身子一屈一伸的，真跟中了毒似的。其实她是在做戏。"

"当时谁被吓得离开座位了？"呼延云问。

"两个人。"老甫回忆，"一个是小青，她以为一帆真的中了毒，跳起来点燃了蜡烛。还有一个是杨薇，她蹲在了樊一帆旁边。"

"其他人为什么没有动？"呼延云说，"假如樊一帆真的死了，可是出了人命了啊。"

老甫说："一帆以前经常搞各种幺蛾子，我们都习惯了，猜她这次也是演戏。"周宇宙说："是啊是啊。"夏流却说："说真的，我当时其实是给吓住了。刚开始摇晃的时候还没觉得什么，越摇晃越恐惧，黑乎乎的屋子里一点点其他声音都没有，就是衣服那么沙沙沙地响，跟灵魂被摩出窍似的……"

灵魂……被摩出窍似的？

大脑最深处的一根琴弦被猛地拨动了！

虽然只有极简短极细微的一声，但还是被他捕捉到了。

这怎么可能呢？

"然后该干吗了？"马笑中问。

"然后就是小青讲故事了。"老甫说,"我记得她的故事不是坐在椅子上讲的,而是站在窗边讲的。她就那么走到了窗边,拉开窗帘,看见外面下起了雨,呆呆地,我叫了她两声,她才回过神来,放下窗帘,头靠着墙,开始了讲述。"

扮演小青的蔻子走到窗边拉开窗帘向外看了看:"现在倒没下雨。"

"你还是把故事再讲一遍吧。"马笑中打了个哈欠,"就讲你那天晚上在叠翠小区讲的那个。"他看了一眼呼延云,心想:你不是爱听这故事吗?这回让你听个够。

呼延云呆呆地站立着,像在脑子里竭力凝聚着什么。

"……噼里啪啦!女的把那面镜子砸了个粉碎,碎镜片掉在地上一块,屋子里的灯管就爆炸一根。女的疯了一样想往外面冲,门怎么也打不开,一个黑色的鬼影一步步向她逼近,她大吼一声用刀刺向那个鬼影,谁知刀尖竟刺进了自己的心脏……"

黑暗而狭小的房间里,重新听到这个故事,每个人都觉得自己犹如被解冻后又重新放进冰柜的肉——寒,且酸。

讲完这个故事,按照那天晚上的情节,周宇宙和扮演小青的蔻子退出了"舞台",到屋子外面的门厅待着去了,剩下的几个人上演杨薇打电话的一幕。

郭小芬扮演樊一帆,有点无所事事,就问:"杨薇往青塔小区的空屋子里打电话是几点的事情啊?"

"大约在晚上十一点半吧,当她说空房子里有人接听的时候,我们都吓坏了。"老甫的声音低沉,"我永远忘不了她当时的那个样子,一对儿眼珠子瞪得像被吊死的人,里面全都是恐惧……我一开始还以为她是故意营造恐怖气氛,后来看她浑身发抖,嗓子眼里发出一种像哭又不是哭的声音,我才相信是真的出了事。"

夏流说:"是啊,当时我好像看到一个空房子里突然伸出一只手,接起电话……老甫说让杨薇留下,第二天早晨再去那房子里看看是怎么回事,她不听,坚持要马上去,结果……就被镜子里的魔鬼给杀了。"

老甫长叹一声:"说真的,当时我站在窗口,看着杨薇骑着那辆红色自行车,在夜色中渐渐远去,心里就有一种不祥的预感……"

红色的自行车,渐渐远去,不祥的预感……

黑暗中,呼延云的双眼倏地闪过一道光芒。

"等一下!"他突然坐在椅子上,众人都以为他要说什么,但他低下头又沉思起来,大家看不见他的表情,也不敢打扰他,房间里静得像被掏空了似的。

终于,他开口问道:"杨薇那天穿的是一条黑色筒裙,对吗?"

"对。"老甫说。

"她有没有带提包或者别的小手包什么的?"

"没有。"老甫摇摇头说。

呼延云下面这个问题,让所有人都感到莫名其妙:"我记得在刑警队证物室里看到,杨薇的那条黑色筒裙的兜在右肋那个位置,对吗?"

"对。"回答的是司马凉,"很宽松的一个兜。"

呼延云猛地站起身,向屋子外面走去,一边走一边说:"老马,开车带我去青塔小区,马上!"然后就是打开大门的声音,以及如疾雨般一直向下的脚步声。

马笑中赶紧追了出去。

剩下一屋子的人面面相觑,夏流战战兢兢地问:"那……咱们还继不继续还原啊？"司马凉琢磨了半天，一脸严肃地说："继续！"

青塔小区自行车棚。杨薇的红色自行车还靠在角落里，由于证物本身太大，警方在勘查中又没有发现它可以提供任何线索，就没有带回刑警队。因为一直没有人动过，才几天就落了一层尘土。呼延云拿着手电筒仔仔细细地照着它看，特别是轮胎，还用指甲抠了半天，然后满意地点了点头。

呼延云站起身，问："现在几点了？"

马笑中看了看表："十一点五十分了。"

呼延云说："这么说，孟老爷子该到楼道里散步了。走，咱们看看去。"

一进楼门，只见昏黄的楼道灯下，孟老头正扶着墙慢慢地走。呼延云上前和他打招呼："孟大爷，有件事我还是想问问您，那天，您是亲眼看见遇害的那个女子走进这楼里来的吗？"

"干啥？怀疑我眼神不好？"老头子瞪起了眼睛，"要知道我年轻的时候……"

"哪里哪里。"呼延云连忙打断他，站在电梯门前说，"我只是想问，您是看见那个女子从门口走进来，还是您走到这楼道的尽头，一转身，正好看见她站在电梯门口？"

老头子想了想说："我一转身，就看见她站在电梯门口，电梯门一开，她就进去了，我当时还觉得这姑娘走路真轻，怎么进楼来的时候一点儿声都没出。"

"这就对了……"呼延云抬起头，望着天花板上那盏黄澄澄的灯，喃喃地说。

马笑中一脸困惑："呼延，你到底发现什么了？我怎么越来越糊涂？"

呼延云说："我也越来越糊涂了呢。"

"啊？"马笑中非常吃惊，"我以为你越来越明白了呢。"

"有部老电视剧，叫《京华烟云》，看过吗？主题歌很有禅意，里面有一句歌词说'最明亮时总是最迷惘'。"呼延云幽幽地说，"破案就好像洞穴探险，当你感到突然特别迷惘时，有两种可能：一种是你彻底迷失了方向；另一种是第一缕光芒已经射入你的瞳孔，因为你离洞口只有一步之遥了。"

第十八章 朱志宝

整整一夜过去,没有小青的下落,而小萌和武旭也像蒸发了一般无影无踪。呼延云倒是很沉得住气,一大早就让马笑中开车带着他去市局下属的精神卫生鉴定中心。

"看看樊一帆去。"

"一个疯子,有什么可看的?"马笑中边开车边问。

天气有些闷热。马笑中本来对这辆普桑就不爱惜,当老驴似的使唤,从来没做过任何内部清洗,现在又是车窗四闭,空调大开,弄得车里面一股子汗臭味。呼延云望着远处像被罩在铅灰色笼屉里的西山,觉得它似乎浮动着一层毛茸茸的光,这么一想,皮肤不由得痒了起来,一面挠一面说:"她是涉案人员嘛,再说疯子的真话总比正常人多。"

监护所二楼。楼道静得像死掉一样。一扇狭小的铁门前,一名护士用钥匙打开了门,呼延云走进了病房。高高的天花板下,一张矮得不能再矮的铁床,身穿白底蓝条病号服的樊一帆坐在床上,眼睛像金鱼眼珠子那么瞪着,半天不眨一下,半张着嘴,长长的口涎流到床铺上,积成了一个透明的小洼。

呼延云往前走了一步,一不留神,踢到一个倒扣在地上的白色塑料盆,"哗啦"一声,但樊一帆毫无反应。

"只要别让她看见镜子,她就能这么安静地待着。"一位跟进来的医生说,"吃饭睡觉上厕所,都没问题。一看见镜子,就浑身抽搐,捡起什么就往上砸,几个人都按不住她。"

马笑中的脑海中,不由得浮现出上次来看到的那一幕:樊一帆沾满鲜血的手里挥动着一个已经裂开的白瓷缸,一面长镜被打得支离破碎。她凄厉地喊着:"镜子!镜子!破了!有鬼!"

呼延云站在樊一帆面前,神色严峻地审视着她,但她无动于衷。

也许,这个女人早就是一具没有灵魂的皮囊了。

"看来她不能告诉我们什么了。"他说。

那位医生说:"因为她和命案有关,所以我们时刻注意她的一举一动,看看有没有在某个时段病况呈间歇性好转,能够提供一些证词。今天早晨,一名护士给她送药时,她说了几句话,不知道有没有价值。"

呼延云马上要求见那名护士。

在医生办公室,一名又瘦又高的护士说:"她的话很短,反复就那么几句:阿累你饶了我,阿累你饶了我……我问她发现杨薇死了之后,她都做了些什么,她说一个叫什么老甫的抱着她就下了楼,他们都害怕极了。在楼下老甫打电话报警,她要跑,要离开,老甫不让,一直抱着她不松手,说警察马上就来了。我问她知道凶手是谁吗,她说是阿累,然后又在不停地喊阿累你饶了我,一边喊一边浑身发抖,之后就再也没说句完整的话了。"

"她的病看来是不会好了。"医生叹息道,"这么大的惊吓,一般人都受不了,何况她以前就犯过病。"

呼延云一愣:"以前就犯过病?什么意思?"

医生打开文件柜,取出一份病历放在他面前:"这是我在研究樊一帆的病情时发现的。她以前在市六医院看过一次精神病,好像是玩'三步昏迷'窒息缺氧，差点死了，大脑细胞严重受损，精神恍惚了好一阵子。给她看病的医生特别在医嘱里写：绝对不能让她再受过度惊吓，否则可能导致无法治愈的精神分裂症——不幸被这位医生言中了。"

"三步昏迷是什么东西？"马笑中一头雾水。

"一种游戏。"医生的脸上浮现出厌恶的神色，"第一步，一个人靠着墙蹲下，用力深呼吸三次，然后屏住呼吸迅速站起来；第二步，旁边的一个人猛地按压他的胸部，被按压者便会立刻陷入某种幻觉，蓝天白云，穿越时空什么的，有的还能产生类似性高潮的快感；第三步，旁边的人将他唤醒——所以叫三步昏迷。其实，这是使心脏的血液不能流到大脑，导致大脑短暂性缺氧，出现窒息，在这个窒息过程中，就会产生各种幻觉。这个游戏非常危险，你想，伤害的可是大脑，所以玩完之后，常常出现恶心、昏睡等现象，严重的甚至会闹出人命。所以我们也叫它'死亡游戏'。"

"现在的人，到底在想些什么啊！一个个都活得就剩下想死了？！"马笑中不禁说道。

"樊一帆这个不能受到惊吓的事情，警方在讯问涉案人员的时候，几乎没有人提到过，难道只有她自己知道吗？"呼延云问。

医生说："我的猜想是，樊一帆病好了之后，还是想继续胡玩儿，又怕玩伴们一旦知道，就会缩手缩脚，不能玩得痛快了，所以对大多数人隐瞒了她的病情。当初给她看病的那位医生，恰好是我在医科大学读研时的同学，他跟我说只有一个人知道樊一帆的那次患病，因为正是那个人打车把神志不清的樊一帆送到市六医院的。"

"谁？"呼延云问。

"杨薇。"医生说。

开车回派出所的路上,马笑中实在忍不住了,气愤地说:"我当了这么多年的警察了,从来没有遇到过这么古怪和复杂的一起案子!我说哥们儿,明天上午你真的能在名茗馆说出真凶是谁吗?"

呼延云"嗯"了一声。

马笑中歪了歪嘴:"到现在为止,我反正是什么都没看出来。"

"这案子的真凶无论是谁,都是个想象力非常丰富的人,他就像在跟我们玩儿三步昏迷一样,用一个诡异的现场,让我们在惊惧中产生错觉,走进一个又一个的误区。我所做的就是绝对不会被凶手牵着鼻子走,只要始终把视线直直地瞄准靶心,不受任何干扰,你就能勘破真相。"

正在这时,马笑中的警用车载台响了,先是一阵嘈杂的声音,然后传出司马凉的呼叫:"老马,听得见吗?"

"老司,你说。"马笑中说。

司马凉说:"呼延在你旁边吧。我们从电信部门调出杨薇手机的通话记录和短信息了。她的短信息极少,好像不大喜欢发短信似的。通话记录显示,她在命案发生那天夜里十二点确实打通过樊一帆的手机,但比较奇怪的是,却没有她在十一点三十分左右打通青塔小区住宅座机的记录,也就是说她在'恐怖座谭'上的往空房子打电话,纯粹是做戏,并没有人真的接听。"

停了停,他接着说:"另外,杨薇的社交似乎也很少,她拨打和接听的手机号码除了同事和亲戚,主要就是樊一帆,但是在命案发生的那天夜里十一点四十六分,她接到过一个电话——这个时间她应该正在骑车赶往青塔小区的路上——这个电话号码在出事前曾经和杨薇频繁联络,但已经被电信部门证明是用改号软件改过的,所以查不出机主的任何信息。此外,电信部门还核查发现,这个号码除了和杨薇联系过之外,没有拨打过任何其他号码,更没有发过任何短信。"

司马凉结束通话之后,马笑中想问呼延云有什么想法,一侧脸,见呼延云满脸的困惑,连忙问:"怎么了?"

"我想不明白,就是想不明白。"呼延云喃喃自语,"既然是这样,凶手为什么要……"他的眉头锁了很久也没有打开,最后叹了口气说,"无论怎样,先把小青找到再说吧。"

小青坐在床上发呆,床头柜上的手机突然响了一声,提示有短信发来。

她懒洋洋地起身去拿手机。从上次阿累来她这里,甩下一句"其实我一点都不爱你"之后离开,到现在已经过去两个多月了。起先,她几乎每天都要上百遍地看手机,看看有没有阿累打来的未接电话或发的短信。但是没有,什么都没有,他仿佛完全消失了,或者彻底把她忘了。

她绝望了,她开始恨他,恨他玩弄自己的感情,欺负自己这样一个从外地来的无依无靠的女孩子,这种恨甚至延伸到所有城里人的身上,她在酒吧里时常为了一点点小事和客人发生激烈的争吵,以至于一向很护着她的老板力哥也警告她:"你再这个样子就等于砸我的场子!"她也不辩解,黑着脸一根接一根地抽烟。

现在又来了短信,想必又是哪个无聊客人的骚扰。

但是她一看发信人的名字,呆住了,是阿累!

手立刻一阵颤抖,定定神,心里告诉自己"无所谓",然后按下"查看"键，只有很短的一句话："明天陪我出去走走吧，我有话想对你说。"

你以为你是谁？可以这样对我呼来喝去！

小青愤怒地要回短信骂他，但写了几次，都又删掉了，最后发出去的只有两个字——

"好吧"。

第二天一早，他们在望月园的门口见了面。两个多月不见，阿累消瘦了许多，狭长的一双眼睛往眼窝里陷得更深了，两片嘴唇倒还是那么厚，上唇支棱着，下唇耷拉着，像个痴呆症患者。他看见她的一瞬间，脸上的肌肉抽搐了一下，似乎想笑一笑，但又放弃了。他说话的速度仿佛比以前更慢了一点，"你吃早餐了吗"这六个字，说起来用的时间似乎比六句话还要长。小青摇摇头。他说："我带你去一个地方，你不是爱吃豆腐脑吗？那里的豆腐脑特别好吃。"然后就打了个车，让小青坐在后面，自己坐在前面。他上车的动作吃力极了，像是把自己的身体搬到了车座上，以至于小青轻轻地问了一句"你没事吧"，阿累摇了摇头，对司机说了个地址，车子就驶了出去。

豆腐脑确实很香，可是小青喝了一碗就喝不下去了，冷冷地问阿累："你不是有话要对我说吗？现在说吧。"

阿累呆呆地看着她，却说不出一句话来。

"你要不说，我就走了。"小青站起身就走出了早餐摊。

阿累连忙追了出去，说是"追"，倒不如说是"跟"更恰当，因为他走得实在是太慢了，很快就被大步流星的小青落下很远很远。他艰难地迈着步子，朝着小青的背影走，到后来就成了拖着脚，一步一步往前拽，像一条被打断了腿的狗。实在是走不动了，他慢慢地坐在一个土坡上，大口大口地喘气。他低下头，不停地捶着自己的腿，粗大的喉结一鼓一鼓的，像是在用力吞咽下什么。

当他抬起头，他看见了小青。

小青站在他面前，寒风吹拂着她的发丝，像是要掩住她双眸中的点点泪光。

阿累用尽全身的力气站起来，他的双眸被小青的身影溢满……

他们肩并肩地登上土坡，看见远处有一座楼：茶色的楼体，棕色的窗户，色调冷得像一碗肉皮冻。贴着封条的楼门紧闭着，没有任何生命存在的迹象。

"真像是一座鬼楼啊！"

小青遥望着那座楼，惊叹道。

尽管土坡的背阴处，还存留着一些被冻成固体的灰色雪屑，但在那座楼所陷身的巨大荒草地中，已经可以见到星星点点的嫩绿色，从漫漫土黄中挣扎出头角，犹如大地在发芽。

"是啊！春天就要到了。"她的身后，阿累深深地、几乎是贪婪地呼吸了一口还带有丝丝寒意的清新空气，然后微笑着说，"也许……我很快就会搬到那座楼里去定居了。"

小青猛地转过头，惊诧地望着他。

"你说什么？"她问。

"没什么。"

"阿累，你跟我说实话，你是不是得了什么重病？"小青紧张地问，"你还记得咱们第一次见面吗？当时你好像是遇到了什么非常痛苦的事情，在公交车站台上一直在看一张纸，打开又折上的，反复好多遍，后来揉搓成一团扔向果皮箱，可是你没有扔进去，那张纸被我捡起来了。我拿回家，仔细看上面的字迹，似乎是医院的一张诊断书……"

"啊？"阿累十分震惊，"你看见那上面写的什么了？！"

小青摇摇头："医生的字写得太潦草了，又被雨水打湿，我看不出写的是什么……"

阿累沉重的神情，顿时舒展开来："嗨，你多心了，那确实是一份诊断书。我和一帆结婚后，一直想要个孩子，但她就是怀不上，我带她做了许多检查都查不出问题，结果医生发现问题出在我的身上，还开了张诊断书，弄得我沮丧得不行。"

小青相信了，但是又很不高兴，讥讽道："你们夫妻的感情还真好。"

阿累苦笑了一下。

"看来我根本就是一个不该出现的人。"小青咬咬牙，"你没什么可说的了吧，我走了，今后请不要再来找我！"

她转身就走。

但是她的手腕被阿累抓住了。

她感觉到他的整个身体都在颤抖。

"小青，答应我一件事情好吗？"阿累说。

小青没有说话。

"我曾经说过，要送给你一块手表和一面镜子，手表我可能送不了你了，但是我会送一面镜子给你，留个纪念好吗？"阿累见小青还是不吭声，用一种非常凄苦的声音说，"求你了……"

小青一把甩开他的手，大声地说了一句："我——不——要！"然后飞快地跑掉了。

她完全没有想到，那是她最后一次见到阿累……

"我真傻,早知道那是最后一次见面,我一定不会那样快地跑掉。"小青坐在伸手不见五指的囚室里,想起了得知阿累死讯的那一天。

接到小萌的电话,她疯了一样跑到殡仪馆,想最后看一眼阿累的遗容,但是她只见到了一个洁白的骨灰盒,还有阿累的遗像。照片上的他还是那么憨憨地笑着。小青呆呆地望着他的遗像,脑海中一片空白,所有的感觉——连痛苦的感觉都没有了,居然一滴眼泪都没有掉。回家的路上,她不停地对自己说:与阿累的相识和相遇只是生命中的一段小小的插曲,其实两个人什么都没有发生过,其实他并没有他伪装的那么憨厚,其实他只是一个富家子弟想玩弄一下自己这个外地女孩的感情,其实他没有得逞而她也没有受伤⋯⋯

但是就在那天夜里,她梦见了阿累,梦见他憨憨地对着自己笑,捏着高高的大鼻子,问她有没有喜欢的男孩子⋯⋯醒来时,她发现自己满脸是泪。

几天没上班,等到一脸憔悴地出现在酒吧时,她惊讶地看到樊一帆和杨薇坐在一个角落里大笑碰杯,脸上洋溢的喜悦,分明是庆祝胜利、庆祝成功、庆祝她们终于实现了什么。

"小青,你的脸色太难看了。"力哥劝她道,"今天你就别上台了,回家去接着休息吧。"

"不!"她狠狠地甩了一下头,走上舞台,坐在钢琴前。她昂起头,灯光打在她的脸上,眼前一片雪白。

她想起了第一次去阿累家的时候,阿累听说她是酒吧的驻唱,说:"哪天一定听听你唱的歌。"

可是直到他去世,他也没有听到过她的歌声⋯⋯

手指的指尖触动琴键的一刻，胸中的感情像喷涌的泉水一般，随着她的歌声流淌——

Look in to my eyes（看着我的双眼）

Let go of your lies（忘记你的谎言）

Tear srun down the side of my face（泪水滑过我的脸颊）

In this empty place（在这个空旷的地方）

Let me tell you over & over again（让我一遍遍地向你倾诉）

一曲终了，酒吧里静寂了片刻，旋即爆发出雷鸣般的掌声。她唱得那么真挚，那么深情，那么悲伤，那么不顾一切，简直像是用歌声死死拥抱着即将离去的爱人——就是再庸俗或再木讷的客人，也被这样的歌声所倾倒。

当她泪眼蒙眬地向那个角落看去时，樊一帆和杨薇已经消失了。她坚信是她们合谋害死了阿累，她发誓要让她们为阿累的死付出代价！尽管她并不清楚阿累的死因到底是什么，但是凭着脑海中挥之不去的那个宽厚的、僵硬的、一步一步地走向黑暗的背影，她编出了镜子杀人的故事。故事里有一个狠毒的妻子，一个阴险的闺蜜，一面魔镜，还有一个因为善良而被砸死在冰窟窿中的丈夫……

正当往昔那不堪回首的一幕幕重新浮现在眼前时，囚室的铁门再一次打开了，头顶那盏暗红色的灯亮了，秦姐又走了进来，在她的身边蹲下。

"小青，已经过去一天了，你考虑好了没有？愿不愿意把透光镜的下落告诉我？"秦姐的声音还是那么温柔，但她只感觉骨头缝里渗入了寒气。

所以，她说："滚开。"

一刹那，秦姐的面目变得异常狰狞。

她一把薅住小青的长发，疼得小青昂起了下巴。"你他妈的老老实实地告诉我透光镜在哪里！不然我花了你的脸，切了你的舌头，再把你卖到最下三烂的地方去，你信不信我做得出？！"

一股乡下女孩特有的凶蛮，在小青的胸中猝然迸发！她眼疾手快，猛地将秦姐用来扎头发的一柄碧玉簪子拔了下来，狠狠地朝秦姐的脖子插了过去，秦姐根本没想到她会反抗，仓促地一躲，簪子"扑哧"一声直直地插进了她的大腿，鲜血顺着簪子喷出，疼得她惨叫一声，捂着大腿倒在地上不停地打滚。

小青跳起来，冲出铁门，看到一个梯子就"噔噔噔"地攀了上去，当头顶撞到顶壁的时候，用手掌向上一撑，竟撑开了一个井盖，阳光瞬间洒遍了她的面庞，她眯缝着眼睛钻了出来，看到一片翠绿的竹林，顺着一条碎石子铺就的小道便跑。谁知跑到一个月亮门的时候，与一个迎面走来的胖子撞了个正着！那胖子的肚皮极有弹性，竟撞得她倒退几步跌倒在地。她还没弄明白是怎么回事，就被身后赶来的两个人抓住了。她拼命踢打着，甚至用牙去咬他们，但是没有用，那两个人的手臂像铁钳一样死死箍着她。

这时，她看见披头散发的秦姐一瘸一拐地走了过来，满眼的凶光，大腿上还插着那柄染成红色的碧玉簪子。

秦姐看着她，嘴角撕出一抹狞笑，用手握住簪子，一咬牙，"嚓"一声把它拔了出来，走到她身前举起血淋淋的簪子，对准她的眼睛刺下！

小青紧紧地闭上了眼，等待着剧痛穿透身体。

耳畔呼地掠过一阵风，然后就听见秦姐"哎哟"一声大叫，睁眼看时，只见那胖子护在自己的身前，横眉怒目像个护法金刚似的，秦姐被推倒在地，碧玉簪子滚落在草丛中。

小青想这胖子为了保护自己，居然得罪秦姐，怕是要倒大霉了。谁想那秦姐慢慢起身，脸上竟无一丝怨愤之色，而是极其恭顺地说："这个女人是夫人授意抓捕的，有一件十分要紧的……"

胖子喝道："我妈有没有让你们抓她，我不知道。但我妈绝对不会让你们伤害她！我现在就去问问我妈这是怎么回事！"

秦姐惊慌失措："夫人仁厚，怎么会让我们伤害别人？是我一时被她所伤，动了杀气，千错万错都是我的错，千万不要告诉夫人。"

胖子见她的裤子被鲜血浸红一片，登时有些不好意思。"秦姐，您赶紧去包扎一下伤口吧，我不告诉我妈就是了。"然后对那两个抓着小青胳膊的人说，"你们给我松手！把这女孩带到后院去，好好照看，不能让她受一点儿伤。"

小青惊讶地看着这胖子，没想到胖子也在看她，那目光痴痴的。

秦姐去包扎伤口，小青也被带到后院去了。胖子掏出手机拨打电话："喂，呼延，我是朱志宝！"

呼延云正在刑警队和司马凉、马笑中商讨如何寻找小青，突然接到朱志宝的电话，听他口气慌张，不知道出了什么事："别着急，有事慢慢说，怎么了？"

"小青在我们家，好像是被我妈绑架了，你们赶紧来救她！"

呼延云挂上电话，把情况和马笑中、司马凉一说，三个人都意识到事情比较麻烦。小青必须要救，但朱门是大户，万万不能轻举妄动。商量了一下，决定软硬兼施，硬是要调集警力对朱门形成一定的震慑力；软是指呼延云只身进朱门与朱夫人谈判，只要能平安放人，可以不追究其任何刑事责任。

水榭之上，朱夫人正坐在一张紫檀雕蕃莲坐墩上品茶。一个用人匆匆走了过来，躬腰低声道："夫人，不知出了什么事，外面来了许多警察，把咱们家围了个水泄不通。"

朱夫人冷笑道："围了个水泄不通，却不进来拿人，显见得是装腔作势。"

用人又说："那些警察确实没有什么动作，倒是有个叫呼延云的人，说要进来拜会您。"

朱夫人神情一变，庄重地说了一个字——"请"。

呼延云在用人的引领下来到水榭，遥见一座平台浮起于碧波荡漾之间，朱夫人身穿白色斜襟旗袍，伫立其上。走到近前，朱夫人纤手一引，请呼延云坐下，自己也坐在一旁，微笑道："难得呼延先生大驾光临。"

呼延云道："贸然拜访夫人，只为一事，还请夫人放了小青。"

"小青是谁？"朱夫人一脸讶异，"我从未听说过啊……"

话音未落，她的杏眼圆睁。呼延云循着她的目光望去，只见朱志宝正牵着小青的手走上水榭，离着老远就喊："呼延，我把小青带来啦！"后面一瘸一拐地跟着秦姐，满脸的无奈。

呼延云站起身迎上前去。小青见到他，一下子挣开朱志宝的手，抓住了呼延云的手，她抓得那么紧，就像落水的人抓住了岸边的草。

呼延云轻轻地问："没事吧？"见她摇了摇头，才放下心来，转身严肃地说："朱夫人，我现在就把小青带走。您放心，警方不会再追究此事——但这和您没有关系，纯粹是给朱兄弟面子。"

朱夫人的脸色难看得像被火燎了一道。

但是小青却说了一声"等一下"，然后走到平台中间的汉白玉石桌前，拿起桌上的一面铜镜，看了又看，转头瞪着朱夫人，大声质问："你怎么会有这面镜子？"

朱夫人不说话。

呼延云走过来对小青说："怎么？你认得这面镜子？"

小青用力点了点头："我第一次去阿累家的时候，他说要送我一面镜子，就从描金柜里拿出这面铜镜，告诉我这叫玉柄素镜，是清代的，柄的这个地方有一块疤，我记得清清楚楚。"她把愤怒的目光投向朱夫人："这面镜子是怎么落到你手里的？是不是从阿累家偷出来的？"

"你不能这样跟我妈妈说话。"朱志宝对小青说，口吻活像酥皮点心，表面很硬，其实却很软。

朱夫人很欣慰地看了儿子一眼，转过头对小青说："你没有资格向我提问，也不配和我说话。"

"她是我的朋友，也是朱兄弟的朋友，这两个身份，够资格了吧？"呼延云说，"朱夫人，请您说明这面玉柄素镜的来历，不然，我怀疑这里还有更多和杨薇命案有关的赃物，可要申请对朱门的搜查令了。"

朱门已经被警方包围，搜查不搜查，只是一句话的事，想临时找上面庇护恐怕也来不及。况且，偌大一个朱门，许多古玩都来路不正，若是计较起来，牵涉太多的要害人物和部门，一碟一碗都能牵出震惊全国的大案，这个风险朱夫人是无论如何也不敢冒的。她思量了一下，对身边的用人说："你去把武旭叫来。"

武旭在这里？呼延云十分吃惊。

不久，武旭跟在用人身后走上了水榭。他阔鼻方口，戴着一副黑框眼镜，看上去城府极深的样子，来到朱夫人身前，深鞠一躬。

朱夫人对呼延云道:"武旭是我的手下,为了得到那面透光镜,被我派到阿累身边查探,但一直没有收获。阿累去世后,他从杨薇手中买到大量阿累收藏的铜镜,包括小青拿着的那面玉柄素镜,可就是找不到透光镜的任何踪迹。武旭很焦急,就和小青直接接触,起先小青一口否认透光镜在她手中,但有一天突然给武旭打电话说想出售透光镜,只希望价格合理,并约武旭晚上十二点左右在望月园一晤,但那天晚上不知出于什么原因,小青一直没出现。后来才知道旁边的青塔小区发生了命案。武旭向我报告之后,我很生气,觉得小青是想嫁祸于朱门,便派秦姐追踪小青到了看守所,逼她交出透光镜。小青出了看守所以后,秦姐又将她绑架了,关在地牢里——事情的经过就是这样。武旭,我有没有说错一个字?"

武旭又把身子一躬:"夫人所言,句句属实。那天晚上,我和小青约好在望月园的草坡见面,商谈透光镜的售价,等了很久,她总也不来,后来王云舒为了游戏的事情跟我纠缠不休,而蔻子说她看到了小青,我想我和小青可能恰好在时间上错开了。加上人多眼杂,谈生意也确实不大方便,本想第二天再约她谈,后来听说杨薇被杀死在青塔小区了。小青一直憎恨杨薇和樊一帆,我猜案子一定是她做下的,她却在那天晚上约我到草坡,没准是想嫁祸给我——甚至是嫁祸给朱门,这才引起了秦姐后来一系列的极端行动。"

"我有两个问题要问你。"呼延云说,"第一,你那天晚上在草坡等小青的时候,有没有见过什么奇怪的人和事,或者听到过什么奇怪的声音?比如……呼救?"

武旭想了想,摇了摇头。

"第二个问题。"呼延云说,"你为什么是从杨薇的手中买阿累收藏的铜镜,而不是从樊一帆的手中买?"

武旭说:"樊一帆开价太高,而杨薇瞒着樊一帆将许多珍贵的铜镜低价卖给我们,钱都归她自己。杨薇这人真是又谨慎又狡猾,为了避免樊一帆发现她和我们接洽,从不和我当面交易,都是通过快递人员送货,然后让我们把钱汇到她的账上。但是杨薇被害的前一天,和我在电话里说樊一帆察觉到她私卖私吞的事情了,家中的铜镜都要登记,不再那么容易偷出来卖了;她还说她怀疑透光镜并不在小青手里,而是被小萌藏起来了,很可能就在阿累的妈妈住的那套房子里……"

"原来是这样。"呼延云想了一想,对朱夫人说,"打扰了,我和小青就此告辞,希望您以后不要再派人骚扰她了。"说完拉着小青,离开了水榭。

快到大门口的时候,身后传来一阵沉重而急促的脚步声,跟夯地似的。转身一看竟是朱志宝满脸大汗地追了上来,手里拿着那面玉柄素镜,递给小青说:"这个——给你!"

小青摇摇头:"这是你们朱门花钱买的,我不能要。"

"你必须要!"朱志宝把玉柄素镜狠狠塞在她手里,"你想要什么,我都给你!"

呼延云见这呆子满嘴痴话,让小青先出大门,然后把他拉到墙角说:"你这个笨蛋,也不怕吓着小青。"

"我吓着她了?我吓着她了?"朱志宝急了,"那我跟她道歉去!"

呼延云拽着他的胳膊,哭笑不得地说:"兄弟,我知道你看上人家了,可是追姑娘不是这个追法啊!"

朱志宝脸涨得通红:"我知道我配不上她……"

"配上配不上的将来再说。"呼延云说,"这姑娘被你们朱门关了这么久,受的惊吓估计不小,我得先送她回家好好休息一下,你说呢?"

朱志宝连连点头:"那你给她多买些好吃的好喝的,别怕花钱,我都报销。还有,你一定要跟小青说,我和我妈不一样。你还记得咱俩认识那次,我跑到长城饭店哭了一鼻子不?那时我妈要把一批盗墓者挖出来的青铜器和瓷器送到拍卖会上'漂白':要是有人开价高就直接转手,要是开价低就自己举牌拍回——这样一来,这些非法盗窃的文物就等于有了合法的'户口',再捂一阵子,就可以在国内外市场公开交易了。我本来想去阻止,被我妈知道了,找了一帮人拦我,多亏你替我解围,可惜还是耽搁了,等我赶到,拍卖会也结束了。我又生气又没办法,只能哭一场……"

说着,胖子有些难过起来,腮帮子嘟噜着。呼延云拍拍他的肩膀:"好兄弟,相信朱门将来一定能在你的带领下走上正途的!"然后又有些担心地问,"你把小青的事情给我们通风报信,又把玉柄素镜送给了她,你妈会不会修理你啊?"

"才不会呢!那可是我亲妈!"朱志宝得意扬扬,"朱门能买得下半座城市,一面镜子算什么?再说我都长这么大了,第一次送给女孩子东西,我妈肯定觉得我开窍了,心里不定怎么高兴呢,顶多装模作样剋我两句,完事!"

呼延云大笑起来:"也不知道你小子是傻还是精!"

呼延云出了朱家,见郭小芬已经赶到了,正和小青一起坐在警车里,不停地对她说着安慰的话。

"小青受了欺负,咱们就这么算了?"郭小芬望着朱家的大门前那对张牙舞爪的石狮子,愤愤地说。

呼延云想起朱志宝,微微一笑:"肯定不算完,今天欠小青的,朱门怕要还她一辈子。"然后对小青说:"你饿不饿?我带你去吃点东西,好吗?"

小青摇摇头:"我很困,想睡一觉。"

呼延云马上对马笑中说:"开车送小青回家——我们一起陪她回去。"

车开到半路,郭小芬突然想起了什么:"对了,小青,你的手机摔坏了,得马上买一个,万一我们要和你联系,联系不上可不行。"正巧路边就是一家大中电器店,下了车,四个人掀开挂在门口的塑料帘子便进去了。来到手机柜台前,营业员笑容可掬地上前说:"请问是先生还是小姐买?我给您推荐一款。"

小青对郭小芬说:"我身上没钱,你先借我点儿,行吗?回头我还给你。"郭小芬瞪了她一眼:"借什么!我送你一部就是,不许推辞。"小青不好意思地说:"那我就买部最便宜的吧。"她指着一部标价一百九十九元的摩托罗拉W161说:"您给我拿一部这个吧。"

营业员有些失望:"这部手机是最低端的,没有任何摄像功能,也没有任何录音功能……"

"我知道。"小青淡淡道,"能打电话、发短信就行,我没么讲究。"

营业员无奈地给她拿来一部黑色的摩托罗拉W161,小青问:"有没有银色的?"

"没有。"营业员没好气地说,"不到二百块钱的玩意儿,还挑什么颜色啊。"

"闭上你那鸟嘴!"马笑中瞪起眼睛骂那营业员,然后对小青说:"怎么了,你不喜欢黑色的东西?"

小青把那部W161拿在手中,嘟囔道:"不是,杨薇出事前几天，她的手机坏了，想换个 N97 又嫌贵，说要等降价再买，就临时买了这款手机凑合用，我不想和她用一个颜色的……"

她的话还没说完，呼延云猛地转过头来，两道目光逼视着她："你说杨薇用的是这款手机？！"

"对……对啊。"小青吓得有些结巴。

呼延云一把将那台摩托罗拉 W161 从她手中夺下，安上电池，又将自己手机的储值卡从后盖中取出，安在上面，开机一看，嘴里像嚼豆子一样不停地念叨："不能拍照，不能摄像，不能录音……不能拍照，不能摄像，不能录音……凶手为什么为什么为什么？！"

他把后背贴在一座圆形的立柱上，眼神犹如风一般流动着，原本因迷惑而分裂的瞳仁，渐渐聚合。一些面容，在风的拂拭中好像晨雾散罢的湖面，骤然清澈起来：小青老甫夏流杨薇蔻子小萌雪儿张伟武旭周宇宙樊一帆王云舒孙女士刘新宇还有阿累的妈妈，这些面容都隐藏在青塔小区六号楼四○九房间的一地碎镜片中，每个人占据了自己的一片并分享着自己的背景："恐怖座谭"的闷热小屋，落地窗前的轮椅，望月园陡峭的草坡，看守所的监舍，碧波上的水榭，Darkness 酒吧，黑暗地板上的一摊鲜血……这些场景就在这些碎镜片里扭曲、膨胀、隐蔽、躲闪，竭尽全力地掩饰真实的自我，但是没有用了，完全没有用了！所有的镜片在风的流动中被聚合成了一体，打碎的镜子复合了！镜子中只剩下了一个面容，一个无比清晰的面容——那是真凶的面容！

郭小芬走到他的身边，轻轻地叫道："呼延……"

这时，马笑中的手机响了，是丰奇打来的："所长，我们在火车站找到小萌了，她似乎想外逃。我们把她带回了所里，等您回来讯问。"

马笑中把情况对大家一说，小青当即表示不回家了，要跟他们一起去所里听对小萌的讯问结果。郭小芬正想问问呼延云何去何从，却见他站在柜台前，对那个目瞪口呆的营业员说："开票吧，这部 W161 手机我买了。"

第十九章 渐冻

　　小萌坐在预审室里，低着头，两只眼睛小心翼翼地偷窥着视角内能看到的一切：狭小的房间，四面墙壁，高高的天花板，对面一张木头桌子，桌子后面有三把蓝灰色的椅子。

　　身后的门开了，三个人走了进来，在那三把椅子上坐下。

　　身后的门又关上了。小萌立刻感到这间屋子内部的空气压强骤然增大。

　　啪啦啦，三个人好像是把笔和纸什么的放在了桌子上，然后就寂静无声了，仿佛已经离开了这间屋子。但是小萌知道他们没有动，他们仅仅是在观察自己。这种沉默的力量犹如一台隐形的液压机，从天花板上一点点落下，压得小萌喘不上气来，不知不觉，额头竟沁出一层汗水。

　　她实在忍不住了，抬起眼皮偷偷看了一眼对面的三个人，虽只一眼，却印象深刻：坐在中间的是个脸色铁青的瘦子；坐在左边的矮胖子虽然穿了一身警服，但显得很邋遢，歪着的嘴巴显得痞气；坐在右边的那个人眉眼清澈，看上去很年轻。

　　三个人似乎就在等她这一眼，瘦子开腔了，声音严厉："小萌，你为什么要逃跑？"

　　"我没逃跑，我是回家。"小萌揉着衣角说。

　　"谎话你都不会编。"矮胖子轻蔑地一笑，"你是山东人，买的火车票却是去山西五台县的——你把我们警察当傻瓜是不是？"

"不是不是。"小萌咽了口唾沫,"是这样的：阿累去世后,我留下来照顾他妈妈,但是他家的财产大部分都归了樊一帆,没人给我保姆费了,我找樊一帆要,她不给,找孙阿姨要——阿累留给她妈妈的一百万元都在她手里,她却一分钱也不给我。我得挣钱养活自己啊,阿累那个家已经空了,这么下去不是办法,所以我就想离开了……"

"既然要走,为什么不光明正大地走,却一声不吭偷偷摸摸地走？"瘦子厉声说,"你和杨薇命案到底有什么关系,老老实实地交代！"

"冤枉啊！"小萌抬起头来喊道,"杨薇不是我杀的,我都没怎么见过她！"

司马凉一拍桌子："你给我老实点！没杀人你跑个什么劲儿？！"

小萌低下头,口里喃喃自语："杨薇真不是我杀的,我没有杀人,没有杀人……"

"杀没杀人,不是你说了算的。"马笑中说,"跟这个案子有关的人,案发后都乖乖地接受了警方的调查,就你一个人逃跑。你说你要是警察,会怎么看？我劝你还是说实话的好,跟警方兜圈子、耍滑头,吃苦头的肯定是你自己,不信咱们就试试看。"

小萌坐着,一言不发。

就在这时,呼延云突然说话了："小萌,你相信这个世界上有鬼吗？"

小萌身子一颤,刹那间目光变得十分恐惧。

"我想你去五台山,大概是想求神佛保佑你平安无事吧？"

呼延云说,"但是神佛只保佑那些一心行善的人,倘若自己做了坏事,害人性命,以致厉鬼索命,就算神佛也保佑不了的,就算你跑到天涯海角,藏身大雄宝殿,终究逃不了报应……"

小萌的身子像筛糠一样颤抖起来:"我没杀人,我不是有心的!我不知道会这样,他本来也要死的……"

呼延云却不理她,继续说道:"杨薇被杀了,樊一帆也吓疯了,镜子中的鬼魂绝不会善罢甘休,因为他死得太冤、太惨了,他要向害死他的人讨回公道……"

"别说了,求求你别说了……"小萌哀求着,泪珠子直往下滚,"我没有杀阿累,阿累不是我杀的……樊一帆把阿累的药都倒进抽水马桶冲掉了,往药瓶里放了一些白色药片。我看到了,问她是什么,她说不是毒药,就是淀粉做的,还拿出一粒放进嘴里吃下,然后跟我说这是杨薇的计划:阿累反正也要死的,不如早点让他死了,省得拖累大家,等他一死,财产都归了她,她一定会重重感谢我的。我太贪心了,就每天给阿累吃那些假药,我还给樊一帆通风报信,阿累的一举一动,和小青约会、外出散步什么的,都是我告诉她的……到了最后那段日子,阿累已经说不出话来了,我从他的眼睛里看得出,他知道我给他吃的是假药,他知道我是樊一帆她们一伙儿的,但是他已经没有任何办法了……阿累那份把所有的财产都给樊一帆的遗嘱,也是杨薇伪造的,让我签字'做证'……我听说杨薇被杀了,现场还有一地的碎镜片,樊一帆吓疯了,我知道这一定是阿累从镜子里出来找她们报仇了,害他我也有份,我怕极了,才想偷偷溜走,躲到他找不到我的地方去……"

审讯完毕,小萌被一个女警带出预审室,在楼道里撞见了小青。小青叫了她一声,她一面抽噎一面说:"小青对不起,对不起……"然后就被押走了。

小青莫名其妙地问迎面走来的马笑中："怎么回事？小萌为什么要向我道歉？"

马笑中知道瞒也没有意义，把阿累死于"渐冻人病"的情况告诉了她，然后说："小萌承认，杨薇和樊一帆合谋把阿累的药换成没用的假药，加速了阿累的死亡，她也加入了她们一伙，不仅给阿累喂假药，还充当她们的眼线，汇报阿累的一举一动……"

马笑中以为小青听完这番话，肯定会恸哭一场，谁知她竟只是呆呆地站着，双眼中的光芒一点点黯淡下去，犹如原本盛满泉水的净瓶，由于被敲裂了底部而一点点流泻，最终只留下一个干枯的躯壳……她慢慢地转过身，走出了派出所。

马笑中一阵心酸，想追上去，却又迈不开腿，重重地叹了口气，回过头，见身后的呼延云也在凝视着小青的背影，目光中五味杂陈。

"老马，我想去叠翠小区一趟。"呼延云说，"你找人保护好小青。"说完径自走了。

门铃响了三声，这回来开门的依旧是王云舒，问他来做什么。呼延云没有说话，走了进去，见阿累的妈妈正坐在轮椅上，面对着挂在墙上的长镜，伸出手一下一下地抓着，仿佛要把镜子中的自己抠出来似的。老太太身上的衣服又脏又破，和这个家里的其他物品差不多，破了洞的沙发、脏兮兮的窗帘、开裂的墙皮……小萌说得对，"阿累那个家已经空了"。

去世的儿子，痴呆的妈妈，原本富裕而幸福的家庭，现在却笼罩着濒死的气息。这个轮椅上的老人，只怕活不了多长时间了，小萌一走没有人照顾她,她生命中最后的旅程会和她的儿子一样痛苦而无奈,当然,也许她已经完全意识不到什么痛苦了……

王云舒走上前来,再次用一种很不耐烦的口气问:"你到底来我们家做什么啊?"

呼延云看了她一眼,这一眼寒光凛凛,王云舒有些害怕,识相地退出去了。

呼延云走进阿累的书房,发现两个抽屉开着,几本书被粗暴地摊在桌子上,想必是王云舒刚才正在翻查。他默默地关上抽屉,把那几本书放回书架,然后就在阿累最后坐过的那个沙发上坐下,闭上眼睛,慢慢地仰起头颅,后脑勺就贴在墙上那道暗黄色的弧形上——阿累生前曾经无数次地这样做过,当他疲倦或绝望的时候。

刹那间,他被淹没了!

北风呼啸,夜深如铁。他在黑暗中一步步走过冰封的湖面。脚下猝然裂开,他掉进了一个冰窟窿,寒冷的冰水像数以万计的钢针,从每个毛孔刺入他的肌肤、肌肉、骨骼,疼得他拼命喊叫,于是汹涌的冰水顺着喉咙灌进了他的胸腔和腹腔,将他的五脏六腑冻结成了一块块冰。躯体越来越沉重了,他奋力拍打着向上浮游,想呼吸一口空气,但手、脚、肘以及每个能活动的器官或关节都发出咯吱咯吱的声音,一点点僵硬。他的一切自救都是徒劳,都是在加剧死亡!他眼睁睁看着自己被冻成一具冰尸,慢慢地沉向漆黑而死寂的深渊,头顶却传来了放纵而得意的狂笑声……

他要死掉了,但他又不能死掉,他被困在生和死之间的那道边缘上,一寸寸地体验着从人间到非人间的苦痛。

不!不!这种死亡太残酷了!简直就是延长了的活剐!我要

努力睁开双眼,我不是坐在阿累的书房里吗?我没有掉进冰窟窿啊!为什么眼皮沉重得像结了霜,根本抬不起来,黑暗和寒冷裹挟着我一点点下沉,下沉……有没有人救救我?!救命!救命!他呼喊着,却完全发不出声音……

就在他绝望到极点的时候,肩膀上感到了一股小小的力量,有个声音在耳边呼唤:"呼延哥哥,呼延哥哥!"

他一下子醒了过来,睁开眼睛,看到了书架、桌子、床、窗外正在渐渐黯淡下去的天空,还有雪儿病弱的小脸和关切的目光。他知道自己没有被冰水冻成一具僵尸,知道自己还活着,知道刚才只是幻觉,只是阿累的后脑勺残存在墙上的一段凄惨意识的传递。他擦了一把额头上的汗,粗粗地喘了一口气,真诚地说:"雪儿,谢谢你。"

"你是不是不舒服?我给你倒杯水吧。"说着,雪儿走出了书房,一会儿捧着杯水进来,他接过使劲喝了几口。

雪儿抿着嘴唇,想了很久,突然说:"呼延哥哥,有件事情,上次你问我的时候,我没有说,也许根本就不是什么了不起的事情,但我还是想告诉你。"

呼延云温柔地说:"雪儿,你想到什么就说吧。"

"杨薇被杀的那天晚上,我一觉醒来,孙阿姨就坐在我身边,她一边问我是不是做噩梦了一边摸着我的额头……"雪儿犹豫了一下,"我当时有一种怪怪的感觉,后来才想了起来,她的手好像湿乎乎的……"

呼延云沉思了片刻,微笑着说:"雪儿,谢谢你,你先回房间休息吧。"

雪儿离开时,顺手把门带上了。

黑漆漆的房间里,呼延云圆睁着一双眼睛,静静地坐着。

就在刚才,他真切地体验到阿累在生命的最后时间里经受的恐惧和绝望。死亡是一种必然,但阿累的死亡是一段常人无法想象的煎熬。不仅肉体要忍受"渐冻"的痛苦,还要眼睁睁看着妻子、保姆合谋要他的命……这和小青讲的那个故事有什么区别?这不就是往掉进冰窟窿的人的头顶再砸下一块石头吗?这一切,阿累心知肚明,却又无可奈何,他一定也能想到自己死后,母亲的凄凉晚景。多少个深夜,他就像我现在这样坐着,闭紧厚厚的嘴唇,睁圆了双眼,凝视着铁一样的黑暗,等待着,等待着……等待着疾病如混凝土一般把他彻底浇铸成一块岩石。天知道他的心灵积聚了多少仇恨和忧愤!天知道他死得多么沉痛和不甘!如果换成是我,我纵使咽气也不能瞑目!我要让那些害我、背叛我的人永远记住我眼中怨毒的火焰!如果我化为厉鬼,我一定会用最恐怖最血腥的方法,让她们不得好死!

这么想着,呼延云感到不寒而栗……

手机响了,他木然拿起,接听,是马笑中打来的:"呼延,我一笨蛋手下把小青跟丢了,她应该就在她住的地方附近,但是我们怎么也找不到她。"

呼延云沉默了片刻,说:"我这就过去。"

他挂断了电话,从沙发上站起来,已经麻木的身体发出极轻微的嚓嚓声,像是冰在破裂。

走出房间的时候,他忍不住回了一下头,最后看了墙上那道暗黄色的弧形一眼——其实黑暗中他什么也没有看见,但是他知道他存在,他知道阿累一直坐在那里,从未离开。

第六瓶了。

小青坐在离家不远的一个小饭馆里,倚靠在墙角,什么菜也不点,空着肚子喝啤酒。她直接拿着酒瓶,把泛着白色泡沫的琥珀色液体咕噜咕噜地灌下肚子,意识像被在豆浆机里打过,变得越来越模糊了。

我真傻啊!从第一次在酒吧后巷见到阿累,我就发觉他行动缓慢,却以为只是他身子粗笨,没想到他是患上了那么可怕的疾病!我捡到的那张被他无数次打开折上的纸,一定就是这个病的诊断书。一个活生生的人竟然渐渐变成一块石头,为什么世界上会有这么残酷的事情?!而更加残酷的是,他被一群拿别人性命当儿戏的疯子包围,她们只想让他早点死,快点死,她们根本不在乎他的痛苦,她们围绕在他身边的唯一目的,就是不分昼夜地折磨他,让他亲眼看着她们像虐猫一般摧残他所剩无几的生命……

也许,他知道小萌喂他吃下的是假药,只是,他不想再拖累任何人了……

可是,可是,难道你在最后的时候,就没有想到过我吗?难道为了我,你就不能再等一等吗?

"其实我一点都不爱你……"

是啊,其实他一点都不爱我,其实这一切和我没有任何关系!我算什么?我是什么?我只是酒吧里打工的一个驻唱。就算他活着,也有他的生活,我对于他,只是无数可供把玩的铜镜中的一面……酒!我要更多的酒!我得把这该死的一切连同我自己统统淹没在酒精里!醉了,回家去睡上一觉,醒来,也许就全都忘了……

一只手搭上她的肩膀,接着,一张臭烘烘的嘴巴贴上了她的耳垂。

"小妞儿,一个人啊?"那是一张坑坑洼洼的、被酒精染红了的脸孔，目光中充满了淫邪。

"把你的脏手拿开！"小青愤怒地闪躲着。

"宋老三，这妞儿你不好上啊！"饭馆里一片哄笑声，每张面孔都像公猪一样令人作呕。

宋老三搂着小青的手更紧了："别装模作样的，陪大叔玩玩儿嘛！"他一边狂笑着，一边伸出另一只手去摸小青的胸口，小青大喊了起来："你干吗！你放开我！臭流氓！浑蛋！"

说时迟那时快，闪过一道身影，一记右勾拳"砰"地打在宋老三的下巴上，打得他后仰着撞在旁边一个餐桌上，和那些碟子碗一起倒在地上，满身的菜汤，嘴巴往外喷了几口血沫子，吭哧一声，竟吐出一颗牙齿。

揍他的小伙子拎起一个折凳还要往他的身上砸，被一个矮胖子拽住胳膊："呼延，别打了，再打就出人命了！"

"他敢欺负小青，我揍死他！"

小青心里一热。

在青塔小区的草坡边证明自己无辜，从朱门将自己解救出来，还有现在这雷霆般的暴怒……她才明白，这个长了一张娃娃脸的家伙，表面上对她淡淡的，内心其实是非常爱护她的。

"不值当，不值当！"马笑中边拉扯呼延云边往后退了一步，也许是不留神，皮靴正好跺在了宋老三的脸上，立刻又听见一声惨叫。

宋老三的哥们儿呼啦啦站起来往上拥，但是眼前突然亮出的一张警官证，把他们都震住了。

"怎么不往前走了？接着往前走啊！就他妈的你们这帮傻货，有胆儿袭警？！"马笑中狞笑着，拿警官证"啪啪啪"地挨个抽他们的嘴巴。那群人赔着笑脸，弯着腰，一动也不敢动。

郭小芬搀着小青来到外面，小青到底喝多了，蹲在地上哇哇地呕吐，然后抬起头说："给我酒，我还想喝酒……"

"小青，你不能再喝了。"郭小芬一面轻轻揉着她的后背，一面说。

"姐姐，你让我喝吧，我心里难受，真的，特别特别难受……"小青捶着自己的心口说。

郭小芬听得鼻子发酸："小青，听姐姐的话，别喝了。我知道你爱阿累，知道你为他的死难过，可是你要相信他希望你能好好地、幸福地活下去，他不愿意你像现在这么痛苦，因为你是他最爱的女孩……"

"不是，不是这样的……"小青哽咽着，"姐姐你不知道，阿累曾经亲口告诉我，他从来就没有爱过我，那一刻我恨透了他。可是不知道为什么，得知他死讯的时候，我悲伤得想把自己撕成碎片。我常常在深夜靠着墙，一直哭到天亮，眼睛都哭肿了，泪水却还在流……我多想知道他到底是不是真的没有爱过我，就算知道真相已经没有任何意义，但我就是想知道，不然我放不下，放不下……"

"你想知道真相是吗？"

耳畔突然传来一个冷峻的声音，小青仰起脸，看到了呼延云。

她点了点头。

呼延云搀扶着她站了起来，拉着她走到警用普桑旁边，推她坐了进去，然后对马笑中和郭小芬说："走吧，咱们一起去一趟望月园。"

路灯像两排哀伤的眼睛，照射着长长的、黑暗的街道，夜幕中缥缈着一些雾状的东西，好像有人在半空中焚烧着什么。

"要下雨了。"马笑中开着车,觉得特别闷热。

"小青。"坐在副驾驶座上的呼延云问,"我想你是知道那面透光镜在哪里的。既然如此,你为什么不拿它?后来又为什么想把它卖给武旭呢?"

小青说:"阿累和我最后一次见面时,说要送一面镜子给我留个纪念,我不要,跑掉了。几天后收到了他的一条短信,告诉我他把镜子放在哪里了,我可以随时去拿。他去世之后,我很长一段时间都恍恍惚惚的,根本就忘记还有镜子这么一件事了,等我想起来时,就有好多人来问我透光镜的事情。我开始没觉得那是什么了不起的镜子,后来才知道那是阿累家珍藏的镜子中最珍贵的一面。我怀疑阿累给我的不是透光镜,他干吗要把那么宝贵的镜子给我?可又怕万一真的是,会被那些人偷走或抢走。所以干脆就不去动它了。"

她停了停,接着说:"出事的前两天,蔻子到我们酒吧来玩儿,告诉我说小萌要走了,我说谁来照顾阿累的妈妈呢?她说阿累的藏品和钱都归了樊一帆,属于他妈妈的财产也被孙女士占有或变卖干净了,钱都进了她的腰包,一分都不肯拿出来支付小萌的保姆费——那个孙女士真是禽兽不如!恨不得她姐姐早点死,好继承叠翠小区的房产。小萌挣不到钱,离开是理所当然。我想起阿累的妈妈坐在轮椅上的样子,太惨了,就决定把透光镜卖掉,应该能卖一大笔钱,足够养活阿累的妈妈了。于是,武旭来问我透光镜的下落时,我就约他出来谈一谈价钱,谁知那天晚上没等来他,倒撞见了蔻子。我有点心虚,就跑掉了……"

"说来说去,透光镜到底在哪里啊?"马笑中忍不住问。

"等会儿你就知道了。"呼延云说。

车子在望月园门口停下,立刻就有两个便衣走了过来,向马笑中敬礼:"所长,我们是司马队长的手下,奉命封闭这个公园,二十四小时值守,请您指示!"

马笑中挥了挥手,让他们继续执勤,然后和呼延云、小青、郭小芬一起,沿着宽大的石阶走到了丘陵的顶部。

已经是晚上九点钟了,被封闭的公园里一片寂静,连虫鸣声都听不到。无论草丛、灌木丛还是树林,都像是黑暗生发出的毛皮。

呼延云站在圆形广场的中间,仰起头,只见一片又一片黑浊浊的云,密布着,在云与云的缝隙之间,露出深蓝色的天空。

他看了小青一眼,小青也望着他。他从她的目光中,得到了允许。

他说:"刘新宇曾经告诉过我,阿累立下遗嘱,把透光镜赠送给小青之后,来到望月园溜达了一圈。我体会阿累的心情,他知道自己所剩的时间不多了,他更清楚樊一帆和小萌在密切监视他的一举一动,他难得能有一个自由行动的机会,这个机会他绝对不会放过,他要做的,就是把透光镜藏在他行动的范围内。我们来看一下阿累那次出行,很简单,从家到望月园而已。家是不可靠的,樊一帆、小萌,还有自己的小姨孙女士,都虎视眈眈盯着透光镜,为此不惜把房子拆掉。因此,阿累只会把透光镜藏在一个地方,那就是望月园。"

"望月园?"马笑中茫然地看了看黑黢黢的四周,"阿累把它埋在什么地方了?"

"阿累是文人,而且是个受中国传统文化熏陶很深的文人。老子说:天之道,不争而善胜,不言而善应。藏东西也一样,最高的境界就是'不藏'。"

"不藏?"这下子连郭小芬都糊涂了。

呼延云点点头:"阿累知道,樊一帆和杨薇她们在他死后找不到透光镜,一定会怀疑他把它藏起来了,而他最后一次单独外出去过的望月园,是最可疑的地方,肯定会挖地三尺地寻找。因此,把它埋起来或者藏在任何地方,都是不安全的,倒不如大大方方地亮出来,谁会想到自己天天看得见摸得到的东西,竟是一件价值连城的宝物呢?"

"越说越玄了……"马笑中搔着后脑勺,"你不如把它拿到我眼前看看更靠谱。"

呼延云从腰带上摘下随身携带的折刀,轻轻打开,锋利的刀刃在黑暗中闪烁出一道寒光。他走到题为"科技史话"的玻璃钢仿铜浮雕前,找到"中国古代科技"那一部分,指着一组仿西汉的圆形瓦当说:"第一次看的时候我就觉得有点怪,五个瓦当上所绘图案各不相同:青龙为木、白虎为金、朱雀为火、玄武为水,围绕着中间这条代表土的黄龙,这没有错,恰恰是一个完整的五行。但是问题在于,在中国古代的图画和雕塑中,中间这个黄龙很少跟其他四神同时出现,以至于好多人口头上一说都是:青龙白虎朱雀玄武,根本就不知道还有这么条黄龙。从整组浮雕的粗陋程度上看,我实在想不出设计师为什么要在这几个瓦当上全面、细致地体现中国传统文化,所以我断定——"

他一面说,一面用刀在黄龙瓦当的后面用力一撬,只听"咔吧"一声,瓦当应声而启,稳稳地落在了掌中:"这就是天下人都在苦苦寻觅的透光镜!"

马笑中和郭小芬不约而同地发出了一声惊呼!

呼延云把那瓦当放到石刻"月亮公公"的基座上,让马笑中拿手电照着,用刀小心翼翼地揭开最上面的一层雕着黄龙的铜质:"阿累先在透光镜的上面覆了一层保护性的石蜡,然后在正面和边缘覆了一层薄薄的铜片，铜片雕上一条黄龙，背面则涂上胶，紧紧贴在那四个瓦当围绕的中心。由于整组浮雕是玻璃钢仿铜的，所以贴一面真铜的瓦当雕塑，谁也看不出来有什么异样。小青被朱门掳走，我马上飞奔到这里，就是要看看这个瓦当还在不在，只要它还在，小青就是安全的，绑架者拿不到透光镜，绝不会害她性命……咦，这是什么？"

透光镜背面的蜡刮掉以后，露出了两片对折的纸。

呼延云打开一看，神色一沉。

郭小芬上前问："是什么啊？"

呼延云望着小青，低声道："小青，是阿累的遗嘱，还有一封给你的信。"

一步一步，小青走到他的面前，接过那两张纸，哆哆嗦嗦地拿到眼前，借着马笑中手电筒的光芒一看，一张是阿累的遗嘱，上面写着把他的遗产分成三份：水岸枫景的房子和大部分收藏的铜镜都留给他的妈妈；留一百万元给樊一帆；最后一份是一百万元和那面家传的透光镜，留给小青。下面有阿累以及见证人刘新宇的签名。

另外一张，上面有一行字，很短——

"小青，我爱你"。

小青浑身发抖，仿佛站在寒风中……

就在这时，呼延云把透光镜上的蜡刮干净了，将镜子高高举起，对马笑中说："你把手电筒的光直射过来。"

一道明亮的光柱，照射在透光镜的镜面上，镜面顿时将一道黄澄澄的圆形光斑，反射到"月亮公公"的汉白玉石刻上，光斑中依稀有六个字，仿佛是遮在云中一般，看不甚清楚。

"写的是什么？"马笑中问。

呼延云仔细看了看，一个字一个字地慢慢念着："长相思，勿相忘。"然后转身对小青说："我想，这段铭文，正是阿累想对你说的话。"

小青笑了。

"这个骗子！"她笑着说，"他一直在骗我，一直在骗我，他明明告诉我，他一点都不爱我的……"

她一边笑一边说，大颗大颗的泪珠滚出眼眶，滑过雪白的面颊，顷刻间成了泪人，可是她还在笑，还在不停地说："这个骗子，骗子……"

郭小芬上前一把搂住她。小青靠在她的怀里放声痛哭："他明明说他一点都不爱我的，他明明可以要我的，可是他不要，他是怕伤害我，他是怕他死了之后我会恨他玩弄了我，所以他就那么走了……这个骗子，我根本不值得他这样的，我一开始和他好，其实是看他家里有钱，想跟他在一起，就能过上很好的生活，我这么卑鄙，我和樊一帆根本就没有什么区别，可是他却这样爱我，他不该这样，他不该这样……"

听着听着，郭小芬也满脸是泪，马笑中噗噜噗噜地使劲捏着鼻子，昂起硕大的脑壳，仿佛是不想让人看到他的眼睛……

只有呼延云，怔怔地看着小青，看着她贴在心窝的那两张纸。

小青还在哭泣，还在不停地说："他一直在骗我，他明明说他一点都不爱我的……"

那天夜里，下了很大的雨。有个下夜班的女孩经过望月园，遥遥望见一个人坐在石阶上，低头沉思着什么。虽然他的全身已经被淋透了，但是他一动不动，仿佛要给这漫漫长夜做一个最后的裁决。

第二十章 呼延云的"失败"

第二天天气晴朗。一大早,呼延云打了个车去接小青。一路上,只见街道两边的每棵树上都浮着一层毛茸茸的阳光,鸟儿的叽喳声不绝于耳。等到在小区门口看到小青,他更觉得眼前格外清爽:她穿了一条洁白的流苏连衣裙,好像刚刚在泉水里洗过,只是眼睛微微有点肿,明显是昨晚哭得太狠的缘故。

上车后,小青的第一句话是:"我把烟戒了,阿累不喜欢我抽烟。"

"挺好!"呼延云笑了,"你好一些了吗?"

"嗯!"小青使劲点了点头,"小郭姐姐说得对,阿累肯定希望我能幸福地、开心地活下去,所以我一定要努力工作,我还要照顾好他的妈妈,证明他没有爱错我这个人!"

出租车一直开到机场。在候机大厅里,远远就看到了雪儿和陪她一起去美国治病的薛京大夫。雪儿踮着脚尖往门口巴望着,见呼延云来了,高兴极了,跑上前来一个劲儿地说:"呼延哥哥,谢谢你来送我!"

"我答应你的事,怎么能说话不算话?"呼延云笑道,指着旁边的小青说,"这是你小青姐姐,跟她说声谢谢吧。"

雪儿长长的睫毛扑闪着,她还是第一次见到小青,不知道为什么要对她说谢谢。

小青拽了呼延云一把:"别难为孩子,把东西给她吧。"

呼延云点点头,从怀里掏出一个信封,递给雪儿说:"这个,收好,到了美国再看,好不好?"

雪儿接过厚厚的信封,翻来覆去地看,牛皮纸信封的口封得很严。她抬起头,困惑地看着呼延云。

呼延云微笑着对她说:"到了美国,你打开信封,就知道里面是什么啦。"然后问薛大夫:"薛大夫,行李都托运了吧?登机牌都换了吧?是不是该过安检登机了?"

薛大夫说:"是啊,你费心了,到了美国咱们保持联系。你放心,雪儿我一定会照顾好的,美国在'渐冻人'的治疗技术上处于世界前列,我已经和这一领域的顶级专家取得联系,一下飞机就把雪儿接到医院,组织会诊……我向你保证,无论如何也要想办法治好她的病。"

呼延云点了点头,又对雪儿说:"好啦,你该去登机啦,到了美国要听薛大夫的话,要信心满满,这么多人帮助你、爱护你,你一定能把病治好!"然后伸出小拇指,"咱们拉拉钩吧,约好了,等你的病好了,回国的时候,我来机场接你。"

雪儿眼眶里顿时溢满泪水,慢慢地伸出右手,把小指搭在呼延云的小指上,紧紧地钩了一钩……

"咱们走吧。"薛大夫轻轻揽住雪儿的肩膀。

雪儿跟着她,慢慢地向远处走去,在通过安检口之后,身影消失了。

呼延云伫立着,目光投向雪儿离去的方向,久久地,一动不动。

小青站在他身边,静静地等待着。

终于,他说:"好了,现在,咱们一起去名茗馆吧,那里还有许多人等着我去揭开整个案件的真相呢。"

中国警官大学图书馆门口。

一左一右两棵合欢树,粉盈盈的合欢花正怒放着,许是昨晚沁透了雨水的缘故,扑鼻的香气更有一种黏黏的醉意。

"呼延老师。"恭候多时的张燚上前为他引路,带他上到三楼,推开镂花玻璃门,做了个请进的手势。

呼延云走了进去,接着就看到了许多人——甚至可以说和杨薇命案有关的大部分人,都已经到场了,他们围在那张黄澄澄的长桌周围,或站或坐,就像一出大戏的演员,每个人都在用自己扮演的角色来面对他:蔻子向他问好,刘新宇点了点头,王云舒把头一扭不看他,孙女士的长脸上还是笑眯眯的,张伟一副毕恭毕敬的神情,夏流搓着胳肢窝,老甫从浓重的眉毛下挑起阴沉的目光望着他,还有一个人也用恶毒的眼神盯着他,那就是面色灰败的周宇宙……

胖胖的朱志宝把武旭带来了,武旭戴着黑框眼镜,面无表情。朱志宝从呼延云走进名茗馆的那一刻起,目光就没离开过他身边的小青,明明是和他握手,却对着小青傻乐。

马笑中、丰奇、郭小芬、司马凉也来了,还有名茗馆的全体成员……

就在呼延云站定的那一刻,名茗馆里瞬间安静下来。所有的目光都投向了他,仿佛无数盏聚光灯照亮了舞台的正中心。这是一幕由名茗馆安排好的大戏,配角就位、观众到场,只等主角登台就可以开演了,就像侦探电影里常见的最后一幕场景,大侦探当着所有人的面,指出在场者中的一个人——"你才是这件案子的真正凶手!"

"呼延老师。"张燚说，"按照我们事先和您约好的，如果您已经侦破杨薇命案，请您把真凶、破案经过详细地告诉我们吧。"

阳光从窗外投入，恰恰照在呼延云的身上。侧身站立的他，一半面孔是明亮的，另一半面孔却是阴郁的，明亮和阴郁交织不定，像一片在峡谷间流动的江水，总想挣脱两岸岸石的束缚……

终于，他厌倦了这种感觉，转过脸庞，将自己完全浸入了阳光中。

"我失败了。"

他的声音并不高，但是吐字十分清晰。

所有的人——名茗馆里所有的人！都看着他，却都没听清他到底说的是什么。

他环视了一下围拢他的人群，神情平静得像一潭深蓝色的湖水："我是说——我失败了。杨薇命案我没有侦破。我今天来到这里，就是不想逃避这个失败，我想亲自向所有参与这一案件侦查工作的刑警、关心这一案件的同学们道歉。我要跟你们说一句'对不起'。"

名茗馆里，一片死寂。

呼延云一转身，破开众人，走出了大门。

"你撒谎！"身后突然传来一声悲愤的呼喊，那是郭小芬的声音。

飞机腾空的一刻，雪儿有点眩晕，不禁紧紧地闭上了眼睛。

她感到自己小小的身体猛地悬浮了起来，像一块被钢丝吊起的石头，莫名其妙地到了半空，随即又一截截、一段段、僵硬而凶狠地向上拔着，那钢丝太细、太脆，根本吃不住力，以至于她的每一次上升都伴随着重重的一沉。她想象着钢丝啪啦一声绷断!自己狠狠砸向地面,摔个粉身碎骨的场景:那时,我不会再冻成一块冰了,我会软软地铺展在地上,身体里那可恨的病魔会和我一起死掉!死,虽然是很难过的事情,但是如果像阿累哥哥那样受尽煎熬,变成一块石头再死掉,我宁愿从这万米高空上坠落,坠落,最后体验一下飞翔的感觉……

飞机渐渐地平稳了,睁开眼睛的一刻,一片明晃晃的光芒刺痛了她的双眸,她赶紧把眼皮重新闭上,慢慢地,慢慢地睁开,然后,她看到了窗外一朵朵被阳光染成金色的云。

"第一次坐飞机?"身旁的薛大夫微笑着问她,"看你紧张得不行呢,瞧,手心里都是汗。"

雪儿不好意思地点了点头。

也许是起得太早的缘故,薛大夫有点困,把头靠在椅背上,闭上眼睛,不一会儿就睡着了。雪儿有点无聊,发了会儿呆,突然碰到了衣袋里一个有点硬的东西,拿出一看,是呼延云给她的那个信封。他叮嘱她到了美国再看,但是在哪儿看还不一样啊。雪儿把它轻轻撕开,掉出了一张银行卡。她拿起卡片看了看,觉得很奇怪,然后从里面掏出了几页纸,展开一看,原来是呼延云写给她的一封信。

雪儿:

当你看到这封信的时候,想必已经到达美国,准备开始接受治疗了吧。一定要对战胜疾病充满信心啊,世界上根本就没有什么绝症,只要勇敢、乐观、不认输,总会创造奇迹。

我给你写这封信,主要是想和你聊聊我对杨薇命案的一些推理。坦白地说,这个案子在我遇到的案件中,并不是最复杂的，但却是最诡异的一桩。一群人围坐在一起讲了个镜子杀人的故事，随后这个故事就在现实中上演：也是妻子和闺蜜合谋向掉进冰窟窿里渐渐冻僵的丈夫再砸上一块石头，也是妻子和闺蜜因此分得巨额财产，也是闺蜜的心口被插了一刀而死，现场留下一地的碎镜片……而牵涉进这个案件中的人，几乎个个都有杀人嫌疑，却又个个都有充分的不在场证明，难道真的是阿累的冤魂打破了镜子，向仇人索命？我相信每个接触这一案件的人都会产生这样的疑惑。

而我在勘查犯罪现场的时候，也产生了四个困惑，这四个困惑无关鬼神，纯粹是出于对凶手作案手法的不解。

一起谋杀案发生了，尸体能告诉我们死亡原因和死亡过程，但是谁制造了这具尸体，主要要看凶手在犯罪现场留下了什么线索。尽管这个现场的线索少得可怜，但我总结的四个困惑，还是值得深思的：

第一，很少开伙的厨房里除了盐和糖，为什么会摆着一罐没打开的番茄酱？后来查明，这罐番茄酱是杨薇在出事那天下班时买的。她买这罐番茄酱做什么用？反正不会用来吃比萨或薯条，因为从杨薇当天的整个行动来看，她绝对没有在犯罪现场用餐的意思。

第二，凶手为什么要打碎那面镜子？为了栽赃小青，还是刻意设置一个恐怖诡异的现场？我觉得凶手打碎镜子一定别有动机。

第三，在洗手间的镜框托架上放着一把扳手，凶手进来打碎镜子时不可能没有看到，那他为什么不用扳手，反而费劲地用刀柄的底端去砸碎那面镜子呢？

第四，我要说的第四点，起初以为是自己想多了、想复杂了，后来我才发现，其实它是整个案件的突破点！

那就是杨薇消失的手机。可能你会问，凶手把杨薇的手机拿走，有很多种理由可以解释啊，这有什么可奇怪的？

我们必须认清这样一个事实，那就是凶手想要刻意营造一个杨薇是出于巨大恐惧而自杀的现场。比如他擦掉凶刀上的指纹，把刀塞在杨薇手里，比如他在现场没有留下任何关于自己存在过的痕迹，他是如此的谨慎和小心，以至于警方多次发出"犯罪现场连一根多余的毛都找不出来""很难下他杀结论"的叹息，这足以说明凶手在一定意义上达到了目的，成功地诱导着警方向"杨薇是自杀"的结论上走。

但是那部手机，把一切都毁了。

凶手非常清楚，警方迟早会发现手机丢失，而手机丢失无疑是"现场还有第二者"的铁证！所以，拿走手机，等于把他精心设计的自杀现场完全破坏了！

由此看来，凶手拿走手机是一个"不合理行为"，除非出于极其重大的理由，否则他绝不会这样做。

那么，是什么理由，迫使他必须拿走手机呢？

我们姑且放下上述这四个困惑，在后面再慢慢得出答案，因为这个案子中引起我困惑的地方还有很多，其中有两个在指证真凶上也意义重大。第一个是我不明白凶手作案之后是怎么逃出青塔小区的，要知道他的逃跑路线只能有三条：一个是正门，门卫大爷李夏生和小饭馆老板娘李丹红都证明，夜里十二点以后没有任何人从正门走出过小区，一个是小门，那栅栏门紧锁着，用钥匙都打不开，刑警队的女警也不可能从栅栏间钻出去，栅栏顶部有尖刺，翻过去也不可能；第三条路就是从草坡翻到望月园逃走，问题是当时有蔻子等一大群人在那里玩捉迷藏，他们是流动的，藏身位置不固定、捉人路线不固定，想从这个地方逃走而不被任何人发现是非常困难的——除非凶手勾结了所有玩捉迷藏的人为他做伪证，但事实上，蔻子这一群人因为种种原因，内部矛盾很尖锐，想让他们共同掩护一个杀人凶手是不可能的事。

第二个是：凶手为什么要杀杨薇？

让我惊讶的是，所有参与这一案件调查的人，都没有认真思考过这个问题。我也是在对每个嫌疑人的问询中渐渐发现，所有和这一案件有关的人真正厌恶和痛恨的是樊一帆，而不是杨薇，就连杀人动机最鲜明的小青也说"杨薇出的主意再坏，说到底不还是樊一帆自愿去听、去干吗"。那么凶手为什么要杀杨薇呢？难道真的是按照小青讲的故事那样，先杀闺蜜再杀妻子？不对，要知道这是现实中的凶杀案，而不是推理小说的情节，满怀仇恨的凶手不能肯定自己做完第一起案件之后会不会被捕，所以即便他是同时恨两个人、三个人……甚至更多人，他第一个杀的一定是他最痛恨的那个。于是，问题再次被提出：谁会恨杨薇胜过恨樊一帆？他为什么先杀的是杨薇而不是樊一帆？

我深知，困惑再多，也一定有合理的解释，就像枝叶再繁茂，也一定是一个主干生发出来的。当线索不够的时候，给所有困惑找出最合理的解释，一样能复原出案件的真相。

我要解决的第一个问题是，凶手到底隐藏在哪一群人里。

不能不感谢小青，她讲的镜子杀人的故事使侦查的范围大大缩减，只在两群人之内："恐怖座谭"和蔻子那一群人。

起先我比较怀疑蔻子那一群人，原因是他们玩捉迷藏的地点与青塔小区只有一坡之隔，凶手当捕人者也罢，当躲藏者也罢，都可以利用游戏进行的时间，顺着草坡滑进青塔小区，作案之后再迅速上来，继续游戏。特别是蔻子，犯罪嫌疑相当大，因为这个游戏既可以玩十五分钟一轮的，也可以玩二十分钟一轮的，而蔻子提出玩十五分钟一轮的时候，实际上给谋杀提供了充足的时间。

也许你不太明白我说的意思，那我做一对比，你就明白了。

王云舒说"游戏的开始时间，是在晚上十一点三十四分，中间休息两三分钟……可能更长些"——我姑且按照四分钟计算，十五分钟一轮和二十分钟一轮的结果如下：

十五分钟一轮的：第一次游戏结束在十一点四十九分，休息到十一点五十三分，第二轮游戏结束在十二点零八分；

二十分钟一轮的：第一次游戏结束在十一点五十四分，休息到十一点五十八分，第二轮游戏结束在十二点十八分。

你发现了吗？假如杨薇是在十二点整被杀害的，选择十五分钟一轮的话，凶手就有从十一点五十三分到十二点零八分充裕的时间赶到青塔小区六号楼四〇九房间杀人并灭迹；而如果选择的是二十分钟一轮的话，十一点五十八分才结束休息开始新一轮躲藏,虽然两分钟也够赶到四〇九房间的,但是时间太紧了!要知道凶手刚刚结束了游戏,身上想必挂着草枝,鞋底也应该沾有污泥(刚刚下过雨),他杀人后必须清理干净这一切,才能制造出一个不留痕迹的犯罪现场,这太难了!就算你在家打扫完卫生,能保证床底下、桌子腿或者某个死角里,一根头发丝都没有吗?

所以,提出玩十五分钟一轮的蔻子,有重大的作案嫌疑。

但是,在接下来对每个人的问询中,一个事实却越来越清晰明了:凶手是按照小青讲的故事杀的人,而不是按蔻子讲的故事杀的人,别看都是镜子杀人的故事,小青讲的提到了女人用刀柄凿碎了镜子,而蔻子只是说女人把那面镜子砸了个粉碎,并没有说是用什么工具砸的。这一下子我就能理解了,凶手为什么放着扳手不用,非要用刀柄的底端去砸镜子了,他是在严格按照小青讲的故事情节作案——于是,我断定他藏身于"恐怖座谭"那一群人之中。

偏偏"恐怖座谭"的每一个人,都具有充分的不在场证明,为了能够查清真凶,我搞了一次"现场还原",恰恰就在这次现场还原中,一个令我震惊的真相,像落潮后的礁石一般,展现在了我的眼前。

樊一帆在那天晚上导演了一出非常逼真的"中毒"闹剧:在圆桌上摆六个纸杯,每个杯子里斟满啤酒,其中一杯下了"氰化钾",每个人挑一杯,一起喝下去,然后拉起手剧烈抖动身体,加速毒药发作,看谁喝下的是毒酒。最后她自己倒在地上,骗得杨薇和小青离开了椅子……

但是像闪电一般划过,照亮我混沌的头脑的,却是老甫和夏流的两句话。

老甫回忆起这一幕时,原话是这样说的:"摇晃的时候,屋子里一片死寂,只有衣服摩擦的窸窣声。"

夏流回忆起这一幕时,原话是这样说的:"刚开始摇晃的时候还没觉得什么,越摇晃越恐惧,黑乎乎的屋子里一点点其他声音都没有,就是衣服那么沙沙沙地响,跟灵魂被摩出窍似的。"

这怎么可能呢?!

就在那一天的上午,我刚刚去过刑警队的证物室,我清楚地记得,在从犯罪现场提取的证物中,有一串钥匙串,上面不仅有杨薇的家门钥匙、自行车钥匙、超市的保管箱钥匙,还缀着一个银色小铃铛——那钥匙串只要轻轻一碰就会"当啷当啷"作响,出事那天晚上,杨薇没有带任何提包或者小手包,只穿了一条黑色筒裙,筒裙有一个宽大的兜,在右肋那个位置,即便是坐着也不会压迫到,那么,钥匙串唯一可以放置的地方就是那个兜里——怎么可能在剧烈的摇晃中,一点声响都不发出?!

我的脑海中立刻形成一个大胆的设想,这一设想在青塔小区的自行车棚里得到了证实:发生命案那天晚上,下过一阵雨,从老甫家到青塔小区的路上,不少地方都很泥泞,然而杨薇的红色自行车的轮胎却干干净净,也就是说它在当晚根本就没有被骑行过。

我终于明白了,我怀疑过"恐怖座谭"中的每一个人:小青、老甫、夏流、周宇宙,甚至还有疯掉的樊一帆,唯独有一个人我忽视了——那就是死掉的杨薇本人!

说得再明确一点,没有人会把那么多重要的钥匙不带在身上，更不会随便交给其他人保管——何况她要利用其中的一把钥匙打开车锁，而偏偏，参加"恐怖座谭"的"杨薇"就没有带那串钥匙，也没有骑过那辆自行车，这说明什么？！

这说明当晚参加"恐怖座谭"的，不是杨薇本人，而是一个替身！

从樊一帆下楼接这个替身的那一刻起，老甫家的楼道、老甫家其实一直处于黑暗状态，最多点一根蜡烛，只要她与杨薇身材相仿，用凌乱蓬松的斜刘海遮住面部主要位置，化妆合适——杨薇惯常化的小脸妆，最容易造出"大众脸"——加上声音和语气模仿得再像一点（"现场还原"证明"杨薇"在"恐怖座谭"上的话少得可怜，唯一一段话多的时候，是往空屋打电话发现"有人接听"后的歇斯底里，可是人激动时声音改变是很正常的，而当时其他人在高度紧张的气氛下，注意力也根本不在她的声音上），谁也觉察不出这个杨薇是假的。

然后可以做出下面的推理：由于凶手是按照"小青版"的故事杀人，所以她必定藏身于"恐怖座谭"之中，而除了替身，其他人都没有作案时间，所以凶手必定是这个替身！

那么，这个替身又是谁呢？

这时，掉回头来，看看我提出的四大困惑中的第二个和最后一个：凶手打碎镜子之谜，和她"不合情理"地拿走手机，都是为了什么。

我认为，第二个困惑的答案如下：凶手打碎镜子，是想让警方觉察到杨薇并非自杀的时候，将刑侦视线牢牢锁定在"恐怖座谭"这一伙儿人上,而不会将注意力分散。

而拿走手机的原因,起先,我百思不得其解。但是,当我后来得知杨薇的手机是一款标价只有一百九十九元的摩托罗拉W161时,当我得知那手机是最低端的产品,既不能摄像,也不能录音时,一切的一切,都在顷刻间真相大白!

我们不妨来看看凶手拿走手机的几种可能性:

第一是贪财,拿去变卖,可能性是零,原价才一百九十九元,卖也卖不出几个钱,还容易被警方查到,顺藤摸瓜抓到自己;第二是杀人过程中杨薇的手机沾到了凶手的指纹,这个可能性也是零,整个现场都没有提取到凶手的指纹,说明她是戴着手套作案;第三是不希望杨薇手机中的短信或通话记录向警方提供线索,这个可能性还是零,稍微看过两集法制进行时节目的人都知道,遇到这种大案,警方即便是没有找到手机,也很容易从电信部门调取出受害人的短信或通话记录;第四,我曾想会不会是命案发生后先期到场的老甫和樊一帆出于某种原因拿走了手机,可是警方在接到报警赶到现场后,对他俩进行过搜身,对附近区域进行了拉网式的搜索,并没有发现那个手机,连手机的碎片也没有找到。

我当时的想法是,看来凶手拿走手机只有一种可能了,里面有杨薇生前拍摄的凶手的照片、影像或录音,杀人之后来不及删除,干脆拿走了事。

可是,那个一百九十九元的手机,既不能摄像,也不能录音……

福尔摩斯的名言:当一切可能性都被排除的时候,剩下的看起来无论怎么不可思议,它也一定是真实的答案。

于是我给出的答案是：凶手拿走杨薇的手机，只有一个理由——她要在夜里十二点整打出最后一个电话！

就是那个打给樊一帆的，大喊救命的电话。

这个电话必须用杨薇本人的手机拨打，才能在樊一帆的手机上显示杨薇的手机号码，才能让所有人相信电话那边是杨薇。

电话的那头，根本不是杨薇，而是凶手。杨薇那时已经死亡了，死亡的时间，应该是在十一点五十五分之前。我之所以做出这个推论，是在六号楼散步的孟老爷子提醒了我。他虽然做证说十一点五十五分"杨薇"坐电梯上楼去了，但他并没有看见"杨薇"从楼门口走进来，而是他散步到楼道的尽头，一转身，发现"杨薇"站在电梯口……孟老爷子还觉得"杨薇"走路很轻，"进楼来的时候一点儿声都没出"。证物室里那双从杨薇尸体上剥下的高跟鞋，说什么也不至于走在楼道里悄无声息。所以我认为，孟老爷子看见的不是杨薇，而是化妆成杨薇的凶手。凶手杀人之后，来不及卸妆，就小心翼翼地顺着步行梯下楼——她不敢坐电梯下来，怕被人撞见，打乱她最重要的预谋。等到了一楼，刚走出步行梯的口，来到楼道，她就发现孟老爷子在扶着墙散步，而且即将转身，这个时候走出楼门，那么孟老爷子将向警方提供"杨薇在十一点五十五分离开六号楼"的证词，这同样会打乱她最重要的预谋，因此她急中生智，干脆站在电梯门口，等电梯来了坐上去，回到四楼后再次沿步行梯下来，看准孟老爷子背着身的时候，蹑手蹑脚地离开了六号楼。

我刚才两次提到凶手"最重要的预谋"，这个预谋是什么呢？

说来简单，就是通过在夜里十二点整打给樊一帆那个求救电话，制造一个假的作案时间——她要让警方认定杨薇是十二点整被杀的。

这样做，更深层的目的是什么？

凶手杀人之后大可以一走了之，如果说她想在现场营造出小青讲的故事的恐怖气氛，打碎镜子已经足够了，何必再给樊一帆打那个电话？不不不，凶手绝不会画蛇添足。我相信她打这个电话更深层的目的在于——要给自己制造不在场证明，要让警方在调查一开始就发现，她完全不具备作案时间。换言之，她是一个在夜里十二点整，有人能证明她远离犯罪现场的人。

也就是说，她非常清楚，警方一定会调查到她的头上。

你也许会说，凶手不一定是"恐怖座谭"或叠翠小区的人啊，也有可能是一个"外人"啊。

我们来分析一下这个问题。

谋杀的动机，无非是财杀、情杀、仇杀和变态杀人，杨薇命案，可以排除情杀和变态杀人。如果说财杀，只有两个人有动机：小青因为阿累的遗产问题可能恨杨薇和樊一帆，但是我前面说了，她要杀也是杀樊一帆，不会——至少不会先对杨薇下手；另一个是樊一帆，她已经发现杨薇把铜镜私卖私吞的事情了，可是她一看到杨薇的尸体就真的吓疯了。所以，杨薇之死，只可能是仇杀。

问题是，无论警方还是我的调查，都发现，杨薇虽然给樊一帆出了很多坏主意，但真正会被仇杀的，只有合谋给阿累换药这一件事，而和阿累之死牵涉的所有相关人，在命案发生的那天晚上,都已经集中在"恐怖座谭"或叠翠小区了。

此外,凶手在犯罪现场按照小青刚刚讲的故事打碎镜子,也表露了她的潜意识——杨薇的死,是一种"天罚",是阿累鬼魂的索命!

这一切都说明,凶手绝对不是"外人",而是一个和阿累之死息息相关的人。

她不在"恐怖座谭",就在叠翠小区——凶手必然是其中某个人!

这可让我大伤脑筋了:打个比方,所有和阿累之死牵涉的相关人,算上杨薇一共是十四个苹果,那天晚上,"恐怖座谭"有六个苹果,叠翠小区有八个苹果——这不对啊,因为当凶手当了杨薇的替身,而杨薇又尸横青塔小区的时候,有两个苹果合成了一个,也就是说,加起来应该是十三个苹果才对啊。可是,当天晚上,呈现在我们面前的一直是十四个苹果——当"恐怖座谭"有六个人在变着法儿吓人的时候,在叠翠小区也有八个人在讲着关于镜子的各种诡异故事。

那么,在整个事件发生过程中,不是多出来一个苹果吗,这是怎么回事呢?我想了很久,终于想明白多出的那个苹果是怎么回事了——它根本没有多出,它就在现有的这些苹果之中!也就是说,凶手和杨薇交换了身份,当凶手扮成杨薇的时候,真正的杨薇扮演的却是凶手的身份!

我做出这个推理,归功于一个微不足道的矛盾:在老甫家"现场还原"时,谈起杨薇进屋时给人的感受,夏流说她"涂的那些脂粉就像个鬼似的";但我清楚地记得,在我勘查犯罪现场期间，马笑中警官说，杨薇的尸体显示她是素颜的，只是"闻到她脸上有一股香味儿，但杨薇并没有上妆，也不喜欢用香水"。

这足以说明两点：第一，"恐怖座谭"上的"杨薇"和死在青塔小区的杨薇不是同一人，因为"杨薇"是慌慌张张到青塔小区看空屋子里是否有鬼的，迅即一命呜呼，哪里顾得上、来得及卸妆（何况"杨薇"是空手走的，四〇九房间内全无卸妆用品）；第二，死掉的杨薇确实是刚刚卸过妆，她的脸上有香味，但又不是香水和化妆品留下——啰唆一句，也并非她的体香或发香——那么只有可能是卸妆用品的味道！

那个恐怖的深夜，那个黑暗的四〇九房间，那一段异常紧迫的时间——她为什么要卸妆？

因为必须卸妆！只有卸妆才能不被拆穿——因为整个诡计都建立在"上妆"的基础上！否则，上着妆的杨薇，很容易被发现和某个嫌疑人高度相似。

杨薇是和哪一个人互换身份的？根据她的体形、相貌，我有了一个大致的、模糊的判断，当我做出这个判断的一瞬间，我又强烈地将它否定掉了，这不可能，绝不可能，怎么会是她杀的人呢？可是随着推理的一步步深入，我悲哀地看到，这个判断渐渐变成了铁一样的事实。

让我们用排除法来锁定真凶。

首先是"恐怖座谭"中的人：在夜里十一点五十五分，周宇宙尾随小青往望月园而来，樊一帆和老甫还在等待着杨薇的消息，而夏流，他十一点五十分才离开老甫家，插上翅膀也赶不到青塔小区。

然后是叠翠小区那一群人。在十一点五十五分,他们又分成了两群,一群在望月园里玩捉迷藏,另一群则在叠翠小区"留守"。

在望月园玩捉迷藏的人,十一点五十五分在做什么呢?他们应该是结束了第一轮休息(十一点五十三分休息结束)之后,开始了第二轮游戏,只有两分钟的时间!凶手要下到青塔小区不留痕迹地杀完人再下楼撞见孟老爷子——神仙也办不到!

凶手的范围,缩小到了留在叠翠小区的三个人身上,那就是阿累的妈妈、孙女士和——你,雪儿。

这三个人中,我首先排除的是阿累的妈妈,且不说医生已经给她下了痴呆症的诊断,就算她装成痴呆,已经在轮椅上坐了快半年,腿部肌肉萎缩,很难想象她会像凶手一样敏捷地跑到青塔小区杀人后,再不留痕迹地回来。

再说,她也断断扮不成杨薇的样子。

至于孙女士和你,究竟哪一个才是真凶,虽然我早有结论,虽然这个结论让我绝对不愿接受,但是,你的一句话还是让我确信,我的推理没有错!

你是这样告诉我的——

"杨薇被杀的那天晚上,我一觉醒来,孙阿姨就坐在我的身边,她一边问我是不是做噩梦了,一边摸着我的额头……"

雪儿,你知道吗,我当时是强忍住了,才没有悲伤地问你一句——"既然当时你睡觉的房间关着门,孙女士是怎么知道你做噩梦的?"

只有一种可能,那就是你发出了声音,很大的声音!

在午夜十二点整,你顺着外墙爬回二楼的房间,拿着杨薇的手机拨出最后一个电话,向电话那头的樊一帆大呼救命!当孙女士听见你的呼救,从外面推门进来的时候,你已经将手机关机,藏好,孙女士当然就认为你是做了噩梦才发出喊叫,然后你问她几点了,她回答是十二点整,一瞬间,她就成了你最好的不在场证明人——谁能想到,当杨薇"被杀"的十二点整,一个躺在叠翠小区的房间里的女孩,会是真正的杀人凶手?!

雪儿,雪儿,当我确认你是凶手的时候,我痛苦极了,我反复检视我的推理有没有漏洞,有没有错误,就像一个高考学生在检查考卷一般,希望找到,可以纠正它——甚至干脆推翻它!但我不得不承认:我的推理在某些细节上,由于缺乏证据,可能不够精准,但是在整体上逻辑严密,是对杨薇命案唯一合理的解释。不仅如此,恰恰由于真凶是你,其他的谜团也都可以迎刃而解了:比如杨薇和你的身材一样又瘦又小,你和她的脸型和眉目都有相似之处,可以互相扮演;比如你杀人后是直接从小门的栅栏间钻出去的——警方从一开始就在思维上画地为牢,他们认定犯罪嫌疑人一定是成年人,所以当试验结果证明那栅栏钻不过一个成年女警时,就彻底放弃了这个"逃跑路线",可是他们忘了:成年人钻不过去,不恰恰证明未成年人存在重大嫌疑吗?

还有凶手为什么杀的是杨薇而不是樊一帆,也有了答案。在所有涉案人员中,大部分人目睹了樊一帆的残忍,把她当成首恶。只有你是阿累的网友,你在和阿累网聊中,一定听他讲了大量关于杨薇谋害他的事情(调查中,很多人都反映阿累认为是杨薇教坏的樊一帆,他对樊一帆的恨意并不强烈,几乎没有埋怨过她什么,甚至还留给她一笔遗产),所以,你把杨薇当成了首恶。

我推测的整个事件经过是这样的:你此前曾经来过本市,和杨薇取得了联系,想听一听她的解释再决定是否真的行凶。和杨薇见面之后,为了隐藏真实的动机,你只表示了对樊一帆的憎恨。没想到,这正合杨薇之意。她因为私卖私吞铜镜,已经被樊一帆察觉,一旦樊一帆把她踢开,她就什么利益都得不到了,为此,她谋划了一个大胆的计划,那就是把樊一帆吓疯。

她深知樊一帆以前玩儿"三步昏迷"的时候,大脑受伤,精神恍惚了好一阵子,如果再受过度的惊吓,可能导致无法治愈的精神分裂症。于是她的计划就形成了:她准备在"恐怖座谭"上表演一出"空房子里有人接电话"的好戏,当樊一帆来到青塔小区的时候,看见她满身鲜血地躺在地上"死去"(那罐番茄酱正是她预备作为"血"涂抹在身上的),一定会被吓坏的,她还要你提供帮助,就是如果樊一帆还没有被吓疯,就让装扮成她的样子的你,突然浑身是鲜血地(当然同样是涂了番茄酱)现身,比如从阳台冒出来,鬼魂一般,足以吓得樊一帆魂飞魄散。

以杨薇的阴险、狡诈和多疑,她是不会轻易相信陌生人的,但是你凭借过人的演技,处处表现出一个外地来的未成年少女的幼稚和单纯,加之她又急于除掉樊一帆,所以选择了你作为搭档,她一定承诺事成之后给你很多好处,你假装贪图那些好处,答应了——在杨薇看来你被她利用了,殊不知她才是落进了你的圈套。

你和杨薇约好行动时间——这个时间你放在出国前的几天内，这样即便警方发现你是真凶，你已经坐飞机去美国了。然后你就离开本市，在家收拾好赴美的行装，在约定的那一天再次来到了本市。

但是，这时，杨薇又提出了新的要求，她要和你互换身份，让你去"恐怖座谭"演戏，而她去叠翠小区。我猜想其中的原因，应该是武旭说的，"杨薇在出事前怀疑透光镜被用人小萌藏起来了，就藏在阿累的妈妈住的那套房子里"——杨薇想亲自去找一找。

我之所以认为这个互换身份的计划是杨薇而不是你提出的，是因为这样做对你而言有一定的危险性，容易暴露，而且比较费劲，远不如你直接从叠翠小区去青塔小区与杨薇会合更方便，但是为了不让杨薇产生疑心，你还是同意了——因为你已经意识到，杨薇这个主意简直是自己找死，参与"恐怖座谭"的那个人才能掌握整个事态的节奏、时间，只要身份互换不被发现，你就可以神不知鬼不觉地制造出一个不在场的证明。

怎么样才能保证身份互换不被发现呢？

表面上看，杨薇扮成你的难度，要大于你扮成她的难度。因为"恐怖座谭"中的大部分人并没有见过杨薇，夏流见过一次还是在灯光昏暗的酒吧里，这种情况下，你唯一需要瞒过的只有樊一帆。但樊一帆玩儿"三步昏迷"窒息缺氧，大脑细胞严重受损，变得疯疯癫癫的，只要你化好妆，在那个偶尔点点蜡烛，大部分时间一片黑暗的环境里寡言少语，她也不会注意。即便是最后"空房子里有人"的环节，大家都被吓坏了，注意力都集中到"空房子里是不是有鬼"上，你也夸张地将面目扭曲，谁会想到"这个人根本不是杨薇"呢？

但事实上，杨薇扮成你的难度，要比想象的小得多，因为叠翠小区的所有人此前都没见过你，只是你来的那天中午，王云舒请你吃了顿饭，为了不让她发现后来的"雪儿"变了，你下午还将她摘下的隐形眼镜扔在地上，导致小萌踩坏，换上框架眼镜的她，看东西十分模糊。

当天傍晚，你在外出散步的时候到某处和杨薇见面，互相化妆成对方的样子。然后，杨薇扮成的"雪儿"回到叠翠小区，蔻子等人陆陆续续地来到时，看到的就是这个"雪儿"，而且客厅的灯又相当昏黄，这个"雪儿"病恹恹的，很少说话，缩在角落里，几乎没人注意她。在快要到预定时间的时候，她装成很困的样子被扶到客房躺下，等你的消息。

而你早就买了一辆跟杨薇的自行车相仿的红色自行车，骑车到了老甫家，在完全黑暗的状态下，你隐蔽得相当出色，等到成功上演了"空房子里有人"的恐怖剧之后，你退出了舞台。这时，工于心计的杨薇死期将至——你开始按照自己的计划行事了。

首先，你骑着红色自行车出了老甫家所在的小区，让看到的人以为"杨薇"是骑自行车去的青塔小区，而事实上，你没走多远，就弃掉自行车，打车前往青塔小区，这样做的目的是争取时间。到青塔小区后你给杨薇打了个电话，让她比你到得晚，趁机将四〇九房间的总电闸关掉，（这样做防止外面的人看到有灯光的房间里发生了杀人案）然后你躲在楼道黑暗的角落，等着杨薇的到来。

杨薇顺着二楼的窗户爬出客房房间，跑到青塔小区，开门进了四〇九房间之后，你在她后面进去，她打不亮灯，你就说可能是灯泡坏了，用手机的背景灯照亮，让她换回自己的衣服，其间你详细问了杨薇在叠翠小区里发生了什么事，估测了一下，没有任何纰漏，然后戴上手套，到厨房拿了刀，趁她不备，一刀戳进了她的心脏！

杨薇在黑暗中，眼睁睁地看着"自己"杀死了自己，她最后一刻的巨大恐惧，不难想象！

面对杨薇的尸体，你表现出超乎年龄的冷静，你想起了在"恐怖座谭"上听到的故事，于是用刀柄砸碎了镜子，这样一来，警方肯定会将主要的侦缉视线集中在参加"恐怖座谭"的一群人上。

你将刀塞进杨薇的手里，拿走了她的手机，你计划在夜里十二点整，也就是"杨薇"骑着自行车到达青塔小区的时间，打电话给樊一帆，使杨薇的真正死亡时间被延迟，给自己制造不在场证明。

接下来，你迅速地给她卸妆，据我所知，新上市的一种碧柔卸妆纸巾，无须水洗，只需要十几秒的擦拭就可以彻底卸妆，非常干净，但是会遗留下马笑中闻到的那种淡淡的香味。

你换了一副手套（原来的手套沾上了杨薇的血），将用过的卸妆纸巾、血手套等可能为警方提供线索的证物装进兜里，把杨薇脱下的"雪儿"的衣服拿好，换上了她脚上的便鞋，把你脚上的高跟鞋脱下给她穿上。匆匆沿着步行梯下楼，在一楼撞见孟老爷子之后，你沉着地乘着电梯回到四楼，再次沿着步行梯下楼，看准孟老爷子背对着你的时候，稳稳地、无声地走出楼道，从铁栅栏门钻了出去。

这个时候，时间已经非常紧了，大约只剩下四分钟就到十二点整了，你飞快地跑回叠翠小区，爬上二楼，钻进客房，换上你自己的衣服，卸妆，躺在床上，静静地等待十二点整的到来……

在整个犯罪过程中，你除了表现出惊人的应变能力和心理素质之外，你的体力也非常好，行动快速、敏捷，杀人时一刀致命，我相信这些你都在事前多次练习过。起先我还想，一个"渐冻人"怎么能做到呢，她不是连路都走不动吗？后来我想起了薛京大夫的话，她说你得的病"是早期，行动没有什么大碍"，我又查阅了相关医学资料，得知早期"渐冻人"患者在体能和运动能力上与健康人毫无区别，我才明白，你的一切柔弱、病恹恹的样子，其实都是伪装……

我得承认，你是我见过的年龄最小却最聪明的杀人凶手！

但是……雪儿，你怎么能杀人呢！你还是个少女，你怎么下得去手，做出这么残忍的事情呢？！

昨天下午，我来到阿累的房间，坐在他坐过的椅子上，把后脑勺贴在他头皮印出的那道暗黄色的痕迹上，我体味到了他在生命的最后时刻，内心是怎样的恐惧、痛苦和绝望……那一刻，我突然明白了你的怨恨：你的人生道路本来应该很漫长，本来应该铺满鲜花、洒满阳光，但你却不得不面对一个残酷的现实，那就是病魔将一寸寸冻僵你的身体，并最终彻底杀死你年轻的生命。开始，你整夜整夜地哭泣，当眼泪流干的时候，你开始瞪大眼睛看着伸手不见五指的黑暗,你看不到自己的存在,你明白你终将眼睁睁地看着自己死去,这是无可改变的残酷现实……你的身体虽然还没有冻结,但你的心灵却在夜复一夜的恐惧和煎熬中,变得越来越冰冷和残忍,你觉得世界对你太不公正,你仇恨病魔,仇恨那些欢乐的、能自由地奔跑和跳跃的人们。你和阿累网聊时,你觉得他是个憨厚、朴实的病友大哥哥,但当你了解到,有一群身体健康的人,往他已经快要冻僵的脖子上套上绞索,并狞笑着越勒越紧时,你愤怒了!她们怎么能如此谋杀——甚至可以说是虐杀一个很快就要死去的、只能一动不动地任她们宰割的"渐冻人"患者?!

阿累的死讯传来,你清楚地知道药物的疗效不可能使他这么快死亡,阿累没有骗你,杨薇确实给樊一帆出谋划策,更换了他的药物!于是你下定决心要为阿累报仇!

至于那位孙女士,你特地告诉我,她那晚的手湿乎乎的,其实是暗示我她在搞鬼——我想这也是阿累在网聊中告诉你,他的小姨也在谋求他的家产……等你来到这里之后,看到孙女士一分钱保姆费都不肯出,就等着阿累的妈妈死掉,把其房产占为己有,你内心对她的憎恨,丝毫不亚于对杨薇和樊一帆,一个已经失去儿子的老人,为什么连条活路都不留给她呢?你绝对不会原谅和放过孙女士,所以才引导我把她往凶手的身上去想,却不经意地暴露了自己……

当我了解了这一切的时候,我无奈极了,无力极了,也无助极了……我不知道该怎么办才好,我真的不知道,我能怎么样?我该怎么样?我看到了小青满脸的泪水,我从小萌那里听说了阿累死亡的真相，是的，确实发生了一起谋杀，一起对一个"渐冻人"的惨绝人寰的谋杀！这是最可耻最卑鄙最下贱最狠毒的谋杀！杨薇的死，樊一帆的疯，都是活该的报应！只有一群拿别人生命当玩具的疯子才能干出这样的事情！而且法律不能给她们任何制裁！只能任她们享受幸福的人生——不管这种幸福有多么血腥！

是的，我完全可以在众目睽睽之下指认你是杀人凶手，像无数名侦探那样发出铿锵有力的斥责——"不管怎样，你杀人是不对的"，然后眼睁睁看着你被押上警车……但那等于扼杀了你去美国寻求救治的最后一个机会，如果我这样做，我和那些杀人凶手有什么区别！我做不到，我真的做不到！我昨晚在望月园坐了整整一夜，心里斗争了整整一夜，最后的最后，我想起了阿累，假如阿累还活着，他一定会怨悔自己跟你讲述了那么多他遭遇的不幸，使你心中充满仇恨，变成了一个杀人凶手，他一定会跟我说"放了那个女孩吧"……

所以，我决定，永远永远地埋葬这个秘密。

但是，雪儿，我还是要说——不管怎样，杀人是不对的。这个世界上，任何人都没有任何理由去剥夺别人的生命，不管他是谁！如果杀了人，就必须遭受惩罚。但是你还小，还有赎罪的资格，而你赎罪的唯一方式，就是把病治好，健康地活下去，一辈子为你的罪行忏悔，这是蔻子的希望、小青的希望、我的希望，也是阿累的希望，是所有关心你和爱护你的人的希望……

那张卡里，是小青存给你的一百万元，这是她凭借阿累那份真正的遗嘱，从樊一帆被冻结的财产中连夜支取的，她还准备将那面透光镜捐献给国家，按照相关政策，国家会付给她一笔奖励经费，她打算把那笔钱的一部分用于阿累妈妈的护理，另一部分则全部用于你继续治疗的费用——她相信，这也是阿累的遗愿。

雪儿，我知道你的内心一定充满了仇恨，我知道任何语言的劝说都是无力的，但是我希望你相信，阿累哥哥的心中也曾经充满了对这个世界的愤恨，也曾经想用伤害别人来转移痛楚，是对小青姐姐真挚的爱，让他的身体渐渐冰冻的时候，心灵却慢慢融化，没有畸变。在生命的最后阶段，他用了全部的力量，去战胜心中的那些仇恨。他没有伤害他深爱的人，为此他什么回报都没有得到，唯一的回报就是他深爱的那个人对他永远的怀恋——等你长大了就会明白，我们活着的终极目标，就是在死后，爱过我的人依旧想着我，爱着我，这份爱，不会因为生命的消逝而褪色……

再见，雪儿！好好活下去，答应我。

呼延云

薛大夫被一阵抽泣声惊醒，睁开眼睛，看见了满脸是泪的雪儿。

"雪儿，你怎么了？"她吃惊地问。

雪儿没有说话，只是把那几张被泪水打湿的信纸贴在心口，贴得紧紧的，紧紧的……

"呼延老师，请留步。"

呼延云站住了，在名茗馆的门口。

是张燚。她用一种恭敬但不失严厉的声音说:"呼延老师,我确信这个案件您是侦破了的,既然您刻意隐瞒真相,我们也不勉强,但我有必要提醒您一下,如果您承认失败,您100%的破案率就将被打破,这无疑会有损您在无数推理迷心中的声望……"

所有的人,都在看着呼延云。

他们看到呼延云回过头,轻蔑地一笑,仿佛在说——"那又算得了什么!"

下到一楼,推开图书馆的大门,一阵清风拂过他的肩头,捎来几缕粉色的花瓣……

他抬起头,看到了一片蔚蓝色的天空,天空上有几朵雪白得几近透明的云,跟着他一起往前走。那些云有各种形状,像一只绵羊,像一捧雪花,像一只懒猫,像一片柳絮……其中有一个凸出一块的,特别特别像长着一个大鼻子的阿累,在憨憨地朝着他笑。

不知为何,呼延云突然有点想念阿累。他从没见过阿累,只看过一张照片,但是他相信他们一定能成为好朋友,很好很好的朋友。刘新宇说阿累生前常常念叨着把他叫来一起喝一杯。呼延云想,要是真能和阿累喝一杯该多好啊!就坐在望月园里,吹着清风,一边喝酒,一边聊聊古镜,聊聊推理,聊聊各自心里深爱的女孩……

小青从后面追了上来,她追到他的身边,紧紧地跟着他。

这时,就在这时!

一架银白色的客机掠过他们的头顶,穿过那些雪白雪白的云,向着更广阔的蔚蓝色飞去,飞去……

呼延云看着那架飞机,突然放声大笑起来!

笑声,那么狂放的笑声!但是走在他身边的小青,却清清楚楚地看到,他的眼角沁出了两行清泪……

名茗馆。

爱新觉罗·凝站在落地窗边,看着那渐去渐远的天蓝色背影,眉头不禁微微一蹙。

再版后记[1]

二〇一四年,"ALS冰桶挑战"风靡中国,各界名流竞相上演真人秀,展示自己用冰水醍醐灌顶方能激发的爱心。当时,我在微博和微信上陆续接到朋友的私信,言及该活动的慈善目标——"渐冻人",正是我的这部长篇推理小说(旧版名《镜殇》)中写到的阿累。"感觉好像你和渐冻人有过接触,对病情的描写十分详尽。"这让我陷入回忆。

二〇〇八年的六月二十一日是世界渐冻人日,我当时在报社做编辑,一位名叫薛京的记者提出,她可以联系到一位患此病十年的患者进行采访,我此前从未听说过这一疾病,觉得十分新奇。

更加新奇的是记者的采访方式——全程通过QQ和短信打字,因为受访者杨一平(化名)已是ALS晚期患者,除大脑能正常思考,手指有残余的功能外,全身瘫痪,语言功能消失殆尽,连吞咽都十分困难,仅存的肌肉还伴随有痉挛性的强直、跳动。他接受采访,就是记者在网络的一端提出问题后,他用手指关节仅存的一点点力气,缓慢移动笔记本电脑的球形鼠标点击键盘,来实现文字录入。"打"字过程中,杨一平要克服双手的僵

---

[1] 此后记于二〇一八年《破镜》第一次再版时,刊载于文末。

硬无力与不由自主的手指痉挛跳动，痉挛厉害时鼠标指针无法定位，所写的内容被搞得乱七八糟，甚至剧烈咳嗽后，鼠标会掉在地上，而他却无可奈何。

"渐冻人"（ALS）是运动神经元疾病的俗称。运动神经元控制着使人能够运动、说话、吞咽和呼吸的肌肉活动，当运动神经元受损后，患者表现为肌肉逐渐萎缩和无力，以致瘫痪，身体如同被逐渐冻住一样，所以称为"渐冻人"。90%的"渐冻人"于发病后的一到五年死亡，目前无有效治疗方法，被世界卫生组织列为与癌症和艾滋病齐名的五大绝症之一。

杨一平曾是云南一所学校的计算机教师，一九九八年，他在讲课时，那只在篮球场上灌篮无数的大手，突然开始拿捏不住一支纤细的粉笔，很快，他被诊断为运动神经元病。杨一平感觉到自己的身体一天天地被"冻"了起来，然而精神上的折磨更加严苛：不能在年迈的父母面前尽孝，无法照顾年幼的儿子，和妻子的离异，这些都使他痛苦不堪……杨一平经常坐着的单人沙发背后，被粉刷成蓝色的墙围上一片发黄的印记，这是由于他长年在沙发上坐着，用电脑给病友写信，时间长了，脑袋后面靠墙的地方，蓝色漆就被磨掉。

杨一平十分坚强，他在患病的十年中，坚持用逐渐丧失全部功能的肢体，给其他病友发信息、邮件鼓励，他这样告诉记者："尽管文字录入对我而言是一项艰巨的工程，一小时输入不了几十个汉字，并且很累，但我十分珍惜这尚未消失的一点点能力，因为我非常清楚疾病的咄咄逼人……怨天尤人的沮丧、颓废毫无意义，应该尽量让生命亮出阳光的一面。"

采写这篇稿子的记者薛京告诉我，"渐冻人"每分每秒看着自己的身体逐渐变成石头一样坚硬的死亡之躯，那种大悲哀是普通人无论如何也无法理解的。

写完《嬗变》之后，我一直在考虑第二部推理小说的素材，《破镜》以一个"渐冻人"的遭遇作为故事的由头，确实是二〇〇八年薛京那次采访的启发。说到底，我们这个社会中的大部分人都是渐冻人，无非是他们渐冻的是身体，而我们渐冻的是灵魂；他们的疾病是残酷命运施加的，而我们的疾病却是由于不敢反抗现实、只想浑浑噩噩地活着而进行的一种自宫行为……于是他们死于ALS，而我们死于自诩为成熟的每一个瞬间。

就这样，我写了一个渐冻人的故事。某个夏天的晚上，一群朋友聚在一起，每个人讲一个恐怖故事，其中一个人讲述的"镜子杀人"，不久之后竟然真的发生，而犯罪现场与故事情节无比契合，留给侦探的唯一线索就是一地破碎的镜片……

小说中的大部分情景和人物都是真实的，郭小芬、刘新宇、朱志宝、马笑中、张燚、爱新觉罗·凝自不必说，都是我现实中的朋友，就连给雪儿治病的神经科主任的名字都叫"薛京"。至于阿累的房间墙上那道暗黄色的弧形，正是杨一平留下的印迹。

书中的反面人物也大都有原型，樊一帆、杨薇之流，相信读者在现实生活中都不难找到，这群由于极度空虚和无聊，每天都在想方设法寻求刺激的"找乐一族"，将整个世界当成一个硕大无朋的游戏场，他人不是游戏的道具，便是游戏的背景，尽可以耍弄和虐杀，受害者的哭泣与呻吟，往往能引爆他们巨大的快感和成就感，从这个意义上讲，谁能说那些拿"ALS冰桶挑战"炒作自己的名流，跟他们不是一丘之貉？

时隔多年，我不知道杨一平还在世否。倘若在世，面对火爆异常的"ALS冰桶挑战"，他是否会露出一丝苦笑……人类社会就是用弱者的至痛引爆强者的狂欢，然后一群庸众跟着亮出散热的舌苔，哪个年代都概莫能外，然后该走开的依旧走开，该遗忘的继续遗忘，只留下杨一平们坐在椅子上绝望地看着这个娱乐至死的世界一点点冻结。

《破镜》被很多读者认为是我迄今创作的气氛最诡异、案情最离奇、"本格"程度最高的一部小说。呼延云勘查现场时的严谨、认真、一丝不苟，有如一只十九世纪的猎犬，而他在结尾部分进行的大段推理，更导致我从此被划为"本格派作家"。事实上，我到现在都搞不大清楚推理小说有多少流派、划分标准是什么。我从少年时代阅读的是福尔摩斯、阿婆、埃勒里·奎因的作品，所以骨子里就认为标准的推理小说必须是"诡计+解谜+对黑暗现实的反映与批判"，虽然长大后读的种类和风格越来越多，但最喜欢的依然是古典推理——一如小鸟破壳而出的第一眼，看到的就是它认定的母亲。所以当读者激动万分地问我为什么要在本格派越来越式微的今天，还在"坚持"写本格推理，我也十分困惑地说：难道推理小说不就应该是这个样子的吗？

值此再版机会，我综合读者们的意见和建议，对小说进行了非常详细的修订，尽最大可能使其更加完美。不过对于人设和文风，我没有任何改动——也许在今天看来，它们颇有一些幼稚可笑和不尽成熟之处，但确实包含了我对原创推理如何才能寻求突破的一些思考和探索。正是无数这样成功或失败的思考和探索，是原创推理新时期这十七年溪喧日夜、万山难阻，它们宛如一块块形状不一、大小各异的镜片，光鉴毫芒且别开生面，当拼接组合在一起时，恰是对历史的一个完整的还原。

新版后记

　　时隔四年,《破镜》又一次迎来再版。此次再版的修订力度远比上次为大,不仅删减了繁冗的比喻、修改了逻辑的漏洞、压缩了无用的篇幅,而且在人物塑造上也有所调整,以使其更好地与系列作中的其他作品保持一致性和连贯性。相信读过这部小说的读者在重新阅读修订版时,都会有耳目一新的感受。

　　但对读者争议最大的"四大推理社团"的设定,除了部分文字的删改之外,在整体上予以了保留。

　　与偶然成书的《嬗变》不同,《破镜》是我第一次以一个推理小说创作者的身份自觉完成的作品,是以融合了我对"原创推理往何处去"的思考,正是基于这一思考进行的一系列创作实践,最终使我的探索走向两个方向:其一是怎样用推理小说反映中国的社会现实,《不可能幸存》《父亲的复仇》《扫鼠岭》和《空城计》是跋涉于这条道路上的作品;其二则是怎样将中国传统文化元素更好地融入推理小说之中,《破镜》《黄帝的咒语》和《凶宅清洁工》则可归入此类。

　　从这个意义上说,《破镜》是朝某个路向迈出的"第一步",充满无知者无畏的勇气,除了青铜镜知识的大量运用外,"四大推理社团"也是试验精神的体现,无论世人对这一设定给予怎样的臧否,都不会否认它是将中国古代结社传统、武侠文化和现代推理小说杂交后生成的一种前所未有的新思路，也正因为它是新生事物，就注定了难以摆脱与生俱来的稚嫩、天真与纰漏，难以逃脱铺天盖地的嘲讽、讥笑与批判。

那又如何呢？

所谓探索，就是不计较成与败，不在乎是与非，走前人未走过的路，做前人未做过的事，并对最终的结果坦然接受。因此，当好心的读者劝我将"四大推理社团"作为自己的"黑历史"，彻底删除、永远切割时，我的回答始终是"不"——如果说我们这一代作者真正能给未来留下什么可供借鉴的足迹，那么比完美和无暇更重要的，是保证它的真实与连贯。

近年来，随着悬疑影视剧的大热，推理小说的创作也迎来一波热潮，但我内心总感到隐隐的忧虑，因为其中一部分新人新作过于迎合市场的需求、逢迎大众的喜好、模仿大卖的名作，导致同质化严重。它们看上去仿佛是在同一个模子里打磨出来的，固然精致光滑得犹如催熟的水果，但就是缺少了那么一点儿叛逆、狂野、粗粝和异想天开……我想，随着市场对文学的反噬，大概懂得直入坦途甚至弯道超车的成功者会越来越多，而敢于在荒无人烟的小径上披荆斩棘的探索者会越来越少吧！

我深知这些感慨不合时宜，之所以还是要说出，是勉励笔耕不辍，初心未改的自己：光鲜也许属于华丽，而光荣永远属于褴褛。

呼延云

二〇二二年四月

图书在版编目（CIP）数据

破镜 / 呼延云著． -- 北京：新星出版社，2022.11
ISBN 978-7-5133-5002-0

Ⅰ．①破… Ⅱ．①呼… Ⅲ．①推理小说-中国-当代 Ⅳ．①I247.5

中国版本图书馆 CIP 数据核字（2022）第 008381 号

午夜文库
谢刚 主持

破镜

呼延云 著

责任编辑：王 萌	责任校对：刘 义
责任印制：李珊珊	装帧设计：人马艺术设计·储平

出版发行：新星出版社
出 版 人：马汝军
社　　址：北京市西城区车公庄大街丙3号楼　　100044
网　　址：www.newstarpress.com
电　　话：010-88310888
传　　真：010-65270449
法律顾问：北京市岳成律师事务所

读者服务：010-88310811　　service@newstarpress.com
邮购地址：北京市西城区车公庄大街丙3号楼　　100044

印　　刷：北京九天鸿程印刷有限责任公司
开　　本：910mm×1230mm　　1/32
印　　张：12.625
字　　数：217千字
版　　次：2022年11月第一版　　2022年11月第一次印刷
书　　号：ISBN 978-7-5133-5002-0
定　　价：56.00元

版权专有，侵权必究；如有质量问题，请与印刷厂联系调换。